Jill Shalvis vit avec sa famille sur les bords du lac Tahoe, où elle croise régulièrement des animaux sauvages et des ouvriers qui travaillent torse nu. Elle a remporté le National Readers' Choice Award à trois reprises, et le deuxième tome de sa série *Lucky Harbor* figure en tête des best-sellers du journal *USA Today*.

Du même auteur, chez Milady :

Lucky Harbor :
1. *Irrésistible*
2. *Tendrement*
3. *Éperdument*

Jill Shalvis

Tendrement

Lucky Harbor – 2

Traduit de l'anglais (États-Unis) par Auriane Lucas

Milady Romance

Milady est un label des éditions Bragelonne

ISBN : 978-2-8112-0769-4

Bragelonne – Milady
60-62, rue d'Hauteville – 75010 Paris

E-mail : info@milady.fr
Site Internet : www.milady.fr

À une autre sœur aînée, Kelsey,
qui sait toujours quoi faire et comment nous remonter le moral.
Avec tout mon amour.

Chapitre premier

Dans la vie, il n'y a pas de bouton « pause ».
Tara Daniels

— Un muffin ? proposa Tara en remontant la file des gens qui attendaient sur la jetée de passer les portes du festival d'été de Lucky Harbor. Un muffin « la vie est belle » offert ?

Le grand panier était plus lourd que ce qu'elle avait imaginé, et le soleil de cette fin d'après-midi de juin lui martelait le crâne, en rythme avec les vagues de l'océan Pacifique qui venaient frapper la grève. La transpiration perlait sur sa peau, et ça la mettait en pétard, elle la Dame de fer qui considérait la sueur comme une atteinte à sa dignité, allant à l'encontre de sa devise : « Ne les laisse jamais voir que tu transpires. »

Tara essaya de se convaincre qu'elle ne faisait que briller, espérant, à tout prendre, que cela lui donnait un air rayonnant. Souriant de plus belle, elle continua sur sa lancée. Au moins sa robe d'été était légère, et elle appréciait le contact de la matière vaporeuse sur sa peau. Elle l'avait achetée pour se donner une allure sophistiquée et élégante. Et pour booster sa confiance en elle.

C'était beaucoup exiger d'une robe.

— Un muffin ? demanda-t-elle à une femme dans la file.

Mme Taylor, la propriétaire de la quincaillerie locale, jeta un coup d'œil suspicieux dans le panier.

— Est-ce qu'ils sont allégés ?

Avant de venir dans l'État de Washington, Tara avait passé la majeure partie de sa vie du côté de Houston dans le ranch de ses grands-parents, pour qui modérer l'usage du beurre et du lard constituait un sacrilège. Allégés, ses muffins ? Pas vraiment. Elle envisagea un bref instant de mentir, mais redouta d'être foudroyée sur place – ce qui aurait ruiné sa coiffure.

— Absolument pas, non, désolée.

— Et vous avez une idée du nombre de calories ?

Tara baissa les yeux sur ses magnifiques muffins, épais, moelleux et dorés à point, tous parfaitement cuits et, sans l'ombre d'un doute, débordants de calories.

— Mille milliards… par bouchée.

— Cela m'étonne de vous, rétorqua Mme Taylor, déçue. Promouvoir ainsi le cholestérol…

Tara avait lu quelque part qu'être gentille nécessitait moins d'effort que de se comporter en garce. Et vu qu'elle était pour l'économie d'énergie, elle étira les lèvres en un sourire.

— En réalité, la seule promotion que je fasse, c'est celle de l'auberge que mes sœurs et moi allons ouvrir dans deux semaines…

Elle s'interrompit quand Mme Taylor leva un index poli en sortant son téléphone qui vibrait.

Tara aurait bien levé un doigt, elle aussi, mais étant donné que ce geste-là n'avait rien de poli, elle se contrôla. Poursuivant son chemin, elle entreprit de se persuader que ravaler sa fierté, comme elle le faisait continuellement depuis son arrivée à Lucky Harbor, n'allait pas la tuer – même si elle en avait parfois l'impression.

— Muffin ? demanda-t-elle un peu plus haut dans la file, les distribuant aux personnes qui se manifestaient. Qui veut un muffin « la vie est belle » ?

Chaque gâteau avait été enveloppé avec soin et entouré d'un ruban sous lequel était glissé un prospectus pour l'*Auberge de Lucky Harbor*. La réussite de cette entreprise était l'un des nouveaux objectifs de Tara, lesquels avaient bien changé. L'année précédente, elle souhaitait la paix sur Terre et une manucure capable de tenir deux semaines complètes. Cette année, c'était un peu plus rudimentaire : elle voulait pouvoir payer ses factures à la fin du mois sans déshabiller Pierre pour habiller Paul et, éventuellement, avoir le sentiment d'être maîtresse de sa vie.

Rien que ça.

Trente jours sans vivre dans l'attente angoissante d'un chèque.

Qui parfois n'arrivait pas.

Tara marchait le long de la jetée, toujours écrasée par la chaleur du soleil, l'ombre des falaises escarpées se découpant dans son dos. Devant elle, les vagues continuaient à venir s'échouer sur la plage, faisant vibrer l'appontement sous ses pieds. Elle dépassa l'institut de beauté, le *Lucky Harbor Diner* – le restaurant où elle travaillait quatre soirs par semaine –, puis la galerie, le glacier et la grande roue, aussi haute qu'un immeuble de quatre étages.

La foule était à présent plus dense et semblait se resserrer autour d'elle. On aurait dit que tout l'État de Washington avait fait le déplacement afin d'assister au festival d'été des Arts et de la Musique, mais cela ne surprenait pas Tara. La seule chose que les habitants de Lucky Harbor aimaient davantage que les ragots, c'était une bonne fiesta, et cette nuit-là ils allaient pouvoir profiter des deux à foison. Une nuit chaude, de la bonne musique, de la danse et à boire… : la recette idéale pour passer un bon moment, ou pas.

— Bien sûr que je vais prendre un muffin, dit Chloe en faisant son apparition à côté de Tara.

À vingt-quatre ans, la petite sœur de Tara était le bébé de la famille et avait hérité du même esprit libre – comprendre indomptable – que leur mère, Phoebe Traeger. Elle portait un short taille basse ajusté et un débardeur jaune vif qui obligeait quiconque voulait la regarder à porter des lunettes de soleil. Sa chevelure d'un roux sombre était agrémentée de deux mèches rose fluo au niveau des tempes, le reste tombant dans son dos en une cascade de boucles savamment désordonnées.

Elle aurait pu poser pour des magazines.

Enfin, si l'on exceptait sa taille – un mètre cinquante-cinq talons compris –, son indiscipline et son incapacité à suivre des directives.

Chloe revenait tout juste d'un périple de deux mois dans les hôtels thalasso haut de gamme de Miami Beach. Elle y avait mis à profit sa licence d'esthétique tout en peaufinant sa propre ligne de cosmétiques, et s'était probablement, une fois de plus, attiré des ennuis.

Tara n'était que trop heureuse – et soulagée – de la voir de retour. Elle passait sa vie à s'inquiéter pour sa turbulente petite sœur.

Chloe, bronzée, rayonnante et arborant – fraîchement tatoué à l'intérieur du poignet – un symbole chinois qu'elle refusait obstinément de traduire, mordit dans le muffin et laissa échapper un gémissement de pure volupté.

— Waouh ! Tara, ils déchirent. Dis, je peux te poser une question ?

— Si tu as l'intention de me demander si les muffins sont allégés, répondit Tara, je dois d'abord t'avertir que je commence à manquer de place pour dissimuler les cadavres.

Chloe s'esclaffa.

— Non, je sens mon taux de cholestérol monter à chaque bouchée, et ça ne me dérange pas. (Elle se lécha les doigts.) Je voulais juste savoir si tu avais remarqué que Ford approchait.

Tara se retourna pour suivre le regard de Chloe et retint son souffle. En effet, Ford Walker avançait vers elles, à grands pas nonchalants, sûr de lui. Heureusement qu'il n'était pas pressé, car presque toutes les personnes qu'il croisait l'arrêtaient pour échanger quelques mots. Cela ne paraissait pas le gêner le moins du monde, et cette patience le rendait particulièrement difficile à haïr, même si Tara essayait de toutes ses forces.

— Est-ce qu'un jour tu comptes me dire ce qu'il y a entre vous ? demanda Chloe en engloutissant un deuxième muffin, à croire qu'elle n'avait pas mangé depuis une semaine.

Ce qui appartenait au domaine du possible. La jeune femme était fauchée en permanence et ne semblait jamais se préoccuper du prochain repas.

— Il n'y a rien entre Ford et moi, protesta Tara.

Sa jeune sœur afficha une moue amusée signifiant qu'elle ne la croyait pas une seconde.

— Tu sais ce dont tu as besoin ?

Tara lui jeta un regard en coin.

— Un voyage sur une île du Pacifique loin d'une certaine Chloe ?

— Humm, peut-être pour Noël. Pour l'instant, tu as besoin de te détendre. Plus de yoga, moins de stress.

— Je suis parfaitement détendue.

Ou plutôt, elle l'était avant d'apercevoir Ford. On l'avait de nouveau interpellé, et il discutait à quelques pas de là. Mais, comme s'il avait senti qu'elle l'observait, il tourna la tête et croisa son regard. Une étrange tension bourdonna dans les veines de Tara, et son rythme cardiaque s'affola soudainement – pas au point de lui causer un infarctus, mais pas loin.

— Totalement, complètement détendue, murmura-t-elle.

— C'est cela, oui, dit Chloe d'un air amusé. C'est pour cette raison que tu serres ton panier au point d'écraser les muffins ? Ou que tu as nettoyé le cottage du sol au plafond la nuit dernière ?

— Eh, répondit Tara sur la défensive, il y avait beaucoup de poussière, c'est mauvais pour ton asthme ! Et, au cas où tu l'aurais oublié, il y a deux semaines, tu as fini à l'hôpital incapable de respirer, tout ça à cause d'un nuage de pollen. Mais ne me remercie surtout pas.

Chloe leva les yeux au ciel et se tourna vers la femme juste derrière elle. Lucille possédait une galerie d'art en ville et avait approximativement entre soixante-dix et deux cents ans, elle portait des Nike d'un blanc immaculé et son éternel survêtement rose fluo. Elle prit un muffin, mordit dedans et laissa échapper un gémissement de plaisir.

—Tara, ma chérie, ta cuisine est aussi extraordinaire que tu es coincée.

—Je ne suis pas…

Oh, et puis laisse tomber.

Lucille, les paupières outrageusement recouvertes de fard bleu, la détailla.

—Jolie robe. Tu es toujours si chic. Gap ? H&M ?

En fait, c'est Macy's, du temps où j'avais une carte de crédit alimentée, pensa Tara.

—Ça fait déjà plusieurs années que je l'ai, alors…

—On a une question, l'interrompit Chloe en s'adressant à Lucille. Dites-moi, est-ce que ma sœur vous paraît détendue ?

—Détendue ? (Prenant la question très au sérieux, Lucille étudia Tara avec attention.) À vrai dire, elle semble un peu constipée.

La vieille femme se tourna vers la personne qui arrivait derrière elle, mais Tara n'eut pas besoin de regarder pour savoir de qui il s'agissait car ses tétons se durcirent.

Ford : un mètre quatre-vingt-quinze de testostérone et de muscles. Il était bâti comme un catcheur professionnel, mais cet homme était bien trop décontracté pour se donner la peine de se battre, quel que soit l'enjeu.

Vêtu simplement d'un Levi's et d'une chemise blanche aux manches remontées jusqu'aux coudes, il était néanmoins aussi élégant que Tara. Tout en lui était un appel à la luxure, de sa carrure robuste à l'air confiant qu'il affichait comme d'autres portent de l'eau de Cologne. Il avait des cheveux bruns éclaircis par le soleil, des yeux verts perçants et le sourire facile. La moitié des habitantes de Lucky Harbor en était raide dingue.

L'autre moitié, c'est-à-dire les hommes, ne comptait pas.

Tara faisait exception, bien sûr. Non seulement elle n'était absolument pas amoureuse de lui, mais en plus il avait tendance à lui taper sur les nerfs.

Et pour une excellente raison.

Plusieurs, en fait. Mais elle préférait prétendre qu'il ne s'était jamais rien passé entre eux.

— On essaie de comprendre ce qui ne va pas chez Tara, mon cher, lui dit Lucille en levant sa tête aux cheveux bleutés pour le regarder dans les yeux. Je crois qu'elle est constipée.

Chloe éclata de rire.

Ford donna l'impression de vouloir en faire autant.

Tara serra les dents.

— Je ne suis pas…

— Ce n'est rien, l'interrompit Lucille. Ça arrive aux meilleurs d'entre nous. Tout ce dont tu as besoin, c'est de quelques prunes, d'un mixer, et tu…

— Je ne suis pas constipée ! s'écria Tara.

Fantastique. À présent, tout le monde dans un rayon de dix mètres était dans la confidence.

— Tant mieux, se réjouit Lucille. Parce qu'aujourd'hui c'est soirée bingo au foyer communal.

Extrêmement consciente de la présence de Ford, qui se tenait tout près d'elle, Tara s'agita sur ses sandales compensées.

— Ce n'est pas vraiment ma tasse de thé.

— La mienne non plus, ma chérie, répliqua Lucille. Mais on y trouve des hommes en abondance. Un homme pourrait facilement t'aider à évacuer tout ce stress. N'est-ce pas, Ford ?

— Oui, madame, répondit Ford avec un air des plus sérieux. Facilement.

— Tu vois ? dit Lucille en s'adressant à Tara. Bon, c'est vrai que tu es un peu jeune pour notre clique, mais tu pourrais mettre le grappin sur un véritable boute-en-train, peut-être même deux.

Tara connaissait la clique du bingo. Les fameux « boute-en-train » étaient ceux qui se déplaçaient encore sur leurs deux jambes, même si pour certains un déambulateur s'imposait.

— Je n'ai pas vraiment besoin d'un boute-en-train.

Encore moins de deux.

— Oh, ma chérie ! insista Lucille. Toute femme a besoin d'un homme. D'ailleurs, même ta maman, paix à son âme, disait souvent qu'elle trouvait bien dommage que l'on ne puisse pas se payer du sexe sur eBay.

À ses côtés, Ford rigola discrètement. Tara fit bien attention à ne pas regarder cet homme qu'à une époque elle avait désiré de tout son être. Ces derniers temps, elle refusait toute forme de dépendance.

Dans un élan de sagesse, Chloe glissa gentiment son bras sous celui de Lucille.

— J'ai des amis haut placés qui peuvent nous épargner cette file d'attente, dit-elle à la vieille dame. Venez, et dites-moi tout sur ces boute-en-train.

Tout en s'éloignant avec Lucille, la jeune femme adressa à sa sœur un sourire qui signifiait clairement « à charge de revanche ».

Mais Tara n'était pas vraiment en état de s'en soucier, car elle se retrouvait à présent seule avec Ford. Enfin, aussi seule qu'on peut l'être entourée de plusieurs centaines de personnes. Ce n'était pas ainsi qu'elle avait envisagé les choses en se levant ce matin-là après avoir conclu un marché avec Dieu. Elle avait promis de faire un effort sur elle-même s'il lui accordait une journée sans avoir à affronter son passé.

Mais Dieu n'avait pas rempli sa part dudit marché. Ce qui signifiait que rien ne l'obligeait à s'améliorer…

Ford l'observait. Elle sentait le poids de son regard et gardait le sien résolument rivé sur l'eau. Peut-être devrait-elle songer à se mettre au tricot à l'instar de son autre sœur, Maddie. C'était, *a priori*, une activité très cathartique, ce qui pour Tara n'aurait pas été du luxe. Le soleil de la fin d'après-midi s'enfonça un peu plus dans l'océan, comme s'il y trempait les orteils afin de se rafraîchir. Elle tâcha de se concentrer sur ce spectacle jusqu'à ce que de longs doigts effleurent les siens.

—Tara.

Et voilà, rien que son prénom sur les lèvres de Ford, et d'un coup elle… fondait. Elle n'avait pas d'autre mot pour ce qui se passait à l'intérieur de son corps chaque fois qu'il lui adressait la parole. Elle fondait, et son être tout entier se focalisait sur lui.

Comme au bon vieux temps.

Ford resta planté là, calme et patient, avec sa barbe de trois jours, ses dents blanches parfaitement alignées et ses grands yeux pétillants, faisant remonter des sentiments que Tara n'était pas prête à affronter de nouveau.

—Tu ne m'offres pas un muffin ? demanda-t-il.

Vu qu'une part d'elle-même voulait offrir bien plus, elle tint sa langue et tendit le panier. Ford prit son temps pour choisir, si concentré qu'on aurait pu penser qu'il jouait son avenir.

—C'est tous les mêmes, finit par dire Tara.

À ces mots, il lui sourit, et elle sentit ses genoux trembler. Doux Jésus ! Ce sourire aurait dû être assorti d'une étiquette : « Avertissement : une exposition prolongée est susceptible de causer attendrissement, désir et stupidité. »

—Tu n'as pas un bar à faire tourner ? demanda-t-elle.

—Jax est là-bas, il s'en occupe.

Ford était un professionnel de la voile mondialement reconnu. Quand il n'était pas sur l'eau à participer à une course, ou dans *Cosmo* – contre toute attente listé parmi les hommes les plus sexy de l'année –, il vivait à Lucky Harbor. Il y était, avec son meilleur ami Jax, propriétaire d'un bar, le *Love Shack*, le rade le plus populaire de la ville. Selon Tara, cette activité lui servait surtout à exercer à loisir ses talents de champion du papotage, quand il se trouvait derrière le comptoir, à servir à boire et à jouir de la vie.

Elle aussi jouissait de la vie. Ou de l'idée de la vie.

D'accord, il fallait bien l'admettre, elle avait encore du travail côté jouissance. Le problème était que la réalité ne cessait de freiner sa capacité à se laisser aller.

— Tu le prends ce muffin ou pas ?

Ford pencha légèrement la tête et la considéra d'un regard caressant.

— Je prendrai toutes les miettes que tu as à m'offrir.

Sa réplique amena un sourire sincère sur les lèvres de la jeune femme.

— Tu n'es pas du genre à te contenter des restes.

— Je l'ai fait autrefois.

Il souriait toujours, mais ses yeux étaient redevenus sérieux, et elle sentit un tiraillement dans le bas-ventre.

Souvenirs, souvenirs. De ceux qu'elle aurait préféré oublier.

— Ford…

— Ah, dit-il d'une voix douce. Alors tu te souviens de mon prénom. C'est un début.

Posant la main sur son torse musclé, elle tenta de le repousser. Mais, quand bien même elle aurait réellement essayé, elle n'aurait pas pu le faire bouger d'un poil.

Et elle n'avait rien oublié le concernant… absolument rien.

— Qu'est-ce que tu veux ?

— J'ai pensé qu'après tout ce temps nous pourrions être amis, dit-il d'un ton léger.

— Amis, répéta-t-elle.

— Oui. Avoir des conversations polies. Aller boire un verre à l'occasion. Et peut-être sortir ensemble…

Elle le regarda.

— Ce qui nous ferait sortir du cadre amical.

— Toujours aussi futée.

Elle sentit de nouveau son ventre se nouer. Il voulait la mettre dans son lit. Et pas pour y dormir. Son corps se manifesta, plein d'espoir à cette simple évocation.

—Nous ne… (Elle ferma les yeux pour dissimuler son mensonge.) Nous ne nous apprécions pas assez pour ça, plus maintenant.

—Non ?

Dans la seconde qui suivit, un mouvement dans l'air lui indiqua qu'il se rapprochait. Elle ouvrit les yeux alors qu'il levait la main pour lui replacer une mèche de cheveux derrière l'oreille. Un frisson la parcourut.

Il s'en aperçut – bien entendu, rien ne lui échappait jamais – et esquissa un sourire. Mais ses yeux demeurèrent sérieux, si sérieux tandis qu'il se penchait vers elle.

Toute personne les observant aurait pensé qu'il lui murmurait quelque chose à l'oreille.

Mais ce n'était pas le cas.

Non, ce qu'il avait en tête était bien plus sournois. De ses lèvres, il lui effleura le cou puis, alors qu'elle luttait, en vain, pour retenir un gémissement, il chuchota :

—Je t'apprécie beaucoup. (La jeune femme frémit, lui révélant malgré elle que la réciproque était vraie, qu'elle le veuille ou non.) Penses-y, Tara.

Et il partit, la laissant incapable de faire autre chose que de penser à ses mots.

Et à lui.

Chapitre 2

Les bonnes décisions sont le fruit de mauvaises expériences. Malheureusement, la plupart du temps, ces dernières sont le fruit de mauvaises décisions.

Tara Daniels

Une semaine plus tard, la température avoisinait les trente-huit degrés. La plage miroitait au soleil, l'océan était calme, et Ford de retour à Lucky Harbor après une course de voile dans le sud, à Baja.

Il n'était plus dans le circuit mondial, mais il ne pouvait s'empêcher de replonger de temps en temps. Il adorait le frisson de la course.

La sensation d'être vivant.

Il aurait aimé dire qu'il avait travaillé dur pendant la majeure partie de sa vie pour devenir le meilleur, mais ce n'était pas le cas. Ce sport lui était venu plutôt facilement, à croire qu'il était né avec le don de lire les eaux et de manœuvrer un bateau, se montrant plus rapide que le vent, déjouant ses pièges à volonté. Tant que cela l'avait diverti, il n'avait vécu que pour la course, dispersant dans tous les océans de la planète du sang, de la sueur et des parcelles de son âme.

Ces derniers jours n'avaient pas fait exception. Tout comme le mois précédent à Perth. Et il n'avait pas perdu son temps. Il s'était placé dans les dix premiers, remportant ainsi un joli pactole.

Au tout début, quand il était fauché comme les blés, il avait fait ça uniquement pour l'argent.

À présent, il continuait pour une raison qui lui échappait.

La victoire aurait dû le rendre ivre de bonheur, et oui, pendant un bref instant, l'adrénaline courant dans ses veines lui avait donné l'illusion, insaisissable et éphémère, d'être un homme comblé.

Mais cette sensation s'était vite dissipée, ne laissant que le vide.

Il ne ressentait plus rien du tout.

Et il était fatigué de ne plus rien ressentir.

Il avait amarré son bateau à la marina de Lucky Harbor tard dans la nuit. Après avoir passé la matinée à nettoyer son Finn – le dériveur aux lignes simples qu'il prenait pour courir –, il effectua le contrôle de maintenance de son Beneteau 10R, le voilier de dix mètres de longueur sur lequel il avait préféré dormir plutôt que de regagner en voiture sa maison dans les collines.

Puis il s'attaqua au Cape Dory, le petit voilier amarré à côté de son Beneteau, afin de rendre service à Maddie Moore.

Il n'avait pas eu besoin d'y réfléchir à deux fois. Maddie était l'une des deux sœurs de Tara. Toutes les trois s'occupaient de l'hôtel et de la marina. Et quand une jolie jeune femme telle que Maddie demandait à Ford de l'aider à remettre son bateau en état, il se mettait en quatre pour résoudre son problème. Même si la jolie jeune femme en question sortait avec son meilleur ami, Jax.

Le dépannage du Cape Dory fut aisé. Le bateau n'avait pas été correctement préparé pour l'hiver, et de la condensation s'était formée à l'intérieur du réservoir d'essence.

Les réparations, ainsi qu'un peu d'entretien, lui prirent plusieurs heures sous une chaleur insupportable, mais Ford s'en moquait. Cette tâche lui occupait l'esprit, l'empêchant de trop penser – et ça valait mieux.

Se salir les mains fut plus bénéfique pour sa santé mentale que ne l'avait été la course. Adorant bricoler et doué pour ça aussi, il y prenait beaucoup de plaisir.

Une fois qu'il eut fini, il retira son tee-shirt sale et se décrassa au mieux dans le bâtiment de la marina. Puis il traversa la propriété en direction de l'hôtel, en quête d'un grand verre d'eau glacée.

Certes, il aurait pu se contenter de rentrer chez lui, mais la voiture de Tara était garée devant, et il... Bon sang ! Elle se comportait comme s'il n'existait pas ; en retour, il s'amusait à la faire sortir de ses gonds. Dans ses bons jours cela ne lui prenait que quelques minutes – et une réaction, même négative, était toujours préférable à l'indifférence totale. Il envisagea d'aller la voir directement et de lui demander quel était son problème, mais se ravisa. Elle risquait de répondre : « Toi, Ford. Mon problème, c'est toi. » Après quoi il aurait à la croiser presque tous les jours jusqu'à ce qu'elle reparte pour de bon. Bref, ce serait encore pire.

Cela devait bien être la centième fois qu'il parvenait à cette conclusion, et il n'était pas plus avancé sur la conduite à adopter que le jour où elle avait réapparu en ville, six mois auparavant. Raison pour laquelle, il se tenait en général à l'écart. *A priori*, c'était la solution la plus simple. Et Ford n'aimait pas se compliquer la vie.

Mais, ce jour-là, il avait un cadeau à lui remettre. Lorsqu'il était passé par le bar, la veille, afin d'annoncer son retour, Lucille l'avait coincé et lui avait remis un coffret de bois sur lequel était écrit le mot « Recettes ».

— Tu pourras donner ça à Tara de ma part ? avait-elle demandé. Et ne l'ouvre pas.

Bien entendu, il avait immédiatement jeté un coup d'œil, mais n'y avait trouvé rien d'autre que de petites fiches bristol... vierges.

— C'est pour ses recettes ?

Lucille avait sèchement rabattu le couvercle, manquant de peu de lui coincer les doigts.

—Non.

Ford avait reconnu dans les yeux chassieux de Lucille une étincelle qui ne présageait rien de bon. La ville ne comptait pas de plus grande commère, et personne n'aimait autant qu'elle se mêler des affaires des autres. Considérant que Lucky Harbor était plein à craquer d'indiscrets affligés d'une compulsion à intervenir dans la vie de leurs semblables, ce n'était pas peu dire. Lucille et ses petites copines avaient récemment créé une page Facebook sur Lucky Harbor, portant ainsi l'art du commérage à un nouveau sommet.

—OK, crache le morceau, lui intima Ford en la regardant d'un air dur qui ne la fit même pas ciller – quand elle avait une idée en tête, elle n'en démordait pas. Qu'est-ce que tu mijotes ?

Elle gloussa et lui assena une petite tape sur le bras.

—Rien de bien méchant, c'est juste une petite surprise. Fais en sorte de remettre ce coffret à Tara.

Et c'était ce qu'il s'apprêtait à faire.

Elle n'allait pas être ravie de le voir, aucun doute là-dessus. Son regard se ferait glacial, ainsi que sa voix. Et elle se conduirait comme s'ils étaient des étrangers l'un pour l'autre.

Et, d'une certaine façon, c'était le cas. Il en avait coulé de l'eau sous les ponts depuis leur histoire, et le passé restait le passé. Ford n'avait rien du gars qui perdait son temps à regarder en arrière. Il préférait vivre avec les deux pieds fermement ancrés dans le présent et refusait de s'embarrasser de regrets, ou de toute autre émotion inutile d'ailleurs. S'il faisait une erreur, il en tirait la leçon et tournait la page. S'il voulait quelque chose, il l'obtenait. Ou apprenait à vivre sans.

Point.

Mais, en ce qui concernait Tara, il avait fait un paquet d'erreurs, et il n'était pas sûr d'avoir appris grand-chose, mis à part comment refouler la douleur.

De fait, il était devenu sacrément bon à ce petit jeu.

Mais, ces derniers temps, chaque fois qu'il apercevait Tara vêtue d'une de ses tenues qui semblaient dire « on regarde, mais on ne touche pas », drapée dans son attitude hautaine comme dans une étole Gucci, il lui prenait l'irrésistible envie de l'asticoter. De la chauffer. Histoire qu'elle se débatte.

De préférence nue et dans ses bras.

Du revers de la main, Ford essuya la sueur sur son front tout en montant les marches qui menaient à l'auberge. C'était une bâtisse victorienne d'un étage qui avait été reconstruite à la suite d'un violent incendie survenu six mois plus tôt. Il restait encore beaucoup à accomplir avant l'ouverture officielle : peinture et jardins, ainsi que quelques finitions intérieures, sans parler des équipements de cuisine dont la livraison se faisait attendre. Mais cela n'empêchait pas l'endroit d'avoir du caractère. Il ne manquait plus que les clients pour le remplir. Tara, Maddie et Chloe avaient là de quoi faire une belle réussite.

En famille.

Pour ce qu'en savait Ford, cette histoire de « famille » était quelque chose de nouveau pour les trois sœurs. De complètement nouveau. Et, d'après ce qu'il voyait, elles ne s'en sortaient pas très bien. Il espérait seulement qu'elles parviendraient à éviter le bain de sang. Peut-être allaient-elles devoir intégrer une clause de non-agression à leur business plan. À faire signer par tout le monde. En particulier par Tara.

Cette garce assoiffée de sang, pensa-t-il avec tendresse en accédant à la terrasse qui faisait le tour de la maison.

Des semis étaient disposés le long de la rambarde, attendant d'être plantés. Quelqu'un avait la main verte. Ford était prêt à parier que ce n'était pas Chloe. La plus jeune des sœurs n'avait sûrement pas la patience nécessaire.

Pas Maddie non plus, étant donné qu'elle passait chaque minute de son temps libre dans le lit de Jax, le petit veinard.

Alors, Tara ?

Ford essaya de l'imaginer, travaillant la terre de ses jolies mains... Aussitôt son esprit se mit à vagabonder vers d'autres lieux, où son propre corps aurait été l'objet des attentions de la jeune femme.

Il entra, agacé par sa propre bêtise.

Avant que le feu ravage la bâtisse, l'intérieur était un mélange de *Madame est servie* et de *La Petite Maison dans la prairie*. Mais c'était différent à présent que Tara avait pris les choses en main. Disparus, les poules, les coqs et les vaches : désormais, les murs se paraient de tons chauds et naturels avec des touches de bleu et de vert pâle.

Pas un seul animal en vue.

Tandis que Ford marchait sur le parquet flambant neuf, il entendit un rire féminin venant de la terrasse du salon. Il remonta le couloir et ouvrit la porte coulissante.

Assises autour d'une table, se trouvaient quatre femmes d'âge, de taille et de physique variés. Tara occupait la place d'honneur. Ses yeux dont la couleur ambrée rappelait un whisky arrivé à parfaite maturation étaient soulignés par de longs cils noirs. Sa bouche pouvait être, à l'image de sa propriétaire lorsqu'elle le décidait, douce et chaude. Ce jour-là, elle portait du brillant à lèvres et affichait un sourire professionnel. Durant ces derniers mois, elle s'était laissé pousser les cheveux, de sorte que ses soyeuses mèches brunes lui caressaient les épaules, encadrant le visage qui hantait les rêves de Ford. Comme toujours, habillée en battante, elle portait une élégante robe très ajustée avec une rangée de boutons qui descendait le long de sa silhouette élancée.

Ford s'imagina les défaire... un par un.

Avec les dents.

Elle tenait un plateau, et sur ce plateau – le cœur de Ford tressaillit – un grand broc de thé glacé, accompagné d'un seau de glaçons et de quartiers de citrons. Exactement ce qu'il fallait à Ford pour étancher sa soif. Il avait sûrement dégluti bruyamment, car tous les regards convergèrent vers lui. Y compris celui de Tara. En fait, celle-ci examina le corps de Ford, avant de revenir brusquement à son visage. Les grands yeux avec lesquels la jeune femme le regardait avaient quelque chose de gratifiant.

Venant des autres, il entendit des hoquets de surprise et quelques « waouh », auxquels se mêla un « oh, mon Dieu ! » venu du fond du cœur. Ce qui l'incita à jeter un coup d'œil à sa tenue.

Non, il ne rêvait pas encore qu'il se baladait nu en public. Il était bien réveillé et habillé de son short de basket préféré – peut-être porté un peu bas sur les hanches, mais dissimulant quand même l'essentiel – et de chaussures de course, sans chaussettes.

Pas de tee-shirt non plus. Il avait oublié de remplacer celui qu'il avait enlevé.

— Hé ! les salua-t-il.

— Qu'est-ce que tu fais là ? demanda Tara, sa voix douce teintée d'un accent du sud laissant clairement entendre qu'elle n'était pas heureuse de le voir.

Pourtant, curieusement, elle le contemplait avec l'air de quelqu'un qui n'avait rien mangé depuis un bail et se retrouvait devant un buffet composé de ses plats favoris.

Il décida que ça lui plaisait, presque autant que la façon dont la respiration de la jeune femme s'était accélérée.

— J'ai un cadeau pour toi de la part de Lucille.

En voyant le coffret de bois, Tara se figea, puis contourna la table pour venir le chercher.

— On dirait celui que nous avons perdu, murmura-t-elle en l'ouvrant.

Quand elle en découvrit le contenu, un éclair de déception traversa son regard, si bref que Ford faillit ne pas le voir.

— Qu'est-ce qu'il y a ? demanda-t-il en faisant un pas vers elle sans tenir compte des autres personnes présentes sur la terrasse. Qu'est-ce qui ne va pas ?

— Rien. (Tara serra le coffret contre sa poitrine en secouant la tête.) C'est juste que l'original, celui qui a disparu dans l'incendie, était rempli de « phoebismes ».

— De « phoebismes » ?

— Ma mère. Au fil des ans, elle avait écrit toutes sortes de petits… conseils – je suppose qu'on peut les appeler comme ça – pour mes sœurs et moi. Des choses du genre : « Un bon verre de vin est la solution à tout. Même si on n'a pas de problème. »

Les quatre femmes, qui avaient toutes connu et apprécié Phoebe, émirent un petit rire plein de tendresse.

Ford aussi avait eu un faible pour Phoebe. Elle avait fait partie de la clique de Lucille, et des meilleures clientes de son bar. Alors qu'il souriait à ce souvenir, Tara fit de nouveau mine de ne pas regarder son torse avant de se détourner.

Une réaction intéressante de la part de quelqu'un qui, au cours des derniers mois, avait passé un temps fou et dépensé une énergie considérable à ne surtout pas le remarquer.

— Offrez-lui une chaise, ma chérie, intervint Rani, la bibliothécaire de la ville.

Tara se retourna vers Ford, visiblement paniquée à l'idée de le voir rester.

Encore une réaction intéressante.

— Ford ne peut pas rester, affirma-t-elle en le regardant dans les yeux. Il est… occupé. Très occupé. Je suis sûre qu'il n'a pas de temps à perdre avec notre petite réunion.

— Je ne suis pas si occupé que ça, répliqua Ford en jetant un coup d'œil à la table.

Devant chaque femme se trouvait un assortiment d'assiettes garnies de desserts à l'aspect alléchant, probablement préparés par Tara au restaurant, vu que la cuisine de l'auberge n'était toujours pas opérationnelle.

Cela avait l'air bon, délicieux même.

Il y avait également du vin, du moins ce qu'il en restait, et tout le monde, excepté Tara, paraissait sacrément détendu pour une réunion.

— De plus, ajouta-t-il, ça ressemble davantage à une petite fête.

— C'est le club d'horticulture, corrigea Tara tout en continuant à lui bloquer le passage. Ces dames ont eu l'amabilité de venir goûter quelques en-cas que j'aimerais proposer à nos futurs clients.

L'estomac de Ford gronda, lui rappelant qu'il avait sauté le déjeuner.

— Je suis un excellent goûteur, dit-il en affichant son plus charmant sourire.

— Mais tu es tellement occupé, rétorqua-t-elle de sa voix la plus aimable, tandis que ses yeux lui opposaient un refus catégorique.

— Oh, mais je ne le suis jamais trop pour toi.

Ford ne comprenait absolument pas ce qui le poussait à la taquiner ainsi. Peut-être se vengeait-il inconsciemment de ces longs mois durant lesquels elle avait fait comme s'il n'existait pas. Et puis, c'était tellement amusant. Par ailleurs, il savait que l'éducation sudiste de Tara ne lui permettrait pas d'exprimer le fond de sa pensée, pas en public en tout cas.

« Que Dieu nous garde de nous comporter en rustres devant des invités. »

Tara lui lança un regard éloquent, elle devait s'imaginer qu'elle l'étranglait à mains nues. Il sourit de plus belle. C'était plus fort que lui. Pour la première fois depuis bien trop longtemps, il se sentait vivant. Bien vivant.

Reconnaissant sa défaite avec sa bonne grâce coutumière, Tara se dirigea vers la table, près de la balustrade, où se trouvaient ses réserves. Elle prit une assiette, la remplit, puis l'enveloppa dans de l'aluminium.

Ford allait avoir droit au menu « à emporter ».

— Il a l'air d'avoir soif aussi, intervint de nouveau Rani.

Décidément, il l'aimait bien, cette Rani.

— Mais oui, ma chère, renchérit une autre femme, servez donc à ce pauvre travailleur un verre de thé glacé. On ne laisse pas un homme de ce calibre s'abreuver à un tuyau d'arrosage.

— Merci, Ethel, murmura Ford en regardant le visage fermé de Tara.

C'est ainsi qu'il aperçut une lueur de surprise dans les yeux de la jeune femme. Eh oui, il connaissait Ethel ! Elle dirigeait le foyer communal. En fait, c'était déjà le cas vingt ans plus tôt, quand il avait envoyé une balle de baseball à travers la fenêtre de son bureau, manquant de peu de la décapiter. Ah, le bon vieux temps !

— Reste, je t'en prie, ajouta Ethel en tapotant une chaise libre à côté d'elle.

— Mais il n'est pas correctement habillé pour une dégustation, objecta Tara en reluquant une fois de plus le torse nu de Ford, les pupilles dilatées. Il y a la régulation sur l'hygiène, et...

— On ne dira rien, l'interrompit Sandy, secrétaire de la mairie de Lucky Harbor. De plus, nous sommes dehors. Sa tenue est parfaite.

Sandy était allée à l'école avec Ford. Elle avait été déléguée de classe, chef des pom-pom girls, et clown de service. Ford lui adressa un sourire.

Elle lui répondit par un clin d'œil coquin.

— Le mari de ma sœur songe à acheter un bateau à retaper, je lui ai promis que je te demanderais ton avis, ajouta-t-elle.

— C'est le bon moment. Le marché est à la baisse, il devrait pouvoir trouver des occasions intéressantes. S'il a besoin de mon aide pour les négociations, dis-lui de me passer un coup de fil.

— Un homme qui sait manier des outils et qui a le sens des affaires, s'extasia Rani avec un soupir rêveur.

— Oui, approuva Tara en grinçant des dents, les yeux rivés sur Ford. Une vraie perle.

De toute évidence, elle n'en pensait pas un mot. Certes, sa voix était douce et aimable, mais quiconque la connaissait un tant soit peu pouvait deviner ce qu'elle ressentait vraiment.

Et, bien que Tara refuse de l'admettre, Ford la connaissait. Il savait qu'elle ne rêvait que de l'envoyer balader… le plus loin possible.

— Je peux te parler ? lui demanda la jeune femme.

— Bien sûr, répondit-il sur le même ton amène en s'appuyant à la balustrade pour plus de confort.

— Seuls, ajouta-t-elle avec insistance.

Puis, sans attendre de réponse, elle fourra l'assiette dans un sac, remplit un verre de thé glacé et passa devant lui pour rentrer dans l'hôtel d'une démarche chaloupée et pleine de morgue.

Visiblement certaine qu'il la suivrait.

Il la regarda quitter la terrasse en admirant la vue, mais ne bougea pas. Il n'aimait pas trop les ordres, même donnés par une femme aussi belle que coincée et qui se prenait pour un dictateur.

Sauf s'ils étaient au lit. Dans ce cas, tant qu'il pouvait retourner la politesse, ça ne le dérangeait pas le moins du monde.

Mais il y avait chez Tara quelque chose qui, en dépit de lui-même, l'attirait, le prenait à la gorge et ne le lâchait pas. Peut-être était-ce son apparence de dure à cuire qui, il le savait, dissimulait avec peine un cœur tendre et meurtri. Autrefois, il avait eu accès à ce qui se trouvait derrière la façade, et, pour être honnête, il ne souhaitait pas renouveler l'expérience. En revanche, il n'aurait pas été contre le fait de revoir ce que cachaient ses vêtements. C'était plus fort que lui. Elle avait un corps vraiment superbe.

Et il avait également très envie de ce thé glacé. Presque autant que de…

Que d'elle, comprit-il avec inquiétude. Aussi insensé que cela puisse paraître, il la voulait, elle. Il la suivit donc à l'intérieur.

Chapitre 3

Le changement, c'est bien ; l'argent, c'est mieux.
Tara Daniels

Dans le couloir fraîchement repeint menant au salon, Tara attendit avec un calme imperturbable qu'un Ford à moitié nu se décide enfin à entrer.

Sans se presser.

Évidemment. Ford ne se pressait jamais quand il pouvait flâner. Il ne se hâtait jamais pour rien. Ce grand gaillard sexy allait où il le voulait, quand il le voulait.

Elle était consciente d'avoir eu de la chance qu'il se décide à la suivre. Cet homme était imprévisible.

Spontané.

À ne pas confondre avec impulsif. Car Ford, malgré son sens de l'humour et son insolence, était l'une des personnes les plus réfléchies que Tara ait jamais rencontrées. C'était un de leurs rares points communs. Elle lutta pour le regarder dans les yeux, seulement c'était plus fort qu'elle : certes, elle l'avait déjà vu torse nu auparavant, mais ça faisait une paie.

Il vit qu'elle l'observait et tendit la main pour jouer avec la dentelle de sa robe.

— Pourquoi tes tenues donnent-elles toujours l'impression que tu pars assister à une réunion de travail ?

— Je suis à une réunion de travail. En quelque sorte. (Elle marqua une pause avant d'avouer la vérité.) Mais, la plupart du temps, je porte des robes ou des jupes parce que les pantalons me font des fesses horribles.

Ford s'esclaffa et se rapprocha, si près qu'elle sentit sur lui l'odeur de l'océan. Salée et acide, si masculine que la jeune femme fut tentée de se pencher pour y goûter.

Juste un petit coup de langue, de son sternum à la ceinture de son short, se dit-elle.

Les yeux de Ford brillèrent d'un éclat malicieux, comme s'il avait deviné son désir secret, mais il se tut et lorgna la partie incriminée.

Ford Walker, inspecteur ès fesses.

— Elles me semblent très bien, vues d'ici, affirma-t-il d'une voix rauque qui éveilla chacune des zones érogènes de son corps. Parfaites, même. (Il fit mine de réfléchir.) Mais peut-être que je devrais toucher pour m'en assurer.

Avant qu'elle puisse prononcer un mot, il fit glisser une main le long de son dos, des idées sulfureuses en tête.

Avec un rire gêné, elle éloigna sa main.

— Je te crois sur parole.

— Alors, dit-il en reprenant contenance plus rapidement qu'elle. Toujours constipée ?

— Quoi ? s'étrangla Tara.

Ford haussa une épaule et tenta, sans succès, de réprimer un sourire.

— Depuis la dernière fois, le bruit circule en ville que tu aurais des soucis.

— Le bruit circule en ville, répéta-t-elle à voix basse en fermant les yeux.

Elle compta intérieurement jusqu'à dix. *Garder son calme, rester zen.* Sans obtenir l'effet recherché.

— Je crois que Lucille l'a posté sur Twitter, et ça a fini par atterrir sur Facebook, continua-t-il sans chercher à dissimuler son amusement. Elle a profité de l'occasion pour publier la recette d'un remède. Tu prends quelques prunes, tu les dénoyautes, tu les mets dans un mixer et…

Tara l'interrompit :

— Je ne suis pas…

Elle s'arrêta net et jeta un coup d'œil à travers la porte vitrée, avant de reprendre en baissant la voix pour ne pas être entendue :

— Je ne suis pas constipée !

— Tu en es sûre ?

— Absolument.

Le sourire de Ford s'élargit, et elle se sentit agitée par des émotions contradictoires : d'un côté son cerveau lui donna l'impression de fondre, et de l'autre son sang se mit à bouillir. Comment était-ce possible ? Comment pouvait-il la rendre folle de rage et de désir en même temps ? Elle n'y comprenait vraiment rien.

— Tiens, dit-elle en lui tendant le thé glacé et le sac de desserts. Et j'ai réfléchi à ta demande de l'autre jour au festival, au fait que nous soyons amis…

En réalité, elle n'avait pensé qu'à ça. Ils s'étaient déjà plantés une fois. Et en beauté. Elle secoua la tête.

— Je ne peux pas recommencer, Ford.

La dernière fois, elle avait bien failli ne pas s'en remettre. Lui seul semblait capable d'arriver à ce résultat, et elle ne voulait pas – ne pouvait pas – reprendre ce risque.

— Je ne t'ai pas demandé de recommencer, répliqua-t-il.

Elle croisa son regard sans pouvoir y déchiffrer quoi que ce soit et rougit, car il avait raison. Il ne lui avait pas demandé de retomber éperdument amoureuse : il lui avait juste proposé une partie de jambes en l'air. Cela n'avait rien à voir.

— Ça reste une mauvaise idée. Et tu le sais. Maintenant, s'il te plaît, pars.

— Tu aimes bien ce verbe, remarqua-t-il. « Partir. »

Ce reproche, tout sauf subtil, lui rappela douloureusement leur passé commun. Elle lui en voulut terriblement de le lui jeter ainsi à la figure, car elle estimait qu'en partant ainsi elle lui avait rendu le plus grand des services. Et pas une seconde elle n'avait pensé qu'il ait pu ressentir autre chose que du soulagement quand elle était sortie de sa vie, surtout vu la façon dont elle l'avait bouleversée. En tout cas, il ne lui avait pas couru après. Il s'était contenté de la laisser filer. Ces cruels souvenirs la frappèrent de plein fouet, et c'est la gorge serrée qu'elle reprit la parole.

—On ne va pas parler de ça maintenant, Ford.

—Très bien. Plus tard alors.

—Jamais.

—Jamais, c'est loin, répliqua-t-il d'une voix égale.

Quand bien même sa vie aurait été en jeu, Tara aurait été bien incapable de retrouver son calme, elle, et ça lui tapait sur le système. Qu'il puisse aborder ce sujet avec une telle nonchalance donnait envie à la jeune femme de lui balancer son thé glacé à la figure. Mais deux choses l'arrêtèrent. Premièrement, si elle faisait cela, en plus d'être à moitié nu il serait mouillé : regarder le thé dégouliner le long de ses pectoraux bronzés pratiquement glabres et de ses abdos en tablettes de chocolat risquait de se révéler difficile à supporter. Et là elle ne parlait que de la partie supérieure de son corps. Mon Dieu, si son short se retrouvait lui aussi trempé, elle le verrait dans toute sa gloire.

Et quelle gloire…

Bref.

Le second problème, le seul en réalité, était qu'un tel geste reviendrait à se dévoiler, et ce n'était pas le genre d'erreur qu'elle pouvait se permettre avec Ford. Il avait peut-être l'allure et le comportement d'un adolescent fêtard, mais elle savait que son indolence dissimulait un esprit affûté. Elle se contenta donc de lui tendre de nouveau le verre et le sac.

Ford accepta les deux, frôlant de ses grandes mains bronzées celles, beaucoup plus petites, de Tara.

— Merci, dit-il. Je suis sûre que ce sera parfait, tout comme les desserts.

— Serais-tu en train de me passer de la pommade ?

— J'essaie. (Il esquissa un sourire.) Ça fonctionne ?

— Non.

Si. Mince !

À travers les baies vitrées, elle entendait les dames qui papotaient toujours, et elle tenta de parler aussi bas que possible.

— Bois ton verre. Tu as l'air complètement déshydraté, et je ne voudrais pas que tu tombes dans les pommes.

— Waouh ! Tu t'inquiètes pour moi.

Oui. Mais la question n'était pas là, pour aucun des deux. C'était plutôt un problème d'investissement. Pour lui. Elle n'avait plus dix-sept ans et seulement envie de bon temps. Elle voulait plus. Probablement beaucoup plus que ce que Ford souhaitait donner. Elle le connaissait – enfin, elle était pratiquement sûre de le connaître. Elle avait suivi sa carrière et lu tout ce qui paraissait sur lui. Et pendant les six mois qui venaient de s'écouler, elle avait également observé sa façon de vivre.

Il avait mûri, cela ne faisait aucun doute. Autrefois, il avait failli glisser sur la mauvaise pente, mais il s'était repris. C'était un homme bien, qui avait choisi de quelle façon gagner sa vie, et cela lui réussissait. Mais il avait toujours cette espèce de désinvolture, cet état d'esprit de « advienne que pourra », sans chercher à garder quoi que ce soit, ou qui que ce soit, sur le long terme.

Et, pour elle, c'était là que le bât blessait. Ils avaient déjà eu une chance et l'avaient laissée passer. Fin de l'histoire.

— Je ne tiens pas à refaire la une de la page Facebook de Lucky Harbor, dit-elle. Nous n'avons pas besoin de ce genre de publicité.

— Je compte pour toi, répéta-t-il doucement.

Elle réfléchit un instant, mais ne vit aucune raison de nier, d'autant qu'il avait toujours su lire dans son cœur et son âme comme dans un livre ouvert. À une époque, il avait tout vu d'elle et lui avait donné le sentiment d'être la femme la plus magnifique et la plus digne d'amour de toute la planète – dans les limites de ce que pouvait ressentir une adolescente de dix-sept ans.

— Oui, admit-elle avec douceur. Tu comptes pour moi.

Il la contempla un long moment, visiblement surpris par cet aveu. Puis il rompit le contact visuel et engloutit le thé glacé en deux gorgées. Laissant échapper un profond soupir de satisfaction, il baissa les yeux pour lui adresser un sourire du haut de son mètre quatre-vingt-quinze et lui rendit le verre.

Il y avait ça aussi. Tara était plutôt grande. Pieds nus, elle mesurait pas loin d'un mètre soixante-quinze, et ce jour-là elle portait en plus des talons hauts. Pourtant, à côté de lui, elle se sentait petite.

Petite et… féminine.

— OK. (Elle posa le verre et fit pivoter Ford en direction de la porte d'entrée, sans tenir compte des fourmillements provoqués par le contact de ses biceps chauds et fermes sous ses doigts.) Ça m'a fait plaisir de te voir. Mais là il est temps que tu y ailles…

— Qu'est-ce qui presse ? Tu as peur de ne pas pouvoir te retenir de me sauter dessus ?

Vu qu'il approchait bien trop près de la vérité, elle le poussa un peu plus.

— Chut ! Je n'ai vraiment pas envie que ces femmes t'entendent parler comme ça.

— Ce n'est pas ma faute. C'est toi qui ne peux pas t'empêcher de me tripoter.

Elle baissa les yeux et constata qu'en effet elle n'avait pas retiré ses doigts. En fait, elle était pratiquement en train de le caresser.

Merde!

Elle retira prestement sa main dans l'espoir de conserver le peu de dignité qu'il lui restait.

—Je n'ai pas dit que ce serait ta faute, j'ai dit que ça me dérangeait.

Il éclata de rire.

—Depuis quand est-ce que tu te soucies de ce que les gens pensent de toi?

—Depuis que je veux impressionner ces femmes, qui ont toutes un carnet d'adresses bien rempli et qui, avec un peu de chance, nous enverront leur famille et leurs amis. Alors, s'il te plaît, Ford. Je t'en prie, tu dois partir. Tu pourras me retourner le cerveau une autre fois, promis.

À l'extérieur, les femmes parlaient toujours:

—Mon Dieu! dit l'une d'entre elles, probablement Ethel. J'en ai encore des bouffées de chaleur. Si cet homme se balade régulièrement dans le coin torse nu, j'irai crier sur tous les toits que cet hôtel est le nec plus ultra.

Ford croisa le regard de Tara et haussa un sourcil.

—Oh, pour l'amour de Dieu! (Elle cessa d'essayer de le mettre dehors.) C'est ton satané corps, rien de plus!

—Et n'oublie pas mon charme, renchérit-il sur un ton enjôleur. Laisse-moi y retourner, Tara. Tu verras, ça va t'aider.

Et s'il y avait une chose qu'elle savait à propos de Ford, c'est qu'il ne faisait jamais de promesse en l'air. Sa parole était aussi sûre que de l'argent en banque. S'il disait qu'il allait aider, il le ferait.

Elle pouvait lui faire confiance, à lui.

Mais pas à elle-même.

Même pas un tout petit peu. Elle s'adossa au mur et se couvrit les yeux, se disant que ne pas le regarder lui permettrait de se remettre les idées en place.

Sauf qu'il posa une main à plat sur le mur, tout près de sa tête.

— Arrête ça, implora-t-elle quand il se pencha vers elle. Tu es… *(à croquer)* dégoulinant de sueur.

Il se rapprocha jusqu'à ce que leurs corps se frôlent.

— Tu aimais ça, avant, quand je dégoulinais de sueur.

Oh oui ! Oh que oui ! Elle avait aimé la manière dont leurs corps s'échauffaient et se collaient l'un à l'autre. Elle avait aimé leur façon de bouger ensemble. Elle avait aimé…

— C'était il y a un sacré bout de temps, dit-elle en se remémorant comment ça s'était terminé.

Mal.

Enfermant son regard dans le sien, Ford resta contre elle pendant un interminable battement de cœur avant de se décider à reculer d'un pas. Mais il demeurait encore trop proche pour qu'elle se détende.

Afin de reprendre contenance, elle s'empara du verre vide et partit le remplir sur la terrasse.

— J'en ai juste pour quelques minutes, dit-elle à ses invitées avec un sourire.

— Prenez votre temps, ma chère, lui répliqua-t-on. En tout cas, c'est ce que je ferais à votre place.

Retenant avec peine une grimace, Tara pénétra de nouveau dans la fraîcheur de l'auberge.

Ford était sur le point d'atteindre la porte d'entrée, mais il se retourna quand elle l'appela. Elle vit la surprise se peindre sur ses traits à la vue du verre plein. Il revint sur ses pas et accepta la boisson sans détacher les yeux du visage de la jeune femme.

— Pourquoi ? demanda-t-il.

— Parce que tu semblais avoir encore soif.

— Merci. Mais ce n'était pas ce que je voulais dire.

Non. Elle le savait. Tara expira lentement en essayant de garder son calme :

— Tu me fais oublier mes bonnes manières. Je déteste ça.

— Qu'est-ce que tu deviendrais sans tes bonnes manières ? dit-il en faisant courir un doigt le long de sa joue. Il t'arrive d'y repenser, Tara ? À nous ?

Elle ne faisait quasiment que ça. Elle avait profondément enterré ses sentiments longtemps auparavant, mais, à son retour à Lucky Harbor, la dalle qu'elle avait posée dessus s'était fissurée, et un fouillis d'émotions dévastatrices resurgissait chaque fois qu'elle posait les yeux sur lui.

Quand elle avait mis les pieds dans cette ville pour la première fois, à dix-sept ans – son père et ses grands-parents l'ayant envoyée en exil pour l'été –, elle était en rogne contre la terre entière. Tout à Lucky Harbor lui faisait horreur.

Jusqu'au deuxième soir.

Ce jour-là, Tara avait eu une dispute particulièrement violente avec sa mère. Elles se connaissaient mal, ce qui n'avait pas aidé. La jeune fille avait donc fini par aller bouder sur la marina où elle était tombée sur un garçon de son âge. Un garçon grand, décontracté et sexy en diable : Ford Walker.

Étendu sur un bateau, les mains derrière la tête, il contemplait les étoiles comme s'il n'avait pas le moindre souci. Il avait suffi d'un sourire indolent et d'une invitation à boire un soda pour qu'elle tombe sous le charme, et pas qu'un peu.

Il n'avait rien de commun avec les gars de chez elle. Ce n'était pas un fils de propriétaire de ranch ou un cow-boy. Ni un intellectuel ou même un sportif.

Ford était un mélange de mauvais garçon et de joyeux drille, terriblement séduisant. Il l'avait tout de suite attirée, la faisant rire alors qu'elle manquait cruellement de raisons de se réjouir. Dans ses yeux brillait un éclat malicieux. Inutile de se voiler la face : le fréquenter, c'étaient des ennuis assurés, ce qui ne l'empêchait pas d'être étonnamment attentionné.

Ils avaient pris la mer, navigué à la lueur des étoiles et nagé sous la lune.

Après cela, elle avait fait le mur chaque nuit pour rejoindre le bateau de Ford.

Aussi surprenant que cela puisse paraître, ils avaient commencé par n'être que des amis. Elle venait d'un foyer brisé et se trimballait toutes les casseroles émotionnelles qui allaient avec, dont une bonne dose de colère, de confusion et d'angoisse.

Elle se sentait si… seule.

Ford comprenait. Ses parents s'étaient également séparés quand il était jeune, et son père avait pris la tangente. Quant à sa mère, elle s'était remariée plusieurs fois : il savait donc à quel point les liens familiaux pouvaient être ténus.

Mais il était d'une nature beaucoup plus optimiste qu'elle, du genre à se constituer sa propre famille hors des liens du sang. Elle avait aimé cet aspect de sa personnalité. Elle avait aimé beaucoup de choses chez lui, y compris son petit côté fauteur de troubles et le fait qu'il l'avait poussée à sortir de son cocon.

Même s'il n'avait pas eu à beaucoup l'encourager. C'était à ce moment-là qu'ils étaient devenus plus que des amis.

À l'occasion d'une longue promenade en mer, ils avaient jeté l'ancre, arraché leurs vêtements et fait l'amour pour la première fois.

Pas sa première à lui.

Ford lui avait montré à quel point ça pouvait être extraordinaire, et ce durant un long et magnifique mois de juillet pendant lequel Tara était devenue désespérément accro au corps du jeune homme.

Et cela avait été réciproque ; elle l'avait vu, senti. Jamais ils n'avaient parlé d'amour, mais c'était bien ce qui les unissait. Ils avaient été amants dans tous les sens du terme.

Un mot d'adulte : « amants ». Mais Tara ne se sentait pas prête pour le monde adulte, à l'époque. Alors, quand elle était tombée enceinte, elle avait fait adopter le bébé avant de repartir aussi vite que possible au Texas.

Qu'importe ce qu'en avait pensé Ford à l'époque, ni l'un ni l'autre n'était prêt pour ça.

Tara n'avait pas remis les pieds à Lucky Harbor après son accouchement, pas une seule fois durant toutes ces années. Elle avait tourné la page. Elle avait fait des études et voyagé, s'était amusée. Elle était même tombée amoureuse. De Logan Perrish, un jeune homme charmant, drôle, tolérant, et une star dans le milieu de la course automobile. Tara l'avait épousé et, déterminée à réussir son mariage, avait fait tout ce qui était en son pouvoir pour s'adapter au monde de Logan, composé d'incessants déplacements, d'articles de journaux, de panneaux d'affichage et de boîtes de céréales.

Elle avait vécu la vie des épouses de célébrités, toujours sur la brèche, faisant tout son possible pour que Logan l'aime autant qu'il aimait la course.

Pourtant, quand cela avait échoué, elle était restée. Elle avait pris un engagement, et avait continué à faire semblant.

« Simule, jusqu'à ce que ce soit vrai » était devenu sa devise.

Mais, quelque part en chemin, elle avait perdu de vue qui elle était vraiment. Elle finissait toujours par se perdre. Et le pire dans tout ça, c'était que Logan n'avait rien d'un sale type : ce n'était simplement pas le bon.

Alors elle était repartie se cacher au Texas pour soigner ses blessures à l'abri des regards, luttant pour retrouver son identité – celle d'une femme qui avait traversé bien des épreuves sans baisser les bras.

Une femme qui ne se perdrait plus.

La Dame de fer avait finalement demandé le divorce. Vu que Logan était une star, il y avait bien sûr eu un contrat de mariage. Sans enfants pour compliquer les choses, elle serait volontiers partie sans rien demander. Mais son mari avait insisté pour lui donner une coquette somme, dépensée dans sa totalité quand ses sœurs et elles avaient eu besoin d'argent pour l'hôtel.

Depuis lors, elle avait développé un côté sans merci, et, peut-être aussi, inabordable. C'était une nécessité pour protéger son cœur.

Et s'épargner toute douleur.

Malheureusement, elle venait juste de briser sa propre règle en se frottant à Ford. Mais, lorsqu'il était question de lui, sa raison et son corps entraient en guerre.

Envie de lui.

Besoin de le tenir à distance.

Envie de lui…

Bataille compliquée par le fait qu'elle vivait désormais à deux pas de chez lui. Elle savait à quel point la proximité de cet homme pouvait se révéler dangereuse, surtout quand il voulait quelque chose.

Et il avait admis avoir envie d'elle. De son corps, en tout cas.

Il l'observait à présent et, constatant qu'elle ne dirait rien, secoua la tête avec sur le visage une expression douce-amère.

—Merci encore pour le thé.

Quand la porte se referma sur lui, Tara, encore tremblante, prit une profonde inspiration et souffla lentement, luttant pour retrouver son aplomb. Comme toujours, elle finit par se reprendre et put alors retourner sur la terrasse.

—Vous voilà enfin, l'accueillit l'une de ses invitées d'un air entendu. Tout va bien?

Tara sourit.

—Parfaitement bien, répondit-elle en suivant son propre conseil: «Simule, jusqu'à ce que ce soit vrai.»

Chapitre 4

La conclusion est le résultat auquel on parvient quand on est fatigué de réfléchir.
Tara Daniels

Deux jours plus tard, Tara fut réveillée par quelqu'un qui se laissa tomber sur son lit.

— On est mercredi, annonça Maddie, en rebondissant une fois de plus afin de s'assurer que sa sœur était bien réveillée.

— Le jour n'est même pas levé. (Tara fit passer son oreiller sur sa tête et se retourna.) Fous le camp.

Maddie lui arracha l'oreiller des mains.

— Mercredi !

— Trésor, il vaudrait mieux pour toi que la cafetière soit en marche.

Maddie tendit la main vers la table de nuit et lui offrit une tasse.

Après s'être assise, Tara but une gorgée et réprima un soupir qui, de toute façon, ne changerait rien. Sa cadette avait décrété que les mercredis seraient consacrés au renforcement de l'esprit d'équipe. Tant que les trois sœurs n'auraient pas appris à s'entendre, elles devraient passer ce jour de la semaine ensemble du lever au coucher.

Il n'était pas surprenant qu'elles n'y arrivent pas vu qu'elles n'avaient pas grandi ensemble. Elles le devaient au fait que Phoebe avait été une croqueuse d'hommes.

Et pas qu'un petit peu.

Le père de Tara, scientifique au service du gouvernement, n'avait pas compris ce qu'il lui était arrivé quand Phoebe l'avait envoûté. Après le divorce, il avait emmené Tara avec lui et l'avait confiée à ses parents, car lui-même voyageait très souvent. L'enfant avait passé quelques étés auprès de sa mère, la plupart du temps en camping ou sur la route avec le Grateful Dead.

Le père de Maddie, décorateur à Hollywood, avait également pris sa fille avec lui quand sa relation avec Phoebe avait volé en éclats. Maddie n'étant jamais revenue pour les vacances, Tara et elle n'avaient pas vraiment eu l'occasion de faire connaissance avant la mort de leur mère.

Chloe, quant à elle, ignorait l'identité de son père et avait l'air de s'en moquer. C'était la seule fille que Phoebe avait élevée. Elle l'avait trimballée partout. En conséquence de cette enfance nomade, Chloe se moquait comme de ses premières chaussettes des convenances si chères à ses sœurs. En fait, elle se fichait de pas mal de choses et menait sa vie au gré de ses lubies.

Contrairement à Tara dont la vie était régie par l'ordre et la bienséance. Et par la poursuite d'un objectif.

Quand Phoebe était morte et avait laissé à ses filles l'hôtel hérité de ses parents, ni Tara ni Chloe n'avait eu l'intention de rester. Et pourtant, six mois plus tard, elles étaient toujours là, toutes les trois : la Dame de fer, la Souris et la Sauvageonne.

Sur le point de passer leur mercredi à renforcer leur esprit d'équipe.

Cela faisait trois mois qu'elles avaient instauré ce rituel, et la journée ressemblait toujours à une succession de chamailleries et de bouderies, quand ce n'était pas carrément des engueulades. Tara supposait que ce jour-là ne ferait pas exception, mais, pour Maddie, elle accepta de jouer le jeu, se leva et s'habilla.

Premier arrêt : le restaurant pour un petit déjeuner. Tara fut reçue sèchement par Jan, sa patronne et la propriétaire des lieux. C'était une femme d'une cinquantaine d'années, venimeuse comme un serpent, sauf quand elle encaissait de l'argent, et qui n'aimait Tara que quand cette dernière se trouvait aux fourneaux.

Ce qui n'était pas le cas à ce moment-là.

Tara réussit à leur obtenir une table, avec à peine plus qu'un grognement. Chloe commanda des pancakes et consulta l'application de la boule magique de son iPhone pour savoir si elle allait enfin avoir un rencard dans un futur proche. Maddie demanda du bacon et des œufs accompagnés de frites puis passa son temps au téléphone avec Jax à parler de sujets qui la faisaient rougir. Quand à Tara, elle opta pour des céréales et du pain complet grillé et s'occupa en faisant ses comptes. Si ce tableau ne suffisait pas à expliquer leurs principales différences, rien ne le pouvait.

Après quoi, elles se promenèrent le long de la jetée, sous le soleil déjà brûlant, dans le but d'acheter des glaces. Pour Maddie, c'était aussi l'occasion d'aller faire un tour sur la grande roue qui la terrifiait tant autrefois. La première fois, ses sœurs avaient dû lui tenir la main. Elles ne voyaient certes pas la vie de la même façon, mais certaines choses telles que les glaces et les manèges permettaient d'outrepasser les différences.

Arrivées au glacier, elles furent accueillies par Lance. Âgé d'une vingtaine d'années, il était frêle au point de passer pour un adolescent, et la mucoviscidose qui, lentement, ravageait son corps lui donnait une voix rocailleuse. Chloe et lui étaient amis, ou plus exactement acolytes, fauteurs de troubles de haut niveau. Le jeune homme essaya de les servir gratuitement, mais Chloe refusa.

—Non, merci, lui dit-elle fermement avant de se tourner vers Tara qui, bien qu'exaspérée, sortit son portefeuille.

—Je te rembourserai, promit Chloe.

—Tu dis ça chaque fois, répliqua Tara.

—C'est vrai ? Et je te dois combien ?

—Mille milliards de dollars.

—Je m'en occupe tout de suite, répondit Chloe en souriant.

Tara regarda Maddie.

—Tu la gâtes trop, constata cette dernière avec un haussement d'épaules.

—Chut, ne dis pas ça, intervint la benjamine, elle pourrait t'entendre.

Tara était bien consciente de ne pas être réputée pour son tempérament chaleureux, ni pour ses démonstrations d'affection, lesquels vont généralement de pair avec une certaine générosité. Elle donnait souvent l'impression d'être distante, voire froide. Ce qui la surprenait, car elle n'avait pas la sensation de l'être, même si parfois elle faisait tout pour.

Elle aurait aimé ne pas avoir à s'inquiéter à propos de l'argent, de l'avenir et, plus que tout, de ses sœurs. Mais elle ne pouvait s'empêcher de se demander si Maddie s'était remise de ce que son ex lui avait infligé, et si Chloe parviendrait un jour à se sentir suffisamment en confiance pour montrer ses sentiments.

C'est pour ces raisons que Tara était restée à Lucky Harbor plus longtemps que prévu. Enfin, elle essayait de s'en convaincre.

—Alors, qu'est-ce qu'on fait maintenant ? interrogea Chloe alors qu'elles repartaient vers l'hôtel. J'ai mis mon maillot de bain, j'espère que je vais pouvoir bronzer.

—On va faire du bateau, déclara la présidente de la journée.

—On a fait du bateau la semaine dernière, et c'est tout juste si on ne s'est pas entre-tuées, protesta la benjamine.

—La semaine dernière nous avons fait du canoë, corrigea Maddie. Et Tara a failli te tuer parce que tu as ruiné sa coiffure en la faisant passer par-dessus bord. Tiens-toi tranquille et tu survivras à cette journée.

—Hum ! répliqua Chloe en regardant de façon appuyée en direction de Tara.

Elles montèrent à bord du Cape Dory, le voilier dont elles avaient hérité avec la marina.

Celle-ci était également équipée de kayaks, de canoës, d'un bateau de pêche et d'une péniche délabrée. Les louer leur permettait de faire rentrer un peu d'argent, et elles étaient déterminées à exploiter toutes les sources de revenus possibles.

Considérant que les réparations et travaux d'aménagement engloutissaient les dollars à une vitesse alarmante, elles n'avaient pas vraiment le choix.

Les économies de Maddie y étaient passées. Ainsi que celles de Tara. Un petit prix à payer pour une nouvelle vie, se rappela-t-elle. Une vie qu'elle mènerait en suivant ses envies, et non celles des autres.

— Tara, dit Maddie avec un signe de la main, tu seras à la barre.

— *Yes* ! triompha Chloe en retirant sa minuscule robe d'été, révélant ainsi un bikini rouge plus minimaliste encore. C'est l'heure de se dorer la pilule, mesdames.

Tara mit le moteur en marche pour sortir de la marina et se tourna vers Maddie dans l'attente de ses instructions.

— Oriente la proue dans le sens du vent, indiqua Maddie.

Elle avait pris des leçons avec Ford et était la seule à savoir piloter le bateau.

Tara aussi avait pris des cours avec Ford. Mais ça remontait à dix-sept ans, et ce qu'il lui avait enseigné alors n'avait rien à voir avec la navigation.

— Qu'est-ce qu'il y a ? demanda Maddie, faisant ainsi prendre conscience à Tara qu'elle souriait à l'évocation de ces souvenirs.

— Rien, rien.

— On ne sourit pas comme ça pour rien, fit remarquer Chloe.

Tara fit mine de ne pas l'entendre.

— Dans le sens du vent, répéta Maddie.

Tara regarda autour d'elle afin de déterminer d'où venait le vent.

—Dépêche-toi, lui intima Maddie, où on va se faire déborder.

Tara ne savait pas exactement ce que cela voulait dire, mais ça n'avait pas l'air d'être une bonne chose. Le bateau tangua sur la droite, puis sur la gauche, suivant la houle. Le vent lui fouettait le visage, faisant voler ses cheveux dans toutes les directions, de fait elle n'avait aucune idée du sens dans lequel il soufflait.

—À l'ouest! hurla Maddie, à l'ouest!

—D'accord, d'accord, répondit son aînée en riant, amusée par l'autorité dont s'était parée la voix de l'ancienne souris. C'est parti pour l'ouest.

Elle n'avait plus qu'à déterminer où se trouvait l'ouest.

—À gauche!

Tara vira donc à gauche.

—Tire sur la drisse! cria Maddie.

Tara lui jeta un regard perplexe.

—Tu peux me traduire ça?

—Hisse la voile!

—Tu devrais ajouter « matelot », commenta Chloe en se tartinant de crème solaire.

Maddie se tenait droite, les jambes écartées, ses vêtements flottant au vent, telle une pirate des temps modernes.

—Tire, ordonna-t-elle tandis que Tara se démenait pour lui obéir. Enroule la corde autour du levier.

Tara jeta un coup d'œil à Chloe qui offrait son visage au soleil, le sourire aux lèvres. *La petite garce.*

—Ce n'est pas au tour de Chloe? demanda-t-elle avec espoir.

—Pas encore, répondit l'intéressée. Je sens mon asthme qui revient.

Elle fit mine de tousser, puis d'avoir des difficultés à respirer.

Maddie éclata de rire.

— Ça manque de glaires pour être crédible.

Chloe exagéra sa respiration et finit par tousser pour de bon, arrachant ainsi un soupir à Tara qui s'attela à hisser la voile. Elle aurait voulu que ce soit elle, la pirate en train d'aboyer des ordres.

— Plus fort, lui intima Maddie, encore plus fort.

— On dirait une réplique de film porno, fit remarquer Chloe.

— Déroule le foc, poursuivit Maddie en faisant la sourde oreille. Dépêche-toi.

Il fallait admettre qu'elle était plutôt mignonne dans le genre tyran avec son corsaire et son débardeur. Elle avait l'air en pleine forme physique et maîtresse de la situation, même en grignotant sa chips…

Eh, attends une minute !

Tara plissa les yeux en regardant la chips. C'était injuste !

— Hé ! Si tu étais un bon capitaine, tu partagerais.

Maddie jeta un coup d'œil dans le paquet, probablement pour estimer s'il lui en restait assez pour partager. Tara savait qu'elle considérait les chips comme un don du ciel, la deuxième meilleure chose au monde. Il n'y avait encore pas si longtemps, elles occupaient la première place, mais Maddie était tombée amoureuse de Jax, et le sexe était passé en tête de liste.

La jeune femme avait le sens des priorités. Et, tandis qu'elle offrait à contrecœur quelques chips à Tara, cette dernière admit qu'il était également temps pour elle de revoir les siennes.

Elles naviguèrent pendant une heure avec Chloe étalée de façon à prendre le maximum de soleil, son inhalateur coincé sur sa hanche sous la ficelle de son bikini. Des lunettes de soleil dignes d'une star étaient perchées sur son nez, et elle avait rassemblé ses longs cheveux roux en une queue-de-cheval qui dépassait à l'arrière d'une casquette de baseball sur laquelle on lisait : « Osez vous mouiller. »

Tara baissa les yeux sur sa tenue. Elle ne s'était pas habillée spécialement pour l'occasion. Son pantalon de toile et son chemisier auraient été probablement plus adaptés pour se rendre au bureau, mais elle n'avait que ça de propre. De plus, tout le monde sait que ce n'est pas ce que l'on a en banque, ni où on pose la tête la nuit qui importe, mais ce que l'on porte et comment on le porte.

— Redis-moi pourquoi Chloe se contente de rester allongée là à jouer les sirènes ? demanda-t-elle en se tournant vers Maddie.

— Waouh, merci ma chérie, répondit ladite sirène sans même ouvrir les yeux.

— Chloe va se lever et tout refaire dans l'autre sens, afin de nous ramener à la marina, les informa Maddie.

Chloe soupira mais obtempéra et se releva en souplesse.

Tara lui lança un « na ! » satisfait et on ne peut plus immature en allant prendre sa place. Il fallut une heure de plus pour rentrer, et durant tout ce temps elle savoura la sensation du bateau qui roulait sous elle, le parfum salé de l'océan et la chaleur du soleil séchant ses vêtements et sa peau. Elle ne put réprimer un sentiment de satisfaction et de supériorité en écoutant Maddie qui jouait à présent au petit dictateur avec Chloe.

— Attention à tribord, cria Maddie alors que Chloe orientait le voilier vers la marina. Tribord !

— OK, mais qu'est-ce que c'est que ce fichu tribord ? hurla Chloe en réponse.

— Le flanc droit. Fais attention au flanc droit ! Purée, mais vous ne retenez jamais rien de ce qu'on vous dit ?

La benjamine jeta un regard en coin à Maddie qui était d'ordinaire si facile à vivre.

— Soit tu as trop forcé sur le café ce matin, soit tu n'as pas eu ta dose de sexe au réveil.

Maddie se renfrogna.

— Manque de sexe, trancha Chloe.

— Pour ton information, je me suis levée tôt pour avoir ma dose de… sexe, répliqua Maddie en chuchotant le dernier mot. Et je ne vois pas ce que ça vient faire là-dedans.

— Ça vient faire que tu es beaucoup plus détendue quand Jax…

— Chloe, interrompit Tara qui ne voulait pas que l'on taquine Maddie sur ce sujet. Tout ne tourne pas autour du sexe.

— Quand tu es à la diète, je t'assure que si, marmonna Chloe.

— Autocensure, dit Tara, voilà un mot que tu devrais ajouter à ton vocabulaire.

— Toi, laisse-moi tranquille. Tu pourrais t'envoyer en l'air avec Ford, tu sais ? C'est vrai, quoi, tu as vu la façon dont il te regarde ?

— Et tu serais capable de déclencher une dispute dans une maison vide, soupira Tara.

— Ou sur un bateau, admit Chloe pas du tout vexée. Joli changement de sujet. Pourquoi cela t'ennuie-t-il autant de parler de sexe ?

Tara secoua la tête.

— Tu sais que parfois on peut aussi ne pas parler du tout, n'est-ce pas ?

— J'ai en effet tendance à rater des occasions de me taire, répondit la jeune femme avec un sourire bon enfant.

— Eh ! intervint Maddie, ça ferait une bonne citation pour la boîte de recettes, Tara ! « Ne rate jamais une bonne occasion de te taire. » Chloe ! hurla-t-elle en pointant un doigt en avant. La vague…

Trop tard. Une grosse vague s'éleva au-dessus du nez du bateau et les éclaboussa.

— Tu ne fais pas du tout attention, lui reprocha Maddie après s'être essuyé le visage.

—Tu sais quoi ? déclara Chloe en levant les mains. Piloter un bateau est bien trop stressant pour moi.

Maddie prit le relais tandis que sa jeune sœur sortait son inhalateur pour prendre une bouffée.

—Et puis, c'est pour qui ces fiches recettes ? demanda Chloe.

—Ma fille, répondit Tara sans réfléchir.

—Oh. (Maddie esquissa un sourire.) C'est adorable. Tu penses qu'elle les lira un jour ?

—C'était une adoption fermée. Je n'ai aucun moyen de la retrouver. Ce sera à elle de me chercher.

En entendant le regret dans sa voix, elle préféra ne rien ajouter, elle ne voulait pas y penser. Cela faisait longtemps qu'elle s'efforçait de ne pas y penser. La honte et la culpabilité qu'elle ressentait d'avoir abandonné l'enfant n'appartenaient qu'à elle.

—Tant qu'on est sur le sujet… Tu es enfin prête à nous dire qui est le père ? glissa Chloe.

Tara lui jeta un regard noir – celui qui, d'après son ex, signifiait : « Ne m'oblige pas à me fâcher. » Sans succès.

—Avoue. C'est Anderson, du magasin de bricolage ? Parce qu'il craque complètement pour toi.

—Non, répondit Tara. Il craque pour Maddie. Enfin il craquait avant qu'elle lui brise le cœur en sortant avec Jax.

—Alors c'est Ford. C'est ça, Ford est le père, déclara Chloe.

Tara se figea, avant de prendre sur elle pour essayer de se détendre.

—Quoi ?

—Oui ! triompha la jeune femme en souriant. En fait, on le sait depuis un moment. Je te taquinais avec Anderson.

—Chloe, intervint Maddie, tu es en train de la piéger, ça ne faisait pas partie du plan.

— Du plan ? Quel plan ? Vous aviez prévu de m'emmener en mer sous le prétexte de renforcer notre esprit d'équipe, tout ça pour me cuisiner ?

— Personne ne te cuisine, répliqua Maddie avec douceur. Nous sommes tes sœurs. Nous sommes là pour te soutenir.

— Et puis, sérieusement, te comporter comme si Ford n'existait pas, ça t'a trahie. Il est impossible de ne pas remarquer un homme pareil.

— Il est hors de question qu'on discute de ça, coupa Tara avec fermeté.

Chloe soupira.

— Je t'assure, si on en parlait au lieu de toujours tout garder pour nous, on serait moins grincheuses. Et par « on », j'entends « toi ».

— Pas de discussion.

— D'accord. Dans ce cas est-ce qu'on peut parler de ton rendez-vous de demain soir ?

Maddie ramenait le bateau vers le quai avec bien plus de dextérité que Tara, mais cette dernière ne s'en souciait pas. Elle avait le regard rivé sur sa plus jeune sœur.

— Comment es-tu au courant pour le rendez-vous ?

— Tu plaisantes ? Je te rappelle qu'on est à Lucky Harbor. Ethel a vu Carole à la poste et lui a raconté qu'elle t'avait arrangé un rencard avec son petit-fils de passage en ville. Carole l'a dit à Jeanne dans le bureau de Jax. Puis Jeanne l'a dit à Sandy, qui l'a répété à Lucille. Et vu que Lucille l'a posté sur Facebook, tout le monde peut maintenant le lire.

Tara réprima un grognement. Après la dégustation de l'autre jour avec les membres du club d'horticulture, Ethel avait coincé Tara pour lui demander si Ford la courtisait. La jeune femme avait failli s'étouffer avec sa tarte au citron, autant à cause de la question en elle-même que de la connotation désuète et vieux jeu du verbe « courtiser ». Il n'y avait rien de désuet chez Ford, et encore moins de côté vieux jeu. Surtout si l'on considérait ses intentions. Elle avait donc répondu à Ethel que Ford n'était absolument pas en train de la courtiser, tout en omettant de parler de leur attirance mutuelle. C'est là qu'Ethel avait mentionné une faveur.

Tara avait accepté à contrecœur, ce qui avait bien fait rire la veille dame.

— Oh non, ma chère, vous ne comprenez pas ! C'est moi qui vous fais une faveur. Je vous organise un rendez-vous avec mon petit-fils, Boyd. C'est un homme merveilleux, attentionné et doté d'une magnifique personnalité.

Chloe souriait de toutes ses dents, et Tara refusa d'admettre qu'elle regrettait déjà cette décision.

— Bon, je sors dîner, et après ?

— Eh bien, si tu étais plus maligne, à la place de dîner avec ce type, tu prendrais le petit déjeuner avec Ford.

Tara sentit son ventre se nouer à cette pensée.

— Je suis sûre que Boyd est très gentil.

— Ça fait combien de temps que tu n'es pas sortie ? Deux ans ? Trois ? Dix ?

Tara ne prit même pas la peine de relever. Pas tellement parce qu'elle ne voulait pas, mais parce qu'elle ignorait la réponse.

— Tu n'as pas besoin de quelqu'un de gentil, reprit Chloe. Tu as besoin de...

Elle fut interrompue par Maddie qui, par accident, lui donna un coup de bouée sur la tête. Tara fit mine de ne pas voir la bagarre qui s'ensuivit, mais prit les commandes du bateau afin qu'elles ne finissent pas toutes noyées. Les voiles étant abaissées, elle mit le moteur en marche pour ramener le bateau à quai, en accélérant un peu plus que nécessaire. Elle se concentra, sans tenir compte du glapissement de Maddie ni du cri de Chloe, et prit de plein fouet une grosse vague qui secoua violemment le bateau.

— Oh, mon Dieu, s'exclama Maddie. Il faut que tu barres à…

— Désolée, l'interrompit Tara.

— Et le…

— Je sais, interrompit-elle encore.

— Est-ce que tu es aussi au courant que tu es une Madame Je-Sais-Tout ? demanda Chloe d'un air détaché en se recoiffant avant de réajuster son bikini.

Tara lui jeta un regard assassin, et la jeune fille haussa les épaules.

— On se posait la question, c'est tout.

— On ?

Tara reporta son attention sur Maddie, qui grimaça.

Respirant à présent avec une difficulté évidente, Chloe prit son inhalateur, le secoua et inspira une nouvelle bouffée. Elle retint son souffle pendant une dizaine de secondes, puis expira.

— Je ne suis pas censée me battre, reprocha-t-elle à Maddie. Eh oui, « on ».

Tara, qui ne s'attendait pas à ça, en fut blessée, mais elle ne le montra pas.

— Vous avez discuté du fait que je suis une Madame Je-Sais-Tout ?

— Enfin, nous avons parlé de ton balai dans le cul, de ton besoin obsessionnel d'avoir raison, et de ton côté grincheux.

— Je ne suis pas grincheuse.

— Mais tu reconnais que tu es coincée et que tu as toujours raison ?

— Je suis prudente, répliqua Tara sur la défensive en pointant le menton en avant. Et pour ce qui est de toujours avoir raison, quelqu'un doit bien s'en charger.

D'accord, elle savait que ce n'était pas le cas, mais elles avaient parlé d'elle dans son dos. Certes, elle était peut-être un peu dure avec ses sœurs parfois, mais elle se comportait comme ça avec tous ceux qui comptaient vraiment pour elle.

Elle ne voyait pas l'intérêt de laisser Chloe s'attirer des ennuis sous prétexte qu'elle vivait avec l'insouciance de la jeunesse. Élevée par Phoebe, la jeune fille n'avait eu personne pour la guider, tandis que Tara, elle, avait eu son père.

Ce qui ne m'a pas empêchée de commettre des erreurs monumentales.

Tara chassa cette pensée et se concentra afin d'amener le bateau dans sa cale. Elle désirait une relation saine avec ses sœurs, et, malgré toutes les chamailleries, elle savait qu'elles étaient sur la bonne voie. Elles se rapprochaient.

Mais le véritable objectif était de faire marcher l'hôtel. Il le fallait. Distraite, elle calcula mal sa trajectoire, et le bateau heurta le bord.

— Désolée, s'écria-t-elle alors qu'elles manquaient toutes de s'étaler sur le pont. Mais j'apprécierais un peu d'aide.

— Tu te débrouilles bien, murmura Maddie.

— Pour une Madame Je-Sais-Tout, c'est ça ?

— Tara, commença Maddie avec douceur et visiblement dans l'intention de s'excuser, je…

— C'est bon, l'interrompit Tara. Je t'assure. Je ne vois aucun inconvénient à ce que vous discutiez de ma vie privée sans que je sois là pour me défendre…

— Mais on le fait aussi devant toi, intervint Chloe.

Tara secoua la tête et suivit la jeune femme qui s'apprêtait à quitter le bateau, mais lui rentra dedans quand cette dernière s'arrêta net.

— Qu'est-ce que tu…

Chloe regardait devant elle, et Tara fit de même, puis laissa échapper un « Oh, mon Dieu ! »

Ford était sur le pont de son Finn, trempé de sueur. À tel point que son short et son tee-shirt lui collaient à la peau, moulant son corps musclé tandis qu'il s'affairait, les bras tendus pour arrimer son bateau.

Tara avait toujours aimé ses bras. Ils étaient bien dessinés et forts, et pourtant capables d'une incroyable tendresse. Ford pouvait être d'un très grand réconfort quand il le voulait. Et ses mains… aussi expertes à diriger un bateau qu'à la mener à l'orgasme.

— Ça va ? demanda Chloe tout en continuant à regarder Ford.

— Oui. Pourquoi ?

— Parce que tu viens de gémir. (Elle tourna la tête et jeta un coup d'œil à Tara.) Et tu devrais vérifier que tu ne baves pas.

L'intéressée lui donna un coup coude, mais se passa la main sur les lèvres, juste au cas où. Puis elle reporta son attention sur Ford. Vu l'air satisfait qu'il affichait, il avait dû apprécier sa promenade en mer, et elle sentit son ventre se nouer de nouveau. Elle connaissait cette expression, elle l'avait déjà observée sur son visage alors qu'il était étendu sur elle après l'amour.

Elle laissa échapper un autre gémissement, puis se mordit la lèvre. Elle se baissa alors pour attacher son bateau, mais ses doigts refusaient de lui obéir.

— Mince.

Deux mains, grandes et calleuses, apparurent dans son champ de vision, non pas pour réaliser le nœud à sa place, mais pour la guider.

— Comme ça, dit Ford.

— J'y arrivais très bien toute seule.

— Elle peut tout faire toute seule, ironisa Chloe. La brave petite.

Tara se redressa en jetant un autre de ses regards noirs à Chloe, et en réponse, la jeune fille, leva les yeux au ciel.

— Viens, Maddie, je crois que Tara a besoin d'une pause.

Sur ce, les deux plus jeunes sœurs prirent la direction de l'hôtel, Chloe dans son minuscule bikini, et Maddie à sa suite.

Et laissèrent leur aînée, une fois de plus, seule avec Ford.

Tara sourit vaguement dans sa direction sans pour autant croiser son regard – elle avait découvert que c'était le seul moyen de ne pas fondre – et se releva pour descendre à quai. Ford glissa sa main dans celle de Tara pour l'aider à descendre et, refusant de la lâcher quand elle tira pour se libérer, il raffermit sa prise et attendit.

Elle inspira profondément, leva la tête et croisa son regard. Et dans la foulée elle put admirer le début de barbe ornant sa mâchoire bien dessinée, ainsi que les petites rides au coin de ses yeux envoûtants et son sourire naturellement charmeur. Elle se sentit fondre telle une noix de beurre sur une pile de pancakes.

—Qu'est-ce qu'il y a ? demanda-t-il.

Elle étudia son magnifique corps trempé et secoua lentement la tête.

—Tu n'aurais pas pu devenir chauve, ou gros ? (Ça la turlupinait vraiment de constater qu'il était encore plus beau à trente-quatre ans qu'à dix-sept.) La moindre des choses serait que tu rotes, que tu te grattes à des endroits inappropriés, ou autre chose d'aussi peu séduisant.

Il afficha un air surpris.

—Tu voudrais que je me gratte le cul ?

—Oui, confirma-t-elle. Tu pourrais aussi te curer le nez en public.

Lentement, mais sûrement, un sourire s'épanouit sur le visage de Ford.

—Quoi ? fit Tara.

—Tu as envie de me sauter dessus.

Mon Dieu, oui.

—Écoute, j'ai des problèmes plus graves que ça, d'accord ? Des problèmes bien plus urgents que d'être à l'aise avec toi maintenant que nous vivons de nouveau dans la même ville.

Ford l'observa un moment, puis avança jusqu'à l'acculer au mur de la marina.

— Je peux t'aider à ne plus penser à tes autres problèmes, dit-il d'une voix pleine de douces promesses.

Elle n'en doutait pas une seconde.

Sentant qu'elle était sur le point de capituler, il lui déposa un baiser dans le haut du cou.

— Tu n'as qu'un mot à dire.

Un mot, pensa-t-elle, prise de vertige et parcourue de délicieux frissons.

Il lui effleura la tempe et s'écarta, ses yeux verts plantés dans ceux de la jeune femme tandis qu'il attendait sa réponse.

Du sexe. Uniquement du sexe. Et du haut de gamme en plus. Mais ce n'était pas assez. Loin de là.

— Non, dit-elle avec plus de conviction qu'elle n'en ressentait.

S'il fut déçu, il n'en laissa rien paraître. Il recula, la laissant adossée contre le mur, les vêtements mouillés d'avoir été en contact avec lui, et brûlante de désir.

Ce qui n'avait rien d'inédit quand il était question de cet homme.

Après son départ, Tara laissa échapper un soupir tremblant et se dirigea vers l'hôtel. Elle entra dans la fraîcheur du bâtiment et s'accorda une minute de répit pour se reprendre.

— Tout va bien, madame Daniels ?

Tara se retourna pour faire face à Carlos Rodriguez, l'étudiant qu'elle avait recruté comme homme à tout faire pour l'été. En voyant ses multiples piercings et son pantalon qui lui descendait un peu trop bas sur les hanches, les trois sœurs ne s'étaient pas attendues à ce qu'il soit aussi dur à la tâche, mais il leur avait prouvé qu'il était un employé modèle. Âgé de dix-sept ans, Carlos faisait déjà plus d'un mètre quatre-vingts. Sa silhouette efflanquée suggérait que certains de ses repas passaient à la trappe.

Par le biais de son CV, et du permis de travail qu'elle avait obtenu auprès de son lycée, Tara savait qu'il n'exploitait que partiellement son potentiel et qu'il avait probablement un petit côté fauteur de troubles. Mais on pouvait s'y attendre quand un gamin grandissait sans aucune figure d'autorité en cumulant les petits boulots pour survivre et subvenir aux besoins de ses frères et sœurs ainsi que de sa grand-mère.

— Très bien, le rassura la jeune femme.

— Je me suis occupé du désherbage et j'ai repeint la buanderie.

— Parfait. Tu as déjeuné ?

— Oui.

Elle réprima un soupir en l'entendant mentir.

— Il y a un sandwich pour toi dans le réfrigérateur.

— Merci, mais…

— Il n'y a pas de « mais ». Mange-le.

Il se détourna afin qu'elle ne voie pas son visage.

— Je le ramènerai à la maison.

Sans aucun doute pour le donner à ses sœurs ou à sa grand-mère.

— Mange-le ici. Je t'en préparerai d'autres à emporter.

Il lui fit de nouveau face et la regarda un long moment, visiblement tiraillé entre sa fierté et sa faim. Au final, l'appât de la nourriture l'emporta, et il se dirigea vers la cuisine.

Chloe arriva dans la pièce par le couloir ; elle avait enfilé sa petite robe d'été par-dessus son bikini.

— J'espère que tu es contente de toi ? reprocha-t-elle à Tara. Tu as fait fuir Maddie. Mademoiselle Je-N'Aime-Pas-Les-Conflits vogue à présent vers des eaux plus amicales.

— Il n'y a pas eu de conflit.

— Tu plaisantes, ou quoi ? Tu es un conflit sur pattes.

— De quoi tu parles ? C'est toi qui commences chaque fois. Tu es incapable de la fermer.

Chloe se redressa, les poings sur les hanches, visiblement en colère.

— Parce que tu préférerais que je te ressemble ? Que je fasse l'autruche et que je garde tout pour moi ? Désolée. Ce n'est pas comme ça que je fonctionne, sœurette. Mais jamais tu ne te mettras à ma place, n'est-ce pas ? Alors, inutile d'en discuter.

— Très bien.

— Parfait. Et évitons aussi de nous parler pendant un moment. Au moins jusqu'à ce que tu admettes qu'il t'arrive d'avoir tort ne serait-ce qu'une fois tous les trente-six du mois.

— Je serais heureuse de reconnaître que j'ai eu tort, répliqua Tara. Si cela se produisait.

Chloe leva les mains au ciel en signe d'exaspération et se tourna vers Carlos qui sortait de la cuisine en mangeant son sandwich.

— Salut, beau gosse, le salua-t-elle avec son charme habituel, comme si de rien n'était.

Carlos lui adressa un de ses rares sourires.

Chloe avait cet effet sur les hommes.

— J'ai presque fini ma journée, à moins que vous n'ayez besoin d'autre chose.

— Oui, répondit Chloe. J'ai besoin d'un service. Pourrais-tu dire à ma sœur ici présente que personne n'aime les donneuses de leçons ?

Carlos regarda les deux femmes tour à tour.

— Ne le mêle pas à ça, intervint Tara.

— Tu as peur qu'il prenne mon parti ? (Elle se tourna vers l'adolescent.) Je t'augmenterai si en plus tu lui dis qu'elle commence à avoir des rides à force de garder toute sa merde à l'intérieur.

— Il y a une recette pour ça sur Facebook, répliqua Carlos en engloutissant le dernier morceau de sandwich.

Pour l'amour de Dieu, pensa Tara en serrant les dents.

— Elle veut dire que je suis…

— Coincée, l'aida Chloe en rigolant. Et peux-tu aussi lui dire qu'il y en a marre de sa lingerie étendue dans la salle de bains en permanence ?

— En fait, répondit Carlos d'un air intéressé, je ne trouve pas ça si gênant. Heu, c'est dans quelle salle de bains exactement ?

Chapitre 5

Ne gâche jamais des excuses en demandant pardon.
Chloe Traeger

Quelques jours plus tard, Ford se trouvait dans la petite cour derrière le *Love Shack* en train de laver les chaises et les tables au jet d'eau. Il avait mis sa musique à un niveau correct, mais c'était toujours trop fort pour son voisin, Ted, le propriétaire de la librairie d'occasion qui, systématiquement, pointait le bout de son nez pour lui demander de baisser le volume. Ford avait essayé de s'imaginer à quoi ressemblait la maison de son voisin, et il penchait pour une ambiance à base d'Enya, de chats et de plantes d'intérieur.

Jax, venu pour donner un coup de main, envoyait des textos assis sur une table récemment nettoyée.

— Ça bosse dur ? demanda Ford, sarcastique.

Courbé au-dessus de son écran à cause de la lumière éblouissante du soleil, Jax ne répondit pas.

— La Terre à Jax.

— Hein ? répliqua l'intéressé sans lever la tête et en continuant d'agiter ses pouces. Je bosse dur là, mec.

Ford plissa les yeux. Autrefois, Jax avait été un avocat de haut vol portant des costumes de marque et conduisant une Porsche, mais à présent il était plutôt jean tee-shirt, vieille jeep déglinguée, et flemmard comme pas deux. Il passait ses journées à faire des travaux et ses nuits à s'envoyer en l'air avec Maddie. Et jamais Ford ne l'avait vu aussi heureux. Il vint se placer derrière son ami afin de lire ce qu'il était en train de taper.

— « C'est très vilain, ça, mademoiselle. Tu sais ce qui arrive aux vilaines filles… », lut Ford à voix haute. Effectivement, on dirait bien du travail.

Sans la moindre trace de repentir, Jax afficha un air réjoui et appuya sur la touche « envoi ».

— Eh, ça demande du travail d'avoir une relation suivie avec quelqu'un !

— Ouais, je parie que tout ce sexe t'épuise.

— Tu devrais essayer un de ces jours.

— Du sexe quotidiennement ? demanda Ford.

— Une relation stable, espèce d'idiot. Ça fait un moment depuis… c'était quoi déjà le nom de cette snowboardeuse ? La bombe avec qui tu sortais l'hiver dernier ?

— Brandy, répondit Ford en sentant un sourire attendri s'épanouir sur ses lèvres.

— C'est ça, Brandy, répéta Jax en l'imitant. Je l'aimais bien.

— Parce qu'elle te prenait toujours dans ses bras pour te dire bonjour et qu'elle était bien gaulée.

— Et très sympa. Tu peux me rappeler pourquoi vous avez rompu ?

— Parce que sa mère n'arrêtait pas de m'envoyer des textos pour savoir quand j'allais la demander en mariage.

— Ce qui t'a fait prendre tes jambes à ton cou, commenta Jax. Et Kara, celle que tu as failli épouser ?

— C'était il y a longtemps. Elle… Ça n'a pas marché. Mais tu sais déjà tout ça.

En fait, le succès de Ford lui était monté à la tête.

— Mais je n'ai pas encore entendu d'argument convaincant pour justifier ton célibat, répliqua Jax. Excepté cette étrange incapacité à t'engager.

— Je suis tout à fait capable de m'engager.

— Si tu le dis, mon pote.

— Ouais.

— OK. Dans ce cas, tu n'as plus qu'à te trouver quelqu'un.

— C'est ça. Je vais m'y mettre tout de suite.

Jax glissa son téléphone dans sa poche et regarda Ford de haut en bas.

— Tout va bien pour toi, alors pourquoi pas ?

Ford savait parfaitement bien que sa vie, au moins en apparence, était plutôt réussie. Il avait tout ce dont il avait besoin, et les moyens de s'offrir le reste. Ce qui était aussi éloigné que possible de son enfance. Lui qui avait grandi à la va-comme-je-te-pousse.

Heureusement, il avait eu Jax et Sawyer. Les trois adolescents avaient été unis comme les doigts de la main, veillant les uns sur les autres, dans les bons comme dans les mauvais moments. Et il y en avait eu pas mal, de mauvais moments. Ils avaient formé une famille. Et c'était toujours le cas.

Mais Ford ne pensait pas pour autant qu'il était impossible de vivre une relation épanouissante. Il savait que ça existait. D'ailleurs, il en avait connu plusieurs qui s'étaient révélées plutôt agréables. Mais aucune n'avait duré.

Par sa faute. Comme Jax le lui avait, si subtilement, fait remarquer.

— Et Tara ? demanda Jax.

— Hein ?

— Laisse-moi reformuler. Est-ce que tu vas un jour te décider à me dire ce qui s'est passé avec elle ?

— Comment ça ?

Jax secoua la tête, dégoûté.

Ils savaient tous qu'il s'était passé quelque chose. Quelque chose d'énorme durant ce lointain été que Ford n'avait jamais pu oublier. Il travaillait alors comme un fou, tout en vivant sur son bateau pour soulager sa grand-mère, et il se sentait passablement seul et déprimé. Le père de Jax avait envoyé ce dernier dans un camp de vacances pour gosses de riche, et Sawyer, le troisième mousquetaire, se trouvait dans un camp de redressement après l'« emprunt » spectaculaire d'une Mustang de collection appartenant au chef de la police de l'époque.

Ford s'était donc retrouvé livré à lui-même, et travailler jusqu'à épuisement en acceptant toutes sortes de petits boulots n'avait pas suffi à lui occuper l'esprit. Il avait connu d'interminables nuits de solitude avant l'arrivée de Tara.

Un seul coup d'œil à ses yeux, couleur whisky et débordants de colère, lui avait fait perdre un morceau de son cœur.

Il l'avait adoucie. Elle aussi avait fait beaucoup pour lui, le bouleversant de bien des manières…

La flamme de leur passion avait brûlé haut et fort cet été-là. Mais, quand Tara avait débarqué en pleurs sur son bateau pour lui annoncer qu'elle était enceinte, ils avaient eu d'instinct deux réactions diamétralement opposées. Il était persuadé qu'ils pouvaient y arriver. Fonder une famille. Une vraie. Il aurait laissé tomber les études, trouvé un travail et l'aurait épousée.

Mais Tara avait alors une autre vision des choses. Elle avait su qu'elle devait faire adopter l'enfant, qu'elle n'était pas en mesure de lui offrir une belle vie. Des deux, elle seule avait su se montrer suffisamment adulte pour voir au-delà de sa douleur. Elle avait expliqué à Ford qu'ils n'avaient pas le droit d'être égoïstes, que le bébé méritait plus que ce qu'ils étaient capables de lui apporter.

Et elle avait eu raison. Ils avaient fait le bon choix. Ford le savait. Il l'avait toujours su, mais perdre ce bébé avait été douloureux.

Mais pas autant que de perdre Tara. Quand elle était réapparue à Lucky Harbor dix-sept ans plus tard, les émotions enfouies avaient refait surface avec une étonnante facilité, mais il ne s'était pas inquiété. Il avait appris qu'elle était en ville uniquement pour faire un état des lieux de l'hôtel que Phoebe leur avait légué et s'était dit qu'elle repartirait rapidement.

Mais voilà, cela faisait six mois qu'elle ne cessait de rouvrir ses vieilles blessures par sa simple présence. Il se passa la main sur le visage. Il avait mis longtemps à s'en remettre à l'époque, mais cela revenait le hanter dès qu'il baissait la garde. Signer les papiers par lesquels il renonçait à ses droits sur sa fille avait été une sage décision, pour tous les trois. Mais ça n'avait pas empêché les regrets.

Depuis lors, il avait fait tout son possible pour mener sa vie de manière à ne plus rien regretter. C'était lui qui tirait les ficelles. Et oui, peut-être que cela l'avait conduit à un point où il lui était facile de renoncer aux choses.

Aux gens.

Il haussa les épaules. Ça lui avait plutôt réussi. Enfin ça aurait pu, mais à présent Tara était de retour dans son monde, et *a priori* pas pressée d'en partir.

Elle avait vécu sa vie avec prudence, guidée par la raison. C'était une femme qui savait ce qu'elle voulait. Et ce qu'elle ne voulait pas. Ford savait qu'il entrait dans la deuxième catégorie.

Ce qui lui convenait. Il représentait pour elle de mauvais souvenirs. Et un énorme risque. Il le comprenait. Mais, contre toute logique, l'attirance était toujours aussi forte.

—On dirait que tu viens de te faire ton propre téléfilm à deux balles, dit Jax.

Ford ne prit pas la peine de relever et, entendant quelqu'un arriver, se tourna vers la porte.

Carlos. Le môme venait souvent chercher des extras, même s'il travaillait déjà à l'hôtel et au restaurant, en plus de ses cours et du fait qu'il remplissait, chez sa grand-mère, le rôle de chef de famille.

Une situation que Ford ne connaissait que trop bien.

—Salut. Tu as besoin de quelques heures de travail ?

—Non. C'est bon, répondit Carlos. Je suis à l'hôtel aujourd'hui. Maddie m'a envoyé en ville faire quelques courses.

Elle m'a également demandé de passer vous dire que c'était pour ce soir.

Ford acquiesça.

— Dis-lui que c'est comme si c'était fait.

— Comme si quoi était fait ? demanda Jax.

— L'électroménager de l'hôtel arrive aujourd'hui, répondit Ford. Maddie m'a demandé de ranger leur cuisine pour faire une surprise à Tara.

Jax haussa un sourcil.

— Vraiment ? demanda-t-il sur un ton suggérant qu'il trouvait ce détail fascinant.

— Ne fais pas l'idiot, Maddie ne sait même pas se servir d'une bouilloire, répliqua Ford. Et Chloe poserait sûrement des pièges rien que pour énerver Tara. Alors ta chère et tendre m'a demandé de m'en occuper. Il n'y a pas de quoi en faire un plat.

— Je trouve juste curieux que tu ailles aider une femme à laquelle tu dis ne pas t'intéresser, lui fit remarquer Jax avec son agaçante voix de juriste exposant les faits.

Ford n'avait jamais dit qu'il n'était pas intéressé, et Jax le savait. Il avait simplement refusé d'en parler.

— Je dois aussi vous rappeler que c'est une surprise. (Carlos grimaça en se dandinant d'un pied sur l'autre, visiblement mal à l'aise.) Elle a dit aussi que suivre les consignes n'était pas votre fort, et que je devais donc le mentionner au moins deux fois.

— Je reconnais bien là ma femme, constata Jax avec un sourire plein de fierté.

— Et elle dit que vous devriez rester en dehors de ça, ajouta Carlos en s'adressant à Jax, l'air gêné. Elle a dit… heu, mince. (Il sortit un morceau de papier de sa poche et y jeta un coup d'œil.) De ne pas asticoter Ford. Vous devez le laisser tranquille, ou bien « il faudra faire une croix sur cette nuit », lut-il.

Carlos replia soigneusement la note sans oser affronter le regard des deux hommes.

— Je reconnais bien là ta femme, conclut Ford à l'intention de Jax.

— Laisse-moi voir ça. (Jax arracha la note des mains de Carlos et la déplia de nouveau afin de la lire.) Bon sang, c'est vraiment ce qu'elle a écrit.

Il rendit le morceau de papier.

— L'hôtel sera vide ? demanda Ford.

Carlos hocha la tête.

— Maddie a des projets avec Jax… à supposer qu'il ne vous enquiquine pas avec cette histoire. Chloe donne un cours de yoga au gymnase. Et Tara sera de sortie.

— De sortie ? intervint Ford. Où ça ?

Carlos hésita, reprit sa note et la retourna, mais apparemment cela ne lui fut d'aucun secours.

Ford pensa à toutes les significations que le verbe « sortir » pouvait avoir. Elle pouvait être sortie jouer les petits chefs au restaurant. Elle pouvait être sortie faire les magasins afin d'acheter davantage de ces vêtements collet monté qu'elle affectionnait tant et qui le faisaient fantasmer. Bon sang, elle était peut-être même sortie chercher comment lui briser le cœur.

Non. Ça, c'était déjà fait.

— Elle a un rencard, finit par lâcher Carlos.

— Un rencard ? demanda Jax, surpris. Tara ?

Si la situation avait été différente, Ford aurait sûrement ri. Mais, en l'occurrence, cela le contrariait énormément.

Capitaine Walker à la tour de contrôle, nous avons un putain de problème.

— Un rencard, répéta-t-il.

Carlos recula discrètement vers la porte.

— Enfin, c'est ce qu'a dit Maddie.

Hum. Ford aurait dû être content de la voir traîner un autre cœur que le sien dans la boue, mais… Tara avait un rencard !

Rien à faire, il avait beau retourner cette idée dans tous les sens, ça ne lui plaisait pas du tout.

Le petit-fils d'Ethel avait réservé pour Tara et lui une table dans un petit restaurant japonais de la ville voisine.

Et c'était sûrement mieux ainsi.

Elle avait demandé à Boyd de passer la prendre à son travail, car, d'une part, elle ne souhaitait pas retourner à l'hôtel pour se changer et, d'autre part – même si ça lui faisait mal de l'admettre –, elle ne voulait pas prendre le risque que Ford soit à la marina et voie que l'on venait la chercher. Ce qu'elle ne parvenait pas à s'expliquer.

En revanche, elle ne s'était pas attendue à ce que Boyd soit plus petit qu'elle d'une dizaine de centimètres, plus lourd d'une vingtaine de kilos et vêtu d'un costume.

— Est-ce que vous avez les repas gratuits ? demanda Boyd. Parce que, dans ce cas, on pourrait dîner ici.

— Waouh ! murmura Jan quand Tara passa devant elle. Sacrée prise !

La jeune femme fit la sourde oreille.

— Vous avez des chaussures plates ? reprit Boyd. Parce que vous regarder me donne mal à la nuque. Sans vouloir vous vexer.

Génial. Avec ça, ils allaient être obligés de repasser à l'hôtel pour qu'elle change de chaussures.

Ce n'est pas comme si j'avais la carrure d'une amazone, pensa-t-elle tandis qu'ils marchaient le long de la jetée en direction de la voiture.

La plupart des hommes semblaient n'avoir aucun problème avec sa taille. Certes, il lui arrivait parfois de souhaiter être un peu plus petite afin de se sentir… fragile. Protégée.

Juste comme il faut.

Mais, à dire vrai, à ce jour, un seul homme lui avait donné ce sentiment.

— Je déteste avoir mal au cou, se plaignit Boyd.

Et elle détestait les maux de tête, comme celui qu'elle sentait justement poindre. Cela n'augurait rien de bon concernant la soirée. Pendant quelques instants, elle contempla le paysage, au-delà de la grande roue, à l'endroit où la jetée quittait la plage pour s'avancer dans l'océan presque aussi loin que portait le regard. Soudain, elle souhaita être…

Sur un voilier.

Ridicule. Elle monta dans la voiture de Boyd. Il conduisait lentement sans quitter la route des yeux. Lentement, à la vitesse d'une famille de tortues traversant une étendue de beurre de cacahouètes. À chaque bosse sur la route, il repassait quasiment au point mort. Quand, enfin, il s'arrêta devant l'hôtel, Tara s'assura qu'elle n'avait pas de cheveux gris. Boyd observait les lieux.

Tara fit de même. Elle était sacrément fière de ce qu'elle et ses sœurs avaient accompli. Elles étaient parties de loin, mais à présent l'auberge avait l'air chaleureuse et accueillante, et elle était impatiente de la voir se remplir.

— Vous comptez la peindre ? demanda Boyd.

— Oui.

Les peintres devaient commencer le lendemain, précisément. Elle attendait cela depuis une semaine. S'ils ne venaient pas, elle prendrait un pinceau et s'en chargerait elle-même.

— Parce qu'il va vraiment falloir la peindre si vous voulez gagner de l'argent.

— Nous en sommes conscientes, répliqua Tara aussi poliment que possible. Merci. Je vais changer de chaussures et je reviens.

— Sans vouloir vous vexer, dit-il en sortant de la voiture avec elle, d'après mon expérience, perdre de vue ma cavalière ne m'a jamais réussi.

Surprenant. Et s'il disait « sans vouloir vous vexer » une fois de plus, respirer n'allait pas non plus lui réussir bien longtemps.

Boyd afficha un sourire contrit.

— Je crois que je ne fais pas bonne impression la première fois.

— Peut-être que si vous n'exigiez pas des femmes qu'elles soient plus petites, ça aiderait, rétorqua Tara.

— C'est un bon conseil, approuva-t-il.

Ils montèrent les marches du perron.

— Eh ! s'exclama-t-il. Nous pourrions manger ici ; ça ne me dérangerait pas. Grand-mère dit que vous êtes une cuisinière hors pair. Vous croyez que vous pourriez nous concocter un petit quelque chose ?

Son pied aux fesses, voilà ce qu'elle aurait aimé lui concocter, à ce sombre crétin. Et, pour couronner le tout, elle avait un besoin désespéré d'un petit remontant culinaire. Elle mourait d'envie de dévorer du poulet rôti aux épices et une salade de pommes de terre. La preuve que, si une fille pouvait quitter le sud, le sud ne la quittait pas.

— Je n'ai pas encore organisé la cuisine, répondit-elle. (Sans parler du fait qu'elle venait de passer huit heures debout à faire la tambouille au restaurant.) Nos fournitures viennent seulement d'être livrées, et je n'ai même pas encore déballé la vaisselle.

— Oh. C'est bien dommage.

Il la suivit à l'intérieur, sans la quitter d'une semelle, visiblement déterminé à ne pas la perdre de vue. Tandis qu'elle traversait le rez-de-chaussée, ses pas résonnant sur le parquet flambant neuf, Tara inspira profondément, savourant le parfum encore frais de peinture et de bois ciré. Elle sentit monter une nouvelle bouffée de fierté, mais pas seulement : il y avait également cette sensation d'être…

Chez elle.

Elle ne s'était pas encore remise du choc engendré par cette prise de conscience quand son attention fut attirée par des cliquetis.

L'endroit était supposé être désert, mais de la lumière filtrait sous la double porte menant à la cuisine, et, venant de l'autre côté, elle entendit une voix grave, qu'elle aurait reconnue entre toutes.

— Oh, oui ! s'exclama Ford d'une voix basse et rauque. Comme ça, bébé. Continue comme ça.

Boyd regarda Tara en clignant des paupières.

— Heu, on dirait que quelqu'un est en train de... vous voyez ce que je veux dire.

Oui. Elle voyait.

— C'est ça. En douceur, jusqu'au bout, reprit la voix de Ford. Droit dans le mille.

Tara se tourna vers Boyd pour lui demander d'attendre et lui rentra dedans.

— Restez-là, dit-elle d'un ton ferme.

Puis elle poussa la porte pour affronter l'intrus sexy à se damner qui faisait Dieu sait quoi dans sa cuisine.

Chapitre 6

Ne rate jamais une bonne occasion de te taire.
Tara Daniels

Quand Tara entra dans la pièce, elle trouva exactement celui auquel elle s'attendait. Ford : barman, marin, pitre local, et par-dessus tout fléau de son existence.

Ce à quoi elle ne s'attendait pas, c'était à le surprendre en plein travail.

Il lui tournait le dos et considérait un placard ouvert, un pot de sucre à la main, se demandant où il allait le ranger.

— Ford, appela-t-elle avec ce qui lui sembla être un calme remarquable.

Aucune réaction. Il continua ce qu'il était en train de faire, *a priori* remplir ses étagères. Elle attendit qu'il ait placé le sucre à côté du sel et du poivre.

Bon choix, approuva-t-elle en son for intérieur.

Mais que diable faisait-il là ?

— Bon, écoute, dit-elle en posant les mains sur ses hanches. Tu es chez moi et…

— *Yes* ! cria-t-il soudain, la faisant sursauter. Beau boulot, bébé. Vas-y, fonce ! Jusqu'au bout !

Il accompagna ses encouragements en levant énergiquement le poing dans un geste typiquement masculin. Dans le même temps, il se tourna suffisamment pour que Tara distingue sur son visage un sourire effronté.

Il s'aperçut alors de sa présence et, sans se démonter, retira un écouteur.

— Les Mariners, dit-il. Fin de la neuvième. Toutes les bases sont occupées. Sacrée partie.

— Du baseball.

Et non une partie de jambes en l'air sur le comptoir.

Ford haussa un sourcil.

— Bah oui, du baseball. Tu pensais à quoi ?

— Je ne sais pas. Rien de particulier.

Son sourire se fit franchement canaille. Ce qui allait très bien avec son jean délavé, moulant parfaitement son joli petit cul. Il était chaussé de vieilles baskets et portait un tee-shirt noir qui mettait en valeur sa musculature, ses épaules carrées et son torse. Ainsi que la lueur grivoise dans ses yeux.

— Personne ne t'a jamais dit que ton adorable accent de belle du sud s'accentue quand tu mens ? demanda-t-il.

— Jamais. Nom d'un chien, mais que fais-tu ici, Ford ?

— Et aussi quand tu es de mauvais poil, ajouta-t-il.

— Je ne suis pas de mauvais poil !

Il regarda alors derrière elle les portes qui venaient de s'ouvrir en grinçant, dévoilant la tête de Boyd.

Les dents serrées, Tara fit les présentations. Les deux hommes échangèrent une poignée de main tandis que Boyd évaluait Ford, décidément bien plus imposant que lui.

— C'est les talons, dit Boyd.

Ford pencha la tête sur le côté.

— Pardon ?

— Si je suis si petit, c'est parce qu'elle porte des chaussures à talons.

— Bien sûr, dit Ford après quelques instants de silence. C'est les talons.

Puis il regarda Tara, impassible.

Elle fit de son mieux pour ne pas paraître mal à l'aise.

— Écoutez, Tina…, commença Boyd. Nous devrions y aller…

— Tara, l'interrompit-elle.

— Tara. Désolé. Quoi qu'il en soit nous ferions mieux de partir si nous ne voulons pas manquer l'happy hour.

Mais bien sûr. Sauf que ça n'allait pas être possible. Elle ne pouvait tout simplement pas. Elle voulait quelque chose de frit, en portant ses foutus talons, avec quelqu'un qui connaisse son foutu prénom.

— Je pense qu'il vaut mieux que l'on remette ça à plus tard.

Disons : « jamais ».

Boyd la regarda avec des yeux de chouette.

— C'est parce que vous avez mal à la tête ? Si c'est ça, j'ai toujours de l'Advil dans la voiture, pour ce genre de situation.

— Oui, j'ai la migraine, répondit Tara en prenant garde à ne pas croiser le regard de Ford. Une migraine monumentale. Je vais avoir besoin de quelque chose de plus fort qu'un Advil. Désolée, Boyd.

— Pas de problème. Ça faisait longtemps qu'un de mes rendez-vous n'avait pas duré aussi longtemps. Alors, c'est déjà ça, n'est-ce pas ?

Ford haussa un sourcil à l'intention de Tara. Elle lui lança en retour un regard furieux et raccompagna Boyd. Quand elle revint dans la cuisine, Ford l'attendait, sans chercher à cacher son amusement.

— Tu t'es servie de moi pour larguer ce pauvre gars, constata-t-il.

— Le terme « larguer » est un peu… dur, répliqua-t-elle.

— Mais adapté.

— Mais adapté, admit-elle en soupirant. Il avait mauvaise haleine.

— Dans ce cas…

Le salaud se moquait d'elle.

— Ce n'est pas drôle, Ford. J'avais vraiment besoin de sortir.

— J'aurais plutôt pensé à autre chose.

— Explique-toi.

— Ce que je veux dire, continua-t-il en sortant une poêle et de l'huile du placard comme s'il était chez lui, c'est que je me souviens de ce que ça donne quand tu deviens coincée et anxieuse. Et je me souviens également de la seule chose qui te détende dans ces moments-là.

Tara se rappela alors une certaine nuit sur les quais, longtemps auparavant. Il l'avait trouvée seule et tremblante après une nouvelle dispute avec sa mère, et en un rien de temps lui avait fait oublier tous ses soucis.

Thérapie par la nudité, façon Ford.

Cela avait fonctionné. Tara sentit le rouge lui monter aux joues.

— Oui, eh bien, le sexe n'est pas une option.

Il fit un geste en direction de la poêle et répliqua :

— En fait je parlais de poulet frit, mais ton idée n'est pas mal non plus. Approche, Tara.

C'est pour mieux te manger, mon enfant.

— Je pense que je vais rester là où je suis en fait.

Ford sourit et prit une barquette de poulet dans le réfrigérateur ainsi que les assaisonnements dont il aurait besoin et la chapelure, mit la poêle à chauffer et servit un verre de vin à Tara.

La jeune femme regarda autour d'elle en essayant d'additionner deux et deux, autrement dit, en essayant de déterminer pourquoi le fléau de son existence avait envahi son territoire.

— Je ne comprends toujours pas ce que tu fais là.

— Une surprise pour toi.

Il remplit un autre verre et, visiblement bien dans ses baskets, se mit à cuisiner pour elle tout en sirotant son vin. Il retourna le poulet d'un mouvement expert du poignet en lançant à Tara un regard qui lui chatouilla le ventre.

Et ce qui se trouvait plus bas.

Elle s'efforça de dédaigner cette attirance dont elle ne voulait pas, mais ses hormones n'étaient pas du même avis. Se forçant à détacher les yeux de Ford, elle observa la cuisine et se concentra sur l'effet que ça faisait de l'utiliser pour la première fois. C'était agréable. Très agréable. Mais il y avait autre chose. Avec Ford en plus, la pièce semblait accueillante, presque intime. Et Dieu sait qu'il en jouait.

L'air commençait à avoir un parfum de paradis, et Tara entendait le grésillement de l'huile bouillante. L'eau lui monta à la bouche.

— Donc, c'est quoi cette histoire de surprise ?

— Chut, lui intima-t-il.

Et avant qu'elle ait pu le frapper pour avoir osé lui donner un ordre, il guida son verre à ses lèvres pour la faire taire.

— Reste là, et laisse ton cerveau se reposer quelques minutes. Cinq minutes, Tara. Tiens, encore mieux, assieds-toi. (Il la poussa avec douceur sur un tabouret.) Inspire profondément. (Il attendit qu'elle obéisse.) Bien. Maintenant expire lentement. Et recommence plusieurs fois.

Elle lui jeta un regard noir, mais continua à respirer. Doucement. Inspirer, expirer. Elle but une gorgée de vin. Et reprit la respiration contrôlée. Après cinq minutes, elle se sentit en effet beaucoup mieux.

— C'est le vin, dit-elle.

Il la resservit et lui tendit une assiette pleine de poulet frit.

— Et la compagnie.

Tara éclata de rire devant son impudence et mordit dans la viande. Puis gémit.

— Dieu tout-puissant.

— C'est bon ?

— Succulent. (Elle le pointa du doigt.) Ce que tu sais déjà, et qui ne signifie pas que tu vas t'en tirer comme ça. Donc, je te le demande encore une fois, lentement. Que faisais-tu là à ranger mes épices ?

— Tes sœurs m'ont demandé si je pouvais m'en occuper. Elles ont dit que tu étais une obsédée du contrôle et que si tout était laissé en vrac sur le plan de travail tu allais gueuler à t'en faire péter les cordes vocales.

— Je ne suis pas…

Elle s'arrêta et inspira profondément pour recouvrer son calme. C'était juste. Elle était une vraie maniaque du contrôle. Une autre inspiration. Une autre gorgée de vin.

Il la regardait avec des yeux rieurs, mais elle ne s'en soucia pas, car il avait recommencé à ranger les épices.

— Tu ne peux pas mettre le cumin et le basilic si près du four, dit-elle. Ils vont se perdre.

— Il faut qu'ils soient à portée de main, et si cet endroit devient aussi fréquenté que je le soupçonne, les épices ne dureront pas assez longtemps pour se perdre.

Elle se leva et se rapprocha pour l'arrêter, effleurant accidentellement son corps massif. Cela la contraria à un tel point – *c'est vrai quoi, on n'a pas idée d'être sexy à ce point* – qu'elle en oublia de s'excuser. Elle lui donna même un petit coup de coude afin qu'il s'écarte de son chemin.

Il tint bon, refusant de bouger.

— Tout se perd, murmura-t-elle en essayant d'atteindre le basilic.

Il était hors de question pour elle de le laisser à côté du cumin. *Beurk.*

— Pas tout, la contredit-il en se décalant de façon à se retrouver juste derrière elle, contre elle.

Malgré elle, Tara ferma les yeux, et un frisson la parcourut. Car peu importait le temps écoulé : le corps de la jeune femme se souvenait parfaitement de celui de Ford. Agrippant le plan de travail, elle baissa la tête et s'étrangla en prononçant son nom quand il passa ses longs bras musclés autour d'elle.

Mais, au lieu de la toucher, il attrapa le basilic et le posa devant elle.

— Les graines de pavot vont commencer à sentir mauvais si on ne les met pas au frigo, dit-elle.

Il pencha la tête et huma son cou.

— Pas moi, dit-elle sans pouvoir retenir un gloussement. Les graines de pavot.

— Tu as raison, car tu sens fabuleusement bon. Ça a toujours été le cas.

Oh, mon Dieu.

— Je sens le poulet frit, répliqua-t-elle, les genoux tremblants.

— Miam ! Tellement bon.

Les doigts de Tara devinrent blancs à force de serrer le comptoir.

— Pourquoi mes sœurs t'ont-elles choisi, toi ?

— Parce que je me suis proposé. Elles avaient d'abord pensé à Jax, mais comme c'est un handicapé de la cuisine, elles ont changé d'avis.

— Je n'ai pas demandé à ce que l'on m'aide.

— Sans blague ? dit-il amusé en faisant pivoter Tara afin qu'elle le regarde en face. Tu avalerais ta langue avant de demander de l'aide. Ça devait être une surprise pour toi, Tara. Une cuisine bien remplie, prête à l'usage.

Le geste de ses sœurs touchait la jeune femme bien plus qu'elle ne l'aurait imaginé.

— Oh, et je t'ai apporté ma poêle à crêpes, dit-il en faisant un geste en direction de l'îlot central. D'après Maddie, tu voulais faire des crêpes, mais tu n'avais pas le matériel adapté.

Elle y jeta un coup d'œil et laissa échapper un soupir. Une Le Creuset. Elle poussa Ford et alla jusqu'à l'îlot pour caresser la poêle du bout du doigt, avec admiration.

— Elle est magnifique, murmura-t-elle.

Il la laissa baver dessus un moment avant de reprendre la parole.

— Quant au pourquoi moi en particulier… (Il haussa les épaules.) Parce que je sais ce que je fais.

Et c'était vrai. Ford savait toujours exactement ce qu'il faisait.

— J'ai juste été étonnée de te trouver là, dit-elle. Étant donné ce que nous… que je…

— Que tu me hais ? compléta-t-il sur un ton neutre.

Un nœud se forma dans la gorge de la jeune femme, l'empêchant de déglutir.

— Je ne te hais pas Ford. Je ne t'ai jamais haï.

Il resta à l'observer un moment en silence. Toute trace de raillerie avait disparu de ses yeux.

— Elles ont eu confiance en moi, dit-il simplement. Tout comme toi, autrefois.

Sur quoi, il remit ses écouteurs en place et recommença à vider des sacs.

Elle regarda ses larges épaules, son dos raide, et prit conscience qu'elle n'était pas la seule à garder des restes de rancœur. Son estomac se noua, sûrement à l'idée d'avaler son chapeau. Bon sang. Elle avait beaucoup de défauts, mais se comporter en garce finie n'en faisait pas partie. En soupirant, elle vint se placer derrière lui.

— Ford.

Sans répondre, il ouvrit un autre placard et étudia l'intérieur.

Tara se glissa sous ses bras tendus et se positionna entre lui et le comptoir avant de se retourner pour lui faire face.

Il baissa les yeux pour la regarder, et elle se surprit à retenir sa respiration. Bien que cela n'ait pas été intentionnel, à présent qu'elle se trouvait entre ses bras, d'autres souvenirs l'assaillirent.

De bons souvenirs, drôles, chaleureux et sexy…

Même avec les talons compensés qui avaient tant perturbé Boyd, elle ne lui arrivait qu'au menton. Il faisait déjà cette taille à dix-sept ans, mais il était alors plus mince, parce qu'il mangeait rarement à sa faim et qu'il avait deux ou trois boulots en même temps. C'était avant qu'il se lance dans la compétition et qu'il gagne sa vie correctement grâce aux sponsors. Quoique, à le voir là, il soit difficile d'imaginer à quel point l'argent n'était plus un problème. Cet homme la rendait dingue, mais il n'y avait pas une once de prétention dans ce corps parfait.

Et quel corps !... Il s'était remplumé, avec des muscles et une double dose de testostérone. Il dégageait également une certaine assurance. Il semblait prêt à écouter ce que chacun avait à dire, sans pour autant en tenir compte. Elle croisa son regard et prit une inspiration tremblante.

Ford ne bougea pas. Ses yeux étaient graves, impénétrables, et son corps détendu. Il attendait qu'elle parle, ou peut-être, mieux encore, qu'elle s'en aille.

— Merci, dit-elle.

— Je t'en prie.

Il parlait d'une voix plus basse à présent, légèrement rauque, qui fit naître en elle l'étrange besoin de lever la main et de lui caresser le visage pour l'apaiser.

Autrefois, c'est ce qu'elle aurait fait. À l'époque, elle avait été là pour l'écouter, soulager ses peines et le toucher quand il en avait besoin.

Il avait fait la même chose pour elle.

Ils s'étaient soignés l'un l'autre.

Désormais, il y avait cet énorme fossé béant entre eux, et elle ne savait absolument pas comment le franchir.

Ou si elle en avait envie.

Non, c'était un mensonge. Une partie d'elle ne voulait que ça. Mais, avant qu'elle se décide, il retourna à son rangement. Rangement qu'il faisait uniquement pour rendre service aux sœurs de Tara.

Elles n'auraient pas pu trouver quelqu'un de plus adapté pour ce travail. Ford cuisinait depuis toujours. Il tenait même un bar-restaurant parce que ça l'amusait. De toutes les personnes qu'elle connaissait, il était celui qui, mieux que quiconque, comprenait ce dont avait besoin une cuisine et comment elle devait être organisée. Elle le regarda s'emparer d'un sac de farine de dix kilos comme si de rien n'était et le poser sur le comptoir afin de l'ouvrir.

Son élégant pot à farine attendait, prêt à être rempli. Elle s'avança.

— Laisse-moi faire.

— C'est bon.

— Je suis là, Ford. Autant en profiter. Je ne vais pas rester plantée là à te regarder te taper tout le boulot.

Quand il s'arrêta enfin, elle lui donna un petit coup de hanche et attrapa le sac.

— Bien, dit-il en levant les mains en signe de soumission et en reculant alors qu'elle ouvrait le sac avec un peu trop de force.

Il s'ensuivit une explosion de farine. Tara resta sonnée quelques instants, puis cligna des paupières afin d'y voir plus clair. Ensuite, elle se regarda : elle était entièrement recouverte de farine. Levant la tête, elle jeta un coup d'œil à Ford qui, plein de sagesse, essayait de se retenir de sourire.

— Tu l'as fait exprès, l'accusa-t-elle.

— Non. Tu as fait ça toute seule.

Elle se secoua pour se débarrasser de la farine.

— C'est mieux ?

Il mit la main devant la bouche, probablement pour cacher son sourire, puis répondit :

— Oui.

— Tu mens, répliqua-t-elle en plissant les yeux.

— Oui.

Il dépassait les bornes. Elle marcha vers lui d'un pas décidé.

Riant à gorge déployée, Ford se redressa.

— Je ne sais pas ce que tu manigances, mais arrête-toi tout de suite, l'avertit-il. Arrête-toi.

— Oh, trésor.

Il aurait pourtant dû savoir qu'il ne fallait jamais lui donner d'ordre.

— Regarde bien.

Elle l'accula au comptoir et le maintint en se collant contre lui, tout contre lui.

— Je t'ai eu, dit-elle triomphante en se frottant à lui. Maintenant, toi aussi tu es tout sale.

Il avait posé les mains sur les hanches de la jeune femme.

— Tu en es sûre ?

Sa voix semblait différente. Plus basse. Râpeuse comme du papier de verre.

Une bouffée de chaleur la traversa.

— Oh, oh !

Elle se mordit la lèvre en prenant conscience qu'elle-même parlait aussi d'une voix différente et qu'elle regardait la bouche de Ford.

Puis autre chose la frappa. Elle retenait son souffle.

Et elle n'était pas la seule.

Sans réfléchir, elle remonta les mains le long du torse de Ford, les passa autour de son cou et… *Oh, mon Dieu !…*

Ford prononça son nom dans un soupir rauque. La serrant contre son corps ferme, le regard calme mais intense, il baissa la tête.

— Si tu dois m'arrêter, fais-le maintenant, dit-il sans la moindre trace d'humour.

Tara inspira profondément, mais ne fit rien pour l'arrêter. Il s'inclina alors et l'embrassa jusqu'à ce que son monde se résume à ce baiser.

Chapitre 7

Accepte le fait que certains jours tu es l'insecte,
et que d'autres tu seras le pare-brise.
Tara Daniels

Hébété, Ford resserra sa prise sur Tara en entendant le grognement que le baiser de la jeune femme lui arrachait. Elle l'embrassait, lui. Il n'aurait pas été plus surpris si elle l'avait soulevé et flanqué par terre. Mais qu'elle le pousse contre le comptoir pour l'embrasser avec une telle férocité… Waouh. C'était ce qui lui était arrivé de mieux de toute la journée.

De toute l'année.

Enfin. Elle avait fini par réussir à le rendre complètement cinglé, mais la sentir collée à lui était si agréable. Elle était chaude et douce, consentante. Merveilleuse.

Et agressive.

Bon sang, il n'y avait rien de plus irrésistible qu'une Tara en chasse. Surtout quand c'était lui la proie.

Elle s'écarta légèrement, et il lui adressa un sourire.

— C'était censé être une punition ?

— Oui. (Elle agrippa son tee-shirt.) Alors, tais-toi et conduis-toi en homme.

Ford souriait toujours quand elle l'embrassa, mais l'amusement fit rapidement place à un désir dévorant.

Trop tôt à son goût, elle s'écarta de nouveau, le regard intense et les lèvres humides.

— Ton lit n'est pas occupé ? demanda-t-elle à voix basse avec un accent du sud extrêmement prononcé.

Il aimait la façon dont ses intonations changeaient quand elle ressentait une émotion forte.

— Non, répondit-il. Il n'y a personne dans mon lit.

Enfin, à part elle. S'il avait de la chance. Car c'était sans conteste bien mieux que les incessantes prises de bec.

— C'était juste pour être sûre, murmura Tara.

À chaque mot, ses lèvres effleuraient celles de Ford, faisant monter la pression. Affermissant sa prise sur elle, il la fit pivoter avec lui, la coinçant entre lui et le plan de travail. Son odeur était aussi enivrante que ses baisers, et quand il la vit s'humecter les lèvres en regardant les siennes, quelque chose en lui céda. Il la souleva et laissa s'échapper tout ce qu'il avait eu tant de mal à réprimer : le désir, la colère et la douleur.

Elle hésita à peine une seconde avant de le serrer plus fort et de l'embrasser avec passion.

— Il n'y a personne, ici ? demanda-t-il sans éloigner sa bouche.

— Personne.

Il l'avait débarrassée de son pull léger et s'occupait à présent des boutons de sa robe, tout en pensant que c'était la meilleure idée qu'il ait jamais eue. Fini de se tourner autour en se chamaillant. Dorénavant, ils se chamailleraient au lit. Au lit oui, c'était très bien. Formidable.

A priori, Tara était du même avis. Ses mains étaient partout sur le corps de Ford, sur son torse, ses bras, ses fesses, le caressant et le torturant. Aucun son n'était audible, hormis leurs respirations et le murmure sexy qu'elle laissa échapper quand il lui enveloppa les seins de ses mains.

Il se souvenait de ce bruit. Il en avait rêvé. Elle se pressa davantage contre lui, comme si elle voulait lui grimper dessus – ce qui ne lui aurait posé aucun problème, au contraire. Il sentit les doigts de la jeune femme se glisser sous son tee-shirt, lui caressant le ventre, juste au-dessus de la ceinture de son jean.

Ford en voulait plus, et il se servit, laissant ses mains parler pour lui. Inutile de se demander ce qu'ils étaient en train de faire, ni pourquoi. Aucune réflexion. Juste des sensations, et que Dieu lui vienne en aide, car elles étaient d'une intensité effrayante. Une faim dévorante qui le prenait aux tripes. Et le désir.

Mais Tara lui avait toujours fait cet effet-là.

Malgré les mains qui glissaient de plus en plus bas sous son tee-shirt, un éclair de lucidité le traversa : la dernière fois qu'ils avaient fait ça, ils s'étaient presque détruits l'un l'autre.

Enfin, elle l'avait presque détruit, lui. Ford ne parvenait toujours pas à déterminer avec certitude ce qu'elle avait éprouvé, elle. Tara avait toujours été douée pour dissimuler ses sentiments. Mais, de toute évidence, ce n'était pas le cas à présent. Ses caresses étaient si agréables qu'il manqua d'avoir une attaque. Et elle n'avait pas encore atteint les boutons de son jean. Quand elle y parvint enfin, il perdit toute faculté de penser. *Oh oui, bébé. Vas-y.*

Elle joua avec la ceinture de son jean pendant une minute, lui arrachant un grognement. Ford avait une main dans les cheveux de Tara, et l'autre sur l'un de ses seins, qu'il taquinait avec le pouce, tandis que leur baiser s'intensifiait, les laissant tous les deux pantelants.

— Ford, soupira-t-elle quand il s'écarta enfin pour reprendre son souffle.

Elle fit courir ses lèvres le long de son cou et lécha sa peau là où le pouls battait le plus fort.

— Mmm, fit-elle en le mordillant.

Il la sentit sourire contre lui quand il sursauta.

— Tu trouves ça drôle ? demanda-t-il en baissant la tête pour lui retourner la politesse tout en glissant ses mains le long du dos de Tara jusqu'à ses superbes fesses.

— Waouh ! s'exclama Chloe depuis la porte. Ça, c'est ce que j'appelle ranger une cuisine !

— J'aime particulièrement les traces de farine sur ta jolie robe, Tara, ajouta Maddie.

Dix secondes de plus, et il n'y aurait plus eu de robe du tout.

Tara s'écarta vivement de Ford, et à en croire la pâleur de son visage, elle était parvenue à la même conclusion. Ou alors c'était la farine. Quoi qu'il en soit, elle se mit simultanément à frotter sa robe, à se recoiffer et à faire de son mieux pour avoir l'air innocente.

— Qu'est-il arrivé à ton rendez-vous ? demanda Chloe.

— J'avais mal à la tête.

Chloe haussa les sourcils et commença à dire quelque chose, mais Maddie lui couvrit la bouche de sa main.

— Ne faites pas attention à nous, dit-elle en tirant la benjamine vers la porte.

— Si seulement, marmonna Tara. Et comment se fait-il que tu ne sois pas avec Jax ? Et le cours de yoga ?

Chloe se libéra de la prise de Maddie.

— Toujours d'actualité. (Elle regarda sa montre.) Il nous reste encore un peu de temps. C'est juste qu'on ne savait pas que tu faisais un casting pour *Top Chef*… à moins que ce ne soit *Je me tape le Chef*.

— Autocensure, lui murmura Maddie.

Chloe esquissa un sourire.

— Nous avions juste un petit problème avec la farine, se défendit Tara sans cesser de brosser sa robe.

— Oui, je vois ça, répliqua Chloe. J'aime particulièrement les empreintes de tes mains sur les fesses de Ford. Beau boulot.

Ford ne pouvait pas voir les empreintes, mais il avait certainement beaucoup apprécié la façon dont elles étaient arrivées là.

— Tout ça, c'est ta faute, accusa Tara.

Ford pensa tout d'abord qu'elle s'adressait à lui, mais elle regardait Chloe. Bien. Il s'en tirait pour cette fois.

Chloe leva les mains en signe d'exaspération.

—Comment ça se fait que c'est toujours ma faute?

Tara se tourna vers Ford en quête de soutien. Peut-être qu'il n'allait pas s'en tirer si bien que ça après tout. Il aurait été plus à l'abri au milieu d'une fusillade. Chloe aussi le regardait. Il haussa les épaules et fit mine de nettoyer le comptoir afin de ne pas risquer d'envenimer la situation en ouvrant la bouche.

—Vous avez demandé à Ford de ranger la cuisine? Sans me demander mon avis?

—C'est un peu la définition d'une surprise, répondit Chloe.

—Ma chérie, tu ne comprends pas, enchaîna Maddie. Tu es toujours là pour nous. Et, pour une fois, on voulait faire quelque chose pour toi.

—En fait, j'avais proposé qu'on te paie un stripteaseur, dit Chloe en jetant un regard de reproche à Maddie. Mais quelqu'un a posé son veto.

Tara laissa échapper un petit rire nerveux.

—Bien vu, Maddie.

—On essayait juste de t'aider.

—Je sais, admit Tara en poussant un soupir. Et merci. C'était adorable. Je suis désolée d'avoir mal réagi.

Chloe sortit son iPhone de sa poche et commença à taper.

—Qu'est-ce que tu fabriques? demanda Maddie.

—Je crée un événement sur mon agenda, Tara nous a présenté des excuses.

Maddie s'empara du téléphone, puis se tourna vers Tara.

—Nous sommes désolées aussi. Nous aurions dû penser que tu voudrais superviser.

—Non, c'était une attention adorable, et ça m'a évité de me tracasser avec ça.

Ford fit de son mieux pour ne pas sourire, car il savait que seule l'apocalypse pourrait mettre fin aux inquiétudes de Tara.

— Et Ford était un bon choix, reconnut-elle.

Waouh ! Mais, quand les trois femmes le regardèrent, il décida qu'il valait mieux ne pas s'en mêler. Elles communiquaient et essayaient de faire évoluer leurs relations.

En quelque sorte.

En aucun cas, il ne souhaitait jouer les médiateurs, alors il essaya de prendre un air plein de sagesse.

— Ford, l'interpella Maddie. J'ai un grand ficus à l'arrière de ma voiture. Aurais-tu l'amabilité de le sortir et de le mettre sur la terrasse ?

Il savait reconnaître un prétexte pour se débarrasser de lui quand il en entendait un, mais il joua le jeu.

— Bien sûr.

Alors qu'il passait à côté de Tara en la frôlant, il se rapprocha plus que nécessaire et lui glissa à l'oreille :

— Ce n'est pas terminé.

Quand la porte de service se referma sur lui, Tara se laissa aller contre le comptoir en se frottant le visage.

— Mon Dieu.

Elle laissa retomber ses mains et vit que ses deux sœurs la regardaient avec un mélange d'amusement et de curiosité.

Maddie fut la première à sourire.

Chloe suivit.

— Allez-vous faire voir, dit Tara sans grande conviction.

Elle aimait voir ses sœurs sourire, même si elle aurait préféré que ce ne soit pas à ses dépens.

— Eh, on ne te juge pas, répliqua Chloe. Si un tel homme en avait eu après moi, j'aurais fait pareil. Quoique je ne me serais pas contentée de lui attraper les fesses. (Elle fouilla dans son sac à main et en sortit un paquet de préservatifs qu'elle plaqua sur le comptoir d'un geste théâtral.) Considère que c'est ton cadeau d'anniversaire en avance.

Tara la regarda bouche bée.

—Je n'ai pas besoin de ça!

—Tu en es sûre?

—Il n'est pas question que je couche avec lui.

—Ah bon? Et là tu étais en train de… jouer au docteur? Tu examinais ses amygdales, ce genre de choses?

—Je ne veux pas parler de ça, dit Tara.

—Allez, supplia Chloe. Sois sympa, tu peux au moins me filer quelques miettes, depuis le temps que je suis à la diète. Donne-nous des détails. Est-il aussi doué pour embrasser qu'il en a l'air?

Tara ne lui répondit pas. Au lieu de ça, elle regarda Ford sortir le ficus de la voiture de Maddie. Il évoluait gracieusement et avec aisance, soulevant la lourde plante en pot comme si elle ne pesait rien.

—Ce qu'il est séduisant, dit Chloe en imitant l'accent du sud de sa sœur.

Tara lui lança un regard en coin.

—Terrain glissant, Chloe.

Cette dernière renifla.

—Désolée, mais il est difficile de te prendre au sérieux alors que tu as de la farine plein la figure.

Mince!

Tara s'essuya les joues.

—Tu vas lui dire ou quoi? demanda Chloe en s'adressant à Maddie.

—Me dire quoi?

—Pourquoi on t'offre un ficus, dit Chloe. Ça aurait dû être un bouquet de ballons, mais j'essaie de passer au vert.

Tara se tourna vers Maddie.

—Traduction?

—Nous voudrions que tu quittes le restaurant et que tu fasses de l'hôtel une maison d'hôte, répondit Maddie avec un sourire.

Tara la regarda, ébahie.

—Quoi ?

—Ouais, confirma Chloe. Tu cuisines comme un ange, mais tu ne gagnes presque rien au resto. Ce qui est injuste, car tu travailles dur.

—C'est grâce à ce « presque rien » qu'on a pu remplir le frigo ces six derniers mois, répliqua Tara. Il faut bien qu'on mange. Je ne peux pas démissionner.

—Peut-être pas maintenant, intervint Maddie. Mais, avec un peu de chance, une fois que nous aurons ouvert, tu pourras. Tu détestes travailler le soir, alors on s'est dit que tu pourrais t'occuper de la cuisine ici à la place. Faire de succulents petits déjeuners pour nos clients. Ça changerait tout. En tant que B&B, nous attirerions davantage de monde, et…

—Et vous pensez que si je travaille pour mon propre compte, finit Tara d'une voix douce, ça me donnera envie de rester.

—Pour nous, la corrigea Chloe. Tu travaillerais pour nous.

Tara haussa un sourcil.

—*Dixit* la fille qui a toujours un pied dehors.

—C'est vrai, mais mon pied revient toujours, fit remarquer Chloe. Et puis, je ne suis pas une fille. Un de ces jours tu vas ouvrir les yeux et te rendre compte que j'ai grandi.

—Je le croirai quand Sawyer cessera de te reconduire à la maison après que tu t'es fourrée dans le guêpier.

—C'est arrivé une fois, rétorqua Chloe, furieuse.

—Trois, la corrigea Maddie avant de hausser les épaules devant le regard noir que lui lança sa jeune sœur. Mais nous sommes en train de parler de toi, Tara.

—Ouais, approuva Chloe. Arrête de changer de sujet, ou je recommence à t'interroger sur Ford et son beau petit cul.

À ce propos, tu comptais le faire bouillir et passer à la casserole ensuite ?

— Oh, mon Dieu, je t'en prie, arrête de parler de farine, d'amygdales, et surtout des fesses de Ford ! s'exclama Tara juste au moment où – naturellement – Ford revenait dans la cuisine.

S'ensuivit un silence assourdissant. Il croisa son regard, et elle fit de son mieux pour avoir l'air décontractée. Ce qui n'était pas évident avec toute cette farine.

— Alerte au silence gênant, lança Chloe. Peut-être que tous les deux vous devriez retourner à… (Elle agita les bras.) Ce que vous étiez en train de faire.

Tara lui lança un regard qui en disait long.

— C'est vrai, se souvint Chloe en se donnant une tape sur le front. Arrête de parler. Tu m'as demandé d'arrêter de parler.

— Bon, enchaîna Maddie joyeusement, en attrapant Chloe. On aimerait bien rester, mais ce n'est pas possible.

— Oui, il faut qu'on y aille, ajouta Chloe, en faisant nonchalamment glisser les préservatifs vers Tara avant que Maddie la traîne vers la porte

Enfin, elles étaient parties.

Tara poussa un profond soupir et se tourna vers l'évier afin de se remplir un verre d'eau. Elle avait besoin d'une minute.

Ou d'une heure.

Elle but en essayant de démêler les pensées qui embrouillaient son cerveau.

Pas Ford. Il était appuyé au comptoir contre lequel il l'avait plaquée, l'air détendu, calme, et très sûr de lui tout en regardant les préservatifs qui paraissaient déplacés, posés là, juste en face d'elle.

Elle les regarda elle aussi, et soudain la température de la pièce monta en flèche.

De même que celle de son corps.

— N'y prête pas attention, lui dit-elle.

Ford lui jeta un regard qui accentua encore la tension latente.

— Tu y arrives, toi ?

Dieu savait qu'elle essayait. Dehors, la nuit était magnifique, et à l'intérieur il y avait cet homme, lui aussi magnifique. Elle secoua la tête et ferma les yeux.

— Comment se fait-il que nous ressentions toujours cette attirance ?

Ford vint se coller contre elle afin qu'elle sente à quel point elle l'attirait encore.

— Je veux dire, ça ne devrait plus être le cas, chuchota-t-elle dans son cou tandis qu'il l'enlaçait. Je ne devrais pas…

Te désirer au point d'en souffrir.

— C'est comme ça, répondit-il doucement. Le jour fait place à la nuit. L'océan va et vient au gré des marées. Et je te veux Tara. C'est dur à admettre, mais je te veux. Je t'ai toujours voulue.

Chapitre 8

Rien ne protège mieux de la bêtise que le silence.
Tara Daniels

Tara le voulait elle aussi. Plus que n'importe qui. Leur désir était palpable. Dans les yeux de Ford. Et il battait en rythme avec son cœur à elle. Peut-être qu'elle ne pouvait pas vivre un conte de fées avec lui, mais elle pouvait sûrement avoir au moins ça.

Elle sentit les lèvres de Ford quitter les siennes et aller frôler son oreille. Il avait également les mains occupées, explorant le corps de la jeune femme à travers sa petite robe d'été.

— Dis-le, murmura-t-il en lui titillant le lobe de l'oreille du bout de la langue.

Tara s'accrocha à lui.

— Je te veux aussi. (*Tellement. Trop.*) On devrait…

— Oui.

Elle le regarda dans les yeux.

— Tu ne sais même pas ce que j'allais dire.

— Oui, à tout.

— Tu es fou ? Tu ne peux pas me donner ce genre de pouvoir. Et si je voulais t'attacher et…

— C'est toujours oui.

Il baissa la tête pour l'embrasser dans le cou.

Elle laissa échapper un gloussement et caressa les bras de Ford, ronronnant de plaisir au contact de ses biceps musclés sous ses doigts.

Faisant glisser la bretelle de sa robe, il lui mordilla l'épaule.

— J'aime le goût de ta peau, Tara. Elle est si délicieuse. Elle l'a toujours été.

Il effleura la base de son cou, et les cellules du cerveau de Tara commencèrent à s'éteindre une par une, rendant toute pensée cohérente difficile.

— Et si c'était pire après ?

Il émit un rire étouffé contre sa peau.

— Tu m'as à peine adressé la parole depuis six mois que tu es en ville. Comment ça pourrait être pire ?

Il marquait un point.

— Mais…

— Tara, dit-il en finissant de déboutonner sa robe. Arrête de réfléchir.

D'accord. Bonne idée.

— J'arrête de réfléchir, là, tout de suite. (Elle marqua une pause.) Alors nous allons…

— Oui. (Ford paraissait concentré sur les boutons, mais il leva la tête et croisa son regard, il avait l'air à la fois amusé et excité.) À une condition.

— Attends… (Tara secoua la tête, sans parvenir à dissiper la concupiscence qui lui embrumait l'esprit.) Quoi ? Tu n'as pas à poser de condition.

— Juste une.

Elle songea à le repousser, mais cela la laisserait dans cet… état.

— Quoi ? Qu'est-ce que c'est ?

— Tu ne pourras pas recommencer à faire comme si je n'existais pas.

— Je ne…

Il lui posa un doigt sur les lèvres pour l'empêcher de mentir.

— Oui ou non, Tara.

Et merde.

— Oui.

— Oui, quoi ?

Elle le regarda bouche bée.

— Tu veux que je le répète, comme un serment ?

— Oui, dit-il avec sérieux.

Tara pouvait lire l'obstination dans ses yeux verts.

— Très bien, capitula-t-elle. À compter de maintenant je promets de ne plus faire comme si tu n'existais pas. Mais, soit dit en passant, ça n'avait rien à voir avec toi.

Ford haussa un sourcil, et elle leva les yeux au ciel.

— D'accord, peut-être un peu. Mais ce n'était pas ta faute, Ford. Je t'assure. C'était moi, et mes… problèmes.

— Tu as surmonté ces problèmes ? demanda-t-il.

Faisant glisser ses mains le long du dos de Tara, il lui saisit les fesses et la pressa contre lui, contre son impressionnante érection.

— Je ne sais pas, répondit-elle, pantelante. Mais j'y travaille.

— Bien.

— C'est bon, on a fini de parler ?

— J'espère bien, approuva-t-il, le regard fiévreux.

Elle s'empara des préservatifs sur le comptoir et les glissa dans la poche avant du Levi's 501 de Ford, qui se figea en prenant une brusque inspiration quand elle effleura son sexe à travers le jean.

Elle en voulait plus, beaucoup plus. Le prenant par la main, elle l'entraîna hors de l'hôtel, à travers le jardin, vers la petite maison qu'elle habitait avec ses sœurs et qui avait également été reconstruite. Des tons chauds identiques à ceux de l'hôtel avaient remplacé la décoration du style des années 1980 à damier bleu et blanc.

La maison.

Aucun signe de ses sœurs, mais, vu ce qui s'était passé un peu plus tôt, elle préféra l'emmener dans sa chambre. Les murs s'ornaient d'un joli vert pâle, et un immense lit, recouvert d'une couette blanche moelleuse et d'une pile de coussins, occupait le centre de la pièce. Son petit coin de paradis. Elle laissa volontairement la chambre plongée dans le noir, car, même si elle avait très envie d'admirer le superbe corps de Ford, elle redoutait de plonger dans l'abîme insondable de ses yeux, et de ne jamais refaire surface.

De plus, la dernière fois qu'il avait vu son corps à elle, Tara avait dix-sept ans. Les années écoulées avaient été clémentes avec lui, mais elle n'était pas sûre de pouvoir en dire autant en ce qui la concernait.

Cependant Ford ne reçut pas le message à propos de l'éclairage. Il appuya sur l'interrupteur, et une lumière chaleureuse se répandit dans la pièce. Tara appuya à son tour, et tout redevint noir.

— Lumière, dit-il fermement, et il ralluma.

Elle ouvrit la bouche pour protester, mais se trouva, sans plus de cérémonie, collée au mur par une masse de muscles incandescente aux mains baladeuses.

— Tu as encore de la farine partout, lui chuchota Ford à l'oreille juste avant d'en sucer le lobe. Il nous faut de la lumière pour tout trouver.

Son raisonnement pouvait également s'appliquer à lui, et elle ne demandait qu'à examiner chaque centimètre carré du corps de cet homme. Pour commencer, elle souleva son tee-shirt, dévoilant ses abdominaux. Serviable, Ford fit passer le vêtement par-dessus sa tête d'un geste sûr. À peine celui-ci avait-il touché le sol que la robe de Tara glissait à ses pieds. Avant qu'elle puisse se baisser pour la ramasser, Ford glissa une cuisse entre ses jambes en faisant pression sur son intimité. Le cerveau de Tara se déconnecta complètement quand il commença à lui embrasser les seins à travers la dentelle de son soutien-gorge. Elle-même couvrait de baisers toutes les parties de son corps qu'elle pouvait atteindre – son visage, sa gorge, les muscles tendus de son cou. Elle ne put se retenir de le croquer gentiment.

Il laissa échapper une respiration sifflante, et elle s'excusa dans un murmure.

— Non. Recommence, souffla-t-il.

Tara s'exécuta, lui arrachant un grognement tandis qu'elle ne parvenait pas à résister au besoin de se frotter contre sa cuisse. Sentir son érection si dure contre elle lui donnait le vertige. Il baissa les bretelles de son soutien-gorge et lui immobilisa les bras sur les côtés, puis s'évertua à lui faire perdre la tête.

— Ford, mes mains…

Il lui répondit par un grondement de gorge tandis que de ses pouces il lui titillait le bout des seins.

— Ça m'a manqué, dit-il en collant ses hanches aux siennes. Tu m'as manqué.

Il l'embrassa encore puis la poussa avec douceur mais fermeté sur le lit. Se laissant basculer à son tour, il lui dévora le visage et le cou de baisers tout en la débarrassant de ses dessous. La langue de Ford entra en contact direct avec son téton, et elle émit un hoquet qui se transforma en gémissement quand il commença à le sucer. Puis il couvrit ses seins de baisers brûlants. Elle frissonna.

— Quoi ? demanda-t-il quand il la sentit se figer.

— Tu…

Tara revit la façon dont ils faisaient l'amour si longtemps auparavant et se souvint du temps qu'il avait consacré à apprendre ce qui lui donnait le plus de plaisir. Elle avait toujours aimé qu'on l'embrasse à cet endroit en particulier.

Et il s'en souvenait. Après toutes ces années, il se souvenait comment elle aimait être touchée.

— Je quoi, Tara ?

— Tu te souviens de moi.

— Dans les moindres détails.

Tara s'assit et l'aida à se débarrasser de son jean. Il avait la peau chaude, et il submergea ses sens, la faisant soupirer sous ses baisers. Elle soupira encore quand il la fit rouler sous lui, l'embrassa et la mordilla tout en descendant tout en bas de son ventre. Lui ouvrant les cuisses avec ses grandes mains, il afficha un air coquin.

—Mon passage favori, dit-il avant de baisser la tête pour le prouver.

Ce qu'il fit jusqu'à ce qu'elle soit frissonnante et pantelante.

—Viens en moi, murmura-t-elle en le tirant vers le haut. Maintenant.

Elle fut récompensée par un sourire éblouissant tandis qu'il enfilait le préservatif et se glissait, lentement, en elle. Leur hoquet de plaisir résonna autour d'eux.

—Mon Dieu, Tara, dit-il en un murmure presque inaudible. Ça fait tellement longtemps…

Il se retira légèrement, puis joua des hanches pour la pénétrer plus profondément encore.

—C'est tellement bon…

La sensation qu'il la comblait lui coupa le souffle. Elle essaya de bouger les hanches contre lui, mais son corps d'acier l'en empêchait, imposant son propre rythme – lent au point de la rendre cinglée. On ne pouvait pas le brusquer. Jamais. Elle le savait, pourtant elle faisait quand même courir ses mains sur son corps musclé, le flattant, lui ordonnant, l'implorant d'accélérer la cadence. Comme cela ne fonctionnait pas, elle l'attira à elle et lui mordit la lèvre inférieure.

Avec un grognement, il se décida à adopter un rythme régulier, qui tenait du supplice, en roulant des hanches, la faisant gémir à chaque mouvement. Mais il n'accéléra pas, ni quand Tara lui enfonça les ongles dans le dos, ni quand elle balbutia un « je t'en prie » désespéré en se cambrant afin qu'il la pénètre plus profondément.

—Oh, mon Dieu. (Il baissa la tête pour l'embrasser.) Mon Dieu, que c'est bon.

—Alors, accélère !

—Pas encore.

— Bon sang...

— Laisse-toi aller, Tara. (Il posa une main sur sa joue.) Laisse quelqu'un d'autre prendre le contrôle, juste un tout petit peu.

Non. Elle n'était pas douée pour ça.

— Mais...

— Pas de mais.

Ford fit glisser ses doigts dans les cheveux de la jeune femme et, afin de s'assurer qu'elle se taise, il l'embrassa passionnément.

Si un autre homme avait essayé de faire cela à Tara, il aurait eu du mal à marcher normalement le lendemain, mais les baisers de Ford submergeaient ses sens et lui faisaient perdre toute notion de temps et d'espace. Et c'était chaque fois pareil. Tout sens des réalités l'abandonna quand il se mit à bouger en elle. Le plaisir commença à monter lentement et à se répandre dans son corps.

Il lui fallut toute sa volonté pour garder les yeux ouverts et plongés dans les siens. Normalement, elle avait besoin de les garder fermés pour se concentrer, mais, avec Ford, la concentration n'était pas nécessaire. Il l'emmenait vers l'extase sans effort apparent, et elle ne voulait pas en manquer une seule seconde. Même quand ses yeux se fermèrent tout seuls, elle se força à les garder ouverts, ne voulant pas perdre de vue le visage de son amant et manquer le plaisir gravé dans ses traits.

Le plaisir qu'elle lui donnait. C'était excitant, érotique, et elle brûlait d'un désir qui faisait vibrer tout son corps.

— Tara, dit-il d'une voix rauque. Maintenant.

Sur ce simple mot, il la fit basculer, lui arrachant un gémissement qu'elle n'aurait pas pu retenir même si sa vie avait été en jeu.

Elle lui avait laissé le contrôle finalement, pensa-t-elle, hébétée.

Et, tandis qu'elle explosait, il s'enfonça plus profondément en elle et jouit à son tour avec un grognement viril de satisfaction.

Ford était toujours à l'intérieur du superbe corps de Tara quand ils entendirent la porte d'entrée s'ouvrir.

— Tara ? appela une voix masculine qui la fit sursauter.

— Non, chuchota-t-elle. (Elle repoussa Ford afin de s'asseoir et serra les draps contre sa poitrine en ouvrant de grands yeux horrifiés.) Ce n'est pas possible.

— Qui est-ce ? demanda Ford en se renfrognant.

— Tara ? Tu es là ?

N'ayant pas vraiment le choix, la jeune femme sauta du lit et commença à réunir ses vêtements.

— Une minute, hurla-t-elle. Je viens.

— C'est déjà fait, susurra Ford. (Les marques d'ongles sur ses fesses en étaient la preuve.) Qui est-ce, Tara ?

Elle s'apprêtait à enfiler ses chaussures, puis eut un moment d'arrêt en prenant conscience que Ford était toujours au lit. Nu.

— Oh, mon Dieu. Habille-toi !

Elle essayait de discipliner ses cheveux quand il se leva et l'attira à lui, bloquant ses gestes frénétiques.

— Réponds-moi.

— C'est Logan, répliqua-t-elle d'une voix étranglée en le repoussant.

Il tint bon.

— Logan, répéta-t-il en fouillant dans sa mémoire. Logan, ton ex ?

— Oui. Attends… (Elle arrêta d'enfiler sa robe.) Tu le connais ?

— Je sais seulement qu'il aime s'afficher sur les couvertures des journaux et des magazines. Et qu'à une époque tu y étais avec lui.

Il lui saisit le bras avant qu'elle puisse s'enfuir. Ce qui venait de se passer n'était en principe qu'une partie de jambes en l'air, mais il n'appréciait pas pour autant de voir son ex-mari se pointer.

— Que fait-il ici ?

— Je n'en sais rien. (Elle se prit le visage dans les mains.) Et tu es encore nu.

— Oui, et il n'y a pas trois minutes, tu ne t'en plaignais pas, répliqua-t-il sur un ton amer. Tu sais ce qu'il veut ?

Elle laissa retomber sa tête sur la poitrine de Ford.

— Aucune idée.

Ford enroula autour de ses mains la masse de cheveux soyeux et tira doucement dessus afin qu'elle le regarde.

— Tu as demandé s'il y avait quelqu'un dans mon lit. J'aurais peut-être dû demander qui se trouvait dans le tien.

— Je n'ai eu personne ! Pendant deux ans. (Elle ferma les yeux.) Deux longues années, Ford.

Il lui caressa la joue.

— Une séance de rattrapage s'imposait, murmura-t-il.

D'accord, Logan et elle ne couchaient plus ensemble. Bien. Même s'il n'aurait pas dû se sentir concerné.

— Pourquoi aussi longtemps ?

— Parce que je n'ai trouvé personne avec qui j'avais envie d'être, répliqua-t-elle, légèrement sur la défensive. Et maintenant il y a deux hommes chez moi, l'un d'eux est nu et porte mon odeur, et…

Il lui donna un long et profond baiser. C'était dingue. Stupide. Et bon sang ! Tellement bon.

— … et il a mon goût, murmura-t-elle en gémissant quand ils se séparèrent. Oh, mon Dieu, Ford.

Considérant à quel point elle était craquante avec son air perturbé et confus et combien elle semblait paniquée – ce qui était exceptionnel la concernant –, Ford laissa échapper un soupir et lui caressa la tête.

—Je m'occupe de la nudité. Pour le reste, tu devras te débrouiller. À moins que tu ne veuilles que je t'aide à le mettre dehors.

—Quoi ? Non !

Aïe ! Ça faisait mal, mais c'était un bon rappel de ce qu'il était. Et de ce qu'il n'était pas.

—Ford, je ne peux pas faire ça avec toi, chuchota-t-elle.

—Faire quoi ?

—Ça ! Ça n'a pas fonctionné à l'époque, et ça ne fonctionnera pas davantage maintenant.

Oui, il le savait. D'ailleurs, il ne comprit pas ce qui le poussa à la plaquer contre le mur et à l'embrasser de nouveau avec passion jusqu'à ce qu'elle s'agrippe à lui. C'était peut-être un comportement stupide et macho, voire salaud, mais son expression hébétée quand il s'écarta lui remonta le moral.

—Je ne pense pas que nous en ayons fini, dit-il avec un calme qu'il était loin de ressentir.

—Il le faut. (Elle se mordilla la lèvre inférieure.) J'ai du travail à faire.

—Tu n'es pas la seule dans ce cas, Tara.

—Du travail à faire sur moi, lâcha-t-elle précipitamment en jetant un coup d'œil vers la porte, son niveau d'anxiété visiblement très haut. Quand nous sommes sortis ensemble autrefois, j'étais jeune, et je ne savais pas… Je ne savais pas ce que c'était que d'être avec quelqu'un. J'étais incapable de me livrer entièrement…

—Et avec Logan ? Tu n'as pas pu te livrer non plus ?

—Au contraire, répondit-elle en le défiant de ses yeux ambrés. Avec lui, j'ai trop donné. J'ai tout donné. Tu comprends ? Je dois prendre du recul pour ne pas retomber dans les mêmes travers.

—Alors c'est là-dessus que tu travailles ? Sur comment donner sans te perdre ?

—Oui !

Et merde ! De tout ce qu'elle aurait pu dire, cet argument était celui qui le touchait le plus. Il lui caressa la joue une fois de plus.

— Et comment ça se passe ?

— À l'heure actuelle ? Pas très bien.

— Tara…

Mais elle se recula et secoua la tête. Elle ne voulait pas de son aide, ni de sa compassion. Très bien. Il ne souhaitait pas se retrouver à nouveau mêlé à ça, de toute façon.

En tout cas, pas en dehors du lit.

— Tara ? appela Logan depuis le couloir.

Ford se crispa.

Tara ferma les yeux.

— Une minute, Logan !

— Souviens-toi de ma condition, lui rappela Ford à voix basse.

— Ne pas faire comme si tu n'existais pas.

— C'est ça. Et une autre.

— Ford…

Elle commença à s'écarter, mais il l'attrapa.

— N'essaie pas de me rejouer la même scène qu'autrefois, dit-il. Quand tu t'es enfuie.

— Nous avions dix-sept ans et nous étions stupides.

— Je t'accorde la stupidité.

Les traits de Tara se durcirent.

— Et je ne me suis pas vraiment enfuie.

— Ne dis pas de conneries !

Il prit le risque de provoquer sa colère en la serrant contre lui. Mais il ne pouvait pas s'en empêcher.

La respiration de Tara s'accéléra, trahissant son affolement.

— Ford, je le pense vraiment, je ne peux pas, pas avec toi. La première fois, j'ai bien failli en mourir. Tirons une leçon de nos erreurs, et oublions ça.

Ouais. Très bon plan. Oublier ça. C'était parfaitement logique, surtout que la dernière fois qu'elle avait séjourné à Lucky Harbor, les choses avaient plutôt mal tourné, en grande partie à cause de lui. Et il y avait de grandes chances qu'à terme elle se tire de ce trou. Et cela convenait à Ford. Il savait qu'elle méritait mieux que de se retrouver coincée dans un coin paumé avec un tas de mauvais souvenirs.

Dont lui. Le pire de tous. Il enfila ses vêtements, sans un mot de plus, lui donna ce qu'elle voulait, se persuadant que c'était également ce que lui voulait. Il passa la porte, remonta le couloir et hocha la tête en arrivant devant l'une des stars du monde de la course automobile.

Brun aux yeux noirs, Logan Perrish mesurait environ un mètre quatre-vingts. Il affichait une forme physique plus que décente, et semblait tout droit sorti d'une couverture de magazine. Il était parfaitement assorti à la sophistiquée et élégante Tara, ce qui donna envie à Ford de le mettre dehors à grands coups de pied aux fesses.

Après avoir regardé Ford, Logan jeta un coup d'œil en direction de la pièce que ce dernier venait de quitter. Pas de doute : c'était bien une chambre.

— Vous êtes un… client de l'hôtel ? demanda-t-il. Je croyais qu'il n'était pas encore ouvert.

Ford ouvrit la bouche pour répondre, mais Tara le devança.

— En fait ça va plutôt être une maison d'hôte, dit-elle. Et non, ce n'est pas un client. Pas plus que toi. Tu n'as aucun droit de venir comme ça, sans prévenir. Tu as frappé au moins avant d'entrer ?

Elle portait sa robe, désormais froissée, et pas de chaussures. Et elle rayonnait. Ford ne pouvait s'empêcher d'éprouver une certaine fierté, vu que c'était son œuvre.

— Oui, j'ai frappé, répliqua Logan. Tu n'as pas répondu. (Il avait le regard rivé sur Ford.) Je ne savais pas que tu avais de la compagnie. Je pensais attendre que tu rentres.

Ford lui rendit son regard.

Tara émit un son d'incrédulité et d'irritation mêlées. Ford reconnut bien l'irritation, vu qu'il avait souvent tendance à provoquer ce sentiment chez elle.

— Tu ne savais pas que j'avais de la compagnie, répéta-t-elle lentement. Même si cela fait… quoi, plusieurs mois que nous ne nous sommes pas adressé la parole ?

— On ne s'appelle jamais très souvent, répondit Logan, confus. Quelque chose ne va pas ?

— Non, répliqua Tara. C'est juste que je suis en train de me souvenir pourquoi notre mariage a échoué.

Logan désigna Ford d'un signe de tête.

— Qui est-ce ?

Le type qui vient juste de se taper ton ex-femme, connard, pensa Ford.

Peut-être n'avait-il aucun avenir avec Tara, mais il n'était pas assez magnanime pour souhaiter qu'elle en ait un avec Logan.

Tara se tourna vers Ford et ouvrit la bouche, puis la referma. De toute évidence, elle ne savait pas comment expliquer la situation.

— Ford Walker, finit-elle par dire. Ford, Logan.

Logan tendit la main.

— Je suis le mari de Tara.

— L'ex-mari, le corrigea la jeune femme en lui frappant le torse. C'est quoi, ton problème ? Et tu peux me rappeler la raison de ta présence ici ?

— Tu me manquais.

À la surprise de Ford, Tara s'esclaffa.

— Allez, dit-elle sans cesser de sourire, une fois qu'elle eut recouvré son calme. La vérité.

Le sourire que lui adressa Logan en retour était teinté de tristesse.

— Tu me manquais vraiment, dit-il en se rapprochant.

La jeune femme leva la main pour l'arrêter et fit un pas en arrière.

— Logan, quand je t'ai quitté, il t'a fallu un mois pour t'en rendre compte. Un mois, Logan. Alors, qu'est-ce qu'il y a ?

Logan regarda Ford.

Puis Tara fit de même. La partie publique de la soirée était finie.

Et merde ! Si elle ne voulait pas mettre son ex-mari dehors, ce n'était pas son problème. Il se dirigea vers la porte.

Chapitre 9

Cette journée de ta vie ne reviendra pas. Ne la gâche pas.
Tara Daniels

Tara entendit la porte se refermer derrière Ford, et cela lui fit l'effet d'un coup de poignard en plein cœur. Que faudrait-il pour qu'il se batte pour elle ? se demanda-t-elle. Pour qu'il ne capitule pas au premier obstacle ?

Davantage qu'une partie de jambes en l'air, *a priori*. Mais, secrètement, c'était exactement ce qu'elle espérait : quelque chose, n'importe quoi, qui lui donnerait à penser qu'ils avaient partagé plus que du bon temps, qu'ils…

Qu'ils méritaient une seconde chance.

— Un nouveau petit ami ? s'enquit Logan.

Elle faillit lui balancer une réponse sarcastique, mais comme il avait posé la question calmement et sans aucune trace de jugement, elle fit preuve d'honnêteté.

— Plutôt un ancien.

C'était tellement étrange de le revoir, toujours aussi beau, élancé et en pleine forme. Elle s'attendait à l'habituel serrement de cœur, mais elle ne ressentit que de la tristesse au souvenir de ce qu'ils avaient vécu autrefois.

Et de ce à côté de quoi ils étaient passés.

— Il y a longtemps, tu m'as dit n'avoir eu qu'un seul véritable petit ami avant moi. Quand tu étais adolescente.

— Oui.

Logan écarquilla les yeux.

— Et c'est lui ? C'est celui qui… ?

Elle grimaça. Logan savait à propos du bébé. Il était la seule personne à qui elle en avait parlé, car elle n'avait pas voulu de ce genre de secret dans leur mariage.

— Oui.

— Et vous êtes ensemble, maintenant ?

— Non.

Le mot à peine sorti de sa bouche, elle le regretta. Pourtant ils n'étaient pas ensemble, alors pourquoi éprouvait-elle ce sentiment de regret, et l'impression d'avoir été déloyale ?

— En fait, je ne sais pas, corrigea-t-elle.

— OK, dit Logan en hochant la tête. Je ne m'attendais pas à ça.

Le voir là, si loin du monde auquel il appartenait, la laissait perplexe.

— Pourquoi n'es-tu pas sur les routes à courir après la gloire et la fortune ?

— Je me retire pour la saison.

Cela n'avait aucun sens. Pour Logan, rien d'autre ne comptait que la course. Rien. De plus, il était difficile, voire carrément impossible, de « se retirer pour la saison ». Des obligations contractuelles le liaient aux propriétaires des voitures, et des engagements aux sponsors, à l'équipe du stand de ravitaillement ainsi qu'aux mécanos susceptibles d'aller voir ailleurs et d'y rester.

— Comment peux-tu…

Logan releva la manche de sa chemise afin de montrer son bras. Et le bandage qui le recouvrait.

— Le dernier accident a sérieusement endommagé des ligaments. Je vais devoir subir plusieurs opérations, ce qui implique que je ne suis plus fiable à l'heure actuelle. Ils ont embauché un remplaçant. Pour une durée indéterminée.

— Oh, Logan, compatit Tara, sachant ce que courir représentait pour lui.

— Tout va bien, la rassura-t-il. Ça ne me dérange pas de faire une pause.

— Pourquoi ?

— Parce que le monde des courses m'a coûté quelque chose qui me manque. Toi, Tara.

Elle l'observa. Il fut un temps où elle aurait donné n'importe quoi pour l'entendre dire ces mots : sa pseudo-carrière, son bras droit, n'importe quoi. Mais les choses étaient différentes à présent. Elle était différente.

— Logan…

Il secoua la tête.

— Ne dis rien. Penses-y, c'est tout. Pense à moi, OK ?

Elle se laissa tomber dans le canapé avec un rire nerveux, sonnée.

— Il m'a fallu deux ans pour t'oublier. Je ne peux pas faire disparaître tout ce qui s'est passé entre nous en un claquement de doigts.

— Je sais, et il n'y a pas d'urgence, la rassura-t-il. Je serai là tout l'été, alors…

— Tout l'été ? Comment ça, tout l'été ?

— Pour te reconquérir, bien sûr.

Il posa un genou à terre devant elle et lui adressa un de ces sourires qui autrefois la mettaient dans tous ses états.

— Ne décide rien maintenant, OK ? Comme je te l'ai dit, nous avons tout l'été.

Oh, mon Dieu.

— Tu ne peux pas rester là tout l'été.

— Pourquoi pas ?

— Parce que… (Elle n'en avait aucune idée.) Comment vas-tu occuper ton temps ?

Il se releva et lui déposa un baiser sur la joue.

— Je trouverai bien.

Tara lui posa une main sur la poitrine pour qu'il ne s'approche pas davantage.

— Et, poursuivit-il, tu vas avoir beaucoup à faire avec l'ouverture de l'hôtel. Je pourrais t'aider.

Cet homme avait deux assistants personnels pour exécuter ses quatre volontés. Il ne faisait ni la lessive ni la cuisine, sans parler du ménage ou de sa comptabilité… rien.

— Et en quoi pourrais-tu aider ?

— Eh, je me suis amélioré ! (Il lui adressa son sourire le plus charmeur.) Tu ne connais pas encore cet aspect de moi, mais tu verras.

— Logan…

— Il n'y a pas d'urgence, Tara. Je suis patient.

Et puis, à l'instar de Ford, il s'évanouit dans la nuit.

Le lendemain, Tara se leva aux aurores pour aller se promener dans le matin brumeux et humide. Elle aurait sûrement mieux fait d'aller courir, mais elle détestait courir. La vie qu'elle s'était construite avec soin partait à vau-l'eau, et elle envisageait déjà d'engloutir des tonnes de cochonneries. Mieux valait commencer dès maintenant à brûler des calories, sans quoi dans très peu de temps elle devrait changer sa garde-robe.

Elle se rendit jusqu'en ville et suivit la jetée en adressant au passage un signe à Lance, qui nettoyait au jet d'eau la terrasse de son échoppe.

Elle fit demi-tour à la fin de la jetée. Elle aurait pu rentrer directement et prendre une bonne douche, mais choisit plutôt de passer par la marina afin de brûler quelques calories supplémentaires.

Ou parce que Ford se trouvait sur le quai.

Elle était attirée par lui comme par un aimant. Entouré de pièces de voilier, un outil à la main, une pièce dans l'autre, il paraissait concentré.

Quand il aperçut Tara, les coins de sa superbe bouche, qui éveillait en elle tant de fantasmes, se relevèrent. Quelques heures plus tôt, cet homme était en elle, leurs deux corps ruisselants de sueur, bougeant à l'unisson, leurs souffles mêlés. À cette pensée l'atmosphère changea, et elle fut submergée par d'autres souvenirs.

Et par une certaine nostalgie…

Elle croisa son regard, et ils restèrent ainsi, sans prononcer un mot. Elle sentit ses nerfs trembler, ainsi que d'autres parties de son corps.

—Ça va ? demanda-t-il enfin.

Il ne posait pas la question par politesse. La nuit précédente avait été chargée en émotions, et il l'observait avec une inquiétude sincère. Ce qui ne collait pas avec l'image qu'elle avait de lui passant la porte sans se retourner.

—Ça va.

—Logan est reparti ?

—Pas vraiment.

Il serra les dents et prit quelques instants avant de demander :

—C'est-à-dire, pas vraiment ?

—Il va rester tout l'été. (Il chercha son regard et elle leva les mains.) Ce n'était pas mon idée.

Ford ne répliqua rien, mais son silence était éloquent.

—On va être mal à l'aise, maintenant ? demanda-t-elle.

Il pencha la tête sur le côté.

—Tu te sens mal à l'aise ?

—Je ne sais pas encore.

Il soupira en marmonnant quelque chose qui ressemblait à « ne fais pas ça, mon vieux », puis passa un bras autour de la taille de la jeune femme et l'attira à lui.

—Et maintenant ?

—« Mal à l'aise » n'est pas l'expression que j'utiliserais, réussit-elle à articuler. Ford.

Impuissante face à ce qu'elle ressentait pour lui, sans même parler de son charme, elle agrippa son tee-shirt à deux mains et posa le front contre sa poitrine.

Il lui caressa les cheveux – un geste affectueux, emprunt d'une tendre possessivité –, et elle se pressa un peu plus contre lui.

Ça ne peut pas recommencer, implora son cerveau. *Tu ne vas pas remettre le couvert avec lui.*

Mais ce n'était pas son cerveau qui tenait le gouvernail, car elle jeta un coup d'œil par-dessus l'épaule de Ford en direction du voilier qui était équipé d'une chambre sous le pont.

Et d'un lit.

Ford suivit son regard et laissa échapper un petit rire.

—D'accord, mais seulement si tu demandes gentiment.

—Ce n'est pas drôle, dit-elle en le repoussant. De plus, je dégouline de sueur, et tu es sale.

—Eh bien, on a déjà fait la moitié du chemin !

—Arrête.

—Eh, c'est toi qui as fait un détour pour venir me voir.

Vrai, mais ça ne rendait pas moins agaçant le fait qu'il ait toujours l'air de savoir ce qu'elle pensait.

—Je vais prendre une douche.

Froide.

—Tu veux un coup de main ?

—Non !

—Tu me veux, admets-le, cria-t-il alors qu'elle s'éloignait.

Oh, oui ! Elle le voulait, et pas qu'un peu. Quelle femme pourrait ne pas souhaiter partager son lit avec un spécimen pareil ? Mais il y avait un problème : Ford n'était pas du genre à dépenser de l'énergie quand il rencontrait des difficultés. Et Tara était la difficulté incarnée. Ce qui signifiait qu'elle devait absolument résister à cet homme et à son sex-appeal, car elle savait déjà comment cela se terminerait.

Quelques nuits plus tard, Ford servait à boire aux clients du *Love Shack*. L'endroit était plein, ce qui d'ordinaire lui donnait un sentiment de satisfaction. Il aimait être là, à écouter les rires et les discussions, en se disant que tous ces gens se réunissaient chez lui. Longtemps auparavant, il avait appris à recréer une famille et un foyer partout où il le pouvait. Ce bar représentait les deux.

Les murs du *Love Shack*, d'un rouge profond, étaient décorés de vieux outils de mineurs, que lui et Jax avaient collectés au fil des ans et de diverses aventures. Des lanternes étaient accrochées aux poutres apparentes, éclairant les longues tables de bois brut – marquées par le passage des années et des clients –, ainsi que le bar fait d'une série de portes de bois, mises bout à bout.

Quand Ford ne se trouvait pas sur un bateau le visage fouetté par le vent, fendant l'eau à une vitesse vertigineuse, c'était là qu'il se sentait le plus heureux.

C'était un style de vie simple, mais, au fond, Ford était un homme simple. Grandir dans la misère avait eu cet effet-là sur lui. Ainsi qu'être aimé et protégé par sa grand-mère qui avait fait de son mieux, tandis que tous deux se tuaient à la tâche. Elle lui avait toujours dit qu'un jour cela paierait et qu'elle pourrait prendre sa retraite à Palm Springs.

Avoir été en mesure de lui offrir ça avait apporté à Ford une immense satisfaction. Il était heureux de se dire qu'à cet instant elle sirotait probablement un thé glacé en contemplant les montagnes, confortablement installée sur la terrasse de la maison de Palm Springs qu'il avait achetée pour elle. C'était son passe-temps favori, quand elle ne cuisinait pas pour lui lors des rares fois où il lui rendait visite. Chaque fois qu'il passait sa porte, elle s'émerveillait de le voir si grand et si bien bâti, comme si elle n'arrivait pas à croire qu'il n'était plus ce gamin petit et malingre.

Ford ne pouvait pas lui en vouloir. Il avait fait en sorte de traverser l'adolescence puis la vingtaine malgré lui et vivait maintenant la trentaine en essayant de se comporter en adulte. Pour cela il lui fallait accepter ses erreurs, et chasser les regrets, même si le pire de tous pesait plus lourdement que jamais sur sa conscience.

Tara.

— La Terre appelle Ford, l'interpella Sawyer Thompson en agitant une main devant le visage de son ami. Tu es avec nous ? Ou tu as besoin qu'on te laisse seul ?

— Je croyais que tu n'étais pas de service ce soir.

Sawyer, grand et massif, avait la carrure d'un ours, et pouvait être intimidant en diable, sauf pour ceux qui avaient grandi avec lui et savaient qu'il pleurait comme une Madeleine devant les films de Disney et de Pixar – raison pour laquelle il refusait d'en regarder. Ford lui servit un Coca, sa boisson habituelle quand il travaillait.

— J'ai été appelé. (Le sourire de Sawyer s'évanouit.) Des petits problèmes du côté de Horn Crest.

— Encore des deltaplanes ?

La dernière fois, les pilotes s'étaient révélés être Chloe, Lance et Tucker, et ils s'étaient fait arrêter pour violation de propriété après avoir atterri dans le précieux champ de rhododendrons de Mme Azalea. Lance s'était donné pour mission d'accumuler le plus d'aventures possible avant que sa mucoviscidose ne le rattrape. Et son frère, Tucker, ainsi que Chloe le soutenaient et l'assistaient dans ses bêtises.

Ce qui, pour d'obscures raisons, faisait sortir Sawyer de ses gonds.

Ford était heureux de constater que cette capacité qu'avaient les trois sœurs à rendre les hommes cinglés devait être inscrite dans leur code génétique.

— Non, pas de deltaplane cette fois, répondit Sawyer, visiblement soulagé.

Chloe était appréciée en ville, et chaque fois qu'elle faisait une sottise nécessitant l'intervention de Sawyer, c'était lui qui en subissait le contrecoup.

Ford savait que son ami aimait l'ordre. L'ordre et le calme. Autant dire que Chloe et lui étaient comme l'eau et l'huile. Et, à l'instar des deux liquides, ils finissaient souvent par se retrouver ensemble : le karma était une garce avec un sacré sens de l'humour.

— C'était un groupe d'adolescents, expliqua Sawyer. Je les ai ramenés à leurs parents et me suis fait insulter par l'une des mères. D'après elle, je ferais mieux d'utiliser l'argent du contribuable pour attraper les vrais méchants. (Il se laissa tomber sur un tabouret en soupirant et accepta le Coca.) Et toi, qu'est-ce que tu fais là ? Je croyais que tu participais à une course dans le golfe ce week-end.

Ford haussa les épaules.

— Une prochaine fois, peut-être.

— Tu n'es plus au niveau ?

— Quoi ? Bien sûr que si !

— Qu'est-ce que c'est alors ? Déjà vieux à trente-quatre ans ?

— La ferme. C'est toi qui t'es cassé le dos le mois dernier en jouant au babyfoot.

— Peut-être, mais j'avais assuré comme une bête, voire comme un dieu.

— À tel point que tu as dû passer le reste du week-end à gémir sur ton canapé, puis coincé derrière un bureau à t'occuper de la paperasse pendant une longue semaine.

— Et alors ? Ça a été l'occasion de me faire dorloter par les femmes.

— Quelles femmes ? demanda Ford avec un reniflement incrédule.

— Eh, j'ai des femmes !

— Celles des sites pornos ne comptent pas.

— Tu joues au con, répliqua Sawyer. Un autre signe de l'âge. Est-ce que je dois prévenir Ciera afin qu'elle te réserve une place à la maison de retraite ? Et qu'elle t'obtienne une ordonnance pour du Viagra ?

Ciera, la sœur de Ford, occupait un poste d'infirmière dans une maison de retraite de Seattle.

— Tu es plus vieux que moi, lui rappela Ford.

— De deux mois, ce qui est compensé par le fait que je suis plus beau. Et puis, je ne cherche pas la bagarre juste pour jouer au con.

Ford laissa échapper un soupir résigné.

— Je ne participe pas à la course parce que je n'avais pas envie de voyager.

— Et ?

— Et Jax est trop sympa avec nos habitués, j'avais besoin de rester dans le coin pour lui tenir la bride.

— Et ?

— Et…

Merde ! Il ne trouvait rien de plus.

— Admets-le, dit Sawyer. Tu ne veux pas t'éloigner parce que l'ex-mari de Tara a fait son apparition et que tu as peur de te faire piquer ta place.

Ford se passa la main dans les cheveux.

— Ouais.

Lucille se faufila jusqu'au bar. Elle était vêtue de son jogging rose et, avec ses cheveux blancs en pagaille, elle ressemblait à un coton-tige. Son regard chassieux se posa sur Ford.

— Une vodka avec des glaçons, dit-elle en donnant une claque sur le bar. Alors, comment ça se passe avec la Dame de fer ?

— Quoi ? s'exclama Ford en lui tendant son verre.

— Ne joue pas à l'imbécile, mon chou. Ça ne te va pas au teint.

— Moi je trouve que si, commenta Sawyer.

Ford lui reprit son soda :

— Eh ! protesta Sawyer.

— Tara, expliqua Lucille à Ford. Je parle de Tara. (Elle avala sa vodka d'une traite avec l'aisance née d'une longue habitude.) Son ex est là. Et c'est une vraie célébrité, tu sais.

Ford soupira. Il ne le savait que trop bien.

Lucille le poussa gentiment.

— Il a l'avantage sur toi, mon garçon.

Ford souhaita soudain ne pas être contre le fait de boire pendant le service.

— Je n'ai aucune envie de parler de ça, Lucille.

— Toi peut-être pas, mais les autres s'en donnent à cœur joie. Il faut que tu aies l'air classe. Vraiment classe ! (Elle se pencha au-dessus du bar et lui enfonça son doigt osseux dans le bide.) Tu m'écoutes ?

— Oui, j'écoute, répondit Ford en se frottant le ventre. Et aïe !

— Classe, je te dis !

Comme s'il ne le savait pas. Cela avait toujours été le problème, le fait qu'il ne soit pas vraiment à la hauteur selon les critères de Tara. Ça lui était revenu en plein visage, à présent qu'il avait rencontré Logan et vu de près l'élégance et le raffinement de l'ex. Et ce n'était pas tout, il avait également senti qu'une alchimie évidente existait encore entre Tara et lui.

Sawyer intégrait tout ça avec son calme habituel.

— Qu'est-ce qui fait croire à tout le monde que notre Ford est intéressé ? demanda-t-il à Lucille.

Elle émit un ricanement et fit claquer son verre sur le comptoir, indiquant qu'elle en voulait un autre.

— Oh, il l'est…

Sawyer étudia Ford d'un air songeur. Après un moment, un sourire s'épanouit sur ses lèvres.

— Ouais, je pense que tu as raison.

— Merci, mon pote.

Lucille donna un coup sur la tête de Ford.

— C'est bon, dit-il. Arrête avec ça !

— C'est toi qui dois arrêter. Arrêter de faire n'importe quoi. Il est temps d'être un peu sérieux, Ford. Une fois dans ta vie.

Et, dans un sens, elle avait raison, ce qui ne faisait que rendre ses mots encore plus durs. Quand les gens regardaient Ford, ils voyaient un gars qui, de sa vie, ne s'était jamais vraiment engagé dans quoi que ce soit, mis à part peut-être la voile, il le savait. Et, excepté Tara, lors de cet été dix-sept ans auparavant, il n'était jamais sorti avec une femme pour qui il éprouvait une réelle amitié, au-delà de la relation charnelle. Dans son esprit c'étaient deux choses bien séparées. Il vivait sa vie au jour le jour. Ses virées en mer. Son bar. Ses amis. Certes, il était un petit-fils attentionné pour sa grand-mère, mais elle n'attendait pas grand-chose de lui. Et puis l'argent était facile à donner une fois que l'on en disposait.

À dire vrai, durant les six mois qui venaient de s'écouler, il s'était senti… insatisfait. Instable. Malheureux.

Six mois. Depuis le jour où Tara était revenue à Lucky Harbor. Ce qui était particulièrement stupide, vu que ni l'un ni l'autre ne souhaitait renouveler l'expérience.

Et, pourtant, il se passait quelque chose entre eux, c'était indéniable, et ça allait au-delà de ce qu'ils avaient partagé au lit. Quelque chose qui le démangeait, qui lui donnait à la fois envie de prendre ses jambes à son cou et de courir après Tara.

La porte du bar s'ouvrit et apparut… *Merde!*

Logan Perrish.

Il était plutôt habillé pour se rendre dans une boîte de nuit à l'ambiance torride que dans le bar d'une petite ville, et il sentait l'argent à plein nez. Ford aurait voulu le détester, ne serait-ce que par principe, mais c'était assez difficile en voyant le gars s'arrêter pour signer un autographe à tous ceux qui lui en demandaient. Quand le pilote arriva au comptoir, il fut visiblement surpris de voir Ford de l'autre côté.

— Tu es barman ?

— Ouais. Je te sers ?

— Bien sûr. (Logan parcourut du regard la liste des bières disponibles sur le tableau noir accroché derrière Ford.) J'ai entendu parler d'un truc appelé… *Ginger Goddess*?

Sur le tabouret d'à côté, Sawyer grimaça.

— Tu dois être à moins de deux mètres d'une piscine pour commander une boisson aussi fruitée, c'est un truc de femmelette.

Logan sourit, indifférent. Puis, s'adressant à Ford :

— Il est possible d'en avoir un ou pas ?

— Oui.

Ford réalisait effectivement ce cocktail… pour les femmes. Sawyer avait raison : il s'agissait vraiment d'une boisson de gonzesse.

Logan rit en voyant l'expression de son visage.

— Je sais, je sais. Mais, dès que ça a un nom de soda, ou une connotation même vaguement féminine, il faut que je goûte.

Ford recommença à le haïr, puis il s'empara d'un kiwi, d'une poire ainsi que d'un shaker à cocktail et se mit au travail. Pour préparer ce satané Ginger Godess.

— Tiens donc, mais c'est le fameux Logan Perrish, dit Lucille de sa voix éraillée.

— Bonsoir, répondit Logan avec amabilité. Vous êtes une fan de course automobile, ma chère ?

— Oh, oui, minauda-t-elle. (Elle poussa sa serviette devant lui.) Un petit autographe ?

Ford tourna la tête et lui lança un regard éloquent comme pour dire : « Tu te moques de moi ? » Mais elle se contenta de lui sourire avant de se tourner de nouveau vers Logan.

— Si c'est pas merveilleux de vous avoir ici, à Lucky Harbor ! Jolie fin de course à Talladega. Navrée pour l'accident qui a suivi. (Elle lui effleura le bras.) J'espère que ce n'est pas trop douloureux.

— Je suis en voie de guérison, tout va bien, la rassura Logan en se tournant pour inclure dans la conversation deux femmes qui arrivaient de l'autre côté.

Elles lui tendirent leurs serviettes, et il les signa d'un geste théâtral.

Ford ajouta le gingembre, la vodka et la glace dans le shaker, et croisa le regard de Sawyer.

Ce dernier avait retrouvé son air moqueur.

Ford se renfrogna, versa la boisson de Logan dans une flûte et acheva de la remplir avec du mousseux.

La moitié du bar était à présent réuni en demi-cercle autour de Logan comme s'il représentait ce qui était arrivé de mieux depuis l'invention du pain en tranches. Dos au bar, il était complètement entouré de fans.

— Une vraie célébrité, fit remarquer Sawyer à Ford. Les gens ne savent pas résister à ça.

Ford y arrivait très bien, lui.

— Je ne vois pas ce qu'il a de si fantastique, marmonna-t-il. Lors de ses dix-huit derniers départs, il n'a pas réussi à mener un seul tour. Et vu la façon dont il s'habille, il s'y croit vraiment.

— Tu as tes règles ou quoi ?

— Et alors, qu'est-ce qu'on en a à battre ? continua Ford. La course automobile n'est même pas un vrai sport.

Sawyer sentit le rire le gagner.

— Vraiment ?

— Quoi ?

— Tu vas finalement passer à l'action avec la femme qui t'obsède depuis quoi, six mois, juste parce que son ex-mari est en ville ? Pathétique, mon pote.

— Qui a dit que j'allais passer à l'action ?

— Tu t'y prépares, je le vois bien, répondit Sawyer.

— Tu ne vois rien du tout.

— Je t'observe depuis le collège. Ta technique n'a pas beaucoup changé.

—Peu importe. (Ford fit claquer quelques verres sur le comptoir pour se donner une contenance.) Et techniquement, je suis passé à l'action avant que Logan arrive.

Il sentit quelqu'un lui tapoter la main et baissa les yeux sur Lucille.

—Ne t'en fais pas, mon chou, lui dit-elle dans un chuchotement qui devait s'entendre jusqu'à Seattle. Nous allons t'aider à avoir la fille.

—Nous ?

Elle fit un geste pour montrer quatre femmes qui avaient l'air encore plus âgées qu'elle et formaient un assortiment varié de cheveux bleutés et de rouges à lèvres tape-à-l'œil.

—Nous allons faire pencher la balance en ta faveur, expliqua-t-elle. Mais ça aiderait beaucoup si tu étais passé à la télé pour avoir gagné une course.

—Ça m'est déjà arrivé ! s'exclama-t-il en se pinçant l'arête du nez. Écoute-moi, Lucille. Vous ne vous en mêlez pas. Tu m'entends ?

Mais Lucille avait déjà rejoint ses acolytes.

—Ça ne va pas être facile, les filles, leur dit-elle. Mais nous pouvons y arriver. Pour Ford, d'accord ?

—Pour Ford, répétèrent-elles en chœur.

Sawyer souriait de toutes ses dents, le salaud.

—OK, ça suffit, dit Ford à Lucille en la pointant du doigt. J'arrête de te servir.

—Chut, mon chou ! dit-elle en le chassant d'un petit geste de la main. On bosse là. Et tant que tu es là, nous allons avoir besoin d'un pichet de margarita.

Mon Dieu.

Ford s'en occupait quand Logan revint avec nonchalance pour commander un autre verre.

—Laisse-moi deviner, le devança Ford. Un autre Ginger Goddess ?

— Nan, répliqua Logan avec humour. Je voulais juste savoir si tu étais capable de faire une boisson de nana. Ce n'était pas mauvais, remarque. Merci.

Sawyer, toujours affalé sur son siège, éclata de rire.

OK, la coupe était pleine. Ford n'allait plus servir aucun de ces sales types.

Lucille redemanda un autographe à Logan.

— Je ne vous en ai pas déjà donné un, ma chère ? s'étonna-t-il.

— Si, mais c'était pour eBay. (Elle tapota le bras de Ford.) Avez-vous rencontré notre célébrité locale ?

Logan regarda Ford.

— Oui, mais je ne savais pas qu'il était célèbre.

Ford attendit que quelqu'un mentionne ses deux victoires à l'Americas' Cup, ou son trophée ISAF Rolex World Sailor of the Year. Oh, et pourquoi pas ses médailles d'or ?

— Oui, monsieur, confirma Lucille avec fierté. Ford fait les meilleures margaritas de toute la côte Ouest.

Sawyer s'étrangla en indiquant qu'il avait besoin d'eau. Ford fit mine de ne rien voir.

— Eh ! ajouta la vieille femme. Il se débrouille aussi pas mal sur l'eau.

Ford était convaincu d'avoir senti exploser le vaisseau sanguin situé derrière son œil gauche. Il prit une grande inspiration pour se calmer. Sans succès, mais ça ne valait pas la peine de signaler qu'il avait eu droit à un article dans *Sports Illustrated*.

Sawyer continuait à tousser, et Ford espéra qu'il avait avalé sa langue.

Lucille parlait en agitant son verre.

— Tiens, l'autre jour, Ford travaillait sur les bateaux à louer de l'*Auberge de Lucky Harbor*. C'est un bon garçon.

— C'est très gentil en effet, admit Logan en souriant.

— Notre Ford est un très bon parti, poursuivit-elle, et quatre têtes bleutées opinèrent sagement. D'ailleurs, Tara est également de cet avis, vu que l'autre jour elle l'a invité à venir lors d'une réunion et lui a fait retirer son tee-shirt devant toutes les autres dames.

Cette fois, ce fut au tour de Ford de s'étrangler.

— OK, ce n'est pas du tout comme ça que ça s'est passé. Je…

— Ne sois pas timide, mon chou. Tu es très bien sans tee-shirt. (Lucille regarda Logan.) Même si je suis sûre que vous seriez pas mal non plus torse nu. En fait, on pourrait peut-être faire un concours, là, tout de suite.

Mon Dieu.

Les membres de la clique de Lucille se redressèrent sur leurs chaises et hochèrent leurs têtes permanentées avec vigueur.

Logan éclata de rire, mais cela ne l'empêcha pas de détailler Ford.

Ford lui rendit son regard. Il vit une lueur de défi briller dans les yeux de Logan. Certes, ils n'allaient pas se mettre torse nu dans le bar, mais ils étaient bel et bien en compétition.

Que la partie commence !

Chapitre 10

Dans la vie il ne s'agit pas de se trouver, mais de se créer.
Tara Daniels

Tara passa les jours suivants à organiser et à réorganiser la cuisine.

Elles allaient ouvrir une maison d'hôte.

Maddie s'était occupée des papiers pour la licence ainsi que de l'inspection requise, Chloe travaillait sur des paniers de pique-nique qui pourraient être commandés par les clients désirant des repas à emporter, et Tara planchait sur les menus, les recettes et les fournitures supplémentaires dont elles auraient besoin.

Ça avait des chances de fonctionner.

Tara arrivait difficilement à croire que non seulement elle avait donné son accord, mais que, plus le temps passait, plus l'idée lui plaisait. Se démener pour réaliser son rêve de toujours, cuisiner pour vivre en étant sa propre patronne, était enivrant.

C'était également terrifiant, car la possibilité de se planter en beauté n'avait jamais été aussi importante. Et, à ce jour, la liste de ses succès était… inexistante.

Mais il y avait un début à tout, se répétait Tara. Ça lui donnait de l'espoir. Avec les téléphones qui commençaient à sonner, les réservations qui s'accumulaient, Chloe qui ne cessait d'aller et venir, et Maddie qui se sentait complètement dépassée, elles avaient passé une annonce pour embaucher un autre employé à temps partiel. Elles avaient déjà programmé des entretiens avec des étudiants, en espérant que l'un d'eux accepterait de se charger des tâches ingrates pour un salaire relativement bas.

De nombreux habitants de Lucky Harbor, curieux, passaient les voir : Lucille avec un paquet de recettes, Lance et Tucker afin de proposer des livraisons de glaces le week-end, Sawyer pour se faire offrir le café – l'hôtel était sur sa route pour aller travailler, et il préférait le café de Tara à celui du poste de police.

Au moins, ces distractions noyaient en partie la terreur de l'ouverture prochaine et occupaient entièrement l'esprit de Tara, ne laissant aucune place pour ses autres problèmes.

Comme ses histoires de cœur.

Le fait qu'elle puisse seulement penser ces mots – « histoires de cœur » au pluriel, je vous prie ! – était à la fois stupéfiant et ridicule. Elle n'avait jamais eu ce genre de problème.

En fait, elle n'avait jamais eu dans sa vie plus d'un homme à la fois.

À sa grande surprise, Logan ne plaisantait pas quand il avait parlé de rester en ville. Il avait loué un petit bungalow près de la plage, à quelques kilomètres de là, et venait lui rendre visite tous les jours. Elle ne savait absolument pas quoi en penser. Pendant toute la durée de leur mariage, elle n'avait cessé de lui courir après. Vivre la situation inverse avait quelque chose d'étrange, et ce n'était rien de le dire.

Quant à Ford, il était là. Il lui avait servi à boire, l'autre soir quand elle s'était rendue au *Love Shack* avec Chloe et Maddie. Hier, il se trouvait à la marina, travaillant sur son bateau. Mais ils n'avaient pas eu de conversation en tête-à-tête. Sachant qu'il n'était que trop conscient de la présence de Logan dans les parages, elle avait reçu le message.

Il n'allait pas insister, ni lui mettre la pression ni se battre pour elle. Quelle surprise ! Jamais Ford n'insistait, ne mettait la pression ou ne se battait. Les choses venaient à lui, tels des papillons de nuit attirés par une flamme. Ou elles ne venaient pas.

N'étant pas un papillon de nuit, Tara était libre d'agir à sa guise. Sauf qu'elle ne savait pas bien ce qu'elle voulait.

D'accord, c'était un gros mensonge. Elle savait ce qu'elle voulait : un Ford Walker servi nu sur un plateau. Mais il était hors de question qu'elle emprunte à nouveau ce chemin…

Une semaine après ce lendemain où ils s'étaient retrouvés à la marina, Tara partit à l'aube pour lui rendre sa poêle à crêpes, qu'elle avait utilisée et adorée. Il faudrait absolument qu'elle s'en achète une la prochaine fois qu'elle disposerait de quelques centaines de dollars en trop.

Le trajet jusqu'à chez lui prit dix minutes, dix minutes qu'elle ne pouvait pas se permettre de perdre, pensa-t-elle. Elle aurait dû lui redonner la poêle à la marina. L'option la plus logique et la plus raisonnable. Sauf que, quand il s'agissait de Ford, elle n'avait plus une once de logique ou de raison.

Au moins, sa maison était facile d'accès. Il vivait sur les falaises au-dessus de l'hôtel. Tandis que le soleil se levait, baignant le matin d'une lueur rosée, elle se gara et remonta l'allée. Une petite part d'elle espérait le réveiller. Mais c'était vraiment une toute petite part.

Le reste priait pour qu'il soit sous la douche.

Mais, après avoir regardé autour d'elle sans apercevoir sa voiture, son espoir d'un réveil en fanfare s'envola. Se demander où il était – ou avec qui il pouvait être à une heure si matinale – la fit ralentir.

Ça ne te regarde pas, s'admonesta-t-elle. *Absolument pas.*

Elle poussa un soupir, ouvrit son téléphone et l'appela.

— Salut, dit-il avec son habituelle voix de sex-symbol. Je t'ai manqué ?

Elle décida de ne pas tenir compte de sa remarque ni des papillons que sa voix faisait tournoyer dans son ventre.

— Je suis venue te rapporter ta poêle, dit-elle. Je suis devant chez toi.

Elle marqua une pause dans l'espoir qu'il lui dirait où il se trouvait.

— Entre, dit-il en lui donnant le code pour déverrouiller la porte.

— Je la laisse où, dans la cuisine ?

— Ou sur mon lit, répondit-il.

— Tu veux une Le Creuset sur ton lit ? répéta-t-elle, sans cacher son étonnement.

— Non, je te veux toi dans mon lit. Tu es habillée comment ?

Elle éloigna le téléphone de son oreille et le regarda avec de grands yeux.

— Je n'arrive pas à croire que tu m'aies posé cette question.

— Peu importe, répliqua-t-il. Je vais me contenter de t'imaginer telle que j'aimerais te voir.

— C'est-à-dire ?

Fascinée malgré elle, elle avait laissé les mots s'échapper de sa bouche.

— Hum, peut-être une tenue de soubrette.

— C'est… (Elle lutta une minute en se demandant pourquoi cette pensée l'excitait.) Dépassé et macho, finit-elle par dire, d'une voix pas très convaincante. Sans parler de l'aspect soumission.

— J'aime bien la soumission, la taquina Ford. Et j'apprécierais aussi quelques « comme il vous plaira, Monsieur ».

— Tu es sérieusement dérangé.

— Ça ne fait aucun doute.

Sa voix grave et sexy la perturbait, lui faisait oublier que tout ce qu'il voulait c'était son corps. Surtout quand le désir était réciproque.

— Je peux être là dans vingt minutes, dit-il avec un sourire dans la voix.

— Non. N'y songe pas.

Une fois de plus, Tara essaya de ne pas tenir compte des papillons voletant dans son ventre. Elle n'y pouvait rien. Il lui faisait de l'effet, même quand il se comportait en parfait goujat. Certes, elle avait imaginé le surprendre sous la douche, mais il ne s'agissait que d'un fantasme. Elle avait besoin de garder les deux pieds dans la réalité.

—Cette conversation est terminée.

—Je parie que je peux te faire changer d'avis.

—Je n'en doute pas une seconde, répliqua Tara. *(À l'aide, mon Dieu!)* Mais tu es un type sympa, alors tu n'en feras rien.

—Je n'ai rien d'un type sympa.

Fantastique. Absolument fantastique.

—En tout cas tu as été plutôt absent ces derniers jours.

Il se tut un moment.

—Je ne voyais pas l'intérêt de te compliquer les choses.

Tara inspira un grand coup.

—Tu n'as jamais le sentiment que, parfois, ça vaut la peine de se compliquer la vie?

—Non.

Clair, net, et d'une honnêteté brutale. Du Ford tout craché. Il faudrait qu'elle y réfléchisse plus tard. Elle tapa le code et écouta le déclic de la serrure qui se débloquait.

—Tu es sûr que tu ne veux pas que je laisse la poêle sur les marches? demanda-t-elle. Ça ne risque rien.

À Lucky Harbor, tout était en sécurité.

Sauf son cœur, elle s'en rendait compte à présent.

—As-tu peur d'entrer dans ma tanière?

—Très drôle. Et non. Je la laisse sur ta table.

—Noté. (Il marqua une pause.) Est-ce que tu vas en profiter pour fouiner?

—Non. *(Peut-être bien.)* Où est-ce que je fouinerais?

—Je ne sais pas. Dans mon tiroir à caleçons par exemple.

La dernière fois qu'elle avait touché un de ses caleçons, il le portait. Rien qu'à l'imaginer en boxer, elle sentit monter une bouffée de chaleur.

—Non, répondit-elle précipitamment.

Trop précipitamment, car il émit un petit rire.

—Tu peux, si tu veux, dit-il en baissant la voix. Tu peux faire ce que tu veux, Tara. Feuilleter mes magazines pornos, manger les enchiladas que j'ai faites hier d'après la recette du grand-père de Carlos…

—Attends, l'interrompit-elle en oubliant subitement les caleçons, les magazines et son envie de lui sauter dessus. Carlos t'a donné la recette de son grand-père ? Ça fait des lustres que je la lui demande.

—Peut-être, mais est-ce toi qui l'emmènes en mer toutes les semaines pour lui apprendre à naviguer ? Ou qui lui enseigne comment parler aux filles pour parvenir à ses fins ?

—Oh, mon Dieu ! s'exclama-t-elle. Tu n'es pas un mec pour rien !

Il riait franchement, à présent.

—Je plaide coupable.

Tara poussa un soupir.

—Alors, ce que tu me dis, c'est qu'il s'agit d'un club réservé aux hommes ?

—En effet. Et je suis heureux de t'informer que tu n'as pas l'équipement adéquat pour en être membre.

—Je veux cette recette, Ford.

—Seuls les hommes sont autorisés à l'avoir. Elle a été transmise ainsi depuis des générations.

—Tu racontes n'importe quoi.

Il ne dit rien, mais elle pouvait quasiment l'entendre sourire.

—S'il te plaît, supplia-t-elle.

—Oh, comme j'aime le son de ce mot sortant de ta bouche !

—Ford !

— Je suis là, Tara. (Il utilisait encore sa voix de séducteur, celle qui – elle en était consciente – la rendait totalement stupide.) Qu'est-ce que tu serais prête à faire pour obtenir cette recette ?

— Je vais raccrocher, dit-elle en secouant la tête.

— OK, mais si tu changes d'avis et que tu veux jouer avec mes caleçons, envoie-moi un texto et j'arrive. Tu pourras jouer avec celui que je porte.

Se sentant fondre, elle raccrocha en vitesse. Elle ne lui enverrait pas de texto. Elle n'avait pas l'intention de se laisser aller. C'était bien trop dangereux avec cet homme, car lui ne prenait aucun risque. Elle avait déjà donné.

Elle entra dans sa grande maison de célibataire, les talons de ses chaussures claquant sur le parquet. Il avait un grand canapé et une télévision à écran plat gigantesque. Une immense baie vitrée occupant tout un mur donnait sur la mer. Et sur la marina.

Celle de l'*Auberge de Lucky Harbor*.

Elle se demanda s'il s'était parfois tenu là, cherchant à l'apercevoir. Se rappelant qu'elle s'était donné pour mission de déposer la poêle et de repartir aussitôt, elle refusa de se laisser aller à regarder autre chose et se dirigea vers la cuisine.

Sauf qu'en chemin ses yeux s'égarèrent vers le manteau de la cheminée où se trouvaient des photos. Il y en avait une de Jax, Sawyer et Ford sur le bateau de ce dernier. Trois hommes superbes aux corps musclés, bronzés et ruisselants, qui faisaient les pitres. Elle se demanda qui avait pris le cliché et si le haut de maillot de bain accroché au mât appartenait à la photographe.

Sur une autre photo de Ford, un groupe d'hommes debout épaule contre épaule, portant des survêtements aux couleurs des États-Unis, brandissait leurs médailles : l'équipe olympique de voile.

Sur la dernière, une femme âgée et deux plus jeunes, toutes arborant le même sourire espiègle que Ford, et dotés des mêmes yeux verts.

Sa grand-mère et ses sœurs.

Tara remonta le couloir voûté, passa devant la buanderie et arriva dans une cuisine qui lui donna des envies d'équipement. Et de comptoir en Corian ! Et de couteaux japonais ! Rien que de voir ça, elle en était tout émoustillée. Elle déposa la poêle sur la table, se força à faire demi-tour et rejoignit le couloir. Un panier de vêtements trônait sur le sèche-linge. Attirée par l'odeur de propre, elle se tint au centre de la buanderie et inspira profondément.

Pathétique.

Sur le dessus du panier se trouvait un tee-shirt sur lequel on pouvait lire « Champion de voile de Lucky Harbor ». Il était gris autrefois, mais des années de lavage avaient fait passer la couleur et il était à présent presque blanc. Elle le savait car Ford en avait eu deux identiques. Ils les avaient reçus ce fameux été, pendant sa première course de voile, alors qu'il n'était qu'un mousse au sein de l'équipe locale.

Il lui avait donné le deuxième, et elle l'avait mis pour dormir. Ce vêtement avait été l'un de ses rares vrais trésors. Malheureusement, c'était celui qu'elle portait, six mois auparavant, lors de l'incendie de l'hôtel. Incapable de se retenir, elle l'effleura du bout des doigts et… le prit. Oups. Et, après tout, c'était lui qui l'avait invitée à jouer avec ses dessous, et un tee-shirt pouvait rentrer dans cette catégorie ! Elle enfouit son visage dans le coton délavé qui sentait non pas Ford mais la lessive – ce qui n'empêcha pas ses genoux de montrer des signes de faiblesse.

Elle voulait ce tee-shirt.

Ne fais pas ça…

Mais elle le fit. Elle vola le tee-shirt de Ford.

De retour à l'hôtel avec son larcin dans son sac, elle se rendit directement à la marina, puis au bout du quai.

Elle avait besoin d'une minute.

Elle inspira l'air humide et salé. S'asseoir avec sa jupe droite s'avéra être un challenge, et elle dut enlever ses chaussures, mais une fois installée, elle fut en mesure d'apprécier l'eau qui lui léchait les pieds et le soleil sur son visage. Cela signifiait qu'elle récolterait des tâches de rousseur dont elle ne voulait pas. Et elle avait failli faire tomber une de ses fausses Jimmy Choo. Mais écouter les vagues cogner contre le bois et regarder les bateaux tanguer au gré de la houle lui faisaient un bien fou.

C'était mieux que le chocolat noir pour produire des endorphines et l'aider à se détendre.

Mieux que l'orgasme.

Non. Rien n'était mieux que l'orgasme, mais ça venait juste après.

Elle avait volé le tee-shirt de Ford. Bon sang, elle perdait la tête!

Une paire de baskets usées apparut à la périphérie de son champ de vision. De longues jambes, un maillot de bain bleu sombre et un tee-shirt blanc suivirent.

Et, pour couronner le tout, un sourire renversant.

—Alors tu n'es pas allée dans mon lit, constata Ford en s'asseyant à côté d'elle.

—Qu'est-ce qui te dit que je ne me suis pas lassée d'attendre que tu viennes me rejoindre? demanda-t-elle.

Il haussa les sourcils d'un air ébahi.

—Tu es en train de me dire que j'ai laissé passer ma chance?

—Chéri, tu n'as jamais eu aucune chance.

Ford sourit, lui passa un bras autour des épaules et la serra contre lui. Il sentait bon l'air marin, mais aussi quelque chose rappelant le bois.

Et le mâle.

Surtout le mâle.

— Menteuse, dit-il affectueusement.

Il avait raison.

— Tu envahis mon espace, fit remarquer Tara.

— Ce n'est pas ce que tu disais quand nous... Ouille ! laissa-t-il échapper quand elle lui donna un coup de coude dans le ventre.

Imperturbable, il continua de sourire.

— Oh, ne sois pas embarrassée de m'avoir sauté dessus dans ta cuisine.

— Quoi ? Cette nuit-là était entièrement ta faute, rétorqua-t-elle. Tu étais là, en train de ranger mes épices et de me faire du poulet frit, avec cette allure... *(Sexy. Sexy à se damner.)* C'est vrai, quoi ! Tu étais tellement mignon que ça m'a déboussolée.

— Mignon, répéta-t-il, en testant le mot comme si c'était un mauvais vin. Je ne suis pas « mignon ».

— D'accord, c'est vrai, tu es bien trop viril pour être mignon.

Il pencha la tête sur le côté.

— Et tu penses vraiment que c'est uniquement ma faute si nous avons couché ensemble ?

Tara sentit ses joues, ainsi que d'autres parties de son corps, se réchauffer.

— Je dis que tu m'as séduite en étant si...

— Essaie de dire « mignon » encore une fois, l'avertit Ford, et je te déshabille ici même pour te montrer exactement à quel point je ne suis pas mignon. Je vais te le montrer et ne m'arrêterai pas avant que tu cries mon nom.

— Attends. Tu veux dire qu'il y a vraiment des gens qui crient au moment de l'orgasme ? On lit ça tout le temps dans les livres, mais...

Il éclata de rire.

— OK, donc tu ne cries pas. (Il se pencha vers elle.) Mais ta respiration devient irrégulière et saccadée, ce que j'aime beaucoup, soit dit en passant, puis tu lâches ce petit ronronnement sexy et...

Elle l'interrompit d'un nouveau coup de coude.

— Je t'ai dit que je n'étais pas mignon, dit-il en se frottant les côtes.

Elle ravala l'envie de dire « mignon », histoire de voir s'il mettrait sa menace à exécution, et jeta un coup d'œil alentour pour voir s'ils étaient seuls, juste au cas où…

Il s'esclaffa encore, puis, rapprochant ses lèvres de l'oreille de la jeune femme, il lui dit :

— Tu t'en tiens à ton histoire, Tara ?

Elle frissonna.

— Sur le fait que tu m'as séduite ? Oui.

— Nous sommes quittes, tu sais. (Il lui mordilla le lobe de l'oreille, et elle frémit.) Considérant que tu n'as cessé de me séduire depuis le jour de notre première rencontre.

Il déposa un baiser juste dans son cou, puis au niveau de sa tempe, pendant qu'elle faisait de son mieux pour ne pas fondre.

— Que… qu'est-ce que tu fais ?

— Je veux voir jusqu'où tu vas me laisser aller.

Ressaisis-toi, s'admonesta-t-elle quand il fut arrivé au coin de ses lèvres. Elle saisit bien quelque chose : lui. Elle le tenait si serré qu'il n'aurait pas pu s'écarter même s'il l'avait voulu, et à entendre le grognement qui lui avait échappé, il ne le souhaitait pas.

— On ne va pas remettre ça, dit-elle. Tu le sais.

Il lui suça la lèvre inférieure et la mordilla en tirant légèrement dessus.

— Je le sais. C'est juste que je n'arrive pas à me souvenir pourquoi.

Elle enfouit ses doigts dans les cheveux de Ford. Ils étaient denses et soyeux, et elle adorait ça.

— Parce que…

Il l'embrassa passionnément et, faisant descendre la main le long de son dos, il la plaqua un peu plus contre lui.

— Ford. Ford, attends.

Il sourit contre les lèvres de Tara.

—Laisse-moi deviner. (Leurs bouches se frôlaient à chaque mot.) Tu as quelque chose d'autre à dire.

—Oui! Tu es… (Elle n'arrivait plus à penser.) Synonyme de complications. Tu le sais? Des complications qui ne sont pas bonnes pour moi.

—Peut-être. Mais ce n'est que de temps en temps, dit-il de sa voix rauque, cette voix persuasive qui lui donnait envie d'accéder à ses moindres désirs.

—Et quand ce n'est pas le cas, réussit-elle à articuler. Tu es quoi? Un enfant de chœur?

—Je crains bien que non. Mais parfois mes intentions sont honorables.

—C'est le cas en ce moment?

—Non. (Son regard, d'un vert profond, croisa celui de Tara.) Là, tout de suite, mes intentions n'ont absolument rien d'honorable.

Et, sur ce, il l'embrassa de nouveau, et elle s'agrippa à lui comme une naufragée à sa bouée de sauvetage.

—Hum, hum, excusez-moi…

Ils se tournèrent tous les deux vers l'adolescente qui se tenait sur le quai, habillée d'une petite jupe-culotte et d'un haut en coton, les mains en visière pour se protéger les yeux de la lumière, tandis que ses longs cheveux châtains, éclaircis par le soleil, flottaient derrière elle.

—Bonjour, désolée. Je suis Mia Hutchinson.

L'une des étudiantes de Seattle que Tara devait recevoir pour un entretien.

—Bonjour, Mia.

Tara se leva, les genoux encore tremblants. Elle savait que sa petite séance de bécotage avec Ford pouvait difficilement être passée inaperçue, mais elle décida de ne pas en tenir compte. Tara, reine du déni.

—Vous êtes pile à l'heure.

Ford s'était également remis debout.

—Je croyais que l'on s'était donné rendez-vous pour cet après-midi, dit-il à la jeune fille.

Tara tourna la tête vers lui.

—Non, elle a un entretien avec moi pour travailler à l'hôtel.

—À vrai dire, la corrigea Ford, elle a appelé pour m'interviewer de moi dans le cadre d'un article sur la voile.

—Heu, intervint Mia avec une légère grimace. Je vous ai contactés tous les deux. Voici mon CV. (Elle sortit une enveloppe de son sac.) Je n'ai pas vraiment d'expérience, du coup je me suis servie d'un CV que j'avais fait pour mon cours d'économie le semestre dernier. Et avant que vous demandiez, non, je n'ai pas vraiment travaillé pour Facebook, ni pour Bill Gates. Et je n'ai pas, non plus, été l'assistante du manager des Mariners. Les références, en revanche, sont réelles. (Elle se tourna vers Ford avec un regard d'excuse.) J'ai besoin d'un travail, mais j'ai inventé l'histoire de l'article.

—Pourquoi ? demanda Ford.

—Parce que je voulais vous rencontrer tous les deux quelque part où vous ne seriez pas mal à l'aise. Vous trouver ensemble a été un coup de chance.

Tara se tenait immobile, alors que son cœur menaçait de jaillir hors de sa poitrine.

—Vous nous connaissez ?

Une fois encore, Mia se mordilla la lèvre inférieure en les regardant avec ses grands yeux verts qui étaient exactement les mêmes que…

Ceux de Ford.

—En quelque sorte, répondit Mia. C'est une longue histoire.

—La version abrégée dans ce cas, suggéra Ford avec douceur.

Bien, pensa Tara. Il était calme, détendu et maître de lui. Normalement c'était elle qui tenait ce rôle, mais son calme l'avait quittée quelques minutes plus tôt, et elle était sur le point de péter un câble. Parce que Mia lui rappelait Ford en beaucoup plus jeune.

S'il avait été une femme.

Avec la silhouette élancée de Tara.

— En fait, j'ai été surprise de vous voir tous les deux en train de… vous embrasser, dit Mia avec précaution. Je ne m'attendais pas à ça.

— Pourquoi ne nous éclaires-tu pas sur ce à quoi tu t'attendais ? demanda Ford. À moins que tu ne veuilles que je t'aide un peu ?

Mia pencha la tête sur le côté, son regard aussi vif que celui de Ford.

— Vous avez deviné, dit-elle, visiblement soulagée.

— Oui, confirma-t-il.

Tara ne pouvait pas parler. Bon sang, elle pouvait à peine respirer. Elle tâtonna à la recherche d'une prise et trouva la main de Ford.

— C'est toi, dit-il calmement à la jeune fille. Tu es notre bébé.

Chapitre 11

Le menteur doit avoir une bonne mémoire ;
si ce n'est pas ton cas, dis la vérité.
Tara Daniels

Ce jour-là Ford avait projeté de parler à Tara et de l'emmener en mer. Puis de brûler des calories.

Ensemble et nus.

Ouais, ça aurait été en tête de sa liste de choses à faire.

Mais tout changea quand Mia le regarda avec de grands yeux verts identiques aux siens. Elle arborait une expression de défi, et, pourtant, Ford vit qu'elle se tenait prête à… souffrir et à être rejetée, et il sentit son cœur se serrer.

Combien de temps avait-il passé à se demander ce qu'il était advenu du bébé que Tara et lui avaient abandonné à la naissance ?

Dix-sept ans.

Et combien d'années à se demander comment cette petite fille grandirait, si elle serait heureuse, belle et intelligente, et si un jour… elle se présenterait à sa porte ?

Bon sang, il ne se souvenait pas s'être jamais senti aussi nerveux. Même pas quand il avait affronté des vagues de plus de dix mètres menaçant de mettre en pièces son bateau. Ni quand il s'était tenu sur le podium olympique et qu'il avait reçu une médaille au nom de son pays. Jamais.

Tara ne quittait pas Mia des yeux, elle semblait également nerveuse, et ses yeux étaient embrumés.

— Tu es si belle, murmura-t-elle.

— Je te ressemble, répliqua Mia d'un ton calme et réaliste en la regardant.

— Pas autant que tu ressembles à…

Elles se tournèrent toutes les deux vers Ford.

Que la femme qu'il avait autrefois désespérément aimée et l'enfant dont il avait tant rêvé le regardent toutes les deux avec dans les yeux tant d'émotion lui donna l'impression de recevoir un coup dans le plexus solaire. Ford se rendit compte qu'il parvenait difficilement à respirer.

— Je peux te prendre dans mes bras ? demanda Tara à sa fille.

Mia acquiesça d'un signe de tête hésitant, mais il était trop tard : ils avaient tous senti sa réticence. La gêne fut palpable quand Mia s'avança pour une brève étreinte. Puis elle se tourna vers Ford, et il fut surpris de constater qu'avec lui elle ne paraissait pas du tout embarrassée. Nerveuse, voire impatiente, mais pas réticente. Il enveloppa de ses bras cette magnifique adolescente qui était sa fille – la sienne, bon sang ! – et ferma les yeux pour inspirer son odeur.

— Comment nous as-tu trouvés ?

Mia s'écarta et s'agita, mal à l'aise, mais sa voix resta ferme.

— Je pensais vous le dire après avoir été embauchée.

Franchise. Culot. Elle a probablement reçu une double dose de ces traits de caractères via *son patrimoine génétique*, pensa Ford.

— Je n'ai que sept semaines, les informa Mia.

Tara porta la main à sa poitrine, comme pour empêcher son cœur d'en sortir.

Ford comprit son sentiment de panique. Il ressentait exactement la même chose. Quand Mia était plus jeune, des problèmes de cœur – une valve qui fuyait – avaient nécessité une opération chirurgicale. Ford et Tara étaient au courant car la mère de cette dernière avait donné une importante somme d'argent pour payer les soins médicaux, n'hésitant pas à prendre une seconde hypothèque sur l'hôtel. Mais tout cela n'avait fait surface qu'après la mort de Phoebe.

— Qu'est-ce qu'il y a ? demanda Tara d'une voix inquiète. C'est ton cœur, encore ?

— Non. Je vais aller étudier neuf mois en Espagne dans le cadre d'un programme d'échange.

— Oh.

Tara se relâcha, visiblement soulagée.

— Tu es en bonne santé, alors ? demanda Ford. Tout va bien ?

— Oui. Ça fait des années que je n'ai pas attrapé un rhume.

— C'est merveilleux, dit Tara. Et tes parents sont d'accord avec ça ? Que tu viennes nous voir ?

Elle hésita de nouveau.

— En fait, ils voulaient venir avec moi, admit Mia. Pour s'assurer que je serais bien accueillie, mais je voulais le faire seule.

À ces mots une lueur traversa son regard. Elle était anxieuse, oui. Mais également sur la défensive.

Et Ford remarqua autre chose. Quand Mia parlait, elle s'adressait toujours directement à lui, pas à Tara. À croire que la jeune fille en voulait à la mère qui l'avait abandonnée, mais pas à son père biologique.

Pire encore, à voir l'expression sur le visage de Tara, elle avait suivi un raisonnement similaire, et cela la rendait malheureuse. Jusqu'à présent, Ford n'avait eu que des aperçus de la culpabilité qui hantait Tara, mais voir ce sentiment gravé si profondément sur son visage lui fit mal au cœur.

— Mes parents savent que j'ai postulé ici, leur expliqua Mia. Ils ont accepté que je vienne tous les jours en voiture à Lucky Harbor. Enfin, si je décroche le job.

Bien amené, pensa Ford. *Ça aussi c'est dans les gênes.*

— Je t'embauche, dit Tara d'une voix douce. Si c'est vraiment ce que tu veux.

— Vraiment ?

L'espace d'un instant, l'expression froide de dure à cuire s'évanouit, révélant une vulnérabilité bouleversante.

— Bien entendu, répondit Tara.

— Mais... vous ne savez rien de mes véritables compétences. Ou de moi.

— Tu as fait tout ce chemin. Ne craque pas maintenant, l'encouragea Ford.

Mia se tourna vers Ford, le dévorant des yeux, de la même manière qu'il le faisait avec elle.

— Tu es embauchée, confirma Tara. Je peux t'apprendre ce que tu as besoin de savoir. Ainsi, peut-être que d'ici la fin de l'été tu seras en mesure de rédiger un vrai CV, avec une véritable expérience.

— Merci, dit Mia en prenant un air un peu plus doux – plus jeune. Et ne vous inquiétez pas. J'ai un excellent sens de l'organisation. Mes parents disent à tout le monde que je suis « psychorigide », et ce n'est pas complètement faux.

— On se demande de qui tu tiens ça, commenta Ford, qui sourit en voyant Tara lui jeter un regard noir.

— Je pense que je suis plus comme vous, répliqua Mia en regardant Ford.

Tara détourna les yeux pour dissimuler sa tristesse, et Ford se sentit impuissant, ne sachant comment combler le fossé séparant la mère et la fille.

— Excusez-moi, madame Daniels ? appela Carlos depuis la porte du bureau de la marina.

Il portait un baggy et un tee-shirt aux couleurs d'un magasin de surf. Ses cheveux bruns avaient été façonnés pour former des pics, et il arborait des boucles d'oreilles, ainsi qu'un piercing au sourcil, assortis à ses Nike montantes noires. Il avait nettoyé les fenêtres sous le soleil matinal, et ses bras ainsi que son visage luisaient de sueur.

— Vous avez un appel.

Mia tourna les yeux vers lui et resta là à le regarder.

— Merci, Carlos, répondit Tara. Tu peux prendre le message ?

L'adolescent acquiesça d'un hochement de tête, puis son regard croisa celui, ouvertement curieux, de Mia.

Tara se chargea des présentations.

— Mia, voici Carlos. Il travaille également à temps partiel à l'hôtel.

Carlos esquissa un sourire qui, pour Ford, pouvait se traduire par « adolescent en chaleur ». Une toute nouvelle et surprenante émotion le frappa de plein fouet.

L'instinct paternel.

Ce qui était ridicule. Bon sang, à l'âge de Carlos, il avait regardé Tara de la même façon. Et il ne s'était pas contenté de la regarder.

— Je vais aller mettre les plants en terre, dit Carlos à Tara. Vous avez dit qu'il fallait deux personnes pour ce boulot, mais tout le monde est occupé alors…

— Je peux aider, s'empressa de proposer Mia.

— Non ! s'écrièrent en chœur Tara et Ford.

Ford laissa échapper un soupir. Il allait devoir tuer Carlos. Tournant la tête vers Tara, il vit qu'elle affichait une expression réprobatrice qui devait être le reflet de la sienne.

Heureusement, avant que l'un des deux dise – ou fasse – quelque chose de stupide, l'estomac de Mia émit un grondement qui déchira le silence.

— Oh, trésor ! s'exclama Tara. Tu as faim ! Viens, allons à l'hôtel, je vais te faire à manger.

— Mais les plantations, protesta Mia sans quitter Carlos des yeux.

— Peut-être plus tard.

Beaucoup plus tard, pensa Ford. *Genre jamais.*

Tara les conduisit tous à la cuisine. Enfin, à l'exception de Carlos, qu'elle envoya en ville. Quand il fut parti, elle fit asseoir

Mia à la table et sortit des ingrédients du réfrigérateur jusqu'à ériger une montagne de nourriture sur l'ilot.

—Qu'est-ce qui te ferait plaisir ? Omelette ? Crêpes ? Pancakes ? J'ai…

—Ce que vous voulez, l'interrompit Mia. (L'adolescente et Ford regardèrent Tara se mettre au travail avec une dextérité impressionnante.) N'importe quoi fera l'affaire. Alors vous êtes… tous les deux ?

—Une omelette aux légumes et au fromage ? demanda Tara, essayant désespérément de changer de sujet. Avec de la dinde fumée et des fruits frais ?

—D'accord. (Mia lança un regard hésitant à Ford.) Elle est toujours comme ça ? murmura-t-elle.

Folle ? Oui. Souvent.

—Elle adore cuisiner.

Mia hocha la tête en jetant un coup d'œil au journal qui traînait sur la table.

—C'est vrai ?

Ford regarda par-dessus son épaule.

—Quoi ?

Mia montra du doigt l'article en première page et lut : « Aucun des deux étalons en lice pour le cœur de la propriétaire de l'*Auberge de Lucky Harbor*, Tara Daniels, ne semble vouloir céder de terrain. Lequel de ces deux superbes mâles franchira la ligne d'arrivée ? Le craquant champion de course automobile, Logan Perrish, ou notre marin sexy, Ford Walker ? Il se pourrait bien que l'on ait, au final, besoin d'une photo pour les départager. Venez participer au sondage, en ligne dès à présent sur Facebook. Nous demandons une donation d'un dollar par vote. Les gains iront au centre de recherche de l'hôpital sur les cancers pédiatriques, alors ne soyez pas timide. Nous avons tous un dollar à donner, n'est-ce pas ? Alors, venez voter ! »

Mia leva la tête pour regarder Ford et Tara.

— Ça parle de vous ?

Ford chercha la ligne indiquant l'auteur de l'article. Lucille Oldenburg. Vieille fouineuse !

Derrière le plan de cuisson, Tara s'était figée, les yeux écarquillés d'horreur.

— Tu me fais marcher ?

— Non, confirma Mia. Tout est là, noir sur blanc. Qui est Logan Perrish ? Parce qu'il est dit qu'hier il a gracieusement passé deux heures de son temps sur la plage à signer des autographes, et des bikinis.

— Mon ex-mari, répondit Tara en fermant les yeux.

— Vous êtes en compétition avec son ex-mari ? Pour de vrai ?

— C'est une blague, répliqua Ford en se demandant si Jax connaissait un bon avocat pour le défendre une fois qu'il aurait tué Lucille.

Mia se replongea dans l'article.

— Tu crois que tu as tes chances ? demanda-t-elle à Ford.

— Ne fais pas attention à ça, dit Tara en pointant le journal avec sa spatule. Je ne sors avec aucun des deux.

Mia regarda Ford.

Tara aussi, le suppliant silencieusement de la soutenir. Il refusa, car… En fait, il n'avait aucune idée du pourquoi. Mais il ne dit rien. Tara laissa échapper un soupir qui en disait long sur ce qu'elle pensait de lui.

— Donc vous ne sortez pas ensemble ? demanda Mia en s'adressant à Ford.

— Non, répondit Tara à sa place.

— Mais alors pourquoi étiez-vous en train de vous embrasser sur le quai ?

— Tu préfères du gruyère, de la mozzarella ou du cheddar dans ton omelette ? demanda Tara en se tournant à nouveau vers le réfrigérateur, avec dans la voix une pointe de désespoir.

— Ça m'est égal. (Mia ne quittait pas Ford des yeux.) Alors vous avez passé tout ce temps à… ne pas sortir ensemble ? Ces dix-sept dernières années ?

— Non, répondit Tara. Si. Attends une minute. (Elle se massa les tempes.) Peux-tu reformuler ?

— Jusqu'à il y a environ six mois, expliqua Ford, Tara vivait au Texas. Et moi j'étais ici.

— Alors vous n'avez jamais formé un couple ? demanda la jeune fille. Même pas quand… vous savez. Quand j'ai été conçue ?

Ford inspira profondément. Cette partie-là allait être désagréable.

— Nous avions dix-sept ans, lui dit-il.

Mia hocha la tête.

— Comme moi.

Oui, et il n'était pas fier d'admettre qu'il avait alors bien trop d'expérience pour son âge. Il avait perdu sa virginité deux ans auparavant après avoir été séduit par une serveuse sexy en diable qui lui avait promis de le faire vibrer. Et elle avait tenu parole. Pendant un magnifique été, elle l'avait fait vibrer tout entier.

Mais Tara, elle, n'avait pas d'expérience. Aucune. Il ne savait pas comment c'était arrivé, mais il lui avait inspiré confiance.

— Nous étions trop jeunes pour ce genre de relation, dit-il.

Je t'en prie, lis entre les lignes, et ne couche jamais avec un garçon.

Jamais.

— Ouais, acquiesça calmement Mia. Je me suis doutée que c'était un accident. Un gros accident.

— Non, rétorqua Tara farouchement.

— C'est bon. C'était assez évident vu la suite des événements. (Elle haussa les épaules en regardant Tara, dont le visage affichait une expression horrifiée.) Vous deviez réparer cette erreur en vitesse, alors vous m'avez abandonnée. C'était la solution la plus simple.

Mon Dieu, ces yeux, pensa Ford.

Voir leur souffrance à toutes les deux était une véritable torture.

— Ce ne fut pas facile, dit-il en priant de toutes ses forces pour que Mia le croie. Et nous n'avons pas fait ce choix pour nous. Nous voulions ce qui était bien pour toi.

Tara s'était tournée vers la fenêtre, le regard vide, oubliant complètement ce qu'elle était en train de cuisiner.

Ford imaginait qu'elle en avait la nausée, elle aussi. Le cœur brisé d'entendre que l'enfant qu'ils avaient abandonnée pensait que cette décision avait été facile à prendre. Et, pire encore, de se rendre compte qu'elle croyait qu'ils n'avaient pas voulu d'elle, ne serait-ce qu'une minute.

— Je crois que j'ai oublié de faire la vaisselle ce matin, à la maison, murmura Tara. Il vaudrait mieux que j'aille vérifier.

Ford aurait mis sa main à couper qu'il ne restait rien à laver là-bas et il se leva pour aller vers elle, mais, les yeux brillants et les lèvres serrées, elle secoua la tête.

Ils n'étaient que des gamins quand elle était tombée enceinte. Des gamins stupides. Ce n'était plus le cas à présent, et pourtant la situation faisait remonter toutes les émotions de l'époque… la peur, le stress, l'angoisse.

Ce sentiment d'impuissance totale.

Et cette accablante culpabilité qui leur bouffait la vie et ne les avait jamais quittés. Ford vit tout ça en regardant Tara. Il savait qu'elle avait le sentiment d'avoir fait ce qu'il fallait. Elle en avait toujours été convaincue. Mais n'importe quelle femme ressentirait encore la douleur d'avoir dû renoncer au fruit de sa chair. Elle avait porté Mia, l'avait sentie bouger et donner des coups, senti le moindre hoquet.

Mais, au final, elle n'avait pas vraiment eu d'autre choix que de l'abandonner.

— Ça sent le brûlé, dit Mia en désignant le plan de cuisson qui fumait.

Oh oui, quelque chose brûlait en effet ! Ford vint se placer derrière Tara, lui prit la spatule des mains et éteignit le gaz. Il transporta la poêle dans l'évier, où il l'arrosa d'eau froide, ce qui provoqua des sifflements et de la fumée en abondance.

— Je l'ai brûlée, murmura Tara.

— Ouais, confirma Mia en regardant la poêle. Vous avez bel et bien tué cette omelette.

— Je ne brûle jamais rien.

— Ce n'est pas grave, dit Mia calmement. Je n'avais pas vraiment faim de toute façon. Je devrais peut-être partir.

— Non. (Tara se redressa, semblant se reprendre.) Mia, le fait que je brûle cette omelette était un accident. Comme oublier d'aller chez le dentiste. Ou tomber en panne d'essence sur l'autoroute… (Elle marqua une pause et déglutit avec difficulté.) Mais avoir un bébé, ça ne rentrera jamais dans la case des accidents. Pas chez moi, en tout cas. Je veux que tu le saches. Je ne suis pas douée pour ça. Pour revenir sur le passé, ou parler de… Je ne suis pas douée avec les émotions et les sentiments. Mais je veux… non, j'ai besoin que tu saches que je n'ai jamais considéré que tu étais un accident. Et je veux que tu restes.

Mia ne détourna pas le regard tandis qu'une myriade d'émotions passait sur son visage. Un long moment s'écoula.

— Merci, dit-elle la gorge serrée.

Ford se dirigea vers le réfrigérateur dans un silence de plomb. L'heure était à l'improvisation, et ses yeux furent attirés par une énorme et juteuse tarte aux fraises. *Parfait.* Il s'en saisit et transporta le plat couvert de fraises luisantes et dégoulinantes de glaçage sur la table.

— C'est ma « tarte aux fraises qui déchire », s'exclama Tara, surprise.

— Oui, et maintenant nous allons avoir un petit déjeuner qui déchire. (Ford désigna les chaises.) Asseyez-vous.

Il fut choqué de voir Tara obtempérer. Il coupa alors la tarte en trois énormes parts.

— Je ne peux pas donner à notre fille de la tarte aux fraises en guise de petit déjeuner, s'étrangla Tara.

— Pourquoi pas ?

— Ouais, demanda Mia. Pourquoi pas ?

— Parce que… (Tara chercha une raison.) Ce n'est pas sain.

— Il y a des fruits dedans, fit remarquer Mia.

Tara la regarda. Le malaise était encore présent. Il emplissait l'atmosphère, de même que toutes les questions et réponses que personne n'osait formuler. Elle finit cependant par acquiescer. C'était parti pour un petit déjeuner qui déchire.

Mia baissa le regard sur son tiers de tarte, ses cheveux lui retombant devant les yeux – qui étaient peut-être verts comme ceux de Ford, mais exprimaient la même méfiance que ceux de Tara.

Ma fille, se répétait-il. *Bon sang !*

Sa fille. Elle était prudente. Pondérée. Intelligente. Et, quand elle écarta ses cheveux de son visage avec un geste impatient, il ne put s'empêcher de sourire.

— Quoi ? voulut-elle savoir.

— Tu me rappelles Tara à ton âge, dit-il. Tu es prête à nous dire comment tu nous as trouvés ?

— Mon père m'a aidée.

Ford ne put s'empêcher de tressaillir au mot « père », ce qu'il n'avait jamais été pour elle. Tara croisa son regard, et il ne supporta pas de voir dans ses yeux qu'elle comprenait et compatissait. Il se leva et leur servit trois verres de lait froid.

—Nous vous avons cherchés, dit Mia. Mais sans succès. Puis, quand Phoebe Traeger est morte, elle m'a laissé de l'argent. (Elle regarda Tara.) Désolée pour votre mère.

—Merci, dit Tara. Tu as eu l'argent à peu près au moment de Thanksgiving.

—Oui, et une lettre. Elle disait qu'elle n'était pas censée me contacter. Qu'elle violait tout un tas de règles et de promesses, mais qu'elle était morte et que s'il y en avait à qui ça ne plaisait pas, ils pouvaient toujours aller se faire foutre. Je ne fais que reprendre ses mots, ajouta Mia avec un petit sourire. Elle avait aussi mis vos coordonnées à tous les deux au cas où je voudrais vous contacter. (Elle marqua une pause.) J'ai toujours voulu, mais il m'a fallu un moment avant d'en trouver le courage. Votre adresse se situait au Texas, dit-elle à Tara, du coup j'ai été surprise, quand je suis tombée sur l'annonce, d'apprendre que vous étiez ici.

Après un court silence elle reprit :

—J'ai une vie agréable à seulement une demi-heure d'ici. Deux parents qui m'adorent. Ça devrait être suffisant... J'aurais voulu que ça le soit.

—C'est naturel d'être curieuse, la rassura Tara avec douceur. Il n'y a rien de mal à ça.

—Ouais, au début, je me disais que vous ne m'intéressiez pas, dit Mia en poussant une fraise à petits coups de fourchette. C'est vrai, quoi, vous m'aviez abandonnée. Alors, je m'en moquais. Je ne voulais pas être curieuse. Que ce soit naturel ou pas.

Tara paraissait effondrée. Ford lui prit la main et la serra.

—Je suis heureux que tu aies changé d'avis, dit-il.

—Qui a dit ça ?

—Tu es là, lui fit-il remarquer. D'une certaine façon, ça semble indiquer que nous comptons un peu. Que tu es curieuse.

Elle s'affaissa légèrement.

— Ouais, j'ai toujours été trop curieuse.

— Et maintenant que tu es là ? demanda-t-il. Comment voudrais-tu que ça se passe ?

Avec beaucoup de précautions, Mia coupa une grosse fraise en deux à l'aide de sa fourchette.

— Je me rends compte que je devrais savoir, vu que je suis venue vous trouver, mais ce n'est pas le cas. Enfin pas exactement.

Elle regarda la main de Ford. Il tenait toujours celle de Tara et n'avait cessé de la lui caresser avec le pouce, l'apaisant sans s'en rendre compte.

— Je sais que j'ai déjà posé la question, ironisa Mia, mais vous avez vraiment l'air d'un couple.

Ford comprenait ce qui lui faisait penser ça. Il avait cru que ce n'était que sexuel. Merde, même Tara lui avait dit qu'il ne s'agissait que de ça ! Et il avait été persuadé qu'il ne pouvait rien y avoir d'autre. C'était une question d'autoprotection. Mais, quand il croisa le regard de Tara, y découvrant une vulnérabilité qui lui brisa le cœur, cet instinct de protection se reporta entièrement sur elle. La dernière fois qu'ils avaient été ensemble, elle s'était retrouvée bien plus meurtrie que lui. Elle avait été échaudée, cela ne faisait aucun doute. Il ne pouvait pas la blâmer d'être devenue méfiante. C'était elle qui avait dû subir les conséquences de leur relation.

— C'est difficile à expliquer, dit Tara.

C'était le moins que l'on puisse dire. Ford s'attendit à ce que Mia réagisse, mais elle était forte et intelligente. Elle se contenta de hocher la tête et se leva.

— Je peux emprunter un ordinateur ?

— Un ordinateur ? demanda Tara, confuse.

— Je voudrais aller sur Facebook pour voter. (Mia se tourna vers Ford.) Je vais voter pour vous. Ce serait chouette que mes parents soient réunis.

Tara se tourna également vers Ford.

— Elle veut voter pour toi, répéta-t-elle faiblement.

— Dites, c'est possible ? Que vous vous remettiez ensemble ? Vous n'allez pas me sortir cette excuse à la con comme quoi vous vous appréciez mais n'êtes pas faits l'un pour l'autre ? (Elle inspira profondément.) Que vous voulez mener chacun votre vie ou que vous avez besoin d'être vraiment vous-même et ne souhaitez… (Elle s'interrompit et grimaça.) Désolée, je me suis trompée de cuisine.

— Tes parents se séparent ?

Mia acquiesça d'un signe de tête.

Ford eut envie de tendre la main pour la réconforter, mais la façon dont elle se tenait disait très clairement qu'elle ne souhaitait pas être touchée, alors, à la place, il lui resservit un verre de lait. Ce fut tout ce qui lui vint à l'esprit, mais la jeune fille serra son verre et lui sourit.

— Je suis désolée, Mia, offrit Tara dans un souffle.

— Ouais. Merci. (L'adolescente se leva.) Alors… cet ordinateur ?

— Le mien est dans le petit bureau derrière la buanderie, répondit Tara. Deuxième porte à droite.

— Merci.

Quand elle fut partie, Tara alla contempler dans l'évier l'omelette et la poêle calcinées : un désastre.

— J'ai brûlé le petit déjeuner, murmura-t-elle. Je l'ai réduit en cendres.

Ford s'approcha d'elle par-derrière. Telle mère, telle fille, elle non plus ne voulait pas qu'on la touche, mais cette fois-ci il n'en tint pas compte et il lui posa les mains sur les hanches.

— Ça va ?

Il fut surpris de la voir se retourner pour lui faire face.

— C'est… notre enfant.

— Oui.

— Tu l'as bien regardée ? Nous avons fait ça. C'est notre œuvre, s'émerveilla-t-elle.

— On a fait ce qu'il fallait, dit-il en l'attirant à lui.

Elle déglutit avec difficulté, luttant contre les larmes.

— On a vraiment fait ce qu'il fallait. Mon Dieu, ça me ramène en arrière, tu sais ? (Elle posa son front contre le torse de Ford.) À l'époque où tout était si difficile.

— Je sais.

Il ressentait la même chose. Tara avait passé les cinq derniers mois de sa grossesse à Seattle. Quand le travail avait commencé, elle n'avait pas voulu de lui. Il s'était malgré tout rendu à l'hôpital, mais, à sa connaissance, elle n'en avait jamais rien su. Il était resté assis là tout le temps, tout seul, regardant fixement les murs, terrifié pour elle, se torturant en imaginant l'enfer qu'elle devait endurer.

Après ça, il avait passé d'autres longues heures à contempler sa fille à travers la vitre de la nurserie, jusqu'à ce qu'ils viennent la chercher pour la livrer à ses nouveaux parents.

À sa nouvelle vie.

— Quand je l'ai mise au monde, dit Tara, la voix étouffée contre lui, ce fut beaucoup plus difficile que ce que j'avais imaginé. La douleur. La peur. Je n'arrêtais pas de me dire que ce serait bientôt terminé. Et quand enfin ce fut le cas, on m'a demandé si je souhaitais la prendre dans mes bras quelques instants. Je m'étais promis de ne pas le faire, de ne pas la tenir pour l'abandonner aussitôt, mais je l'ai fait. (Elle marqua une pause, perdue dans ses souvenirs.) Ça n'a duré qu'un instant, mais elle était réveillée. Elle m'a regardée droit dans les yeux, et j'ai su, murmura-t-elle. J'ai su qu'elle allait être magnifique. (Elle serra les lèvres.) Et, pendant cette minute, j'ai cru que je n'arriverais jamais à m'en séparer.

— Tara.

Ford l'écarta de son torse et colla son front à celui de la jeune femme, luttant contre les « et si ».

—J'avais pris une décision, et elle me convenait, dit-elle en hochant la tête comme si ça pouvait l'aider à s'en convaincre. C'est juste que quand elle m'a regardée... Mon Dieu, ces yeux. Elle a toujours eu tes yeux. Et ses yeux, tes yeux, m'ont hantée pendant dix-sept ans.

—Tu trembles, murmura-t-il.

—Non, c'est toi.

En effet, c'était lui.

—Tu as été remarquable avec elle aujourd'hui, dit-elle en reniflant. Tu as su exactement ce qu'il fallait dire, et j'ai... j'ai paniqué.

—Tu t'en es très bien sortie. C'était un sacré choc.

Ford glissa les doigts dans ses cheveux et tira légèrement afin qu'elle relève la tête.

Ses yeux brillaient, et elle lui adressa un petit sourire qui traversa les années, et les émotions, pour le prendre à la gorge. Et, le plus naturellement du monde, il lui enveloppa le visage de ses mains et l'approcha du sien, juste au moment où Mia revenait dans la pièce.

Après un silence interminable, elle dit :

—Je ne sais pas si je dois crier de joie ou aller vomir.

—Tu as trouvé l'ordinateur ? demanda Tara afin de changer de sujet.

—Oui. (Mia se tourna vers Ford.) Vous êtes en tête des votes pour l'instant, mais pas de beaucoup. Peut-être que vous devriez aider quelques vieilles dames à traverser la rue aujourd'hui, si l'occasion se présente. (Elle attrapa sa part de tarte et s'arrêta, la tête penchée pour les observer.) Vous étiez encore sur le point de vous embrasser ?

Tara grimaça.

—Juste un tout petit peu.

—Mais vous n'êtes vraiment pas ensemble, énonça Mia afin de clarifier la situation.

Cela arracha une nouvelle grimace à Tara.

—Non.

Mia les observa encore quelques instants.

—Je suis bien fille unique, n'est-ce pas ?

Chapitre 12

Bizarrement, les réussites ont toujours lieu en privé,
alors que les échecs se déroulent en public.
Tara Daniels

Tara présenta Mia à ses tantes. Maddie et Chloe l'accueillirent avec des cris de joie et des débordements d'affection. Elles allèrent dîner toutes les quatre, mais pas avant que Tara ait téléphoné aux parents de l'adolescente, afin de s'assurer qu'ils ne voyaient pas d'inconvénient à partager leur fille.

Sa fille.

Mia avait rapidement sympathisé avec Maddie et Chloe, leur racontant tout un tas de choses sur elle, comme le fait qu'elle envisageait de devenir avocate, car elle était douée pour argumenter.

— Honnêtement, tu as de qui tenir, ma puce, lui avait dit Maddie en tapotant la main de Tara.

Elles avaient toutes ri à l'exception de Mia qui ne semblait pas amusée d'entendre tout le monde lui dire qu'elle tenait de Tara.

Une fois Mia rentrée chez elle, alors que les trois sœurs buvaient du vin sur l'un des appontements de la marina, Tara admit sa peur de ne pas réussir à se rapprocher de sa fille. Maddie lui affirma que Mia avait eu plus de facilité avec Chloe et elle, parce qu'elles étaient ses tantes, pas sa mère biologique, et de fait ne transportaient pas de bagages émotionnels susceptibles de compliquer la relation.

Tara était bien consciente du poids de ces valises. Elles lui pesaient tant qu'elle avait du mal à respirer. De même que lui pesait ce besoin viscéral qui lui déchirait le cœur de passer plus de temps avec Mia, au lieu de subir cette gêne chargée de questions refoulées, et de tension.

« Ça viendra », lui avait promis Maddie. Tara souhaitait que sa sœur ait raison : elle n'avait jamais rien désiré avec autant d'intensité.

Le jour suivant, elle essaya de s'oublier dans la routine. Elle se rendit au supermarché, ce qui, en général, aussi étrange que cela puisse paraître, l'apaisait. Mais pas cette fois. Cette fois, elle tomba sur Logan, et là, au milieu du rayon des glaces, il la présenta à tous les fans qui l'entouraient comme son « ex et future, femme ». Agacée, elle le corrigea et fit avancer son caddie. Elle rencontra ensuite plusieurs connaissances qui s'empressèrent de lui dire pour qui elles avaient voté sur Facebook. La tendance était à soixante pour cent en faveur de Ford, mais Logan déployait tout son charme pour séduire les habitants de Lucky Harbor et gagnait régulièrement du terrain.

C'était officiel. Elle n'avait plus aucun contrôle sur sa vie. Entre sa fille venue leur donner une chance, Logan qui essayait d'en obtenir une seconde et Ford qui…

Elle n'avait aucune idée de ce que voulait Ford.

De retour à l'hôtel, quand elle sortit pour décharger sa voiture, Tara eut la surprise de voir Mia venir à sa rencontre pour l'aider.

— Merci, lui dit-elle avec un sourire sincère.

Mia lui retourna son sourire – ce n'était jamais le cas, quand il s'agissait de Tara – mais son regard resta sérieux.

Une autre chose sur laquelle il allait falloir travailler, pensa Tara. Obtenir de sa fille qu'elle renonce à dix-sept ans de rancœur et lui fasse confiance.

— Mia, dit-elle avec douceur quand elles se retrouvèrent face à face devant le coffre. Qu'est-ce que je peux faire ?

Mia attrapa les sacs de provisions et répondit :

— Je ne sais pas. C'est juste que… (Elle haussa les épaules.) Je pensais que ça serait plus facile, c'est tout. Que je me sentirais immédiatement à l'aise avec vous, que… (Elle soupira en secouant la tête.) Je ne sais pas.

— Dis-moi comment je peux aider, demanda Tara. Je veux aider. Je veux la même chose que toi.

Mia hocha la tête.

— Peut-être que j'aurais encore quelques questions.

— Alors vas-y, pose-les. Tout ce que tu veux, dit Tara en espérant pouvoir répondre.

Mia souleva six sacs de ses bras fins. Elle était plus forte qu'elle n'en avait l'air.

— N'importe quoi ?

— Oui.

Mais Tara se prépara mentalement, espérant contre tout espoir qu'elle commencerait en douceur. En lui demandant sa couleur préférée ou son signe astrologique, par exemple. Elles pourraient partir de là.

— Est-ce qu'il a été facile de se débarrasser de moi ? lança Mia.

Tara déglutit.

— Heu…

— Est-ce que tu as pensé à moi pendant toutes ces années ? Est-ce que tu regrettes… de m'avoir abandonnée ?

C'est raté pour le début en douceur, pensa Tara tandis que son ventre se nouait.

Il n'avait pas été facile d'abandonner Mia, et elle avait souvent pensé à son bébé. Mais pour ce qui était des regrets… Non. Elle n'avait pas regretté, pas au début.

C'était venu plus tard.

Mais avant qu'elle ait pu trouver les mots pour exprimer tout cela sans blesser sa fille, le visage de Mia se referma, et l'adolescente fit un pas en arrière.

—Vous savez quoi ? Peu importe.

Faisant volte-face, elle emporta les sacs de courses vers la porte de service de l'hôtel.

—Mia. Mia, attends.

Mia la regarda par-dessus son épaule, l'air pincé.

—Ma mère m'avait prévenue que ça pourrait arriver.

Son autre mère. Sa véritable mère.

—Elle t'avait prévenue de quoi ?

—Que vous ne seriez peut-être pas heureuse de vous retrouver face à votre plus grosse erreur. Que vous pourriez être contrariée parce que mon adoption était censée être fermée et confidentielle.

Tara la regarda, sonnée.

—Ta mère t'a dit ça ? Que tu étais une erreur ?

—Elle n'a pas eu besoin.

—Mia, ce n'est pas du tout ce que je ressens. Et je ne suis pas contrariée. Je…

Tara s'interrompit, à court de mots. Elle commençait à peine elle-même à accepter tout cela, et elle n'avait pas mis au point de stratégie pour l'expliquer à Mia. C'était important, si important, et Tara avait besoin de temps et d'une planification méticuleuse pour faire en sorte que tout s'arrange…

—J'ai changé d'avis, je ne veux pas savoir. (Elle fit un pas en direction de l'hôtel.) Ces sacs sont vraiment lourds. Je dois y aller.

—Mia…

Mais elle était déjà partie.

Plusieurs semaines auparavant, Maddie avait programmé un week-end d'essai à l'hôtel. Elle avait organisé une loterie au dernier festival musical et tiré au sort un gagnant. Un couple avait remporté une nuit gratuite.

Il devait arriver dans la matinée.

Maddie courait donc dans tous les sens, comme prise d'une crise de folie, vérifiant des détails de dernière minute et aboyant des ordres à l'intention de Tara. En contrepartie, Tara fut prise d'une frénésie de Post-it, laissant des petits papiers jaunes à l'intention de tout le monde, partout et pour tout. Tout le monde s'activait, accomplissant ce qui lui était demandé sans se plaindre.

D'accord, il y eut bien quelques plaintes, mais Tara n'en tint pas compte et continua à rédiger des notes. Elle finit tout de même par remarquer que Maddie n'aboyait plus. En fait Jax et elle ne cessaient de disparaître pour de longues périodes.

— Où est-ce qu'ils passent leur temps ? demanda-t-elle à Chloe, exaspérée.

— Dans le grenier. (Chloe arracha le bloc jaune des mains de Tara.) Donne-moi ça, tu es punie.

Chloe portait un treillis taille basse, avec un débardeur rouge et ses Nike rouge vif. Curieusement, elle avait été d'une aide précieuse, allant jusqu'à confectionner un panier garni avec des soins de sa création. Mais le fait qu'elle ait confisqué les Post-it montrait clairement qu'elle en avait assez d'être menée à la baguette.

— Pourquoi le grenier ? demanda Tara, qui mourait d'envie de reprendre le bloc.

Chloe écrivit sur l'un des feuillets et le colla d'une claque sur la poitrine de Tara. Celle-ci le prit et lut à voix haute.

— « Ils aiment le faire là-haut. » (Elle regarda Chloe avec de grands yeux.) J'espère que c'est une blague ?

— Tiens, ton accent est de retour, Miss Daisy. Et non, ce n'est pas une blague. Tu te souviens quand tu les as envoyés au grenier il y a quelques mois pour récupérer cette vieille table ?

Il leur a fallu plus d'une heure, et ils t'ont dit qu'ils avaient pris le temps de la polir ?

Tara ferma les yeux.

— Ils n'étaient pas…

— … en train de le faire. Si, si.

Seigneur. Maddie et Jax ressemblaient à deux jeunes mariés avec un stock de préservatifs dont la date arriverait à expiration.

— Je suis entourée de mômes.

— Pas vraiment des mômes, la corrigea Chloe. Plutôt d'adolescents en chaleur. Allez, admets-le. Toi aussi tu le ferais là-haut si tu pouvais.

— Bien sûr que non.

— Oh, c'est vrai. C'est moi ça. Je le ferais là-haut, si j'en avais l'opportunité. Est-ce que je devrais sortir mon téléphone pour demander à ma boule magique si tu vas y avoir droit dans un avenir proche ?

Sans attendre la réponse, elle s'exécuta, puis sourit en lisant la réponse :

« Peu probable. »

Chloe rangea son téléphone. Elle avait torsadé, puis relevé ses mèches – désormais d'un bleu nuit – sur le dessus de sa tête pour former une sorte de bandeau.

— Donc, puisque Maddie et Jax sont en train de prendre une pause, entre autres, et comme ce qu'ils font ne semble pas être au programme pour toi dans l'immédiat, je pense que nous méritons une pause d'un genre différent.

— Impossible.

Tara lui tendit un seau avec les produits de nettoyage pour la salle de bains. Et Chloe se renfrogna.

— Le ménage, c'est ton truc, protesta-t-elle.

— Non. Pas aujourd'hui.

— Pourquoi tu ne demandes pas à nos jeunes esclaves ?

— Carlos est en train de nettoyer le jardin de devant, et j'aide Mia à se familiariser avec ma cuisine.

Chloe cligna des yeux.

—Hein?

—Eh oui! confirma Tara. Dans une tentative désespérée d'acheter son affection, je la laisse préparer les cookies de bienvenue.

—Attends une minute, dit Chloe en plissant les yeux. Elle a le droit de préparer les gâteaux pendant que je me tape les chiottes? Et le privilège de l'ancienneté dans tout ça? C'est injuste!

—Tu passes complètement à côté de l'importance symbolique de mon geste. Tu sais à quel point les cookies de bienvenue sont importants pour moi.

—Comment aurais-je pu oublier? ironisa Chloe. Quel insigne honneur!

—Eh, c'est ma fille.

Alors que le mot quittait ses lèvres, Tara afficha une expression béate. Elle ne pouvait pas s'en empêcher, elle aimait la façon dont ce mot sonnait dans sa bouche.

Chloe sourit subitement.

—Tu prends ton pied à dire ça.

—Je ne fais qu'énoncer un fait.

—Admets-le, Tara.

Tara hocha la tête et esquissa un petit sourire.

—J'aime bien le dire, c'est vrai.

Énormément.

—Alors, comme ça, elle est en train de préparer des cookies, hein?

—Oui. (Tara remarqua le ton moqueur de Chloe.) Quoi? Qu'est-ce que je ne sais pas?

—Rien. Sauf qu'elle n'est pas en train de faire de la pâtisserie. Elle a le nez collé à la fenêtre du salon et elle regarde Carlos tondre la pelouse, dit Chloe sans chercher à dissimuler son amusement. Elle s'acclimate.

Tara soupira.

— Je l'ai vue au *Diner* avec Ford ce matin, reprit Chloe. Ils avaient l'air de passer un bon moment.

Pour un gars qui avait grandi sans cadre ni réelle autorité, Ford était particulièrement doué avec les gens. Prendre soin des autres était naturel chez lui. Mia ne pouvait que l'aimer. Cependant, même si les imaginer ensemble lui réchauffait le cœur, elle éprouvait aussi une pointe de regret, car elle n'en était pas encore à ce stade avec l'adolescente.

— Elle a son sourire, dit Chloe. Et son rire.

Mia riait avec lui ? Évidemment. Ford l'emmenait petit-déjeuner et déployait tout son charme avec son aisance habituelle, tandis que Tara, elle, brûlait le petit déjeuner et se retrouvait sans voix quand il s'agissait de répondre à la plus simple des questions.

Et voilà qu'elle était jalouse. Génial. Jalouse, parce que Ford savait se faire apprécier, et qu'elle… bah, elle ne rendait pas la tâche facile à ceux qui voulaient l'aimer, elle en était consciente.

— Tu n'auras qu'à râler en t'occupant de la salle de bains. Je vais m'occuper des lits.

— Du lit, rectifia Chloe. Tu vas t'occuper du lit. Pour nos deux clients, qui sont mariés. En plus ce sont de jeunes mariés. Ils ne s'apercevraient probablement de rien si tu ne leur mettais pas de draps du tout. Maintenant, revenons-en à moi un instant… À cause de mon asthme, je suis dispensée de nettoyage.

— Je me rends bien compte que ton asthme est la bonne excuse pour échapper à tout ce que tu n'as pas envie de faire, répliqua Tara. Mais j'ai acheté des produits sans aucun agent chimique, il n'y a rien là-dedans susceptible de te nuire.

— Bien. Très bien. Dans ce cas, je vais jouer les Cendrillon.

Chloe soupira et regarda par la fenêtre, puis elle laissa échapper un petit rire.

— Quoi ?

— Rien.

Oh si, il y avait quelque chose. Tara se rendit à la fenêtre. Carlos était bien dehors en train d'arroser la pelouse.

Sauf que Mia se tenait maintenant à ses côtés.

Carlos était à la fois coriace et calme, et affichait la plupart du temps une expression indéchiffrable. Sa façon de s'habiller lui donnait une allure de mauvais garçon, mais il était ponctuel et, jusque-là, n'avait jamais ménagé sa peine.

Pour l'heure, il n'était pas tant en train de travailler que de... poser. Au cours des trois derniers mois, Tara avait dû l'entendre prononcer une dizaine de phrases au total, et là les deux adolescents ne cessaient de bavarder.

Carlos adressa un sourire à Mia et manqua complètement le parterre de fleurs qu'il était censé arroser.

Mia se tenait aussi près de lui que possible. Et elle faisait quelque chose dont Tara avait entendu parler sans en être le témoin direct.

Elle riait. Un rire chaleureux et authentique qui transformait son visage.

—Ils sont mignons, commenta Chloe.

—Non. Ils ne sont pas mignons. (Tara secoua la tête.) Ce garçon a dix-sept ans, et, à dix-sept ans, un garçon ne veut qu'une seule chose.

Chloe s'esclaffa.

—C'est dingue! Quelle hypocrite tu fais!

Tara soupira et appuya son front contre la vitre.

—Elle ne sourit pas comme ça pour moi.

—Bien sûr que non. Pas plus qu'elle n'espère te rouler une pelle.

Tara poussa un nouveau soupir, et Chloe passa un bras autour d'elle. Surprise, Tara tourna la tête et croisa le regard de sa petite sœur. Enfants, elles s'étaient retrouvées pendant les vacances d'été, et elles ne s'étaient pratiquement pas quittées durant les six mois qui venaient de s'écouler, et pourtant Tara pouvait compter sur les doigts d'une main le nombre de fois où elles avaient eu des démonstrations d'affection impliquant un contact.

—Tout va bien se passer, lui promit Chloe en la serrant avec une tendresse surprenante. Elle s'en tirera très bien. Elle est heureuse, ici.

Surprise par le réconfort inopiné émanant de la source la plus inattendue, Tara sentit le souffle lui manquer.

—Tu en es sûre ?

—Oui. Et j'ai l'impression que cela fait un moment qu'elle n'a pas été heureuse. Respire, Tara.

—Je déteste vraiment quand les gens me disent de respirer.

—Dans ce cas, tu devrais le faire davantage par toi-même.

Tara inspira profondément, retint son souffle et le relâcha.

—Je voudrais juste qu'elle m'apprécie.

—Elle est là, non ? Ça viendra. (Chloe la serra un peu plus.) Donne-lui un peu de temps. Pour une fois dans ta vie, lâche les rênes. Laisse les choses suivre leur cours et profite du voyage.

Tara absorba ce que venait de lui dire sa sœur puis lui jeta un rapide coup d'œil.

—Regarde-toi, toute gentille.

—Je sais, étonnant, non ? répliqua Chloe avec un grand sourire. Je pense que je serais très douée si je voulais être gentille, mais, en vérité, ce n'est pas le cas.

Tara soupira. Elle savait que ça ne pouvait pas durer.

—D'accord, qu'est-ce que tu veux ?

—M'absenter la semaine prochaine sans que tu me fasses la morale parce que je pars juste avant l'ouverture.

—Et tu vas où cette fois ?

—À Cabo, au Mexique. J'ai un ami qui travaille dans un cinq étoiles, et ses patrons sont intéressés par mes produits de beauté.

—La dernière fois que tu es allée à Cabo, tu es revenue au bout de quatre jours avec des cheveux blond platine et un piercing au téton.

Chloe grimaça en se souvenant de la douleur.

— Ouais. Mais j'y serai pour le travail, donc il n'y aura pas d'alcool ce coup-ci.

— C'est bon à savoir. Tu dois être à court d'endroits à percer maintenant.

— Ben justement…

— Ne dis rien, dit Tara avec une grimace. Je ne veux pas savoir. (Ne voulant pas mettre fin à ce rare moment de tendresse, elle pressa sa joue contre celle de Chloe.) Je t'aime, tu sais.

Chloe hésita un instant, puis lui rendit son étreinte. Mais pas la déclaration d'amour, ce qui n'avait rien de surprenant, vu qu'elle ne disait jamais ces mots-là. Cependant elle garda sa grande sœur dans ses bras encore un petit moment, et ce geste avait peut-être plus de signification que des paroles. Puis elle hocha la tête et éloigna doucement Tara de la fenêtre et de la vue des adolescents.

— Est-ce que tu as vu le journal, ce matin ? Logan et Ford sont au coude à coude dans les votes. Sûrement à cause de la nuit dernière.

Tara s'immobilisa.

— Oh, mon Dieu ! Que s'est-il passé la nuit dernière ?

— Logan est retourné au *Love Shack*, dit Chloe en souriant. Ton amant actuel a servi ton ex-amant. Je n'aurais jamais cru que tu avais ce qu'il fallait pour alpaguer deux mâles dominants tels que ceux-là. (Elle lança à Tara un regard spéculateur.) Tu dois savoir y faire quand tu laisses de côté ta manie de vouloir tout contrôler. Ou alors peut-être que les hommes aiment ça ? Tu es directive au lit ?

— Logan est retourné au bar ? répéta Tara en faisant comme si elle n'avait pas entendu la suite.

— En fait il y avait surtout Ford, sollicité par Lucille et ses amies. Elles se sont donné pour mission de te caser avec lui.

Ce n'est pas qu'elles ne trouvent pas Logan sexy, mais tu sais à quel point elles adorent Ford.

C'était vrai. Toute la ville adorait Ford. Sans exception. Il dégageait un charme naturel, quelle que soit l'action qu'il entreprenait.

Ou la personne qu'il avait en face de lui.

— Elles ont donc décidé de militer en faveur de Ford, poursuivit Chloe. Il y a des affiches en ville, et tout le bazar. Sur celle qu'elles ont accrochée près de la poste, elles ont mis une de ses photos de lycée. Tu savais que c'était un tombeur ?

— Il ne peut pas y avoir d'affiches en ville. Ce n'est pas possible.

— Si tu veux, acquiesça Chloe pour lui faire plaisir. Sauf qu'il y en a.

Tara gémit.

— D'accord. Changement de programme. (Elle colla les draps dans les bras de Chloe.) Tu fais la salle de bains et les lits. Je vais en ville retirer ces affiches.

— Depuis quand tes problèmes sont-ils devenus mes problèmes ? Et si tu choisissais l'un des deux, le vote n'aurait plus lieu d'être.

— Il n'est pas question que j'en choisisse un, rétorqua Tara. Logan veut le retour d'une femme qui n'existe plus, et Ford veut…

Mais Chloe était partie. Et Tara parlait toute seule. Super. Elle se retourna et alla s'encastrer dans un mur de brique qui s'avéra être le torse de Ford.

Chapitre 13

Il est impossible d'être à la fois intelligente et amoureuse.
Tara Daniels

Ford posa ses mains sur les hanches de Tara pour la stabiliser. S'inclinant légèrement il croisa son regard.

— Je veux… quoi ? demanda-t-il.

Tara le dépassa et se dirigea vers la cuisine.

Il la suivit. Bien entendu. Elle était agacée de le laisser faire, mais aussi un peu chamboulée. Comme souvent en sa présence.

— Dis-moi, insista-t-il. Je veux quoi ?

— À toi de me le dire, répliqua-t-elle en flirtant, car elle ne savait pas avec certitude si elle voulait ou non connaître la vérité.

— Je préférerais te montrer, répondit Ford avec un regard gourmand.

Il tendit le bras pour la toucher, mais elle recula jusque dans le cellier. Il la suivit et ferma la porte derrière eux. Son expression rappelait celle d'un lion acculant sa proie.

— OK, dit Tara, une main sur son torse afin de le tenir à distance. Je pensais ce que je t'ai dit l'autre nuit après que nous…

Il haussa un sourcil.

— … avons été ensemble. (Elle recula d'un pas en se décalant et se retrouva dos à la porte du cellier.) Je te l'ai dit. Je travaille sur certaines choses. Sur moi. Et tu me distrais. (Elle planta son index entre ses pectoraux.) Alors je te demande d'arrêter ça. Arrête de me distraire. Oui, on s'est envoyés en l'air. Et oui, il y a un sacré courant qui passe entre nous, et cette nuit-là j'ai perdu le contrôle. Mais il se passe des choses importantes en ce moment dans ma vie, dans nos vies, alors nous ferions mieux d'essayer de ne pas y ajouter ça. D'accord ? Fini le petit jeu de séduction. Nous devons absolument nous contrôler.

Un silence assourdissant s'installa.

— Eh bien ! finit-il par dire. Tout cela est fascinant, et instructif. Et nous allons revenir sur certains points, notamment celui où tu dis que tu n'arrives pas à te contrôler quand je suis dans les parages, mais j'étais seulement en train d'essayer de...

Lentement, il lui retira le Post-it collé dans son dos.

Deux mots y étaient écrits : « Mangez-moi. »

— Chloe trouve ça amusant, commenta Tara avec un grognement. On peut se concentrer un peu, là ?

— Je préférerais te manger.

— Très drôle. Écoute, je comprends bien comment tu en es venu à penser que coucher de nouveau ensemble serait une évolution naturelle de la situation, mais ce n'est pas possible. Je ne peux pas.

— Parce que tu effectues un travail sur toi-même.

Alors, comme ça, il l'écoutait.

— Oui, et parce que, quand je suis avec toi, j'ai...

Elle s'interrompit à la recherche du mot juste.

— Des orgasmes multiples ?

— Tu ne me prends pas au sérieux, dit-elle en fermant les yeux.

— Au contraire, je te prends très au sérieux.

Tara croisa le regard de Ford. Ils restèrent ainsi, et le ventre de la jeune femme se noua. La solennité qu'elle lisait dans ses yeux démentait son ton badin. Il avait entendu tout ce qu'elle avait dit. Et également ce qu'elle n'avait pas dit. Mais elle ne savait pas s'il était d'accord avec elle.

— Quelqu'un pourrait être blessé, Ford.

Et, quand elle disait quelqu'un, c'était à elle-même qu'elle pensait. Ils avaient un lourd passé. La dernière fois qu'elle avait laissé libre cours à ses émotions avec lui, cela s'était transformé en la période la plus douloureuse de sa vie. Les gens ne se relevaient pas de ce genre de désastre ; ils n'obtenaient pas de seconde chance.

—Ah ! dit-il calmement. Enfin, on y arrive. (Il lui caressa la joue.) Tu as peur.

—Oui. Et j'aimerais assez ne pas être la seule. (Elle agrippa son tee-shirt.) Mia…

—… est formidable.

—Oui, admit Tara dans un soupir. C'est vrai. Mais justement, nous risquons d'interpréter nos émotions de travers…

—Je n'interprète rien de travers. (Son regard s'adoucit, et il lui caressa de nouveau le visage.) Tara, ce n'est plus pareil à présent.

Car il n'était question que de sexe. Elle encaissa la douleur.

—Écoute, j'ai juste besoin que nous revenions là où nous en étions avant.

—Avant quoi ?

Il savait très bien avant quoi.

—Avant que nous fassions l'amour, dit-elle gênée, en le haïssant pour l'avoir obligée à le dire à voix haute.

—Au moins tu reconnais que c'est ce que nous avons fait. (Il marqua une pause.) Et dans quelle mesure est-ce lié à l'arrivée de Logan ?

—Ça n'est pas lié, dit-elle en soutenant son regard. D'accord, peut-être un peu, mais pas comme tu le crois.

—Eh bien, tout de suite, je me sens mieux.

—J'ai déjà essayé de te l'expliquer, soupira Tara. J'ai des problèmes à régler. Et tu en as aussi.

—Je croyais que ce n'était pas à propos de moi.

—Tout se rejoint.

Ford réfléchit un instant.

—OK, j'ai besoin qu'on m'explique qui travaille sur les problèmes de qui, là.

—Je travaille sur les miens.

—Et les miens sont… ? demanda-t-il.

—Et bien, pour commencer, tu ne t'accroches pas.

—Ce qui veut dire ?

—Ce qui veut dire que tu es décontracté, facile à vivre, et que tu aimes que ton existence soit à l'avenant, répondit Tara. Et soyons honnêtes, tu es bon dans tout ce que tu entreprends. Du coup, quand ça se complique, que ça ne te tombe pas tout cuit dans le bec, tu as tendance à ne pas insister.

Seuls les yeux de Ford reflétaient sa tension.

—Tu penses que tout me tombe tout cuit dans le bec ? Que je n'ai pas eu à travailler dur pour réussir ma vie ?

—Non, dit-elle en secouant la tête. Je sais le chemin que tu as parcouru. Je sais que tu as dû te bouger les fesses pour en arriver là, mais la voile… admets-le, Ford. La voile, ça a été facile. Et Logan n'a pas été le seul homme de ma vie dont le visage est apparu dans les magazines. *Cosmo* avait des choses intéressantes à dire sur ta vie de célibataire et la façon dont tu la menais.

—Je n'étais pas un moine, et alors ? Bon sang, Tara, j'avais la vingtaine, trop d'argent, et les femmes se jetaient dans mes bras. Eh oui, j'en ai bien profité, peut-être même un peu trop, mais j'ai fini par mûrir.

—Oui, tu t'es fiancé après ta médaille d'or avec quelqu'un que tu avais rencontré au cours de tes entraînements. Et tu as rompu à la dernière minute.

Une lueur traversa le regard de Ford. Probablement agacé d'avoir à se justifier. Typiquement masculin.

—Parce que, expliqua-t-il, elle avait pris goût à la gloire et à la fortune apportées par les sponsors et souhaitait vivre sous le feu des projecteurs. Elle était devenue accro à l'attention, et moi… (Il s'interrompit et se renfrogna.) Je voulais continuer à vivre ma petite vie tranquille. Celle pour laquelle j'avais travaillé si dur.

— Tu as accepté un gros contrat avec un sponsor, puis tu es revenu dessus.

Il la regarda, étonné.

— Tu as lu les journaux me concernant.

En vérité, pendant toutes ces années, Tara avait dévoré la moindre miette d'information à son propos.

— Oui.

Il resta silencieux un moment.

— Je n'avais plus autant l'esprit de compétition qu'avant, et je souhaitais ralentir. Il ne me semblait pas honnête de maintenir ce contrat alors que je n'allais pas leur en donner pour leur argent. Donc, oui, peut-être que je n'ai pas exactement fait ce qui était attendu de moi, mais j'ai toujours fait ce qui me paraissait juste.

— Et pour nous ? demanda Tara. Il y a dix-sept ans ?

Son regard se durcit.

— C'est toi qui es partie.

— Mais tu ne m'as pas retenue.

— Quoi ? Tu te moques de moi ?

Il se passa les mains dans les cheveux, puis, bras levés, muscles contractés, il fit un tour complet sur lui-même. Quand il lui fit de nouveau face, son visage affichait un mélange rare de colère et de frustration.

— Personne n'a jamais réussi à t'arrêter quand tu avais pris une décision, Tara. Et tu le sais très bien, merde !

— Mais tu n'as pas essayé une seule fois.

Elle avait la gorge nouée au souvenir de la douleur. Mon Dieu, cette douleur. Elle ne voulait plus jamais se sentir à ce point seule et angoissée. Oui, c'était elle qui était partie, mais elle était alors jeune et stupide.

— Tu n'as jamais essayé de me contacter.

Cela lui avait convenu à l'époque, car cette rupture nette lui avait permis de se remettre de son immense chagrin, sans se le voir constamment rappeler. Mais cela l'ennuyait à présent. Profondément. Les sentiments de Ford à son égard étaient forts, elle le savait, mais elle doutait qu'ils le soient assez. En tout cas, elle était convaincue que ce n'était pas suffisant pour une vraie relation sur le long terme. Et elle prit conscience qu'avec lui elle ne pouvait se contenter de moins.

Certes, à l'époque, il avait souhaité qu'ils élèvent l'enfant ensemble, mais c'était une promesse d'adolescent, cela ne signifiait pas qu'il serait vraiment resté. Et que savent les adolescents de l'amour ? S'il avait réellement été l'homme de sa vie, ne se serait-il pas accroché ? N'aurait-il pas au moins essayé ?

Elle était certaine qu'il avait voulu faire ce qui était juste pour elle. C'était un homme bien : fiable, chaleureux, attentionné..., mais elle ne pouvait se baser que sur ce qu'elle savait. Et elle savait qu'elle n'avait pas assez compté pour qu'il essaie de la retenir.

Elle n'avait aucune raison de penser que ce serait différent à présent.

— Ce n'est pas ce que je me rappelle, dit-il avec calme. Je me souviens que tu as baissé les bras. C'est toi qui as pris la fuite. J'aurais volontiers fait le nécessaire pour que nous ayons droit à « ils se marièrent et eurent beaucoup d'enfants », mais tu étais trop rongée par la culpabilité pour t'accorder ça.

Elle encaissa avec difficulté les reproches contenus dans sa voix et la justesse de ses propos.

— Ce qui est fait est fait, dit-elle. Et nous ne sommes plus seuls à présent : il y a Mia. Nous ne pouvons plus nous permettre de nous amuser, Ford, pas quand l'enjeu est si important. Elle est fragile et doit déjà surmonter la séparation de ses parents adoptifs. Nous ne pouvons pas nous permettre d'en rajouter. Vraiment pas.

Elle lui tourna le dos, puis changea d'avis. Il méritait la vérité.

—Si par miracle nous arrivions à faire fonctionner notre relation aujourd'hui, alors…

Elle déglutit péniblement et murmura :

—Alors, cela voudrait dire que nous aurions peut-être pu réussir à l'époque. Et cette idée m'est insupportable, Ford. Toute cette douleur que j'aurais causée… pour rien.

Ford la regarda, abasourdi.

—Tara, dit-il doucement avec une voix chargée de regrets. Tu ne peux pas continuer à te punir, à saboter ta vie, ton bonheur, à cause de ton passé.

Elle ne s'en était jamais rendu compte, mais il avait raison. Au plus profond d'elle-même, elle éprouvait le besoin de se punir pour avoir abandonné Mia.

Ford la regardait d'un air solennel.

—Je la ressens aussi, tu sais. Cette culpabilité. Tu n'es pas la seule.

Elle laissa échapper un soupir.

—Comment fais-tu pour toujours savoir ce que je ressens ?

Faisant courir son pouce le long de sa joue, il esquissa un petit sourire.

—Je le lis sur ton visage. Tu as pris la décision que tu pensais juste à l'époque. Ne te laisse pas dévorer par les regrets. Tourne la page. C'est un nouveau chapitre.

La main de Ford était toujours posée sur sa joue, l'autre dans le bas de son dos, et il la tenait contre lui. Elle lutta contre l'envie d'enfouir son visage dans sa paume.

—Mettons que je tourne la page, qu'est-ce qu'il se passerait ?

—À toi de voir, dit-il. Le choix t'a toujours appartenu. Mais sache que tu n'es pas seule. Nous sommes deux à présent. Trois, même.

Elle posa le front sur son torse. Il était grand, attentionné et solide. Assez solide pour partager ses fardeaux, au moins pendant ces quelques instants. Sans en avoir conscience, elle se déplaça légèrement de façon à se rapprocher de lui. Le cœur de Ford battait à un rythme calme et régulier. Il la couvait d'un regard plein d'affection.

Elle pensa à ce qu'il avait dit. Au fait qu'il ressentait les mêmes choses qu'elle, et elle sentit remonter un vieux sentiment de tendresse et d'intimité. Elle leva la tête et s'appuya contre la porte fermée du cellier.

— Ford ?

— Oui ?

Il était calme et serein. Un roc.

Son roc.

Fatiguée de réfléchir, fatiguée d'essayer de trouver une bonne raison pour qu'ils restent éloignés l'un de l'autre, elle suivit son instinct et posa ses lèvres sur les siennes. C'est à ce moment-là que la porte s'ouvrit subitement. Tara jaillit du cellier et bascula dans les bras ouverts de Logan.

Chapitre 14

En règle générale, si ta bouche est en mouvement,
tu n'apprends pas grand-chose.
Tara Daniels

— Qu'est-ce que c'est que ce bordel ?

Surpris, Logan baissa les yeux sur Tara puis, levant la tête, regarda Ford.

Avant que Tara puisse faire un seul mouvement, Chloe entra dans la cuisine. Elle jeta un coup d'œil à Tara, en sandwich entre Logan et Ford, et leva les yeux au ciel.

— Je vous jure, c'est à n'y rien comprendre, dit-elle, avant de faire volte-face et de ressortir.

Logan était toujours en train de dévisager Ford.

Tara repoussa les deux hommes et se libéra.

— C'est gênant. Je retourne travailler.

Elle avait prévu d'aller en ville, mais elle ne voulait pas trop s'éloigner. Elle attrapa l'aspirateur et monta l'escalier. *Dans le doute, passe l'aspirateur.* Elle aspirait la deuxième chambre comme si sa vie en dépendait quand quelqu'un se plaça derrière elle et tendit le bras pour éteindre l'appareil.

Logan la fit pivoter de façon qu'elle se retrouve face à lui. Il arborait un petit sourire, mais ses yeux étaient sérieux.

— Tu m'évites ?

— Un petit peu. (Elle soupira.) Logan, quelle est la vraie raison de ta présence ici ?

— Je te l'ai déjà dit.

— Tu crois que je te manque.

— Mais c'est vrai, tu me manques, dit-il. Voyager avec toi me manque, le café que tu me faisais le matin, aussi, ainsi que ta façon de préparer mes valises. Je regrette que tu ne sois plus là pour t'occuper de moi.

— Oh, Logan, dit-elle en poussant un profond soupir. Je ne suis plus cette femme à présent. *(Je n'ai même plus rien à voir avec elle.)* Et ton monde… il est immense, scintillant et excitant, et moi… je n'en fais pas partie. Lucky Harbor non plus. Alors je ne comprends pas.

— Vraiment ? (Il parcourut son visage d'un regard tendre.) Tu es drôle, intelligente, et tu voulais être avec moi pour ce que je suis, non pour mes résultats ou pour mon compte en banque. Tous les autres me lèchent les bottes.

— C'est ça ? Tu veux quelqu'un qui ne te fasse pas de la lèche ?

— Tu vois ? dit-il en souriant devant le haussement de ton de Tara. Personne ne se met jamais en colère contre moi. Mis à part toi.

Il lui lança son fameux regard, le Logan spécial garanti pur tombeur, et elle soupira de nouveau malgré elle.

— Tu m'as vraiment manqué, Tara. (Il lui posa les mains sur la taille et approcha la bouche de son oreille.) Dis-moi que je t'ai manqué aussi.

Il était familier et rassurant, et une part de la jeune femme voulait ça.

Heureusement, la partie la plus importante avait envie de le frapper.

— Logan, ces dernières années…

Elle avait souffert de son absence. Elle avait également espéré qu'il chercherait à la retenir. Elle en avait rêvé, un peu comme elle avait rêvé que Ford le fasse à l'époque.

Mais il ne l'avait pas fait. Personne ne l'avait jamais fait.

—Je suis trop occupée pour que tu me manques, dit-elle finalement, peu désireuse d'avouer quelque chose de si pathétique. Désolée.

Logan scruta le regard de Tara, et son sourire faiblit.

—Non, je l'ai mérité. J'ai passé bien trop de temps à être trop occupé pour toi, n'est-ce pas ?

Envahissant un peu plus l'espace personnel de la jeune femme, il lui remit délicatement en place une mèche de cheveux échappée de sa coiffure. Il avait ce regard chaleureux qu'il ne destinait qu'à elle, le regard qui autrefois lui faisait perdre tous ses moyens.

Mais ça, c'était du temps où elle s'appelait Mme Logan Perrish, quand Tara Daniels était quasi inexistante.

Elle ne souhaitait pas revenir en arrière.

—Tu es fatiguée. Tu travailles trop, la taquina-t-il tendrement. J'ai téléphoné hier pour venir t'aider. Et ne crois pas que l'ironie de la situation m'échappe. Je suis conscient qu'avant c'était toi qui m'aidais. C'est moi qui suis désolé, Tara, vraiment. Tellement désolé.

Elle appuya ses doigts sur ses paupières.

—Je ne veux pas que tu sois désolé. J'ai oublié tout ça.

—Et tu m'as oublié, moi, énonça Logan calmement. J'ai gagné la Sprint Cup, l'année dernière.

—Je sais, dit-elle en souriant. L'un de tes plus grands rêves.

—Le but de ma vie, admit-il. Atteint à l'âge de trente-deux ans. Et quand j'ai cherché autour de moi quelqu'un avec qui partager ce moment, tu n'étais plus là. La meilleure chose qui me soit jamais arrivée… envolée. (Il prit le visage de Tara dans ses mains.) Je veux fonder une famille, Tara. Avec toi. Peut-être même avoir quelques enfants…

Elle s'étrangla. Elle ne lui avait pas encore révélé la véritable identité de Mia. En fait personne, hormis ses sœurs, n'était au courant. Elle savait que ça finirait par se savoir, mais elle avait espéré que sa relation avec Mia se serait améliorée avant.

—Logan…

—Je sais. Nous n'avons jamais parlé d'avoir des enfants, mais il est temps, tu ne penses pas ?

Seigneur.

—Non, tu ne comprends pas, j'ai…

—Je vais te reconquérir, dit-il doucement mais avec détermination.

Tara inspira profondément et essaya de déterminer comment elle se sentait. Flattée ? Peut-être. Confortée ? Sans aucun doute. Légèrement excitée ? Oui, mais bon, cet homme était superbe, et elle était humaine !

Mais elle se sentait surtout mal à l'aise.

—Je ne suis pas un Grand Prix, dit-elle. Ni un trophée à conquérir.

—Je ne vois pas de bague à ton doigt.

—Ce n'est pas ce que je voulais dire.

—Je ne quitterai pas la ville sans toi, Tara.

—Logan…

Il l'embrassa, puis se serra contre elle pour renforcer leur contact, mais elle recula et leva la main.

Les yeux assombris par le désir, la respiration haletante, il relâcha son souffle.

—Ça t'a fait quelque chose, n'est-ce pas ?

Avant, Logan était capable de lui faire perdre la tête, mais elle n'avait rien perdu du tout cette fois-ci. D'accord, peut-être avait-elle ressenti un vague étourdissement, mais elle avait encore toute sa tête. Ses parties intimes n'étaient pas électrisées. Pas comme quand Ford l'embrassait.

—Logan…

—Nous avons tout l'été, dit-il.

Elle savait ce que cela signifiait pour lui en termes de carrière et aurait apprécié l'importance du geste… s'il n'avait pas été forcé de s'arrêter.

—Parce que tu es blessé, lui rappela-t-elle.

—OK, c'est vrai, ça tombait bien, admit-il, gêné. Enfin autant que c'est possible avec ce genre de choses.

—Logan, dit-elle en secouant la tête. S'il te plaît. J'ai besoin que tu sois honnête.

—Très bien. J'ai été obligé de m'arrêter pour guérir. Et, honnêtement, j'avais besoin d'une pause. (Il resta silencieux un instant.) Mais surtout, Tara, j'ai besoin de nous.

S'il disait vrai, c'était uniquement parce qu'il n'avait pas de course en ce moment. Tout simplement. Ou peut-être qu'il s'ennuyait.

—Il n'y a pas de « nous ».

Logan lui adressa un sourire éclatant lui signifiant ainsi son désaccord et sa confiance en lui-même : il saurait lui prouver qu'elle se trompait.

—Je dois y aller, dit-il. J'ai promis à Chloe que, si elle me disait où te trouver, je nettoierai une salle de bains.

Tandis que Tara bafouillait en essayant d'imaginer Logan Perrish, le champion de course automobile, brandissant un balai pour récurer les toilettes, l'homme en question lui vola un baiser et partit.

Tara baissa les yeux sur l'aspirateur. La vie n'était-elle pas censée devenir moins compliquée avec l'âge ? Elle avait vraiment attendu avec impatience la simplicité. Elle ralluma l'appareil et cria pour la seconde fois quand deux bras chauds s'enroulèrent autour d'elle quelques minutes plus tard.

—Logan, bon sang ! Je te l'ai dit, il n'y pas de « nous ».

Mais elle prit aussitôt conscience de son erreur quand l'étreinte se resserra et que l'odeur de l'homme lui parvint.

—Ce n'est que moi, dit Ford en la faisant pivoter de façon qu'ils se retrouvent face à face. Cependant j'aime beaucoup le « pas de nous » en ce qui concerne Logan. Tu devrais t'y tenir. (Il la regarda attentivement, et une partie de son amusement disparut.) Tu vas bien ?

—Moi ? Oh, bien sûr ! Je veux dire, pourquoi ça n'irait pas ? Je suis de retour dans une ville dans laquelle je m'étais promis de ne jamais remettre les pieds. Je n'arrive pas à communiquer avec ma fille, par ma propre faute. Là-dessus, il y a mon ex qui se pointe. Et toi… (Elle ferma la bouche et secoua la tête.) Tout va très bien.

—Tu y arriveras avec Mia, la rassura-t-il. Sois juste un peu patiente. Que voulait Logan ?

—Savoir si son baiser m'avait fait quelque chose.

Ford se crispa légèrement.

—Il t'a embrassée ?

Subitement, Tara se rendit compte que l'aspirateur avait besoin d'être vidé. Elle se baissa, mais Ford la força à se redresser. Elle leva la tête pour le regarder. Il ne lui apportait certes pas le sentiment de sécurité qu'elle éprouvait avec Logan, mais il avait autre chose. Quelque chose de nouveau, quelque chose d'excitant et de dangereux.

En tout cas, pour son cœur.

Et c'était si tentant. Elle pouvait au moins l'admettre en son for intérieur, mais pas à voix haute, et surtout pas devant lui. Elle le contourna, mais Ford l'accula au mur et la maintint là avec son corps chaud et musclé.

—C'est quoi cette manie de jouer les hommes des cavernes ? demanda-t-elle.

Et pourquoi, mais pourquoi, est-ce que j'aime autant ça ?

—Alors ? Est-ce que le baiser de Logan t'a fait de l'effet, Tara ? (Il saisit la lèvre inférieure de la jeune femme entre ses dents et tira légèrement avant de la libérer.) Est-ce que tes genoux se sont mis à trembler ?

Non, mais maintenant, oui.

Ford reporta son attention sur la lèvre supérieure de Tara et lui infligea le même sort.

—Est-ce que son baiser t'a fait frissonner ?

Il l'embrassa alors pleinement, un baiser enflammé fait pour la marquer comme étant sienne, puis il s'écarta juste assez pour la laisser respirer.

— Dis-moi, Tara ? Il t'a fait de l'effet ?

Mais cette fois elle était si brûlante qu'elle s'estima heureuse de ne pas avoir été victime d'une combustion spontanée. Contre elle, Ford vibrait d'une tension identique à la sienne. Il détailla son corps du regard, envoyant des étincelles parcourir toutes ses terminaisons nerveuses. Puis il se pencha, sa bouche en suspens au-dessus de celle de la jeune femme.

Elle ouvrit les lèvres, haletante dans l'attente de son baiser, mais il recula, et elle manqua de glisser à terre.

Il la soutint, supportant son poids sans le moindre effort, avec dans le regard une lueur de satisfaction.

— Tara.

Elle ferma les yeux, puis les ouvrit de nouveau.

— Non, Logan ne m'a fait aucun effet. Toi, oui. Tu m'en as toujours fait.

Ford esquissa lentement un sourire à se damner, et elle le repoussa en pensant qu'un tel sourire aurait dû être illégal.

— Ce que tu savais déjà, salaud. Ça ne veut rien dire, Ford. Pas sans intentions derrière.

— J'ai tout plein d'intentions.

Sans rire.

— Des intentions de ma part, précisa-t-elle. Et les seules intentions que j'aie à l'heure actuelle sont d'apprendre à connaître Mia et de faire de ce week-end un succès. Et pareil pour le week-end prochain, et pour ceux qui suivront, jusqu'à ce que nous ayons assez d'argent pour que Maddie ait une situation stable ici.

Une émotion apparut dans les yeux de Ford, mais elle n'était pas certaine de savoir laquelle.

— Et après ? demanda-t-il.

— Et après, je partirai.

De la colère, comprit-elle. C'était ce qu'il y avait dans ses yeux. Pas qu'un peu d'ailleurs, et de la frustration aussi.

— Tu feras quoi ? Tu retourneras au Texas ? Loin de tous ceux qui sont chers à ton cœur, parce que c'est plus facile de fuir ?

Aïe.

Il avait raison.

— Peut-être, admit-elle en le maudissant pour avoir résumé cela de façon si concise. Ce qui fait de nous une sacrée paire, n'est-ce pas ? Celle qui fuit et celui qui…

— Qui quoi ? demanda-t-il en plissant les yeux.

— Pour toi, ça va, ça vient, non ? Les choses se font toutes seules, ou pas. Et si ce n'est pas le cas, ça ne te dérange pas plus que ça.

Elle le repoussa de nouveau.

Et, cette fois, il la laissa partir.

Le lendemain matin, Ford se réveilla de très mauvaise humeur, ce qui était rare. Tara avait raison à son sujet. Il aimait quand c'était facile, en revanche il n'aimait pas l'image que cela lui renvoyait de lui-même.

Et il y avait Tara. Elle était difficile, une vraie plaie, et il ne savait absolument pas pourquoi il la voulait.

En fait, si, il savait.

Il la voulait parce qu'elle le voyait pour ce qu'il était vraiment. Elle ne se laissait pas avoir par les apparences. Et avec elle il se sentait vivant. Si vivant ! Enfin, pour le moment, il se sentait surtout agacé et frustré.

Généralement, chez lui, cela indiquait qu'il était temps de passer à autre chose.

Et ce besoin aussi le foutait en rogne, car cela prouvait qu'elle avait vu juste. Bon sang, ce qu'il détestait ça.

Il ne voulait pas passer à autre chose.

Une autre surprise. Il commençait à croire qu'il était en train de retomber amoureux d'elle, peut-être plus violemment encore que la première fois. Quant à elle, il n'avait aucune idée de ce qu'elle ressentait. Pour ce qu'il en savait, elle pouvait très bien éprouver exactement les mêmes sentiments que lui... mais pour Logan. Et cette idée ne lui plaisait pas non plus. Irrité par elle, par lui-même, par absolument tout, il partit faire son jogging quotidien puis se rendit à la poste pour récupérer son courrier. Logan se trouvait au comptoir et Ford secoua la tête. Quelle bonne surprise ! Comme s'ils ne s'étaient pas suffisamment vus durant ces derniers temps.

A priori, le coureur automobile essayait d'obtenir une boîte postale pour l'été, sans résultat.

— On m'a dit que ça ne poserait pas de problème, arguait Logan.

Ford comprit ce qui se passait dès qu'il vit qui était l'employée au guichet. Paige Robinson avait été amoureuse de Ford pendant tout le collège. Et de nouveau en seconde. Ils étaient allés au bal de promo ensemble, après quoi Paige avait sorti de son sac une bouteille de vodka volée à son père. Il avait espéré conclure ce soir-là, mais elle avait trop bu et avait fini par vomir sur ses chaussures.

Peut-être avait-elle le sentiment qu'elle lui devait quelque chose, ou peut-être qu'elle était encore secrètement amoureuse. En tout cas, elle secouait la tête en disant à Logan qu'elle était vraiment désolée, mais qu'il n'y avait aucune boîte postale de libre à louer à Lucky Harbor.

Logan sortit de la poste visiblement agacé, mais résigné, et Ford le regarda partir avec des sentiments partagés.

Ne fais pas ça, mec.

Et merde !

Il récupéra son courrier et suivit Logan à l'extérieur.

—Il y a une société privée qui en loue sur la 4e Rue, l'informa Ford. Tu pourras probablement obtenir une boîte là-bas.

Au lieu de le remercier, Logan le regarda d'un air suspicieux.

—Je suppose que tu ne sais pas pourquoi Jan, au restaurant, m'a dit qu'elle était à court de café quand je suis allé prendre ma dose de caféine ce matin. Ni comment ça se fait que j'aie été réveillé à 5 heures, à 6 heures, à 7 heures et à 8 heures par quelqu'un qui s'amusait à sonner à la porte de mon bungalow ? Ou, mieux encore, où se trouve ma voiture de location ?

—Pourquoi devrais-je être au courant ?

Logan émit un rire de gorge.

—Parce que, même si les gens d'ici sont impressionnés par mon statut de star, ils feraient absolument n'importe quoi pour toi. Facebook en est la preuve.

—Facebook ? Le scrutin est toujours en cours ?

Logan sortit son BlackBerry et afficha la page. On pouvait y lire les messages que les gens avaient laissés et la dernière entrée de la page :

> « Il y a de la romance dans l'air ! Ou, en tout cas, sur les quais, là où Tara Daniels a été vue embrassant un certain marin sexy bien de chez nous. Le scrutin est toujours ouvert, mais il semblerait que Tara soit en train d'étudier la question de son côté. Et n'oubliez pas le sondage parallèle "Ford doit-il demander Tara en mariage ?" ainsi que les commentaires sur la façon dont il devrait faire sa demande. »

Ford regardait fixement l'écran.

—Qu'est-ce que c'est que ce bordel ?

Logan soupira.

—Tout ce que je sais, c'est que ce n'est pas moi qu'elle embrasse sur les quais.

Il composa le 911 sur son téléphone.

— Allô, la police ? J'aimerais déclarer le vol de mon véhicule de location.

Ford attendit avec lui car, bizarrement, il se sentait responsable. De plus, il avait l'intuition que c'était Sawyer qui allait venir s'occuper de l'affaire.

Et, en effet, son meilleur ami arriva moins de cinq minutes plus tard.

Sawyer descendit de sa voiture de fonction. Il portait son uniforme et des lunettes de soleil noires réfléchissantes et avait, comme d'habitude, une allure de dur à cuire. Voyant Ford et Logan debout côte à côte, il haussa un sourcil intrigué. Il était bien trop doué pour laisser paraître plus, mais il esquissa un petit sourire.

— L'un de vous est allé sur Facebook, aujourd'hui ?

— Ouais, marmonna Ford. C'est ça, marre-toi.

— Déjà fait. Je n'ai pas encore voté pour le nouveau sondage, il faut d'abord que je trouve la réponse à certaines questions cruciales, du genre : « Est-ce que les hommes doivent encore se mettre à genoux pour faire leur demande ? » Et : « Combien doit coûter la bague ? »

Ford lui adressa un doigt d'honneur.

— Insulte à agent, répliqua Sawyer. Je t'arrêterais bien, mais je n'ai aucune envie de me taper la paperasse derrière.

— Une voiture de location a été volée, l'informa Ford. Qu'est-ce que tu dirais de faire ton boulot de flic et de t'en occuper ?

— Elle n'a pas été volée. On vient juste de la retrouver. (Sawyer se tourna vers Logan.) Vous vous êtes garé dans une zone de stationnement interdit, et la fourrière l'a ramassée. (Il regarda Logan par-dessus ses lunettes.) La loi s'applique même aux célébrités, ici.

— Je vais avoir besoin d'un chauffeur, soupira Logan.

Sawyer se tourna vers Ford.

Oh, merde.

—Non.

—Je dois me remettre au boulot, dit Sawyer.

—C'est ton boulot de veiller sur les citoyens dans le besoin, lui fit remarquer Ford.

—À moins d'être appelé ailleurs. Et j'ai un autre appel.

—Quoi, pour aller chercher des donuts ?

Sawyer mima un tir au pistolet avec Ford pour cible. Puis il remonta dans sa voiture de patrouille et partit.

Logan regarda Ford.

—Merde. (Ford enfonça une main dans la poche de son jean pour en sortir ses clés.) Viens.

Ils marchèrent jusqu'au parking où Logan admira la Camaro classique de 1969 de Ford.

—Tu n'as jamais fait la course avec cette beauté ?

—Je m'en tiens à l'eau pour les courses.

Logan l'évalua du regard par-dessus le capot.

—Tu es bon ?

—Oui.

—J'ai entendu parler de quelques médailles d'or.

—Alors tu sais que je suis bon.

Logan s'appuya sur le toit de la voiture.

—Que dirais-tu de me laisser conduire ?

—Quand les poules auront des dents, peut-être. Et enlève tes sales pattes de là. Tu t'appuies comme ça sur tes bagnoles ?

Logan éclata de rire.

—Je tue ceux qui osent essayer, dit Ford en se pinçant l'arrête du nez. Tu loges où ?

—Et bien, je louais l'un des bungalows de la *Résidence de la plage*. Mais quand je suis allé à l'accueil pour me plaindre du petit malin à la sonnette, j'ai été mis dehors comme un malpropre. Une histoire de rénovation de dernière minute.

—Ils n'ont pas le droit, si ?

—Si, et ils ne se sont pas gênés pour le faire, lui assura Logan. J'ai appelé Tara, et elle a accepté de me loger.

Génial. Son pire cauchemar devenait réalité.

—Tara.

—Ouais, jubila Logan. Je suppose que ceux qui essaient de me couler n'avaient pas envisagé cette possibilité. Je vais donc rester à l'hôtel, avec Tara. Tu crois qu'elle aime toujours autant… «cuisiner»?

Ford savait d'expérience que c'était le cas, et rien que d'y penser il se mit à conduire plus vite, en prenant un peu plus de risques que d'habitude.

—Tu essaies de m'impressionner, dit Logan. C'est bon, ça m'arrive tout le temps.

Merde! Ford ralentit, mais c'était trop tard. Logan souriait.

—Tu es au courant que tu es un gros con? demanda Ford.

Logan haussa les épaules avec une totale indifférence.

Ford se concentra pour ne pas appuyer de nouveau sur l'accélérateur.

—Rappelle-moi pourquoi tu es là, déjà?

—J'ai laissé ma femme me quitter. On était bien ensemble. Elle voyageait avec moi et rendait ma vie supportable, en échange je prenais soin d'elle.

Ford retourna ça dans sa tête. Si Tara avait jamais eu besoin de quelqu'un, c'était désormais bien fini. Elle avait mûri et n'avait de toute évidence plus besoin d'être prise en charge, affectivement ou matériellement.

—Et toi?

—Quoi, moi? (Ford le regarda du coin de l'œil.) Et fais attention, car si tu as l'intention de poser des questions sur moi Tara et moi, je vais prendre mon pied en te bottant les fesses.

Logan renifla, car il savait que c'était une menace en l'air.

Extra! Comme s'il avait besoin de ça.

Quand Ford s'arrêta enfin devant l'hôtel, Logan le regarda droit dans les yeux.

— Si tout ce que tu cherches c'est du bon temps, elle mérite mieux.

Ford s'étonna d'avoir encore ses molaires à force de serrer les dents.

— Ce que je cherche ne te regarde pas.

— Écoute, je suis celui qui est entré dans la vie de Tara après que tu y as foutu le bordel. Et elle a été sacrément difficile à attraper à cause de ça. Mais ma patience a fini par payer, et elle m'a épousé. Alors, d'homme à homme… (Logan esquissa un sourire froid.) Tu t'imagines peut-être que tu peux t'amuser avec elle, mais elle n'est pas un jeu. Passe à autre chose, Ford.

— Sors de là.

Logan obtempéra, puis une fois la porte fermée lui dit par la fenêtre :

— J'ai beaucoup entendu parler de toi, tu sais. Difficile d'y échapper ; tu es l'unique sujet de conversation des gens du coin. Tu es le gars avec qui on prend du bon temps, pas celui avec qui on reste. C'est pourquoi je sais que je finirai par être seul dans la course. Et je pense que tu le sais aussi.

Ford le regarda s'éloigner. Il était vrai que tout ce que Tara et lui avaient en commun était un désir mutuel, qu'ils avaient, *a priori*, assouvi. Et Mia, bien sûr.

Sauf que…

Bon sang !

Logan disparut à l'intérieur de l'hôtel, tandis que Ford se demandait à quel point ce qu'il y avait entre Tara et lui dépassait le simple désir. Pour l'heure, il n'avait pas vraiment le sentiment d'être le gars avec qui l'on prenait du bon temps, mais plutôt celui qui ne savait plus trop où il en était et qui voulait plus que ce qu'il avait eu jusqu'alors.

Levées à l'aube, Tara et Maddie étaient sur le quai, observant Logan qui, à l'autre bout de la baie, semblait se débattre avec la péniche.

— Est-ce qu'il s'en sort ? demanda Tara en regardant à travers les jumelles qu'elle avait trouvées dans le hangar de la marina.

— Il a un talkie-walkie, répondit Maddie. Il appellerait s'il avait besoin d'aide, non ?

— Non. C'est un mec. Il appellera à l'aide quand il sera mort.

La péniche avait fait partie de l'héritage avec l'hôtel et la marina. Vu que la succession avait eu lieu au plus fort de l'hiver, elles n'avaient pas encore eu l'occasion de s'en servir.

Mais, la veille, à la suite du coup de fil de Logan qui était à la recherche d'un logement, Tara avait réquisitionné ses sœurs afin de la nettoyer pour y mettre Logan.

C'était toujours mieux que de l'avoir dans les pieds, à l'hôtel.

Chloe arriva derrière elles.

— Bah alors, je croyais que nous étions censées faire du yoga ce matin ?

— Je transpire suffisamment en jouant avec le feu, dit Tara sans baisser les jumelles ni quitter des yeux le bateau. Logan était sur le pont en train de se battre avec quelque chose dans le placard de maintenance. Elle envisagea de l'appeler, mais il faisait probablement exprès d'avoir l'air démuni pour qu'elle vienne à sa rescousse. Il utilisait souvent cette tactique avec les ustensiles de cuisine à l'époque où ils étaient mariés.

— Est-ce que quelqu'un a déjà ouvert le courrier d'hier ? demanda Chloe. J'attends plusieurs chèques pour les cours que j'ai donnés le mois dernier à Tucson.

— Pas de chèques, seulement des factures, répondit Maddie.

Chloe soupira.

— Pourquoi est-ce que les factures voyagent toujours plus vite que les chèques ?

Aucune de ses deux sœurs n'avait de réponse. Tara surveillait toujours le bateau. Oh, oh ! Logan paraissait réellement inquiet.

— Redis-moi pourquoi il ne pouvait pas juste louer l'une de nos chambres ? demanda Maddie en mettant une main en visière pour se protéger les yeux du soleil matinal. Les chambres qui sont là pour être louées. Il paie, c'est un client.

— Il aurait été trop près.

Maddie lui jeta un coup d'œil.

— Si tu ne veux pas de lui ici, pourquoi ne lui demandes-tu pas de partir ?

— Parce qu'il a dit qu'il ne partirait pas avant de m'avoir reconquise.

— C'est envisageable, ça ?

Le « non » était sur le bout de sa langue, mais elle ne parvenait pas à le dire tout haut. Elle n'avait aucune intention de remettre ça avec Logan. Vraiment aucune. Mais, pendant des années, à une époque où elle n'était pas très entourée, il avait constitué sa seule famille et il était resté avec elle jusqu'à ce qu'elle ne tienne plus.

— Et Ford ? demanda Maddie.

— Qu'est-ce qu'il a ?

— C'est à cause de lui que Logan n'a aucune chance ? Et ne mens pas. J'ai vu la façon dont tu le regardes. Tu as les mêmes yeux que moi quand je regarde un paquet de chips.

— Nous sommes bien trop occupées pour parler de ça, se défila Tara. Nous avons des clients…

— Qui sont partis faire du tourisme et n'ont pas besoin de nous. (Maddie releva l'accent du sud de retour dans la voix de Tara et sourit.) Tu as bien conscience que ce ton ne nous effraie plus, ni moi ni Chloe.

— Ose dire que je t'ai jamais effrayée.

Le sourire de Maddie s'élargit.

— Tu sais ce que tu devrais faire avec Ford ?

—Le traîner au grenier, comme tu le fais avec Jax ? répliqua Tara en la regardant bizarrement.

Maddie rougit.

—Eh, nous allons là-haut pour…

—Je te donnerai 50 dollars si tu ne finis pas cette phrase, l'interrompit Tara avec ferveur.

Le bruit d'une canette de soda que l'on ouvrait les fit sursauter, et elles se retournèrent.

Ford se tenait sur le pont de son Beneteau, une boisson dans une main et un paquet de chips dans l'autre. Le petit déjeuner des champions. Il portait un tee-shirt publicitaire, un maillot de bain et une casquette de baseball posée à l'envers, d'où sortaient des boucles de cheveux. Avec une allure bien trop sexy pour une heure si matinale, il leva sa canette comme pour porter un toast, sans quitter Tara des yeux.

Maddie laissa échapper un petit cri. Sauf qu'elle ne regardait pas Ford, mais en direction de l'eau.

—Vous croyez que Logan s'en sort ?

—Il s'en sort toujours, répondit Tara. Pourquoi ?

—Parce qu'il est en train de nous faire de grands signes.

Ford regarda à son tour, puis jura en posant sa boisson avant de sauter pour mettre en route le moteur de son voilier.

—Qu'est-ce que tu fais ? demanda Tara.

—Je vais sauver cet abruti. (Il s'arrêta et lui jeta un regard plein d'espoir.) À moins que ça ne te pose pas de problème de le laisser mourir.

—Quoi ?!

—Il est en train de couler.

Tara reprit les jumelles. Ford avait raison, le bateau était bel et bien en train de couler.

—Oh, mon Dieu ! chuchota Maddie, horrifiée. Je lui ai loué le bateau. Est-ce que ça fait de moi une meurtrière ?

Tara sentit son cœur se serrer.

—Il n'est pas encore mort.

— Dépêche-toi, cria Maddie à l'intention de Ford. Je ne veux pas être celle qui aura tué l'ex de Tara. La combinaison orange, ça ne m'irait pas du tout.

Tara essaya de se souvenir si Logan était bon nageur. Il était parmi les meilleurs derrière un volant, mais elle ne savait absolument pas comment il se débrouillait dans l'eau. Elle s'empara du talkie accroché sur la hanche de Maddie.

— Logan, pourquoi ne portes-tu pas de protection ?

La radio grésilla, puis elle entendit la voix de son ex.

— J'ai des protections, mais dans mon sac, répondit-il. Mais bien qu'il me peine de te le dire, ma chérie, ce n'est pas vraiment le moment de me demander si j'ai des préservatifs. J'ai d'autres préoccupations pour l'instant.

— Un gilet de sauvetage, Logan ! Je te demande où est ton gilet de sauvetage !

— Bien sûr, j'avais compris.

— Plus vite ! J'ai voté pour toi et je veux que tu gagnes, mais pas comme ça, pas en tuant l'ex-mari ! hurlait Maddie à l'intention de Ford.

Tara secoua la tête, incrédule.

— Tu as voté pour lui ? Je vous avais demandé à toi et à Chloe de ne pas voter. Aucune de nous n'était censée voter.

— En fait, c'est plutôt drôle quand on y pense, dit Chloe tandis que Ford fonçait vers Logan.

Tara se tourna vers elle, bouche bée.

— Je ne vois rien de drôle.

— Même pas le fait que tes deux hommes aient l'air de passer plus de temps ensemble qu'avec toi ?

Chapitre 15

L'expérience, c'est ce que tu obtiens quand tu ne sais pas ce que tu veux.
Tara Daniels

À midi, le bateau de plaisance avait été remorqué à la marina, où il fut établi que la pompe de cale était défectueuse. Logan, lui, était sain et sauf, bien que légèrement grognon, et – après un appel de Tara aux propriétaires de *La Résidence de la plage* – de nouveau installé dans le bungalow qu'il avait loué en premier lieu.

Chloe avait vu juste : leur couple de clients était particulièrement discret. La trentaine, en lune de miel, ils n'avaient fait aucune remarque sur l'hôtel. Tout ce qu'ils voulaient, c'était leur lit.

Maddie, de garde pour l'après-midi et la soirée, disposait de Chloe et de Mia pour l'aider au besoin. Tara quant à elle, devait assurer le service au restaurant, et elle n'était pas en avance. Elle sortit de leur maison en courant, les clés à la main, et manqua de trébucher sur Mia assise sur la première marche.

Avec dans ses mains la boîte de recettes.

— Salut, trésor. (Tara s'arrêta net.) Où as-tu trouvé ça ?

— C'est Chloe. (Mia ouvrit la boîte et en sortit la première carte sur laquelle Tara avait écrit « Pour ma fille ».) Elle a pensé que j'aimerais la voir.

Tara allait être en retard au travail si elle traînait trop, mais cela n'avait pas d'importance. Parler avec Mia valait la peine de se faire engueuler par Jan. Et Jan ne manquerait pas de gueuler. Jetant un coup d'œil à la marche de bois, Tara ravala un soupir. Elle releva sa jupe étroite jusqu'à mi-cuisse et s'assit avec précaution.

Mia se mordit les lèvres en tentant de cacher son amusement, ce qui rappela à Tara qu'aux yeux de l'adolescente non seulement elle était vieille mais aussi probablement embarrassante.

—La balancelle sous le porche aurait été plus convenable.

—J'aime être ici. Je peux voir les bateaux voguer au large.

C'était vrai. De cet endroit il y avait une vue magnifique sur la marina et les bateaux qui passaient devant.

—La navigation t'intéresse ? lui demanda Tara. Parce que, si c'est le cas, il se trouve que l'un de tes parents est un expert.

Mia sourit.

—Je sais, et oui, ça m'intéresse. Ford a dit qu'il m'emmènerait bientôt.

Elle tira une carte et la lut à voix haute : « Ne rate jamais une bonne occasion de te taire » ?

Tara s'affaissa légèrement et pouffa.

—Ça semblait approprié sur le moment.

—Chloe ?

Tara regarda Mia, vit qu'elle souriait toujours et sentit les coins de sa bouche se relever.

—Oui. C'est un sacré personnage.

—C'est clair.

Mia baissa les yeux sur la boîte et resta sans rien dire pendant un petit moment. Normal pour elle, mais pas pour Tara qui dut se mordre la langue pour ne pas remplir le silence en dépit du bon sens. Et ce fut sacrément difficile, mais la torture de l'attente fut largement compensée quand Mia reprit la parole.

—Tu pensais à moi, dit-elle.

Tara laissa échapper un gloussement.

—Un petit peu.

Mia leva les yeux de la boîte et croisa le regard de Tara.

—Beaucoup plus qu'un petit peu, rectifia Tara d'une voix douce.

L'expression de sa fille se fit plus chaleureuse. Chaque fois que Tara se trouvait face aux magnifiques yeux verts de l'adolescente, elle pensait à Ford. Elle ne souhaitait rien de plus que de voir Mia continuer à la regarder comme ça, mais elle devait être complètement honnête avec elle.

—Je veux que tu saches la vérité, Mia. J'ai besoin que tu la connaisses. Je ne regrette absolument pas de t'avoir abandonnée.

Mia se figea.

—Oh.

—Je t'aimais, dit Tara en posant une main sur sa poitrine pour contenir la douleur qu'elle ressentait au souvenir de ce merveilleux bébé levant les yeux vers elle. Mon Dieu, ce que je t'ai aimée, dès le moment où j'ai cru sentir des bulles éclater dans mon ventre, alors que c'était toi qui donnais des coups. Mais je n'étais pas capable de t'apporter l'amour dont tu avais besoin. (Tara marqua une pause, la gorge serrée.) Même l'adolescente égoïste que j'étais savait que tu méritais mieux. Tu méritais tout ce que je ne pouvais pas t'apporter. C'est pour ça que je ne le regrette pas, Mia. Parce qu'en t'abandonnant je t'ai permis d'avoir une enfance que je n'aurais pas pu t'offrir.

Mia fit courir ses doigts sur les rainures du coffret de bois en silence, mettant Tara au supplice.

—Et il y a autre chose que je ne regrette pas. (Tara enveloppa de sa main celle de Mia.) C'est ta présence ici, avec nous, cet été. Apprendre à te connaître est une opportunité que je n'aurais pas voulu manquer pour tout l'or du monde.

Mia referma lentement ses doigts sur ceux de Tara.

—Même si ça signifie affronter ta plus grosse erreur ?

—Oh, Mia ! (Tara se jeta à l'eau et glissa un bras autour de sa magnifique mais distante fille.) Je pensais ce que j'ai dit à ce sujet. Tu n'as jamais été une erreur. C'était le destin, et je suis tellement, tellement heureuse que tu sois là.

— Vraiment ?

— Vraiment.

Après avoir réfléchi aux paroles de Tara, Mia posa sa tête sur l'épaule de sa mère, qui crut que son cœur allait exploser. Elles restèrent assises là quelques minutes de plus. Tara ignora les vibrations insistantes de son téléphone. Elle savait que c'était Jan ; elle sentait sa colère portée par les ondes, mais elle ne voulait pas se lever.

— Je suis heureuse d'être là, moi aussi.

Tara sourit.

— Ça a été drôle de te donner tous les boulots sympas et de faire nettoyer les salles de bains à Chloe.

Mia fit une petite grimace. Comme Ford, elle savait transmettre une émotion avec à peine plus qu'un battement de cils. Au fond de sa poche, le téléphone de Tara se remit à sonner, mais elle ne bougea pas, car Mia la regardait, et elle avait visiblement une idée en tête.

— J'ai essayé de l'imaginer, finit par dire Mia. Moi, enceinte, là. Avoir un bébé à mon âge. C'est… difficile à appréhender. Le traumatisme. L'écrasante responsabilité.

Tara émit un rire sans joie.

— N'oublie pas la terreur.

— Est-ce que tes parents ont été durs avec toi ?

— Mon père, oui.

Tara pouvait encore entendre l'amère déception dans sa voix quand il l'avait rappelée, trois jours après qu'elle lui avait laissé un message éploré.

— Mais ta grand-mère m'a soutenue de façon surprenante.

— Pourquoi surprenante ?

— Nous ne nous voyions pas très souvent. Seulement certains étés. Mais elle n'a pas jugé ni hurlé. Elle n'a pas essayé de me faire culpabiliser. Elle m'a juste trouvé un lycée spécial à Seattle, et elle a été là quand j'avais besoin d'elle. Elle est venue pour ta naissance. Et elle a fait ce qu'il fallait quand…

— Quand j'ai eu mes problèmes de santé, compléta Mia. Mes parents m'ont dit qu'elle avait aidé à payer les factures médicales.

— Je ne l'ai pas su à l'époque. Ce n'est qu'en fouillant dans ses papiers après sa mort que j'ai appris ce qui t'était arrivé. Tu avais des problèmes au cœur, à l'une des valves de ton cœur, plus précisément.

— Elle était… indisciplinée, dit Mia en mimant des guillemets avec ses doigts. C'est le terme qu'utilisaient mes parents. Je me suis fait opérer, et maintenant mon cœur est parfait. C'est ce qu'a dit mon cardiologue : « Parfait. »

— Ça a dû être terrifiant, non ?

Elle haussa les épaules.

— Mes parents n'arrêtaient pas de m'acheter des cadeaux et après ils m'ont emmenée à Disneyland.

La résilience de la jeunesse…

— Et Ford ? Comment a-t-il pris la nouvelle quand tu lui as dit que tu étais enceinte ? demanda Mia.

— Mieux que moi. Il a été… (*Fort. Stable. Posé.* Avec le recul Tara sut qu'il avait dû être aussi terrorisé qu'elle, mais il n'en avait jamais rien montré.) Formidable.

— Et tu peux me rappeler pourquoi vous n'êtes pas ensemble ? demanda Mia en souriant.

Quand Tara soupira, la jeune fille ajouta :

— Désolée, je n'ai pas pu résister.

« Le moyen le plus rapide de doubler votre argent, c'est de plier vos billets en deux et de les remettre dans votre poche. » lut-elle après avoir sorti une autre carte.

Mia éclata de nouveau de rire, et le nœud qui s'était formé dans le ventre de Tara à l'arrivée de l'adolescente se relâcha. Mon Dieu, que sa petite fille était belle !

— C'est chouette, dit Tara. J'aime être avec toi comme ça.

Mia baissa les yeux sur le coffret.

— Je suis désolée d'avoir dit que tu étais rigide, intransigeante et obstinée.

Tara cligna des yeux.

— Tu ne m'as jamais dit ça.

— Oh, c'est vrai ? Mais je l'ai pensé, dit-elle en grimaçant. Je suis désolée.

— Ce n'est rien. Je suis tout ça, et plus encore.

— Tu es également intelligente, jolie et attentionnée, reprit Mia. Tu es peut-être super calme et réservée, et tu n'as pas l'air commode, mais tu te soucies de ceux qui t'entourent. Même si certains te rendent dingue.

Tara émit un petit rire surpris. Voir que sa fille la connaissait si bien la toucha profondément.

— Comment sais-tu ça ?

— Chloe me l'a dit. Elle m'a raconté qu'elle te faisait constamment tourner en bourrique, mais que tu étais toujours là pour elle, quel que soit le problème. C'est ce qu'elle aime le plus chez toi. Et moi aussi.

Le cœur de Tara battait la chamade dans sa poitrine.

— Et tu sais quelle est la part de moi que j'aime le plus ?

Mia secoua la tête.

— Toi.

Les yeux de sa fille s'embuèrent de larmes tandis qu'un sourire lui étirait les lèvres, et Tara dut lutter pour ne pas se laisser aller à son tour. Elle enlaça Mia, et, l'instant d'après, elles étaient dans les bras l'une de l'autre. C'est le moment que choisit le téléphone de Tara pour se manifester une fois de plus. Mia renifla et s'écarta.

— Il y a quelqu'un qui tient vraiment à te joindre.

— C'est ma patronne. (Tara s'essuya les yeux.) Mascara ?

— Ça va, la rassura Mia. Mais il t'en faudrait un waterproof. Et une patronne plus sympa aussi, comme la mienne.

Tara s'esclaffa et se remit debout en se brossant les fesses, espérant que sa jupe n'était pas toute froissée.

—Viens au restaurant quand tu auras fini ici, je te ferai à dîner.

—Je peux ramener quelqu'un ?

Carlos, pensa Tara. Autre chose qui l'avait empêchée de dormir ces derniers temps. Mia et lui étaient déjà inséparables.

—Ma puce, à propos de Carlos, commença-t-elle lentement. Il est… (*en chaleur, comme tous les adolescents*) trop vieux pour toi.

—Il a mon âge.

—Eh bien, il est trop…

Trop rien du tout ! Mince alors, c'était un môme extra ! Mais il n'y aurait jamais de garçon assez bien pour sa fille. Elle le savait déjà.

—En fait, dit Mia, je pensais à Ford. Aucune objection en ce qui le concerne ? Parce qu'il aime te regarder cuisiner. Il me l'a dit.

Tara lutta pour s'adapter au tour que prenait la conversation.

—C'est vrai ? Que t'a-t-il dit d'autre à mon sujet ?

—Qu'il adorait nous voir toutes les deux ensemble.

Waouh ! Bon sang ! Voilà que son cœur recommençait à se serrer.

Sa fille l'observait avec un regard inquisiteur qui mit la puce à l'oreille de Tara.

—Tu n'es pas en train de mijoter quelque chose, trésor ?

—Comme quoi ? demanda Mia innocemment.

—Comme d'essayer de me caser avec Ford.

—Ce n'est pas moi qui ai lancé le sondage !

—Mia.

La jeune fille eut soudain l'air beaucoup plus jeune que ses dix-sept ans.

—Ça serait si terrible ?

—C'est juste que je ne veux pas te décevoir. Ford et moi ne sommes pas…

—Je sais, je sais. Tu me l'as déjà dit une fois, ou peut-être cent. (Mia fut soudain distraite par quelque chose derrière Tara.) Tu ferais mieux d'y aller. Tu ne voudrais pas être en retard.

Tara se retourna pour voir ce qui avait attiré l'œil de Tara et vit Carlos qui traversait le jardin en direction de la marina.

—Travaille bien alors, continua Mia en se redressant. Et à tout à l'heure.

—Mia…

Mais elle avait déjà presque rejoint l'adolescent et faisait de nouveau son âge.

Bien plus tard dans la nuit, Tara s'éveilla en entendant quelqu'un essayer d'entrer dans la maison avec une tronçonneuse. Elle se redressa vivement et prit conscience que ce n'était que sa sœur qui ronflait.

Deux chambres plus loin.

Tara regarda son réveil : minuit. *Génial!* Elle se glissa hors de son lit et remonta le couloir.

—Tourne-toi, ordonna-t-elle en passant la tête par la porte de la chambre de Chloe.

Cette dernière marmonna dans son sommeil quelque chose qui ressemblait à : « Un peu plus à gauche, Paco. »

—Chloe! dit Tara en élevant la voix.

La jeune femme se tourna, et un silence bienfaiteur s'installa.

Avec un soupir, Tara rejoignit son lit et replongea dans le sommeil. Elle rêvait déjà qu'elle était nue et révérée par Ford et sa langue agile, quand Choe remit le moteur en route. Elle regarda son réveil.

Minuit et deux minutes.

C'est pas vrai! Impossible de se rendormir, et puis maintenant elle avait faim de toute façon. Maddie avait dû déteindre sur elle, car, soudain, il lui fallait des chips. En fait elle en avait un besoin désespéré. Le seul problème c'est qu'il n'y en avait pas dans la maison : Tara les avait fait disparaître pour le bien de sa cadette. Elle ne pourrait en trouver qu'en ville.

Ou... sur le bateau de Ford.

Est-ce qu'entrer sur le bateau d'un homme pour y piquer des chips était considéré comme un vol avec effraction ? Sûrement. Mais après tout elle lui avait déjà volé un tee-shirt. D'ailleurs, elle le portait en ce moment même, alors elle n'était plus vraiment à ça près.

Son estomac gronda, et elle se décida. Elle roula de nouveau hors de son lit. Une fois à la porte, elle se rendit compte qu'elle ne pouvait pas y aller pieds nus et elle enfila les seules chaussures qui n'étaient pas rangées. Elle pensa brièvement que vêtue seulement du tee-shirt de Ford et d'une petite culotte, avec aux pieds des talons compensés, elle devait avoir l'air d'une candidate potentielle pour les vidéos « Girls Gone Wild ».

Personne ne te verra à cette heure, se rassura-t-elle. Le bateau ne se trouvait qu'à quelques mètres de l'autre côté de l'allée. Elle courut et réussit à faire le tour de la marina pour rejoindre le quai sans se tordre une cheville ni se briser le cou, ce qui tenait du miracle.

La nuit n'était pas silencieuse. Il n'y avait pas de vent, mais une chouette ululait doucement en réponse au cri de sa compagne. On entendait aussi le chant des criquets et le bruit de la mer agitée par la pleine lune, qui venait se fracasser sur le quai de bois dur.

Six mois auparavant, à Houston, Tara habitait un appartement au troisième étage d'un immeuble. Là-bas, les lumières de la ville se déversaient à travers les fenêtres, éclipsant la lune, et le seul bruit était celui de l'air conditionné qui tournait pratiquement vingt-quatre heures sur vingt-quatre, sept jours sur sept. Quand elle était arrivée à Lucky Harbor, malheureuse et pleine de ressentiment, elle avait d'abord détesté les bruits de la nature. Ils l'avaient tenue éveillée la nuit, et elle était restée pendant des heures allongée dans son lit, l'esprit en ébullition. Mais, au fil des mois, elle avait fini par les accepter. Voire par les apprécier.

À présent, ces bruits ainsi que le noir absolu de la nuit l'apaisaient. Les lumières de la ville n'arrivaient pas jusque-là, et rien ne venait masquer le glorieux scintillement des étoiles. Tara serait bien restée dehors pour profiter de la nuit, mais elle ne portait pas vraiment une tenue adaptée. Et elle entendait presque les chips crier son nom. Ses talons rendirent l'embarquement quelque peu difficile, et elle s'imagina tombant dans l'eau entre le quai et le bateau pour être retrouvée plus tard avec le tee-shirt de Ford remonté sur la tête.

Une fois à bord, elle descendit sous le pont et, comme elle l'avait espéré, trouva un paquet de chips sur le comptoir de la minuscule cuisine. Elle en engloutit une poignée, et elle avait la seconde en main quand la lumière s'alluma. Éblouie, elle cligna des yeux, puis se tourna pour se trouver face à…

Ford.

Voyant qu'elle avait la bouche pleine, et une main chargée d'une seconde poignée de chips, il esquissa un sourire. Le temps de remarquer ses cheveux en bataille, ses jambes nues et ses talons, il souriait de toutes ses dents.

—Joli, dit-il.

—Ce n'est pas ce que tu crois.

—Ah bon ?

Il ne portait qu'un pantalon de survêtement. Ses cheveux ébouriffés lui donnaient cet air sexy qu'ont certains hommes au réveil. Il s'appuya au comptoir face à elle et mit les mains dans ses poches.

Visiblement, il trouvait cela très drôle.

Le salaud.

—Et qu'est-ce que je crois ? voulut-il savoir.

Qu'une cinglée s'était introduite en douce sur son bateau pour y voler un paquet de chips.

—Heu…

Ford ne détachait pas son regard du tee-shirt.

—Soit tu as froid, soit tu es vraiment contente de me voir… Eh, mais c'est mon tee-shirt ?

Mince ! Elle baissa les yeux et croisa les bras, ce qui fit remonter son vêtement sur ses cuisses, exposant probablement sa petite culotte de dentelle rose.

Ce détail détourna momentanément l'attention de Ford. Son sourire se fit coquin, et l'air autour d'eux devint brûlant.

Pas de doute : on voyait à présent sa culotte.

—C'est bien mon tee-shirt, dit-il.

Elle n'avait vraiment pas envie de parler de ça.

—Je n'arrivais pas à dormir. J'ai été prise d'une fringale et je me suis dit que tu aurais sûrement des chips.

—Raison pour laquelle tu as commis un délit en entrant sans y être invitée, commenta-t-il en hochant la tête. Sacré plan ! Sauf pour ce qui est de se faire prendre la main dans le sac. Tu comptais aussi dormir dans mon lit, Boucles d'or ?

La façon dont il prononça le mot « lit » lui rappela avec acuité toutes les merveilleuses choses qu'il lui avait faites dans un lit. Et en dehors…

—Non, répondit-elle. Ce serait malpoli.

Il rit doucement.

—Tu travailles toujours sur tes problèmes ?

—Oui, acquiesça-t-elle d'un ton guindé. Et toi ?

—Je progresse, bébé. (Il lui adressa son regard de mauvais garçon.) Tu as encore faim ?

Oh, oh.

—Oui, chuchota-t-elle.

Il lui fit signe de s'approcher.

—Viens par ici, Boucles d'or.

—Ça serait… une très mauvaise idée.

—Je peux faire en sorte qu'elle soit mauvaise en point d'en devenir délicieuse.

Argh.

—Il faut vraiment que tu arrêtes avec ça.

—Arrêter quoi ?

D'être aussi sexy, pensa-t-elle. *De tenir des propos indécents. De respirer.*

Elle se tourna vers le comptoir, posa le paquet de chips et fit passer les miettes en buvant de l'eau à la bouteille. Les picotements sur sa nuque l'informèrent qu'il se tenait juste derrière elle, si prêt qu'elle sentait sa chaleur sur sa peau à travers le tee-shirt. Elle aurait pu s'éloigner, mais, en vérité, elle se trouvait exactement là où elle souhaitait être.

—D'accord, admit-elle, frémissante. J'avoue que je suis… toujours attirée par toi. (Un soupir tremblant lui échappa quand, après avoir écarté ses cheveux, il lui effleura la nuque d'un baiser. Elle tendit les jambes, genoux bloqués, afin de ne pas s'écrouler.) Mais je ne veux pas recoucher avec toi.

—Et pourtant tu es là, murmura-t-il contre sa peau. Sur mon bateau. Au beau milieu de la nuit.

—Oui, je sais. Ça ne parle pas vraiment en ma faveur, admit Tara. Mais je suis vraiment venue pour les chips.

—Et mon tee-shirt ?

Il fit courir son doigt le long de la colonne vertébrale de la jeune femme, dépassant les limites de la décence avant de s'arrêter. Tara retint sa respiration dans le silence soudain.

—Comment se fait-il que tu le portes ? lui demanda-t-il, une main sur ses fesses.

Elle lutta contre l'envie de se cambrer afin de sentir davantage la main de Ford.

Ou mieux encore, son sexe.

—Tara.

Elle ferma les yeux très fort.

—Je l'ai volé. Le jour où je t'ai rapporté ta poêle à crêpes.

—Regarde-moi.

Non. Non, vraiment, sans façon.

Ford lui posa les mains sur les hanches et la fit pivoter.

—Ce n'est pas que je n'aime pas te voir dans ce tee-shirt, dit-il. Parce que j'apprécie. Beaucoup même. Tu as voulu garder tes distances, et j'ai respecté ton choix. Mais c'est toi qui es venue me voir cette nuit, alors je repose ma question. Que fais-tu avec ce tee-shirt ?

Elle se mordilla la lèvre inférieure. Elle n'avait pas de réponse. Ou plutôt, aucune qu'elle voulait bien lui donner.

—Tu m'en avais donné un comme ça, à l'époque.

—Je m'en souviens. Je ne savais pas que tu te le rappelais aussi.

—Eh bien, si ! Et j'adorais ce tee-shirt, répliqua-t-elle. Mais je l'ai perdu dans l'incendie. Il me manquait vraiment, alors quand j'ai vu le tien… (Elle ferma de nouveau les yeux.) Bon sang, Ford ! Je ne peux pas l'expliquer. J'ai perdu la tête et j'ai volé ton foutu tee-shirt. Voilà ! Tu es content ?

—Hum ! répondit-il, évasif. L'incendie a eu lieu il y a six mois. (Il la tenait toujours par les hanches, les mains sous le tissu, caressant de ses pouces le ventre de Tara dont les muscles tressaillaient.) Tu l'as gardé tout ce temps ?

—Il était confortable.

Il esquissa un sourire.

—Confortable. Tu as gardé un tee-shirt pendant dix-sept ans parce qu'il était confortable ?

—Oui.

—Quelle belle menteuse tu fais !

Et, se penchant vers elle, il l'embrassa.

Un baiser tout en douceur.

L'échauffement.

Sachant déjà que le prochain serait autrement plus intense, elle posa les mains sur son torse, sans vraiment savoir si elle cherchait à le repousser ou à le retenir.

Le grondement de son estomac résonna dans le silence, et Ford la regarda, amusé.

— Au temps pour moi. Tu as vraiment faim.

Il ouvrit le réfrigérateur et en sortit des tortillas, du fromage râpé et de la sauce salsa.

— Qu'est-ce que tu fais ?

— Une *quesadilla*, pour toi. Je les aurais bien grillées, mais ici je ne peux pas.

Elle le regarda étaler une pleine cuillère de sauce salsa sur la tortilla, puis la recouvrir de fromage râpé. Il y avait quelque chose dans la façon dont il se servait de ses mains, dans sa concentration, et dans l'aisance évidente avec laquelle il évoluait dans sa cuisine qui la remua.

Profondément.

Il attendit qu'elle ait fini de manger sa *quesadilla* pour lui prendre l'assiette des mains. Puis il souleva la jeune femme pour l'asseoir sur le comptoir. Le regard planté dans celui de Tara, il se plaça entre ses cuisses.

— Je ne suis pas venue ici pour ça, murmura-t-elle tandis que, lentement, il lui retirait son tee-shirt.

— Ton nez va commencer à s'allonger, Pinocchio, dit-il en posant les mains sur sa taille.

— Tu n'as rien mangé, répliqua-t-elle, bêtement.

— Je n'avais pas faim de *quesadilla*.

— Et de quoi as-tu faim ?

Le regard de Ford était si brûlant qu'elle crut sentir ses os fondre.

— Devine, répondit-il en glissant une main entre ses jambes.

Il passa un pouce sous sa culotte et la baissa. Puis il se mit à genoux et entreprit de lui montrer.

Chapitre 16

C'est toujours plus drôle quand ça arrive aux autres.
Tara Daniels

Tara était dans la cuisine, profitant d'un rare moment de calme. Elle essayait de ne pas penser au nombre de fois où Ford et elle avaient fait l'amour la nuit précédente avant qu'il la raccompagne à sa chambre aux premières lueurs de l'aube.

Ni à ce qu'il commençait à représenter pour elle. Sans parler de Mia. De ses sœurs. Et de Lucky Harbor…

Tous ces liens que Ford lui avait signalés, enroulés autour de son cœur.

Foutus liens! Elle n'en voulait pas. Elle préférait être en mesure de protéger son cœur si besoin, et cela devenait de plus en plus difficile. Au moins avec Ford, elle savait ce qu'elle obtenait. Du plaisir. D'accord, énormément de plaisir. Elle aurait voulu que ça ne représente rien de plus, mais c'était…

Chloe entra dans la pièce et vit Tara qui regardait, sans le voir, le contenu du réfrigérateur.

—Tu as faim?

—Non, répondit Tara. J'essaie de me décider entre un jus et de la vodka.

Chloe éclata de rire.

—Toujours la vodka. Moins calorique. Mais je n'ai jamais considéré que la vodka ou le jus d'orange devaient se boire purs. Vas-y, lâche-toi, prends les deux.

—Humm, marmonna Tara en sortant les œufs.

— Tu as brûlé une tonne de calories en t'envoyant en l'air toute la nuit et maintenant tu meurs de faim, je me trompe ?

Tara rattrapa les œufs de justesse avant de se tourner pour regarder sa sœur, les yeux écarquillés.

— Quoi ?

— Ben, tu es rentrée à l'aube avec les cheveux en pétard et un sourire idiot, surtout pour quelqu'un qui n'aime pas se lever tôt. (Chloe haussa les épaules.) Je me suis dit que tu avais dû avoir ta dose de sexe. Et, étant donné que c'était Ford, j'en ai aussi déduit que la nuit avait dû être assez extraordinaire. C'était bien Ford ?

— Oh, mon Dieu, bredouilla Tara. Oui.

Le sourire de Chloe s'élargit.

— Arrête ça, lui intima Tara. Je ne veux pas en parler.

— Oh, allez ! S'il te plaît ! C'est tellement plus intéressant que ce dont j'ai à te parler.

Tara ouvrit la bouche pour répondre, mais Sawyer entra par la porte de derrière. Il tressaillit légèrement en croisant le regard de Chloe, qu'il n'avait pas l'habitude de voir dans la cuisine quand il venait chercher son café du matin.

Tara prit un gobelet de polystyrène dans la pile qu'elle avait achetée spécialement pour lui, le remplit et le ferma avec un couvercle.

Chloe observa la scène, remarquant le « merci » posé et reconnaissant de Sawyer et attendant qu'il parte pour reprendre la parole.

— Pourquoi le laisses-tu te soutirer du café ?

— Parce que c'est un homme bien qui fait un boulot ingrat, travail que tu contribues à rendre encore plus difficile, d'ailleurs. Je lui dois bien ça.

Chloe leva les yeux au ciel.

— Revenons-en à toi et au fait que tu aies « je viens de m'envoyer en l'air » inscrit sur ton visage. Tu devrais faire quelque chose pour ça. Tu sais, à cause des enfants.

Tara essaya de voir son reflet dans la porte d'acier du réfrigérateur. Mince, Chloe avait raison. Elle rayonnait.

— Oh, et j'ai emprunté ton ordinateur portable ce matin, dit Chloe sur un ton désinvolte en récupérant des fraises, du yaourt et le mixer.

— Ne me dis pas que tu as encore regardé un porno ? s'inquiéta Tara. La dernière fois, tu as fait planter mon ordinateur en cliquant sur la pièce jointe « Taylor Lautner ».

— C'est bon, n'importe qui aurait cliqué là-dessus, en plus c'était une arnaque. Je ne l'ai même pas vu nu. Et non, je n'ai rien fait de tel aujourd'hui. Je voulais juste regarder mes mails. Oh, et j'ai accidentellement cliqué sur ton historique Firefox !

— Et alors ?

— Alors, il se trouve que je sais que tu es allée sur Facebook, que tu as créé un compte et que tu as voté pour Ford.

Tara se figea.

— Sûrement pas.

— Si tu le dis... Mais tu l'as fait.

Tara croisa les bras.

— Je te ferais savoir qu'il n'y a pas de Tara Daniels sur Facebook, répliqua-t-elle, sûre d'elle.

Chloe afficha un air amusé.

— En es-tu vraiment sûre, Tallulah Danielson ? Tallulah ? Danielson ? Vraiment ? Non, parce que si jamais tu as de nouveau besoin d'un alias, pitié, demande de l'aide. Et inutile d'imaginer travailler un jour pour le FBI.

Eh bien, voilà qui mettait Tara dans une position embarrassante. Pire encore, elle n'arrivait pas à trouver une explication qui tienne la route. Pas une.

Ah, si ! Une crise de démence passagère. Ça devrait passer. Mais l'esquive lui parut une meilleure idée, et elle tourna le dos à une Chloe souriante, pour se retrouver face à l'homme dont il était question.

Ford. Qui souriait, lui aussi.

— Ma chère petite Tallulah…, commença-t-il.

Chloe éclata de rire et traversa la pièce pour lui donner une tape dans le dos.

— Si tu n'étais pas obsédé par ma sœur, je t'aurais déjà mis le grappin dessus.

Ford lui rendit son étreinte.

— C'est vrai. Je suis complètement obsédé par elle.

Waouh. Et merde. Il allait vraiment falloir qu'il arrête de faire ça, pensa Tara en les voyant tous les deux et en sentant son cœur ramollir. C'était tout un tas de petites choses additionnées les unes aux autres. Le voir cuisiner pour elle en plein milieu de la nuit. La façon dont il la regardait comme si elle était une vision plus agréable que, disons, sa première tasse de café de la journée. Ou, dans le cas présent, comme si elle l'amusait énormément.

— Tu aurais pu me dire qu'il était là, reprocha Tara à Chloe.

— J'aurais pu.

Tara secoua la tête d'un air exaspéré et regarda Ford.

— Je voulais voter pour Logan et j'ai appuyé sur le mauvais bouton.

Ford s'esclaffa. Il portait un tee-shirt et un Levi's délavé qui mettait son corps en valeur. Il ne s'était pas rasé depuis la veille et avait l'air si craquant qu'elle resta à le regarder bêtement.

Il lui rendit son regard, le même petit sourire flottant toujours sur ses lèvres.

Chloe s'éclaircit la voix.

— Bon, c'est bien mignon tout ça, mais il faut vraiment que je te parle, Tara. Tu as une minute ?

— En fait, non. Pas avant un moment, et toi non plus. Les clients vont vouloir leur petit déjeuner.

— Il n'y en a pas pour longtemps, insista Chloe. Mais c'est important.

Oh, bon sang. Ce n'était pas une broutille, Tara le voyait dans les yeux de sa sœur.

—Ne me dis pas que tu as encore été arrêtée parce que je suis presque sûre que cette fois Sawyer va t'enfermer et jeter la clé…

—Mais non ! s'exclama Chloe en levant les mains au ciel. Ce n'est pas possible, ça ! On se fait arrêter une fois et…

—Trois fois.

Chloe soupira.

—Ça te concerne.

—Qu'est-ce qui me concerne ?

Chloe jeta un coup d'œil gêné à Ford qui n'avait clairement pas l'intention de bouger. Avec un soupir, elle tira un bâtonnet de plastique blanc de sa poche.

—J'étais dans la salle de bains du rez-de-chaussée en train de préparer un plein panier de savons et de lotions, de nettoyer, de vider les poubelles. Bref, ce genre de choses.

—J'ai vidé les poubelles ce matin, intervint Tara.

—Je sais, répliqua Chloe. Je t'ai vue. Ce qui veut dire que tu es la dernière à avoir été dans cette salle de bains. Du coup, je me suis dit que tu voudrais que je te donne ça afin que personne d'autre ne se fasse de fausses idées.

Tara baissa les yeux sur ce que tenait Chloe, choquée.

—C'est un test de grossesse.

—Négatif, précisa Chloe. Vous devez être soulagés, non ?

Tara manqua d'avoir une attaque.

—De quoi parles-tu ? Ce n'est pas à moi.

Ford contemplait le bâtonnet, le visage dénué d'expression. Quand il leva enfin la tête et croisa le regard de Tara, ses yeux étaient vides.

Ils avaient utilisé un préservatif chaque fois. C'était une règle tacite entre eux et extrêmement sérieuse pour tous les deux. Le cerveau de Ford avait sans aucun doute sauté à la conclusion suivante : elle avait couché avec… Logan ?

—Ce n'est pas à moi, répéta-t-elle en attrapant Chloe par le bras. Tu veux bien nous excuser une minute, Ford ?

Et sans attendre de réponse elle entraîna sa sœur dans le cellier et claqua la porte.

— Classe, dit Chloe en regardant autour d'elle le réduit, petit mais accueillant, voire intime. Je comprends pourquoi tu attires Ford ici quand tu en as l'occasion. C'est l'endroit idéal pour s'envoyer en l'air. (Elle testa une étagère.) Et ça tient ?

— Chloe, qu'est-ce que tu as dans la tête ? murmura Tara avec agressivité.

— Je ne sais pas. J'imagine qu'on peut s'asseoir là-dessus, puis l'homme se place entre les jambes de la femme et…

— Je veux dire, qu'est-ce qui t'a pris de me donner ça devant Ford ? C'est la chose la plus irresponsable, la plus grossière, la plus négligente et inconsidérée que tu aies jamais fait en tant que sœur, et pourtant il y en a eu un paquet !

Chloe la regarda sans comprendre ce qui provoquait une telle colère chez sa sœur. Elle n'avait sincèrement pas pensé à mal. En fait elle n'avait pas pensé du tout. Comme toujours, cependant, elle retomba sur ses pieds en se trouvant une excuse.

— Ben quoi, si vous êtes assez proches pour que tu aies besoin d'un test de grossesse, il n'y a pas de raison qu'il ne partage pas tes inquiétudes ! Cette fois encore.

— Ce n'est pas le mien ! martela-t-elle.

— Bah, ce n'est pas le mien non plus, répliqua Chloe avec emphase. Je n'ai couché avec personne de toute l'année. Pas depuis Miami et le Cubain super sexy grâce auquel je me suis retrouvée aux urgences. C'est fou ce que ça vous gâche un orgasme.

— Oh, mon Dieu ! dit Tara. Il est à Mia.

— Quoi ?

— Le test de grossesse ! Il est à Mia.

Chloe réfléchit un instant aux implications et expira lentement.

— Oh, merde.

— Je vais tuer Carlos…, dit Tara les dents serrées.

— Il n'est pas à Mia, mais à moi.

Tara et Chloe se regardèrent, puis regardèrent la porte qui venait de leur adresser la parole. Chloe l'ouvrit, et elles virent Maddie qui se tenait derrière.

Avec Mia.

Elles étaient côte à côte, et Maddie affichait une mine contrite.

— J'ai cru que je l'avais assez bien enveloppé pour que personne ne tombe dessus, dit-elle.

Tara sortit la tête du cellier pour regarder dans la cuisine et jeta un coup d'œil, à la recherche de Ford.

— Il est parti, l'informa Maddie.

Mia n'avait encore pas prononcé un mot. Elle regardait Tara sans prendre la peine de masquer son ressentiment.

— Tu as cru que le test était à moi.

Tara ouvrit la bouche, mais Mia secoua la tête et recula d'un pas.

— Je dois y aller, dit-elle en se dirigeant vers la porte.

— Mia, s'il te plaît. (Tara se précipita à sa suite.) Attends…

Mia fit volte-face, les yeux baignés de larmes.

— Tu as cru que le test était à moi, répéta-t-elle. Tu penses que j'ai des relations sexuelles et que je suis assez stupide pour le faire sans protection. Tu penses même que j'ai poussé la bêtise jusqu'à jeter le test là où quelqu'un pouvait le trouver. (Elle grimaça en lançant un regard d'excuse à Maddie.) Désolée, Maddie.

— Il n'y a pas de mal, soupira celle-ci.

— Mia, dit Tara, l'émotion dans sa voix perceptible par tous. C'était une réaction épidermique, je suis désolée.

Mia hocha la tête, et une partie de la tension visible dans sa posture sembla s'apaiser, mais pas complètement.

— Alors tu n'as pas de rapports sexuels ? lui demanda Chloe.

— Non, répondit Mia en croisant les bras. Ça va pas, la tête !

— Bien, approuva Chloe. Parce que je n'aurais vraiment pas aimé être la seule à faire ceinture. (Elle se tourna vers Maddie.) Tu as vraiment cru que tu pouvais être enceinte ?

Maddie acquiesça puis alla s'effondrer sur une chaise. Elle confisqua le café de Chloe et le sirota. Faisant la grimace, elle y ajouta trois énormes cuillères de sucre, goûta de nouveau et afficha un air satisfait.

— Bon, vu que tu n'es pas en cloque, qu'est-ce que tu crois que c'est, du diabète ? demanda Chloe.

Tara lança un regard noir à Chloe. Cette dernière fit mine de se sceller les lèvres avec une fermeture Éclair. Tara n'en avait pas moins envie de l'étrangler, mais surtout, elle voulait aller trouver Ford et s'assurer qu'il n'y avait pas de malaise et que tout allait bien. Enfin, aussi bien que possible vu ce qu'ils…

Mince. Elle n'avait aucune idée de ce qu'ils faisaient, mis à part passer beaucoup de temps à se donner du plaisir. Quoi qu'il en soit, elle devait le voir pour s'assurer qu'il avait bien compris que le test n'était pas le sien. Malheureusement, Maddie paraissait être à deux doigts de fondre en larmes, alors Tara prit une chaise et s'assit en face d'elle.

— Jax veut m'épouser, chuchota Maddie tout à trac, avant de relâcher une expiration tremblante, comme si on venait de lui ôter un lourd fardeau des épaules.

— Et ? demanda Chloe.

— Et je pense que c'est seulement un effet secondaire de l'alerte à la grossesse. (Maddie leva des yeux immenses vers ses sœurs.) Je ne veux pas me marier uniquement à cause de ça.

— Il y a plus que ça, la rassura Tara. Il t'aime.

— Et c'est réciproque. Mais je n'ai pas besoin d'un morceau de papier.

— Et la bague ? demanda Chloe. Tu n'as pas besoin de bague ?

—Non. En fait, peut-être. (Maddie laissa échapper un rire nerveux.) Mais ça ne fait pas si longtemps que nous sommes ensemble.

—Six mois, dit Tara.

—Oui, et nous sommes tous deux très investis dans cette relation, approuva Maddie. Et moi, ça me suffit. Ça ne devrait pas ?

—Tu essaies de convaincre qui ? Toi, ou nous ? demanda Chloe. Parce que j'en suis toujours à la bague. Il doit être très difficile de refuser un gros diamant bien brillant. Et puis il y a la fête, le super voyage, sans parler de l'accès à ses cartes de crédit. (Tara secoua légèrement la tête à l'intention de Chloe.) Oui, bon. Et le plus important, c'est que tu es dingue de lui. Je le sais. Il te donne le sourire. Et il trouve que tes TOC sont mignons.

Elle jeta un regard en coin à Tara, comme pour lui dire : « Tu vois ? Je peux aussi apporter du soutien moral. »

—Je n'ai pas de TOC, répliqua Maddie. Pas exactement. Et je suis bel et bien dingue de lui. Peut-être que si j'avais vraiment été enceinte…

—Tu as de la chance que l'alerte ait eu lieu maintenant, dit Tara, tout à fait consciente que Mia ne perdait pas une miette de cet échange. À un âge raisonnable, avec un homme qui t'aime. (Elle croisa le regard de Chloe.) Quoi ?

—À t'entendre on ne dirait pas que l'un des mecs les plus géniaux que l'on connaisse te désire.

—Désirer n'est pas aimer, lui fit remarquer Tara.

Chloe leva les yeux au ciel, une fois de plus.

—Si tu n'arrêtes pas de faire ça, je vais les faire sortir de leurs orbites et les envoyer là-haut pour de bon, la menaça Tara.

—Et moi qui ai toujours cru que tu étais la plus futée d'entre nous.

Tara plissa les yeux.

—Tu peux me dire ce que ça sous-entend ?

— Eh, se défendit Chloe en levant les mains, si tu n'as pas compris, ce n'est pas moi qui vais te l'expliquer. Mais son nom commence par un F et se termine par O-R-D. Réveille-toi ! Il est aussi fou de toi que Jax l'est de Maddie.

Tara jeta un regard gêné à Mia, qui hochait la tête.

— D'accord, admit Tara. On aurait pu se marier il y a dix-sept ans, mais des adolescents ne devraient pas prendre un tel engagement.

— Peut-être pas, concéda Chloe. Mais Ford est un adulte maintenant. Et un homme hors du commun, si tu veux mon avis. Il est financièrement stable, sexy en diable – désolée, Mia – et mourrait sûrement plutôt que de te faire du mal. Alors qu'est-ce qui te retient ?

— J'ai posé la même question, commenta Mia. Enfin, moins le sexy. Beurk.

Tara s'affaissa.

— Moi. OK ? Ce qui me retient, c'est moi. La dernière fois… (Elle jeta un coup d'œil à Mia.) Je n'ai pas très bien géré la situation.

— Tu n'étais qu'une gamine, lui rappela Maddie en souriant à Mia. Sans vouloir te vexer.

— Y'a pas de mal, répondit Mia poliment.

— Ce que tu es devenue cynique, taquina Chloe en s'adressant à Tara. Tu ne crois plus au pouvoir de l'amour ?

— *Dixit* la femme qui est incapable de dire « je t'aime », répliqua Tara.

Chloe se ferma aussitôt comme une huître.

— C'est pas de moi qu'on parle.

Mia regarda dehors alors que Carlos se garait, et se redressa, soudain ragaillardie.

— Je dois y aller, lança-t-elle avant de filer.

Tara soupira et se tourna vers Maddie.

— Revenons-en à toi.

— Je ne préférerais pas.

— C'est con. Parce que j'en ai marre de parler de moi. Donc, doit-on être contentes ou tristes que le test soit négatif ?

— Waouh, murmura Maddie, les yeux un peu trop brillants. Tu as dit « nous ».

— C'est toi qui as dit « nous » la première, lui rappela Tara. Il y a environ six mois quand tu nous as plus ou moins ordonné de nous serrer les coudes et de nous comporter en sœurs. Tu t'en souviens ?

— Ouais, renchérit Chloe, ajoutant son grain de sel. C'est vrai, Mad. Tu n'arrêtais pas avec tes « nous ». Tu étais à fond dans le « nous ».

— Depuis quand vous écoutez ce que je dis ? demanda Maddie.

— Depuis que tu nous as forcées à faire un câlin, à nous embrasser et à passer un pacte de sang, répondit Tara avant de quasiment mourir étouffée, avec Chloe, dans les bras de Maddie.

— Je vous aime, les filles, chuchota la cadette.

— Je t'aime aussi, soupira Tara.

Chloe supporta stoïquement l'étreinte et l'étalage de bons sentiments.

Maddie se recula en leur prenant les mains et renifla.

— Je suis désolée pour tout ça. Quand je n'ai pas eu mes règles dans les temps, j'ai paniqué. C'est idiot. J'aime tellement Jax. Et nous avions déjà parlé de mariage : la totale avec la robe, le gâteau...

— Et la fête, ajouta Chloe. Si tu veux sortir le grand jeu, il nous faut une fête.

Maddie éclata de rire.

— Oui, et la fête.

— Alors... cette crise de panique, c'est oublié ? demanda Tara.

— C'est bon. (Maddie porta la main à sa poitrine.) C'est juste qu'aucune de nous n'a eu ce que l'on pourrait appeler une enfance normale. Et Jax non plus. J'avais du mal à nous imaginer parents. Je n'aurais pas su. Nous n'aurions pas su.

— Tu es la personne la plus chaleureuse, la plus douce et la plus gentille que je connaisse, lui dit Tara. Et Jax est intelligent et futé comme pas deux. Vous trouverez le moyen de vous débrouiller pour ce que vous ne savez pas déjà. Vous serez des parents formidables.

— Oh, c'est adorable ! s'attendrit Maddie en reniflant de nouveau. Mais j'ai vraiment envie d'être seule avec lui pendant un moment d'abord. Vous trouvez que c'est égoïste ?

— Bien sûr que non ! la rassura Chloe. Si c'était moi qui sortais avec Jax, je voudrais tout le temps être seule avec lui. Jour et nuit, nue…

Tara passa un bras autour de sa plus jeune sœur et la bâillonna. Chloe se libéra en riant.

— Donc, si tu as fini de paniquer, tu vas pouvoir nous expliquer comment ça se fait que tu aies cru être enceinte. Je croyais que tu prenais la pilule.

— C'est le cas. Mais, *a priori*, elle perd de son efficacité quand on prend des antibiotiques. Tu te rappelles le mois dernier quand j'ai attrapé une bronchite ?

— Tu as fait l'amour avec une bronchite ? s'indigna Chloe. Tu étais supposée ne pas faire d'efforts.

Maddie se mordit la lèvre inférieure en rougissant.

— Je n'en ai pas fait.

Chloe poussa un soupir de jalousie.

— Garce.

— Alors, reprit Tara en serrant la main de Maddie. Récapitulons. La crise de panique est terminée, et nous avons clairement établi que tu étais follement amoureuse.

Ce qui voulait dire qu'elle allait enfin pouvoir rejoindre Ford pour lui parler…

— J'irai mieux quand j'aurai eu mes règles, répliqua Maddie. Ça m'a complètement perturbée. Regardez, j'ai commandé des draps de cent quarante au lieu de cent soixante pour les chambres des clients, j'ai essayé de mettre du diesel dans ma voiture, au lieu de l'essence, et n'oublions pas la pompe de cale que je n'ai pas vérifiée, ce qui a failli coûter la vie à Logan.

— Eh, la rassura Chloe avec humour, ce n'est qu'un ex. Pas une grosse perte.

— Chloe ! s'exclama Tara.

Maddie se mit à rire, puis se plaqua une main sur la bouche.

— Désolée, mais reconnais que c'était un peu drôle. Et on devrait se mettre au petit déjeuner.

— Oui, approuva Tara. Mais d'abord je dois aller affronter un homme au sujet d'une alerte à la grossesse, merci Chloe.

— C'est ma faute, avoua cette dernière en levant une main. Pour la peine, je vais m'occuper du petit déjeuner.

— Non, dirent en chœur Maddie et Tara.

— Je peux très bien le faire. Je veux le faire.

Tara la regarda, puis hocha la tête.

— D'accord, mais je reviendrai au cas où tu aurais besoin de moi.

Sur ce, elle partit à la recherche de Ford, mais, bien que sa voiture soit encore là, il n'était pas à l'hôtel.

Ni à la marina.

Elle découvrit alors que son Finn n'était plus là. Il avait pris la mer. Elle embarqua sur le Beneteau et s'assit sur la coque, puis étira ses longues jambes devant elle pour saisir les rayons du soleil matinal, espérant que cela suffirait à la réchauffer en l'attendant. S'allongeant complètement, elle ferma les yeux et essaya de se détendre. Entre le presque naufrage de la péniche, la discussion à cœur ouvert avec Mia, la mise à nu – psychologique et physique – devant Ford, puis la fausse alerte de Maddie, elle était complètement à plat, et il n'était pas encore 8 heures du matin.

Elle avait dû s'assoupir, car, l'instant d'après, le bateau tanguait sous le poids de quelqu'un qui montait à bord. Inutile de lever la tête. Elle avait reconnu les frémissements qui lui chatouillaient les nerfs.

Ford resta silencieux, et elle fit de même. Toujours en silence, il mit le moteur en route et les conduisit hors de la baie, dans un endroit isolé au large des côtes. Il jeta l'ancre et vint s'asseoir à côté d'elle, dans la même position, étalé, la tête en arrière et le soleil illuminant ses traits.

Elle avait besoin de le regarder dans les yeux pour avoir cette conversation, alors elle se redressa et lui retira ses lunettes de soleil.

Il leva la tête et l'observa.

— Le test de grossesse n'était réellement pas à moi, dit-elle. Je te l'aurais dit.

Il croisa son regard.

— À moi, ou à Logan.

— Tu crois vraiment que je couche avec vous deux ?

Il hésita.

— Ça aurait été n'importe quel autre gars, j'aurais juré que non. Mais il y a cette petite voix dans ma tête qui ne cesse de me rappeler qu'il y a un lien fort entre vous. Et vous étiez mariés. Je déteste cette putain de petite voix.

— Cela fait presque deux ans que Logan et moi sommes séparés.

— Et dix-sept ans pour nous.

— Je ne pense pas que ce soit la durée écoulée qui importe, dit-elle.

Ford resta silencieux quelques instants.

— Tu sais, tout à l'heure, quand j'ai vu ce test, un paquet d'émotions m'a frappé.

— Oui. Une terreur sans nom.

— Et beaucoup de confusion, ajouta-t-il. Mais aussi une sorte de… d'excitation. (Il plongea son regard dans celui de la jeune femme.) Pas une minute je n'ai regretté que Mia vienne au monde. Mon seul regret, c'est les conséquences que ça a eu sur nous deux.

Le cœur de Tara se serra.

— Je m'en veux de t'avoir fait souffrir, reprit-il.

Après quelques secondes de silence, il ajouta :

— Je ressens quelque chose pour toi, Tara. Et c'est réciproque. Je peux le dire à la façon dont tu me regardes. Je le sens à ton contact, quand tu me laisses t'approcher.

Elle laissa échapper un soupir et tourna la tête vers l'eau.

— Oui.

Il l'amena sur ses genoux et lui caressa la joue avec son pouce, attendant qu'elle ouvre les yeux.

— Je le sens, reprit-elle en lui offrant les mots qu'il attendait. Et je ne ressens ça que pour toi. Quoi que ce soit. Mais…

— Pas de « mais ». Cette phrase était parfaite sans « mais ».

Il glissa une main sous sa jupe et lui saisit les fesses, l'attirant plus près afin qu'elle sente l'effet que cette position avait sur lui. Il déposa des baisers depuis son menton jusqu'au lobe de son oreille, la faisant frissonner d'anticipation.

— Ici, dit-il. Maintenant. Avec moi.

Il n'avait pas mis de point d'interrogation à la fin, mais c'était bien une question.

— Ici, acquiesça-t-elle. Maintenant. Avec toi. Rien que toi…

Un grondement d'approbation remonta dans la gorge de Ford tandis qu'il relevait le pull de Tara et dégageait ses seins de son soutien-gorge.

— Tu me rends dingue, dit-il contre sa peau. Dingue.

— Toi aussi, haleta-t-elle.

Puis elle eut de nouveau le souffle coupé quand il lui glissa la main entre les cuisses. Elle lui empoigna les cheveux et cria, se frottant contre lui, avide de friction, désirant le sentir en elle avec un abandon sauvage et un désespoir hors de tout contrôle.

— Je pense à toi jour et nuit, dit-il d'une voix rauque. Bon sang ! Rien que le souvenir de toi avec mon tee-shirt et ces sandales à talons va suffire à alimenter mes fantasmes pour un sacré bout de temps.

— Et le faire sur ton bateau, à quelques kilomètres des côtes et en plein jour, demanda-t-elle pantelante. Est-ce que ça va nourrir tes fantasmes ?

Les yeux de Ford s'assombrirent de désir.

— Oh, oui !

Il lui retira complètement son pull et l'allongea à côté de lui, faisant pleuvoir sur la gorge et les seins de Tara une myriade ininterrompue de baisers. Du bout de la langue, il lui titilla un téton qui se durcit dans sa bouche, les faisant tous deux gémir. Il était en train de remonter sa jupe et elle avait libéré son sexe de l'emprise du jean.

— Je t'en prie, dis-moi que tu as un préservatif, murmura-t-elle quand il glissa une main dans sa culotte, la faisant cambrer le dos sous ses caresses.

Il sortit un petit sachet, et c'est tout juste si elle ne pleura pas de joie.

— Maintenant, dit-elle. Tu as promis « maintenant ».

Fidèle à sa parole, il la fit descendre sur lui, centimètre par centimètre.

— Mon Dieu, Tara. Quand je suis en toi, je revis.

Avant qu'elle ait pu se remettre de cette bouleversante déclaration, il l'embrassa à pleine bouche en lui agrippant violemment les hanches et entama un lent va-et-vient qui la fit haleter de désir. Puis il les fit rouler, inversant leurs positions. Avec la chaleur du soleil au-dessus de leurs têtes et les mouvements de l'océan pour les bercer, Ford se perdit en elle et l'emmena là où personne ne l'avait emmenée auparavant. Elle n'avait jamais rien expérimenté d'aussi érotique. Après ça, ils restèrent allongés côte à côte, leurs doigts entremêlés, contemplant le ciel d'un bleu turquoise, tandis qu'ils luttaient pour reprendre leur souffle.

Tara finit par se lever afin de se rhabiller, et Ford l'imita. Dans un agréable silence, ils retournèrent à la marina. Une fois qu'il eut amarré le bateau, il se tourna vers elle.

Elle le regarda, les derniers mots qu'il avait prononcés tournant toujours dans sa tête : « Quand je suis en toi, je revis. »

— Ford ?

— Oui ?

— Moi aussi, je revis.

Chapitre 17

Bien souvent, une personne qui accepte de faire la moitié
du chemin est, comme par hasard,
incapable d'évaluer les distances.
Tara Daniels

Tara entra dans la cuisine et trouva Chloe assise sur le plan de travail en train de mélanger quelque chose qui sentait délicieusement bon.

— C'est un nouvel exfoliant, expliqua-t-elle. Au melon. Et le petit plus, c'est qu'il a un goût divin.

Tara essaya de ne pas paniquer.

— Je croyais que tu devais préparer le petit déjeuner ?

— C'est fait.

Mia entra dans la pièce par la porte de la salle à manger, portant une énorme cocotte.

— J'ai préparé un « gratin du bonheur », dit-elle.

Elle était adorable avec son short – ou plutôt mini-short – printanier et son tee-shirt moulant.

— Je n'ai pas fait de tarte à la fraise, même si j'ai été tentée. C'est une casserole avec des restes mélangés de jambon, de beignets de pommes de terre et du fromage. (Elle avait l'air très fière d'elle.) Ça a déjà été servi et nettoyé.

Tara contempla cette créature qui était sa chair et son sang, et un sentiment de fierté l'envahit à son tour.

— Wouah.

— Je sais. Mignonne et douée, cabotina Mia.

Carlos entra par la porte de service. Mia lui adressa un sourire. Le pauvre garçon jeta un coup d'œil à ces interminables jambes dans ce minishort et vint heurter l'îlot central de plein fouet.

Chloe esquissa un sourire en coin à l'intention de Tara.

Cette dernière préféra ne pas relever et observa les deux adolescents. Elle n'aimait pas du tout ce qu'elle voyait : une tension sexuelle presque palpable.

— Tu as une grosse journée qui t'attend, dit-elle à Carlos tandis qu'il essayait de se remettre. Il faut passer la tondeuse devant le porche, arroser les fleurs et faire quelque chose pour les lumières qui clignotent sur le quai au cas où un client voudrait s'y promener la nuit.

— Je m'y mets tout de suite, dit-il avant de s'éclipser.

— Je vais t'aider, dit Mia en lui emboîtant le pas.

Tara attendit que la porte se soit refermée sur eux.

— Ces deux là…

— … couchent ensemble, compléta Chloe serviable.

— Elle a dit que non.

— OK, mais je vais quand même ajouter quelques préservatifs aux paniers que je viens de mettre dans les chambres.

Tara s'étrangla, et Chloe lui tapota l'épaule.

— Ils ont dix-sept ans, ma chérie. Ils fonctionnent à quatre-vingt-dix pour cent aux hormones. Tu n'as pas déjà oublié, quand même ?

Tara sentit son ventre se nouer.

— Je vais être obligée de le virer.

— Et tu comptes virer tous les garçons qui la regarderont ?

— Ça ou les tuer, dit Tara, en ne plaisantant qu'à moitié.

Ce soir-là, Ford se retrouva derrière le comptoir du *Love Shack*. Plus tôt dans la journée, il était parti avec Sawyer pour une longue balade en mer, ce qui n'avait jamais, de toute sa vie, manqué de l'apaiser. Ils avaient bénéficié d'un ciel bleu magnifique, avec seulement quelques nuages épars, et d'un vent de nord-ouest de douze à quatorze nœuds. Un temps idéal pour faire de la voile. Exactement comme il l'aimait d'habitude. Pourtant, il lui avait fallu toute sa concentration pour rester à la surface de l'eau et non pas en dessous. Sawyer, quant à lui, n'avait cessé de pester.

Cette sortie aurait dû clarifier les idées de Ford. Mais ce n'était pas le cas. Il ne cessait de penser. À sa vie, et à ce qu'il en faisait. À Mia. À Tara… Bon sang, ce qu'il était fatigué de penser. Fatigué des changements.

Et, à présent, qu'allait-il se passer ? Il croyait son existence bien cadrée : il avait de l'argent en banque, un boulot de barman quand il lui prenait l'envie de travailler. C'était tout ce qu'il souhaitait.

Enfin… presque.

Il voulait quelque chose d'autre, quelque chose qu'il n'avait jamais désiré jusque-là : une vraie relation de couple. Dans le passé, chaque fois qu'il avait essayé, cela s'était révélé difficile en raison des huit mois sur douze qu'il passait en mer. Même voir un tant soit peu sa grand-mère et ses sœurs n'avait pas été aisé. Cependant, depuis qu'il avait ralenti la compétition, ses sœurs se débrouillaient pour envahir sa vie régulièrement.

Ce qui voulait dire qu'à présent une relation aurait une chance de fonctionner.

Cela avait un petit côté terrifiant.

Sawyer débarqua dans le bar après son service.

— Vu que tu as sauvé la peau de Logan, tu es maintenant en tête des sondages avec quatre-vingts pour cent des votes.

Le train des ragots de Lucky Harbor carburait. Rien ne le ralentissait, ni les vraies nouvelles ni la décence, et certainement pas la vérité.

La porte du bar s'ouvrit de nouveau, et Logan entra, visiblement pas plus heureux que Ford.

— Putain, il ne manquait plus que lui ! marmonna Ford à l'intention de Sawyer.

Logan se dirigea droit sur le bar.

— Tu as triché, dit-il à Ford. Je prendrai une bière, et ne laisse pas mon verre se vider.

— Comment ça, j'ai triché ? demanda Ford en le servant.

— Une môme ? C'est tout ce que tu as trouvé ? Une môme ?

Ford ne cacha pas sa surprise.

— Tu n'étais pas au courant pour Mia ?

— Je savais que vous aviez eu une fille. Mais j'ignorais qu'elle avait grandi et refait son apparition.

Ford s'était demandé si Tara et Logan se parlaient souvent. *A priori* non, sans quoi il ne lui aurait pas fallu aussi longtemps pour être au courant de la présence de Mia. Cette constatation lui remonta légèrement le moral.

— Je ne peux pas lutter contre ça, se lamenta Logan, puis il avala une longue rasade de bière et se tourna vers Sawyer. Comment est-ce que je pourrais lutter contre ça ?

— Vous avez été marié avec elle, répondit Sawyer avec un haussement d'épaules.

Ford jeta un regard noir à son ami qui le gratifia d'un même mouvement.

— Il me pose la question.

— Ouais, dit Logan que la réponse du policier avait réconforté. Vous avez raison. Nous étions mari et femme. Elle m'appelait son super-héros. (Avant de poursuivre, il regarda Ford pour s'assurer qu'il écoutait.) J'étais à la fois Superman, le Frelon vert et Flash Gordon.

Non loin de Logan, un groupe de femmes avec un pichet rempli d'une boisson rose et mousseuse tendait l'oreille sans même essayer de se la jouer discret. L'une d'elle était Sandy. Cette dernière était raisonnablement jolie et n'avait jamais de mal à trouver de la compagnie auprès de la gent masculine, mais elle se tenait à l'écart des hommes depuis qu'un salopard de

Seattle l'avait trompée. Elle regardait à présent Logan comme si elle était enfin prête à se remettre dans la course.

— On dirait que tu es dans la panade, Ford, intervint Sandy. Il te met un sacré coup avec son statut de super-héros.

— Est-ce qu'il est vraiment nécessaire d'avoir une bonne condition physique pour faire de la course automobile ? demanda Paige, l'employée de la poste.

Pour un peu, Ford l'aurait embrassée.

— Bien sûr, il faut plus de puissance physique pour contrôler une voiture qu'un bateau, se défendit Logan. Et je suis en pleine forme. Regardez.

Il souleva son tee-shirt pour montrer ses abdos.

Les femmes émirent des cris d'admiration et des sifflements.

— Jolies tablettes, approuva Amy.

Amy était serveuse au restaurant et ce soir-là elle était également la compagne de drague de Sandy. Proche de la trentaine, elle était grande, toute en jambes, et blonde. À son sourire on voyait qu'elle était aussi coriace que pleine de ressources.

— À ton tour, Ford, dit-elle les yeux pétillants de malice.

Ce qui déclencha une nouvelle vague de hurlements. Ford regarda Sawyer qui leva son verre pour l'encourager.

Oh, non !

— Nous avons déjà eu cette conversation, dit-il à l'intention de ceux qui écoutaient. Il est hors de question que je vous montre mon ventre.

Les cris redoublèrent.

Logan avait l'air ravi.

— Tu crains la compétition. C'est bon, je comprends, ne t'inquiète pas.

Bordel ! Ford n'avait peur de rien. Il leva donc son tee-shirt.

La foule se déchaîna.

Sawyer secoua la tête.

Ford soupira.

— Pas mal, approuva Amy. Je déclare le match nul.

Sandy, elle, était partagée.

— Je ne sais pas, je pense qu'on a besoin d'en voir plus.

Amy se tourna vers les deux hommes, excitée comme une puce.

— Vous avez entendu, les gars... Montrez-nous ce que vous avez dans le jean ! Sandy, tu as un mètre ?

Ford, qui venait juste de prendre une gorgée de Coca, s'étrangla. Sawyer lui donna une grosse claque dans le dos.

— Ça valait le coup d'essayer, dit Amy.

Sandy donna un petit coup d'épaule à Logan.

— Oublie le sondage, Logan. De plus, Tara n'est pas la seule femme en ville. Tu le sais, n'est-ce pas ?

— Vraiment ? répliqua-t-il en lui adressant un sourire charmeur.

— Vraiment. (Sandy se rapprocha un peu plus.) Et tu peux être mon super-héros quand tu veux.

À 2 heures du matin, Tara était allongée dans son lit, les yeux grands ouverts, regardant le réveil. Dans quelques heures, il faudrait qu'elle soit bien réveillée pour s'occuper du dernier petit déjeuner de leurs clients, mais elle n'arrivait pas à se détendre suffisamment pour s'endormir.

Et cette fois ce n'était pas à cause des ronflements de Chloe, car cette dernière n'était pas encore rentrée. Elle était sortie avec Lance et ses amis, et ils étaient Dieu sait où, à faire Dieu sait quoi.

Maddie était chez Jax, en sécurité. Un souci en moins pour Tara, mais elle en avait un tas d'autres. Dans la journée, elle avait surpris Mia et Carlos dans le bâtiment de la marina. Elle ne savait pas exactement ce qu'elle avait interrompu, vu qu'ils s'étaient éloignés l'un de l'autre en un battement de cils, mais la culpabilité sur leurs visages la perturbait.

Elle avait bien pensé à virer l'un des deux adolescents ou à mettre à Mia une ceinture de chasteté. Mais, en réalité, elle ne pouvait absolument rien faire sans passer pour la reine des hypocrites.

Et il y avait Ford. Une petite partie d'elle voulait être blottie contre lui. D'accord, une grande partie. Elle frappa son oreiller pour lui redonner du volume et essaya une fois de plus de s'endormir. Sans succès. Les questions dansaient la gigue dans sa tête. Les factures avaient-elles été envoyées ? Lui restait-il de l'essence dans sa voiture ? Avait-elle ou non des pêches fraîches pour la tarte du lendemain ? Et, bon sang, où était donc Chloe ?

Elle sortit de son lit et prit son téléphone.

— Tu as intérêt à ce qu'il ne te soit rien arrivé, dit-elle à la boîte vocale de sa sœur avant de raccrocher et d'aller se faire couler un bain chaud.

Trente minutes plus tard, bien réchauffée, elle rejoignit son lit pour une nouvelle tentative.

Son cœur manqua un battement quand elle vit que son téléphone clignotait sur sa table de nuit signalant plusieurs appels en absence. La dernière fois que c'était arrivé au milieu de la nuit, Chloe avait été arrêtée avec Lance pour avoir organisé un sit-in sur l'un des sites d'exploitation forestière de l'État, du côté du col des Maraudeurs.

J'espère vraiment que tu n'as rien, pour que je puisse te tuer moi-même, pensa-t-elle.

Le premier message était bien de Chloe :

« Je vais bien. Je suis vivante et je joue au paintball sur un terrain ouvert toute la nuit... Ne m'attends pas. Et pitié, arrête de t'inquiéter. Je suis une grande fille. »

— Mais bien sûr, marmonna Tara. Il me suffit de claquer des doigts pour arrêter de m'inquiéter. Rien de plus facile.

Le message suivant la surprit tellement qu'elle en oublia son irritation.

« Tara. (C'était la voix de Ford, mais il ne semblait pas aussi décontracté que d'habitude.) J'ai pensé que tu devrais savoir que je pense que je ne suis pas une mauvaise idée. C'est vrai, je peux être mauvais, mais je peux être bon aussi. Je peux faire des choses... beaucoup de choses méchamment bonnes... (Sa voix était basse et rauque, et Tara sentit son ventre se réchauffer.) Mais, ajouta-t-il avec une lenteur délibérée, je ne crois pas pouvoir être ton super-héros. »

En entendant ça, elle écarta le téléphone de son oreille et le regarda d'un air interloqué. Un super-héros ? D'où est-ce que ça lui venait ? Dans le fond elle entendait la musique et beaucoup de rires. Sûrement le *Love Shack*.

« Il est possible que je sois légèrement éméché. » Tara encaissa le choc. Ford n'était pas un buveur. Son père biologique l'était, ainsi qu'un de ses beaux-pères, et ça l'avait dégoûté de l'alcool. Il était certes d'un naturel détendu, mais il aimait garder le contrôle.

Et pas qu'un peu.

« Donc à propos de cette histoire de super-héros, reprit-il, tous mes pouvoirs, tu les connais déjà. Je suppose qu'on peut dire que je m'en sors bien au niveau du physique, en tout cas tu as l'air d'apprécier. Après tout, y'a pas si longtemps tu léchais mon... »

Les bruits qui suivirent donnaient à penser que l'on essayait de délester Ford du téléphone, et Tara entendit Sawyer dans le fond qui disait : « Raccroche, mon pote, ou je le ferai pour toi et je considérerai ça comme un service public. »

« Dégage », rétorqua Ford. Puis il sembla y avoir une autre empoignade. « Il y a des gens qui n'ont aucune éducation, reprit Ford en bafouillant légèrement. Je veux que tu saches que si je pouvais être ton super-héros, je ne demanderais que ça. Mais jamais de la vie mes fesses ne verront une paire de collants, même pas pour toi. (Il y eut un temps de pause.) Mais esclave sexuel, c'est possible. Ça me paraît honnête, non ? »

Tara s'esclaffa et se couvrit aussitôt la bouche, surprise. Cet homme était ivre sans l'ombre d'un doute, avait perdu les pédales, ce qui allait à l'encontre de sa nature, et pourtant il parvenait encore à la faire rire. Et à dire vrai, au niveau sexuel, Ford n'avait jamais fait moins que monopoliser toute son attention. Ce qui signifiait qu'il se trompait. C'était elle, l'esclave. L'esclave de ses mains, de sa bouche…

« Ce que j'essaie de dire c'est que je serai toujours là pour toi, Tara. Tu as besoin d'aide, je suis ton homme. Envie de deux ou trois orgasmes ? Je serai ton *sex toy*. Besoin de relâcher la pression, de crier sur quelqu'un ? Je serai ton paillasson. Attends. Oublie ça. Je ne suis pas un bon paillasson… Hé ! dit-il à quelqu'un d'autre, casse-toi d'i… »

Un « bip » annonça la fin de la communication.

Tara regardait encore son téléphone quand le dernier message commença à tourner. « Merde ! Logan est encore là et il a volé mon téléphone. L'enfoiré. Il a eu sa chance avec toi et l'a foutue en l'air. (Il baissa la voix.) Il ne te voit pas telle que moi je te vois. Tu es responsable et autoritaire, et ça te rend sexy en diable. Il te veut enceinte et à la maison. Il n'y a rien de mal à ça. Mais tu es plus. Tellement plus… »

Le message se termina, et Tara sentit sa gorge se serrer. Il la voyait vraiment pour ce qu'elle était. Il lui fallut une minute de réflexion au terme de laquelle elle décida qu'elle devait absolument le rappeler.

Il décrocha juste avant que l'appel soit transféré vers la boîte vocale.

— Salut, dit-il d'une voix un peu plus sèche que dans ses messages. Il est tard. Tout va bien ?

— J'allais te poser la même question, matelot.

— Ça va. Mais ça pourrait aller mieux.

— Tu as besoin d'un chauffeur ? demanda-t-elle.

Surpris, il ne répondit pas immédiatement.

— Tu ferais ça ?

— Oui, dit-elle sans hésiter.

— Tu le ferais aussi pour Logan ?

Elle ferma les yeux et décida de lui dire la vérité.

— Pas sans l'avoir tué d'abord.

— Mais tu ne me tuerais pas, moi ?

— Je me contenterais de te mutiler ou de te démembrer.

— Sadique, dit Ford, comme si cette pensée le rassérénait.

— Tout à fait. (Elle hésita.) Ford, à propos de Logan…

— C'est le moment où tu me dis que ce qui s'est passé entre nous n'était qu'une regrettable erreur ?

— Non. C'est là que je te dis que Logan ne rentre pas dans l'équation en ce qui nous concerne.

Il y eut un autre silence surpris.

— OK, continue.

— Ça n'a jamais été le cas d'ailleurs.

— Mais tu tiens toujours à lui.

— Beaucoup, admit-elle. Mais pas comme quand j'étais avec lui. Et c'est quoi cette histoire de super-héros ? Parce que, pour ton information, personne n'a jamais été mon super-héros, Ford. Je n'ai jamais voulu que personne le soit.

— OK, maintenant serait le moment idéal pour un « mais ». Du genre : « Je n'ai jamais voulu que personne soit mon héros, mais maintenant que je suis de retour à Lucky Harbor tu peux le devenir, quand tu veux. »

Tara rit et s'allongea sur son lit, s'interrogeant sur le besoin qu'elle ressentait de l'avoir près d'elle là tout de suite.

— Je fais peur à la plupart des hommes, tu sais ?

— Pas à moi, dit Ford d'une voix plus douce. J'aime ta force de caractère. Tu es dure à l'extérieur, mais douce et crémeuse à l'intérieur.

Elle se remit à rire.

— C'est légèrement obscène, ça.

— Ah bon ? Parce que je visais carrément obscène.

— Tu as besoin d'un chauffeur ou pas ?

— Non. Sawyer s'occupe de moi.

— Oh, mon Dieu. Il t'a arrêté ?

— Je ne suis pas soûl à ce point.

— Oh si, il l'est ! rectifia Sawyer dans le fond.

— Ça ne te ressemble tellement pas, dit-elle avec un sourire.

— Je sais. Logan m'a mis minable. Le salaud.

— Logan est avec toi ?

— Était.

Il y avait quelque chose dans sa voix. Il ne lui disait pas tout. Logan était probablement reparti avec quelqu'un, et Ford ne voulait pas le lui dire pour ne pas la blesser. Cette précaution était inutile.

Tara connaissait Logan. Elle savait que même s'il pensait être amoureux d'elle, ou au moins de la femme qu'elle avait été, il aimait par-dessus tout sa carrière et le style de vie qui allait avec. C'était un aimant à jolies femmes. Elle aurait été étonnée qu'il soit resté au bar ce soir-là sans attirer l'attention de la gent féminine. Il ne l'avait pas trompée durant leur mariage, mais cela avait été dur pour son ego de savoir à quel point cela aurait été facile s'il l'avait voulu. C'était la raison pour laquelle elle avait voyagé avec lui pendant un temps, mais le planning éreintant, l'impression de gêner et le fait de se sentir si désespérément seule, y compris quand elle était avec son entourage à lui, l'avaient pratiquement détruite. De plus, que penser d'un mariage où elle éprouvait le besoin de jouer les baby-sitters pour son époux ?

— Alors, dit Ford. À propos de cette histoire d'esclave sexuel…

Elle esquissa une moue exaspérée.

— Dis « bonne nuit », Ford.

— Bonne nuit, Ford.

Elle ferma son téléphone, ne sachant pas si elle devait rire encore ou simplement être émue.

Elle opta pour les deux et secoua la tête avec un sourire. Il parvenait toujours à la faire rire. Tout comme il lui faisait ressentir des choses.

Toujours.

Son cœur savait, mais son cerveau résistait. Son cerveau pouvait accéder à des souvenirs, calculer des probabilités, et il n'était pas encore prêt à croire que leur histoire avait une chance de fonctionner. Mais au moins, cette fois, elle s'endormit immédiatement et pour le reste de la nuit.

Chapitre 18

Ne prends pas la vie trop au sérieux,
ou tu risques d'y laisser ta peau.
Tara Daniels

Tara se réveilla aux premières lueurs de l'aube, surprise de voir que Chloe n'était toujours pas revenue. Elle se leva et, en sortant de la douche, tomba nez à nez avec sa petite sœur qui rentrait sur la pointe des pieds, couverte de peinture rouge, bleue et jaune.

—Ça va ?

—Plus ou moins.

Tara détailla Chloe, ébahie devant l'étendue des dégâts.

—On dirait que tu as massacré un arc-en-ciel et qu'il s'est défendu. Que…

—Ne me pose pas de questions. (Chloe ôta ses vêtements sur place et se rendit, nue, à la salle de bains.) Il y a eu une livraison pour toi sous le porche.

Tara ouvrit la porte d'entrée. Sur la plus haute marche se trouvait un superbe bouquet de fleurs sauvages dans un vase. Un mot était écrit sur un simple bout de papier : « Tara ». Les fleurs avaient de toute évidence été cueillies et non achetées.

Elles étaient magnifiques. La question était à présent de savoir de qui elles venaient. Ni Logan ni Ford n'était du genre à aller faire la cueillette. Tara les emmena à la cuisine de l'hôtel, les posa sur le comptoir et prépara une fournée de muffins. Elle était de nouveau en train de contempler le bouquet quand

Maddie entra par la porte de service avec une brassée de fleurs fraîches. Elle regarda Tara, étonnée.

— Eh ! se plaignit-elle en montrant du doigt le cadeau-surprise de Tara. Je croyais t'avoir dit que je m'en occupais.

— Je ne les ai pas achetées.

Maddie observa les jolies fleurs sauvages.

— Logan ? Ford ?

Tara haussa les épaules.

— On devrait toutes avoir deux hommes à nos pieds.

— Je ne sors pas avec deux hommes !

— On devrait, renchérit Chloe en entrant dans la cuisine.

Elle avait retrouvé sa couleur d'origine. Enfin presque.

— J'aimerais bien avoir deux hommes nus à ma merci, sauf que la crise d'asthme qui s'en suivrait me tuerait probablement.

Il y eut un moment de silence pendant lequel les trois femmes imaginèrent Ford et Logan nus dans la même pièce.

— Il fait chaud ici, non ? demanda Maddie en s'éventant. J'ai chaud tout d'un coup.

Chloe sortit son inhalateur et prit une bouffée.

— Alors, elles sont de qui ? Logan ?

Tara caressa les fleurs.

— Logan serait passé par un magasin chic pour me faire envoyer des roses rouges.

— Peut-être qu'elles viennent de Ford, suggéra Mia en arrivant avant de ranger ses clés et son sac dans le placard à balais.

Vêtue d'un pantacourt et d'un débardeur, elle paraissait calme et posée. Tara la regarda et sentit une pointe d'envie. Elle aussi, il n'y a pas si longtemps, était calme et posée.

Jusqu'à ce qu'elle arrive ici.

— Les fleurs ne sont pas vraiment le genre de Ford, dit-elle.

— Pourtant tu as dit que vous n'étiez pas ensemble, lui fit remarquer Mia.

— C'est vrai.

— Alors comment peux-tu savoir quel genre d'hommes c'est ? demanda l'adolescente.

— Ce que j'aime ma nièce ! dit Chloe en souriant.

Mia lui rendit son sourire, et Tara soupira.

— Ne l'encourage pas, dit-elle à Chloe tout en rangeant des muffins dans un panier.

Réflexion faite, elle remplit un thermos de lait et l'y ajouta.

— Où vas-tu ? demanda Maddie.

— Trouver mon admirateur secret. (Elle prit le panier et les fleurs.) Je vous confie l'hôtel ; je serai de retour dans une minute pour préparer le petit déjeuner.

— Si tu es de retour dans une minute c'est que tu n'as pas fait ce qu'il fallait, lui cria Chloe.

Maddie lui donna sûrement une claque sur la tête, car, une seconde plus tard, Tara l'entendit pousser un petit cri.

Ford ne s'était couché que vers 3 heures du matin. Sawyer l'avait jeté à la marina au lieu de le ramener chez lui, puis lui avait confisqué ses clés de voiture, ainsi que celles de son bateau.

— Ne fais rien de stupide, lui avait dit son ami en se demandant un instant s'il devait également lui subtiliser son téléphone portable.

Ford, le voyant venir, avait glissé l'appareil dans la poche avant de son jean.

Sawyer était parti en poussant un grognement de dégoût.

« Ne fais rien de stupide », s'était répété Ford en boucle. Est-ce que cela incluait aller au cottage à pied et se glisser dans la chambre de Tara pour la faire gémir de plaisir et se perdre en elle ?

Parce qu'il aurait été prêt à le faire. Et pas qu'un peu.

S'il avait été certain de ne pas se noyer en essayant de quitter le bateau. Il lui avait fallu au moins cinq secondes pour s'endormir, et, quand il se réveilla quelque temps plus tard, ce fut avec la sensation que l'on jouait avec un marteau-piqueur à l'intérieur de sa tête. Le jour se levait, et il était étalé sur son matelas.

Avec quelqu'un assis au pied de son lit.

Ford resta immobile, les yeux fermés.

— J'espère que ça en vaut la peine, dit-il en guise d'avertissement.

— Je pense que oui.

Surpris, il ouvrit les yeux au risque qu'ils lui sortent de la tête.

Sa fille était assise là et lui tendait une tasse de café fumant.

— Tu es un ange, murmura-t-il avec gratitude.

Après avoir roulé sur le dos, il lutta pour s'asseoir et prit la boisson chaude.

Mia attendit qu'il ait porté la tasse à ses lèvres.

— L'alcool n'est pas bon pour toi, tu sais. Ça tue les neurones. Et les spermatozoïdes.

De surprise, il aspira une grande gorgée de café brûlant, s'étrangla avec et s'ébouillanta la langue.

— Désolée. (Il croisa le regard brillant et intense de Mia.) C'est juste que je ne veux pas éliminer la possibilité d'avoir un frère ou une sœur, un de ces jours. Tu sais, quand Tara et toi aurez retrouvé vos esprits et mis les choses au clair.

Rien qu'à la regarder, son cœur se serra. La précieuse enfant que, par un coup du sort, il avait conçue.

— Ma chérie, dit-il avec douceur, tu es bien consciente que la vraie vie n'est pas un roman à l'eau de rose, n'est-ce pas ?

— Ça pourrait arriver.

Elle se leva, son visage et ses yeux trahissant son entêtement. Il reconnut cette expression et sut que cette fois il ne pouvait pas mettre cela sur le dos de Tara.

— Oh, et pour ton information, dit-elle en se dirigeant vers la porte, Tara aime les fleurs que tu lui as offertes.

Surpris, il la regarda avec des yeux de chouette.

— Elle… Je… Quoi ?

Mais Mia était partie.

Après avoir posé sa tasse de café au sol, Ford se laissa retomber sur son lit et ferma les yeux. Quand il les rouvrit, le soleil était un peu plus haut dans le ciel, et une autre femme était assise sur son lit.

Tara monta sur le bateau de Ford et descendit sous le pont. L'endroit était propre et relativement rangé, si l'on faisait abstraction des cartons de pizza sur le comptoir et de la pile de vêtements sur le sol près du lit. Il avait dû s'en débarrasser avant de se coucher, et la vue de ce superbe corps lisse provoqua un léger frisson chez la jeune femme. Ford était étalé sur le ventre, bras et jambes écartés, uniquement vêtu d'un boxer noir ; il irradiait de testostérone, et, comme chaque fois, Tara sentit ses jambes se dérober sous elle. Et il y avait la douce surface de son dos musclé, et ses fesses à croquer…

Prenant sur elle pour se contrôler, elle s'assit à côté de lui et le regarda s'étirer. Il roula sur le dos en grognant et porta les mains à sa tête.

— Oh, mon Dieu dit-il d'une voix encore tout ensommeillée.

Il ouvrit difficilement les yeux. Il avait l'air minable, et pourtant sexy et adorable.

— Pitié. Achève-moi.

— J'ai mieux que ça.

Elle souleva le panier rempli de muffins au miel et à la banane.

Il ferma les yeux et inhala.

— Tu as un parfum de paradis.

— C'est la nourriture.

— Tu ne devrais pas être en train de travailler ? demanda-t-il sans bouger.

— Mia et Maddie s'occupent de l'hôtel pendant quelques minutes. J'ai pensé que tu pourrais avoir besoin de moi.

Il resta sans rien dire un long moment.

— Je n'ai jamais été très bon pour ce qui est d'avoir besoin des gens.

Ne le comprenant que trop bien, elle hocha la tête.

— Mais pour toi, ajouta-t-il, je suis prêt à essayer.

Elle sentit l'émotion la gagner.

— Mais plus tard, dit-il avec une grimace en se frottant la tête. Parce que là, tout de suite, je suis trop occupé à mourir. Est-ce que tu penses que tu pourrais jeter l'ancre ? Ça tourne.

Tara émit un rire léger et se rapprocha, cédant à son désir de passer la main sur le front de Ford, repoussant ses cheveux en arrière et lui arrachant un soupir de plaisir.

— Pourquoi tu as bu autant ? murmura-t-elle. Ça ne te ressemble pas.

Il marmonna, entre autres choses, qu'il avait essayé de prouver qu'il pouvait être Superman s'il le voulait et que personne ne devrait danser sur une table en étant bourré parce que la chute ne fait pas du bien.

Elle rit de nouveau et voulut retirer sa main, mais il la saisit et la maintint sur sa joue.

— Tu es si fraîche, c'est bon. (Il soupira en gardant les yeux fermés.) J'ignore par quelle chance j'ai pu vous voir toutes les deux ce matin, mais j'apprécie.

Il s'assit avec un luxe de précautions et tendit la main vers le panier, mais Tara l'éloigna.

— Toutes les deux ?

— Notre fille est venue m'apporter du café. (Il avait le bras plus long qu'elle et réussit à attraper un muffin.) Elle m'a aussi appris que je t'avais offert des fleurs.

C'était si inattendu – d'autant qu'elle avait secrètement espéré qu'il était bien à l'origine du bouquet – qu'elle ne put cacher sa surprise.

Le sourire de Ford se fana.

— Oh, dit-il lentement, tu espérais qu'elles viennent de moi.

— Non, dit-elle en secouant la tête, avant de la hocher pour acquiescer. D'accord, peut-être un petit peu.

— Merde ! (Il grimaça et porta les mains à sa tête.) Je suis désolé, Tara. Mais, honnêtement, j'étais bien trop mal pour ne serait-ce que penser à avoir ce genre d'attention.

Tara haussa les épaules.

— C'est bon. Et ce n'est pas vraiment ton genre. Je le savais. Par contre, si j'avais trouvé une pizza et des bières sous le porche…

Il haussa un sourcil.

— Est-ce que tu sous-entends que je ne suis pas romantique ?

— Ce n'est pas ton point fort, effectivement.

— Et c'est quoi mon point fort ? demanda-t-il en mordant dans son muffin.

Elle pensa à la façon dont il la faisait ronronner rien qu'en l'effleurant, se contorsionner en moins de trois minutes s'il le décidait, et le rouge lui monta aux joues.

— Viens par là, dit-il en retrouvant le sourire.

— Je ne crois pas, non.

— Tu ne me fais pas confiance ?

— C'est à moi que je ne fais pas confiance.

Cela le fit rire, et il termina son muffin.

— C'est quoi cette recette déjà ? Ils sont excellents.

— C'est des muffins à la banane et au miel. Le miel fera remonter ton taux de glucides, et les bananes sont pleines de bonnes choses comme le magnésium et le potassium, dont tu as dû sérieusement entamer les réserves avec tout l'alcool que tu as ingéré. (Elle ouvrit la thermos et le lui tendit.) Tiens, du lait, pour te réhydrater.

— Tu donnes toujours des noms à tes chefs-d'œuvre culinaires, quel est le leur ?

Elle se tortilla, gênée. Il la connaissait bien. Trop bien. Elle avait en effet donné un nom aux muffins, mais elle ne voulait pas le lui dire. C'était trop embarrassant. Et révélateur.

Elle inspira et lâcha d'une traite : « Tu-es-ma-douceur-au-miel ».

Il haussa un sourcil.

— Tu peux me la refaire ?

— Tu es ma douceur au miel.

Elle le pointa du doigt et menaça :

— Et, si tu ris, c'est la fin de notre amitié. Enfin, de ce qu'il y a entre nous, quoi que ce soit.

Ford sourit.

— Wouah. Je suis ta douceur au miel, maintenant ?

— Arrête. (Elle lui lança une serviette à la figure.) Et tu es en train de mettre des miettes dans le lit.

— Tu veux dire : « Tu es en train de mettre des miettes dans le lit, ma douceur au miel. »

— OK, ça suffit. Rends-moi ces muffins.

Tara tendit le bras pour les attraper, mais Ford éclata de rire et les tint hors de portée, se laissant aller en arrière de sorte qu'elle bascule sur lui.

Bien joué, pensa-t-elle en se relevant de son corps chaud et ferme. Elle le contempla alors qu'il engloutissait trois muffins de plus ainsi que le lait. Il était si… viril. Logan avait toujours hanté les salles de sport, son corps musclé était le résultat d'un entraînement rigoureux. Ford ne fréquentait pas ce genre d'endroits, son corps était ferme à baver grâce au jogging et à la voile, ce qui lui convenait plutôt bien.

Et à elle aussi.

— Est-ce que tu comptes aborder le sujet des messages sur mon répondeur ? demanda-t-elle quand il eut fini de manger et repris quelques couleurs.

Il grimaça.

— J'espérais vraiment que cette partie-là n'était qu'un rêve.

Elle secoua la tête en riant.

— Eh non.

— On ne peut pas faire comme si ?

— Donc tu ne veux pas être mon esclave sexuel ?

L'espoir illumina le visage de Ford, et il s'empressa de lever les yeux pour croiser le regard de Tara. Mais il déchanta rapidement en voyant qu'elle plaisantait.

— C'est mesquin de se moquer d'un homme à terre.

— Tu n'es pas à terre, dit Tara. Tu ne l'es jamais.

— Et moi qui te croyais observatrice.

Il se leva.

— Où vas-tu ?

Il ôta son boxer.

— Mais tu es nu !

— Oui, en général c'est mieux pour prendre une douche, dit-il en quittant la pièce, lui offrant en spectacle la plus belle paire de fesses qu'elle ait jamais vue.

Chapitre 19

Si c'est du deux contre un,
fais en sorte de ne pas être le « un ».
Tara Daniels

De retour à l'hôtel, Tara prépara le petit déjeuner. Puis elle fit du pain et mit les légumes de la soupe à cuire, pour plus tard. Après ça, elle nettoya la cuisine et ouvrit la porte de service pour mettre dehors les miettes qu'elle avait balayées.

Quand elle se retourna, Logan la regardait, les yeux injectés de sang et cernés de fatigue.

— Waouh, dit-elle. Tu as vraiment une sale tête.

Il afficha une moue contrite.

— Tu te rends au chevet de Ford avec des muffins et, à moi, tu me dis que j'ai une sale tête. C'est injuste. Et avant que tu me demandes comment je le sais : Lucille a écrit t'avoir vue à bord de son bateau avec des muffins. C'est sur Facebook. Et sur Twitter, photo à l'appui.

Tara lui jeta un regard incrédule.

— Elle n'a pas fait ça !

— Si.

Tara secoua la tête afin de se clarifier les idées, sans succès. Par ailleurs, un soupçon perfide lui vint à l'esprit.

— Tu ne serais pas venu ici dans l'espoir qu'on te prenne toi aussi en photo ?

Il prit un air coupable tout en affichant un sourire charmeur.

— J'ai pensé que ça ne pourrait pas faire de mal.

Elle lui lança un regard noir puis se rendit compte que derrière ce sourire se cachait un véritable désespoir, et cela l'attrista.

— Oh, Logan, dit-elle avec douceur en contournant l'îlot afin de l'asseoir sur une chaise.

— Et merde, dit-il sans bouger de là où elle l'avait installé. La gentille Tara. Je suis en train de me faire larguer, c'est ça ?

— Je t'ai déjà largué. (Elle fit du thé vert, son préféré, et lui en tendit une tasse.) Et je ne suis pas gentille. J'ai pitié. Cela devrait t'aider avec ton mal de tête, mais ce qui aiderait encore plus serait de ne pas essayer de soûler les gens.

— Je n'ai pas essayé. J'ai réussi. Et ce n'était pas n'importe qui. C'était ton petit ami.

— Ford n'est pas mon petit ami.

— Oui, oui. C'est ça.

— Bon, dit Tara. J'aimerais que tu essaies quelque chose de nouveau : si tu m'écoutais pour une fois ? (Elle s'assit en face de lui et lui prit les mains.) Je ne cherche pas de mari. Cette période de ma vie est finie.

— Je ne vais pas arrêter de me battre pour toi.

— Je ne suis pas un prix, Logan.

Le sourire du pilote s'adoucit.

— Si, tu en es un.

Ce qu'il était borné !

— Je ne veux pas te blesser, dit-elle. Mais il faut que tu comprennes que tout ce que je t'ai dit avant est toujours vrai aujourd'hui. Je ne reviendrai pas vers toi, Logan. Ça ne marchera jamais, toi et moi.

Il la contempla un long moment.

— Je ne suis pas encore prêt à abandonner, Tara.

— Logan…

— Écoute, j'apprécie cette ville. Je me suis fait des amis qui ne me vénèrent pas et n'attendent rien de moi.

—Ce que tu apprécies, c'est la chasse, dit-elle. Et que l'on parle de toi tous les jours.

—Ça aussi, admit-il.

Elle se leva avec un air désabusé.

—Rentre chez toi, Logan. Reprends ton ancienne vie.

—Je ne laisse jamais tomber, tu le sais bien. (Il se leva et lui saisit la main, l'obligeant à se retourner pour lui faire face.) Jamais.

Il la regardait comme elle avait toujours rêvé qu'il le fasse, avec des yeux doux et francs, pleins de chaleur.

Trop tard, pensa-t-elle. Et ce fut tout ce qui lui vint à l'esprit.

—Logan…

—Non, l'interrompit-il en lui posant un doigt sur les lèvres. De grâce, pas la pitié. Frappe-moi, traite-moi d'abruti, tout ce que tu veux, mais ne me regarde pas avec pitié. (Il marqua une pause.) Cependant, je serais prêt à accepter que, par pitié, tu c…

Un coup de coude dans le ventre le coupa dans son élan.

—La vache, Tara!

—File, dit-elle.

Soulagée de soudain ne plus se sentir coupable, elle le poussa hors de la cuisine.

Les premiers vrais clients de l'hôtel arrivèrent à l'heure prévue. Un couple d'âge moyen qui visitait la côte Ouest en s'arrêtant chaque soir dans une maison d'hôte différente.

Maddie et Tara enregistrèrent ensemble leur arrivée, et Chloe leur offrit un panier rempli de produits naturels de sa fabrication. La femme passa en revue le contenu en roucoulant devant les sels de bain, les thés aux herbes, le…

—Une huile de massage? demanda la femme en soulevant la bouteille et en mettant ses lunettes pour lire l'étiquette. «Huile de massage comestible à la fraise», lut-elle tout haut. «Parfaite pour l'élu de votre cœur. Mettez-en sur votre…» Oh!

Mia resta bouche bée.

Maddie lui couvrit les yeux.

Tara lança un regard horrifié à Chloe.

Cette dernière tendit la main en riant pour récupérer la bouteille.

— Oups, je me demandais où celle-là avait bien pu passer. Tenez, prenez ça à la place.

Et elle remplaça rapidement l'huile de massage par une lotion pour le corps.

— Oh, dit la femme d'une voix déçue. Est-ce que je pourrais avoir les deux ?

— Bien sûr, répondit Chloe en lui rendant la bouteille. Amusez-vous bien.

La femme jeta un coup d'œil à son mari en souriant.

— On y compte bien.

Une fois le couple à l'étage, dans leur chambre et hors de portée d'oreilles, Maddie et Tara se tournèrent vers Chloe, qui leva les mains en signe de soumission.

— OK, j'ai fait une connerie, admit-elle.

— Non, tu crois ? demanda Tara.

Mia se mit à rire. Un rire sincère venu du fond du cœur, et contagieux. Maddie se plaqua les mains sur la bouche, mais trop tard, et Mia pouffa de plus belle. Chloe ne résista pas plus longtemps.

— Ce n'est pas drôle, protesta Tara. Ils vont se retrouver là-haut à faire des… choses.

Mais sa fille rigolait toujours, et Tara sentit un sourire involontaire la gagner. Quelques instants plus tard, sans qu'elle comprenne comment c'était arrivé, elles étaient toutes les quatre en train de se bidonner.

Ensemble.

Cette nuit-là, chacune étant au chaud et en sécurité dans son lit, Tara se glissa hors de la maison pour aller s'asseoir sur le quai de la marina. Elle contemplait le ciel quand elle sentit un frisson lui parcourir l'échine.

— Ford, dit-elle calmement.

Les longues jambes du marin apparurent à côté d'elle. Puis il s'assit sur les talons afin de croiser son regard.

— Vos nouveaux clients ?

— Installés. (Elle se surprit à sourire.) Je crois qu'ils nous aiment bien.

— Comment pourrait-il en être autrement ? (Il tenait deux bières dans une main et une pizza dans l'autre.) Ce ne sont pas des fleurs, dit-il en lui tendant une bouteille.

Elle l'accepta, la gorge serrée, et leurs mains se frôlèrent.

— Je n'ai pas besoin de fleurs.

— As-tu besoin de pizza ?

Non. Les calories l'obligeraient à aller faire un jogging le lendemain matin, et elle détestait courir. Mais il y avait cet homme beau à se damner accroupi près d'elle, tout droit sorti de ses rêves les plus fous.

— Oh que oui, dit-elle.

Ford s'assit à côté d'elle. Quand ils eurent fini, il prit la boîte vide et les bouteilles, et alla les mettre à la poubelle. Après quoi, il revint s'asseoir, si près que leurs peaux se touchaient. Ils écoutèrent le son réconfortant des insectes qui bourdonnaient, et de l'eau venant frapper le quai.

— Quelle nuit magnifique, dit Tara à voix basse.

— Oui, dit-il, et elle sentit son regard sur elle.

Il fit courir un doigt le long de la bretelle de sa vaporeuse robe d'été, s'égarant sur sa peau.

La pointe des seins de Tara se durcit.

— Tu ne regardes pas la nuit.

— Non, dit-il sans ôter ses doigts, continuant à la caresser avec douceur jusqu'à ce qu'elle serre les jambes. La jeune femme frissonna de plaisir. Ford la détailla de la tête aux pieds, et un sourire appréciateur se dessina sur ses lèvres. Il savait exactement l'effet qu'il lui faisait.

—J'ai entendu parler de l'incident avec l'huile de massage, dit-il.

—Oh, mon Dieu ! Facebook ?

—Oui. Mais regarde le bon côté des choses : maintenant, les gens vont faire la queue pour réserver une chambre.

Elle émit un grognement, et il ne put s'empêcher de rire.

—Ce n'est pas si terrible, reprit-il. Et c'est toujours mieux que de voir tout le monde convaincu que tu es constipée.

—Je n'ai jamais été constipée ! Et pourrais-tu, s'il te plaît, ne jamais remettre cette histoire sur le tapis ? Plus jamais.

Il sourit, et elle sentit une vague de chaleur déferler en elle et enflammer les endroits les plus sensibles de son anatomie.

—Ne me regarde pas comme si tu voulais..., commença-t-elle en pointant un doigt sur lui.

Me dévorer toute crue.

Le rire de Ford chatouilla les zones érogènes de Tara.

—Tu veux que je te dise ce que j'aimerais ?

—Non !

De la musique se fit entendre dans le lointain, peut-être venant de la jetée, ou de la maison de Lucille un peu plus haut sur la route. Douce, mélodique, émouvante et légèrement entêtante.

Ford se leva d'un mouvement gracieux et entraîna Tara à sa suite.

—Quoi ? demanda-t-elle le souffle coupé tandis qu'il l'attirait à lui et commençait à bouger lentement, au rythme de la musique. Serions-nous en train de danser un slow ?

—En effet, nous dansons un slow.

Dire qu'elle l'avait accusé de ne pas être romantique. Elle sentait son corps chaud et ferme tout contre le sien. Il avait posé une main en bas de son dos, presque sur ses fesses, et elle ne put résister à l'envie de remuer afin qu'il fasse glisser ses doigts un peu plus bas.

— Continue sur cette voie, lui susurra-t-il à l'oreille sans cesser de danser, et je vais te dire ce que je veux.

— Qu'est-ce que tu veux ? demanda-t-elle, incapable de se contrôler.

Il approcha sa bouche de l'oreille de Tara et lui raconta. En détail.

Et, aussitôt qu'il eut fini, elle remua un peu plus, exprès.

Ford rit et l'embrassa juste sous l'oreille. Puis il posa le bout de sa langue au même endroit. La sentant frissonner, il recommença, tout en lui caressant le dos et les reins. C'était aussi apaisant qu'excitant. Il lui saisit alors les fesses, lui arrachant un gémissement tandis qu'un son rauque sortait de sa gorge au contact appuyé de leurs deux corps.

— Je ne me lasse pas de te toucher. Je ne pense qu'à ça, jour et nuit. Te toucher et sentir tes mains sur moi.

Elle se laissa complètement fondre dans ses bras. La musique s'arrêta, et ils cessèrent de danser. Le baiser qui suivit sembla être la chose la plus naturelle au monde.

— Mince, dit-elle quand il releva la tête.

— C'est la première fois que j'obtiens ce genre de réaction pour un baiser, répliqua-t-il.

— Je veux dire, c'est si… romantique. (Elle prit un air contrarié.) Et tu as une sacrée technique. Je suis impressionnée.

— Ah bon ? dit-il en lui adressant un regard intense. Aucune raison de s'arrêter alors.

Et il l'embrassa de nouveau.

Elle cessa complètement de penser. Comme si on avait court-circuité son cerveau et ouvert les vannes du désir. Désir qui faisait vibrer son corps et électrisait ses nerfs. Un son s'échappa de sa gorge, trahissant l'intensité de son excitation, mais elle s'en moquait. Elle se pressa plus encore contre lui, désespérée, avide, insatiable.

Il la souleva et pivota pour lui appuyer le dos contre un pilier de bois afin de libérer ses mains. Tara passa les siennes sous le tee-shirt de Ford et les fit glisser le long de la peau soyeuse de son dos, jusqu'à ses fesses.

Qu'elle agrippa.

Impossible de résister. Il avait un cul fait pour ça.

Ford fit courir son pouce sur le téton de Tara tandis qu'il lui dévorait le cou de baisers torrides. Elle sentait son érection et, sans honte, se frotta contre lui, se noyant dans les sensations qu'éveillaient son parfum et la friction de leurs corps. Elle ouvrit la bouche pour parler, mais il lui mordilla la lèvre avant de l'embrasser une fois encore.

— Dis-moi que cela va nous conduire à l'un de nos lits, dit-il d'une voix rauque quand ils s'écartèrent pour reprendre leur souffle. Je me moque de savoir lequel.

Tout en elle voulait crier : « Oui, oh oui ! »

— Et après ? demanda-t-elle en retenant sa respiration.

— Et après je vais te déshabiller et faire de toi une femme très, très heureuse. Toute la nuit.

Plutôt pas mal comme programme, mais elle se connaissait suffisamment pour savoir qu'au matin elle devrait lutter avec les émotions que le temps passé avec lui aurait fait remonter. Elle était trop près du point de non-retour, en tout cas en ce qui concernait son cœur. Ford était un homme formidable. Il était peut-être même celui qu'il lui fallait… mais pas juste pour une nuit. À moins qu'ils aient déjà dépassé ce stade ? Elle ne savait plus où ils en étaient, n'avait plus aucune certitude et, pire encore, elle avait peur. Tellement peur que ce ne soit toujours pas à sa portée…

— Et après… ?

— Et après on recommence, toute la journée, murmura-t-il en la caressant sans éloigner les lèvres de sa peau. Et pareil la nuit suivante.

Oui. Elle savait qu'il était capable de tenir parole. Et qu'il ne voyait pas où elle voulait en venir. Et que, peut-être, il le faisait exprès.

— Ford, attends.

Il ne l'écouta pas. En fait, il était trop occupé à lui parcourir le cou de ses lèvres, étouffant ainsi toute tentative de protestation.

Et, pendant une minute, elle le laissa faire. C'était plus fort qu'elle, il embrassait comme un dieu, et, avant qu'elle s'en rende compte, elle lui rendait ses baisers. Quand ils furent à bout de souffle, il lui prit le visage entre ses mains et, de ses lèvres, lui effleura la tempe avant de descendre le long de sa joue. Puis il passa sa langue dans le creux, à la base de son cou, et elle sentit un frisson la secouer de la tête aux pieds. Elle avait à présent les mains dans ses cheveux et ne pouvait se résoudre à les en retirer.

— Ford ? Et après ?

Il releva la tête. Le désir se lisait clairement sur son visage, la confusion aussi.

— Qu'est-ce qu'il y a ? demanda-t-il. Qu'est-ce que tu veux entendre ? Dis-le-moi.

Non. Elle ne voulait pas en arriver là.

— Laisse tomber. Tais-toi et embrasse-moi.

Il le fit sans poser de questions et cette fois elle dut lutter pour que ses genoux ne l'abandonnent pas. Car il était trop tard pour elle, bien trop tard pour s'inquiéter de savoir si elle méritait de tomber amoureuse de lui. Elle l'était.

Une fois de plus.

Oh, mon Dieu ! Elle tremblait rien que d'y penser. Cela signifiait qu'elle était bonne pour de longues séances de prises de tête, avec peut-être plus de chips, sans aucun doute une bouteille de vin, et, selon toute probabilité, ses sœurs. Pas pour leur sagesse, mais afin qu'elles lui donnent des claques pour avoir souhaité, même en secret, que cela arrive.

Pour l'avoir voulu, lui.

Pour de bon.

— Je suis désolée, il faut que j'y aille, chuchota-t-elle, toujours plaquée contre lui.

— Quoi ?

Elle grimaça intérieurement devant sa propre couardise.

— Je dois me lever tôt demain matin.

Quelque chose dans sa voix dut alerter Ford, car il la laissa s'écarter, lisser sa robe et quitter le quai de la marina.

Il la laissa partir sans un mot, sans même lui poser une question.

Et n'était-ce pas là le cœur du problème ? Il la laissait partir.

Il la laissait toujours partir.

Chapitre 20

Souviens-toi que tu es unique. Comme tout le monde.
Tara Daniels

Le lendemain matin, leurs clients partirent avant le lever du soleil. La femme assura à Tara que tout avait été parfait et demanda si elle pouvait emporter un échantillon de l'huile de massage.

Tara confia à Mia le balayage du parquet de bois qui attirait la poussière comme une vache attire les mouches.

—Attention à ne pas tout faire voler, dit-elle à l'adolescente. Ça irrite la gorge de Chloe, et après elle est obligée d'avoir recours à son inhalateur.

—C'est adorable de t'inquiéter pour elle, lui fit remarquer Mia.

Tara s'esclaffa. Maddie, Chloe, et elle, étaient tout sauf adorables. Non. Correction. Maddie l'était. Mais Chloe et elle ? Pas vraiment.

La jeune fille disparut à l'étage afin de balayer le couloir, et Tara partit retrouver Maddie à la marina pour s'occuper de la paperasse. Chloe y était encore plus allergique qu'à la poussière. De fait, elle avait installé son tapis de yoga à l'extérieur et travaillait la position du chien la tête en bas. Quand Tara revint à l'hôtel, le balai de Mia était appuyé contre le mur du couloir du premier, mais aucune trace de la jeune fille.

—Chut ! dit une voix venant de derrière la porte de la salle de bains. Elle va t'entendre.

La voix de Mia, suivie par le rire étouffé de Carlos, et un second « chut ! » plus insistant.

Putain de merde ! pensa Tara. Ils étaient à l'intérieur en train de flirter. Elle comprenait à présent pourquoi certains animaux mangeaient leurs petits. Prête à se battre, elle ouvrit la porte en grand et cligna des yeux, surprise.

Sa fille et Carlos étaient assis sur le meuble, séparés par le lavabo. Mia avait son ordinateur portable sur les genoux et le tenait face à Carlos, qui se retenait pour ne pas rigoler. Il reprit son sérieux en la voyant et fut sur ses pieds en un clin d'œil.

— Madame Daniels.

Soulagée de constater qu'ils n'étaient pas à moitié nus, Tara se laissa aller contre le chambranle de la porte, avant de prendre conscience qu'ils la regardaient fixement.

— Vous n'êtes pas en train de travailler, leur dit-elle.

— Eh bien, pas vraiment, répondit Mia. Mais ça concerne l'hôtel.

Elle tourna l'ordinateur en direction de Tara.

— Mia…, dit Carlos en essayant de s'interposer. Ce n'est pas une bonne idée…

— Elle finira par l'apprendre tôt ou tard, autant lui dire.

Mia lui montra l'écran. Facebook, bien sûr, la bête noire de Tara. Elle avait été prévenue par Logan, mais c'était complètement différent de le voir de ses propres yeux.

La photo sûrement prise avec un téléphone portable était floue et pixellisée, mais pas assez. On y voyait clairement Tara monter à bord du bateau de Ford avec un panier de muffins. En dessous on lisait :

> « Un rendez-vous secret entre un champion de voile sexy et une très belle gérante d'hôtel. Il faut croire qu'un certain sondage est à présent nul et non avenu. »

Puis une autre photo de Ford et de Tara sur le quai de la marina. La prise de vue était incroyablement révélatrice et intime. Tara était coincée entre un pilier de bois, et Ford qui l'embrassait passionnément, une main dans ses cheveux, la tenant fermement contre lui avec l'autre. La jeune femme, elle, lui agrippait le tee-shirt de ses deux mains.

> « Il faut croire que le champion de course automobile, Logan Perrish, est hors jeu. Ne t'inquiète pas, Logan, nous lançons dès aujourd'hui un nouveau sondage. Connectez-vous et votez pour *Le Bachelor* façon Lucky Harbor. Mesdemoiselles, si vous êtes célibataires, inscrivez-vous dès maintenant pour rencontrer le sexy Logan Perrish ! »

Tara contempla l'écran, horrifiée.

— Est-ce que tu… ?

— Non, répondit rapidement Mia. Ce n'est pas moi qui ai pris la photo. Aucun de nous deux ne l'a fait. Quelqu'un t'espionne. J'étais sur le point d'écrire un commentaire disant que les gens feraient mieux de se mêler de leurs affaires et de te laisser t'occuper des tiennes.

Tara afficha un sourire désabusé.

— Ça se voit que tu ne connais pas encore très bien les gens du coin. Se mêler de leurs affaires n'est pas leur fort.

Carlos se tourna vers la porte.

— Je devrais y aller, j'ai du boulot…

Quand il fut parti, Tara haussa un sourcil interrogateur à l'intention de Mia qui haussa les épaules.

— C'est le caïd de son école. Mais il a peur de toi.

— Je n'ai jamais rien fait pour l'effrayer.

— Apparemment si. Il craint que tu ne le tues.

Tara réfléchit un instant avant de répliquer :

— M'a-t-il donné des raisons de vouloir le tuer ?

— En fait, il pense que tu peux voir ce qui se passe dans la tête des gens et que tu vas le tuer à cause de ce qu'il y a dans la sienne. Les garçons ne sont pas très difficiles à deviner de ce point de vue-là, tu sais ?

Oui. Elle savait. Mais elle n'aimait pas que Mia le sache aussi.

— Tu ne vas pas le tuer ? demanda l'adolescente.

Tara soupira.

— Tu l'apprécies à ce point ?

— Oui. Je l'aime, répondit sa fille sans la moindre hésitation.

— Tu l'aimes ? Mia, ça ne fait que…

— Je sais ce que je ressens, lui rétorqua sa fille avec la conviction de ses dix-sept ans, en fermant son ordinateur et en s'appuyant au lavabo. Tu te souviens quand tu as dit que tu répondrais à toutes mes questions ? Ça tient toujours ?

Oh merde.

— Vas-y, répondit Tara avec bravoure.

— Je me demandais pourquoi tu avais perdu contact avec Ford après m'avoir eue. Vous étiez amoureux, et pourtant tu es partie sans même te retourner.

Tara inspira profondément.

— Je suis rentrée chez moi, au Texas. C'est plutôt loin de Lucky Harbor.

— Certes, mais il y avait le téléphone. Les ordinateurs. Le courrier. Et puis ta mère habitait ici.

— Non. Phoebe ne vivait pas encore ici. Elle venait parfois en visite l'été, et… Ford et moi ne nous étions rencontrés que cet été-là. Nous avions chacun notre vie. (C'étaient des excuses bidon, et Mia méritait mieux.) Mais il y a aussi le fait que je n'avais pas ta maturité.

— Tu n'as pas voulu garder le contact ? insista Mia. Tu ne l'aimais plus ?

— Mia, ce n'était pas si simple. Nous n'étions que des enfants.

— Tu aurais pu revenir ici au lieu de retourner au Texas.

— Non, parce que Phoebe n'est pas restée non plus. Et, si elle l'avait fait, ça n'aurait rien changé, je n'avais pas l'habitude des petites villes. C'était différent.

— Mieux ?

Non. Tara avait eu la sensation d'étouffer, de devenir claustrophobe, mais elle ne voulait pas le dire.

— J'avais l'habitude d'autre chose. Et je voulais aller à la Texas A&M University.

— Une grosse université, murmura Mia.

— Oui, et…

Tara laissa sa phrase en suspens.

Elle n'arrivait pas à trouver les mots qui donneraient à ses choix l'apparence de la logique quand, en vérité, la logique n'avait eu aucun rôle à jouer dans cette histoire. Seules ses émotions avaient guidé ses choix ?

— Honnêtement, j'essayais juste de tenir le coup, et je ne m'en tirais pas très bien. (Elle prit la main de Mia.) Mais j'aime à penser que j'ai grandi depuis. Et si je pouvais revenir en arrière, je…

Quoi ?

Elle ne savait pas vraiment ce qu'elle aurait fait différemment.

— Tu ne peux pas revenir en arrière, répliqua Mia calmement. Même moi, je sais ça. On ne peut jamais revenir en arrière.

C'était la triste vérité.

Avec un soupir, Mia se tourna vers la porte. Tara la suivit, mais son regard fut attiré par la poubelle.

Où se trouvait un emballage de préservatif.

Elle bloqua dessus, puis leva lentement les yeux vers Mia. L'adolescente contemplait également l'emballage vide en se mordillant la lèvre inférieure, avec une expression coupable.

— Maddie ? demanda Tara pleine d'espoir.

Mia se mordilla un peu plus la lèvre et secoua la tête avant de répondre.

— Non. Ce n'est pas à Maddie.

— Mais tu m'as dit que vous n'aviez pas de rapports sexuels, rétorqua Tara avec un calme qu'elle trouva admirable.

— Non. J'ai dit que je n'avais pas de rapports non protégés.

— Mon Dieu. (Tara appuya ses doigts contre ses paupières.) Mia…

— Tu veux que je m'en aille ?

— Non ! Je veux… (Elle laissa retomber ses mains et croisa le regard fermé de sa fille.) J'aimerais que tu puisses me dire la vérité.

— Vraiment ? Tu aurais voulu que je te dise que je couchais avec Carlos ? demanda Mia, incrédule et sur la défensive.

— Oui.

— Tu l'as dit à tes parents, à l'époque, pour Ford ?

Tara fit un pas vacillant en arrière et s'appuya contre le meuble de la salle de bains. Non. Elle n'avait parlé à personne de ce qu'elle avait partagé avec Ford. Ça avait été leur jardin secret.

— Je ne suis pas à la hauteur, dit-elle à voix basse. C'est entièrement ma faute.

Mia soupira.

— Non. Ce n'est pas ta faute. Ça n'a rien à voir avec toi. Et tu te comportes comme si j'étais trop jeune.

— Mais tu l'es.

— Parce que tu ne faisais pas exactement la même chose quand tu avais mon âge ?

Tara ouvrit la bouche, puis la referma, complètement perdue.

— Mia, faire l'amour est un engagement affectif énorme, et je ne crois pas que quiconque soit près pour ça à dix-sept ans.

— Peut-être, mais j'ai besoin de commettre mes propres erreurs, contra Mia. Pas les tiennes, les miennes. Et pour que ça marche entre nous, tu vas devoir l'accepter.

— Mia…

Mais la jeune fille était déjà partie.

Tara avait méchamment besoin d'une de ses sœurs : Chloe était partie Dieu sait où faire Dieu sait quoi, mais sur une impulsion Tara se rendit chez Jax et y trouva Maddie. Elle s'assirent dehors, sur la terrasse, et, pendant que leur hôte préparait un barbecue, la jeune femme raconta sa conversation avec Mia.

— Échec critique, commenta-t-elle tandis que Maddie leur servait du vin. Et le pire, c'est que je lui ai pratiquement livré Carlos sur un plateau. Je suis à l'origine de la perte de la virginité de ma propre fille.

— Tu ne sais pas si Carlos était le premier.

Tara se figea tandis qu'elle intégrait l'information, puis grogna en se couvrant les yeux.

— D'accord, ça ne m'aide pas du tout.

— Écoute, reprit Maddie. À dix-sept ans le corps n'est qu'une usine à plaisir, de la pointe des cheveux jusqu'aux orteils. Tu es au courant. Et puis Mia et Carlos sont profondément attachés l'un à l'autre. Au moins elle est avec quelqu'un qui ne jure que par elle. Il prendra soin de ta fille, Tara.

Tara émit un nouveau grognement.

— Quoi, tu préférerais qu'elle soit avec quelqu'un qui ne se soucie pas d'elle ?

— Je préférerais qu'elle ne soit avec personne, répondit Tara. En tout cas pas avant qu'elle ait trente-cinq ans, ou que je sois morte. Quelle que soit l'échéance qui arrivera en dernier. Et est-ce qu'on pourrait ne pas parler du fait qu'elle a des rapports sexuels ? (Elle grimaça.) Concentrons-nous plutôt sur comment faire pour qu'elle m'aime.

— Laisse faire le temps.

Maddie sirota son verre de vin, en regardant Jax qui se tenait près du grill à quelques mètres de là, faisant tourner le poulet.

— Tu te rappelles quand je voulais que Chloe et toi restiez avec moi à Lucky Harbor et que vous ne rêviez que de vous enfuir en courant ?

— Oui.

Cela avait été une période difficile pour les trois sœurs. Remettre les pieds dans cette ville avait réveillé toutes sortes de souvenirs. Mais Maddie avait eu besoin d'un endroit où se poser et elle l'avait trouvé à l'hôtel. Puis avec Jax. Tara était ravie pour sa sœur.

Et elle s'était résignée à rester plus longtemps qu'elle ne l'aurait souhaité afin de protéger son investissement, et de s'assurer que ses sœurs iraient bien. Puis elle avait fini par trouver naturel de vivre là.

— Chloe et moi t'avons séduite avec notre charme, et c'est un trait de famille, poursuivit Maddie avec un sourire. Tu charmeras Mia, tu verras.

— Je l'ai abandonnée à la naissance. J'ai laissé quelqu'un d'autre l'élever. Je ne pense pas que le charme soit suffisant en ce qui la concerne.

— Tu avais de bonnes raisons, lui rappela Maddie. Et Mia le sait. Ma chérie, elle est venue te trouver. Laisse-lui le temps de faire le point et de comprendre. Il est temps que tu arrêtes de te lamenter sur le passé et que tu te concentres sur le présent.

Jax arriva derrière Maddie pour leur apporter une assiette de légumes grillés particulièrement appétissante. Il posa la main sur l'épaule de Maddie et lui donna un rapide baiser.

— Tout va bien ? demanda-t-il.

Tara entendit son cœur soupirer rien qu'à voir ces deux-là ensemble. Ils étaient indéniablement faits l'un pour l'autre.

Et leur couple s'était formé parce que Maddie avait fait exactement ce qu'elle conseillait à Tara… Elle s'était concentrée sur le présent.

— Très bien, répondit Maddie à l'intention de Jax.

Il lui adressa un sourire, vola une longue gorgée de son vin, un autre baiser, et repartit s'occuper de son barbecue. Maddie le regarda s'éloigner d'un air rêveur.

— J'adore ses fesses, dit-elle.

Tara s'esclaffa, et Jax se retourna pour leur jeter un coup d'œil curieux. Maddie lui adressa un petit signe de la main, et Tara murmura :

— Tu ferais mieux de lui passer la corde au cou, Mad. Car on ne trouve pas d'aussi belles fesses à tous les coins de rue.

Rayonnante, Maddie envoya un baiser à Jax.

— Il y a d'autres raisons qui font que j'ai envie de l'épouser, tu sais.

Tara haussa un sourcil.

— Ça alors ! Tu parles de mariage sans la moindre trace de peur maintenant.

— C'est le bon, dit Maddie. Le seul.

Tara approuva et sirota son vin tout en enviant la conviction qui irradiait de sa sœur.

Le lendemain matin, Ford emmena Mia pour une longue promenade en mer. Il avait découvert que sa fille était une lève-tôt, tout comme lui, du coup ils étaient partis juste avant l'aube afin de profiter des premiers rayons du soleil. Il lui apprit à sortir le bateau de la marina en naviguant au moteur, puis à pointer la proue dans le sens du vent. Il lui montra aussi comment manœuvrer la grand-voile à l'aide de la drisse et comment la bloquer sur le winch pour l'étarquer en cas de besoin. Il lui fit déferler et ferler le foc, puis l'envoyer avec les autres voiles. À présent, elle se tenait au poste de pilotage, les mains sur la barre, l'océan s'étendant devant elle, les cheveux au vent. Elle semblait heureuse et libérée de ses soucis.

Elle surprit le regard de Ford posé sur elle.

— Quoi ?

Il secoua la tête en souriant.

— J'étais juste en train de penser à quel point j'étais content que tu sois venue chercher des réponses.

— Je ne les ai pas encore toutes, dit-elle.

Il aimait sa franchise et espérait qu'elle n'en perdrait rien avec l'âge.

— Tu n'as qu'à demander.

L'adolescente orienta le bateau dans le sens du vent avec l'aisance d'une professionnelle, l'air songeur. Soudain, elle se baissa pour accompagner le choc tandis qu'ils heurtaient une vague. Une gerbe d'eau vint frapper Ford en pleine figure, et Mia éclata d'un rire mélodieux.

— Tu apprends vite, dit-il en s'essuyant le visage avec son tee-shirt. Jax n'arrive toujours pas à faire ça.

Elle se rengorgea.

— Tara a dit que tu étais le meilleur parmi les meilleurs.

— Elle a dit ça ?

— Ouais. (Elle lui donna un petit coup d'épaule.) Elle t'aime bien.

Cela fit rire Ford, mais pas Mia. Elle se contenta de le regarder d'un air grave.

— J'ai deux ou trois questions, maintenant.

— OK, envoie.

— La première risque de te paraître intrusive.

— Je t'écoute.

— Est-ce que je dois m'attendre à souffrir d'une maladie génétique ?

— Non. À moins que tu n'inclues l'entêtement, dit-il. Ma grand-mère a quatre-vingt-dix ans et est têtue comme une mule. (Il sourit en pensant à la vieille dame. Il allait devoir la faire venir par avion durant l'été afin qu'elle rencontre Mia.) Elle va t'adorer, j'en suis sûr. Autre chose ?

— Qu'est-ce qui te fait peur ?

— Rien.

Elle prit un air dégoûté.

— Réponse typiquement masculine. Tout le monde a peur de quelque chose. Les araignées ? Les serpents ? L'altitude ?

— Bon, d'accord, admit-il. J'ai peur des grenouilles.

Elle le regarda avec de grands yeux.

— Arrête !

— Non c'est vrai, et c'est entièrement la faute de Sawyer. J'avais dix ans. Nous avions dit à son père que nous dormions chez moi et à ma grand-mère que nous serions chez lui, et nous sommes allés camper.

— Tout seuls ?

— Ouais. Cette nuit-là il a rempli mon sac de couchage de grenouilles. Quand je suis entré dedans, elles m'ont grimpé dessus. (Il frissonna.) Depuis je ne supporte plus ces saloperies visqueuses.

Après un bref sourire, le visage de Mia s'assombrit, et elle l'étudia avec attention, de la même façon que le faisait Tara.

— Tu ne crains vraiment rien d'autre ?

Il sentit son propre amusement le quitter. Elle était sérieuse et méritait qu'il le soit également.

— Il y a bien une chose.

— Laquelle ? demanda-t-elle en scrutant son regard.

— J'avais peur de ne jamais te connaître.

Les magnifiques yeux de Mia s'illuminèrent.

— Heureusement que je t'ai trouvé alors, chuchota-t-elle.

— Heureusement, répéta-t-il dans un murmure.

Comme Mia devait reprendre le travail à midi, ils finirent par rebrousser chemin. Ford lui fit faire la manœuvre avec la grand-voile et le foc en sens inverse, puis la laissa les ramener à quai, au moteur. Il resta près d'elle pendant qu'elle amarrait le bateau, mais elle n'eut pas besoin de son aide, et il sentit la fierté l'envahir. Elle était naturellement douée.

C'est alors que Tara sortit de la marina avec des dossiers dans les bras. Quand elle les vit tous les deux sur le quai, elle s'arrêta net.

Elle semblait fatiguée et stressée, et Ford savait que c'était à raison. Elle travaillait à la fois à l'hôtel et au restaurant, et assurer deux boulots pouvait être éreintant pour n'importe qui. Et lui était là, avec Mia, de retour d'une promenade en mer, l'air libre de tout souci, de toute responsabilité.

Pendant des années, Ford avait cultivé cette image. Après la façon dont il avait grandi, il appréciait que son existence soit simple et facile. Pas de stress, pas d'inquiétude. Il aimait se laisser vivre. On pouvait se faire du souci pour plein de choses : la famille, le prochain repas, n'importe quoi, mais ça ne servait à rien si tout ça était hors de portée.

Il avait conscience que l'arrivée de sa fille aurait dû être une menace pour son style de vie ou que cela aurait au moins dû le déconcerter. Mais ce n'était pas le cas. Et il ne ressentait pas non plus la terreur qui habitait Tara à l'idée de s'investir dans la vie de l'adolescente. En fait, il jubilait, car cette enfant avait besoin d'eux. Et lui avait besoin d'elle.

Ils appartenaient l'un à l'autre par le sang. Et personne ne pourrait jamais leur enlever ça.

— Belle journée pour une balade en mer, dit Tara.

Mia sourit en sautant du bateau.

— C'est vrai. Vous devriez aller faire un tour, tous les deux.

— Oh, s'exclama Tara, surprise, en reculant d'un pas. Je ne peux pas. Nous sommes vraiment très occupées, et…

— Chloe et Maddie sont à l'hôtel, n'est-ce pas ? demanda Mia en jetant à Ford un regard entendu.

Oh, merde, pensa Ford. *Regardez-là manœuvrer.*

— Je parie que le dîner est déjà en train de chauffer, insista la jeune fille. Je me trompe ?

— Dinde et tarte aux airelles, admit Tara.

— Tu vois ? dit Mia en lui prenant les dossiers des bras et en la poussant gentiment vers le bateau avec un regard impérieux en direction de Ford.

Sa fille, intelligente, superbe et maîtresse en manipulation.

— On s'occupe de tout, dit-elle à Tara. Alors vas-y, et je ne veux pas te revoir avant au moins une heure, jeune fille. C'est bien compris ?

Ford se retint de sourire. Ils étaient bel et bien manipulés par une gamine ayant seulement la moitié de leur âge.

— Viens, dit-il à Tara en lui prenant la main. Allons faire cette petite promenade.

— Mais tu en reviens tout juste.

— Je pourrais passer la journée en mer. De plus, comme tu l'as fait remarquer, c'est un temps idéal. Une heure, Tara. Juste une heure.

— J'ai du travail.

— Comme toujours. (Il l'attira à lui, lentement mais avec fermeté.) Tu te dégonfles ? lui demanda-t-il à voix basse tout contre son oreille.

— Bien sûr que non.

— Une heure, répéta-t-il avant de la propulser à bord en lui passant un bras autour de la taille.

Mia était rayonnante.

— Je dois filer, dit-elle avant de partir en courant vers l'hôtel.

Tara se tordit le cou pour la regarder s'éloigner.

— Cette enfant sera une avocate de talent.

— Ça ne fait aucun doute.

Tara se tourna de nouveau et croisa le regard de Ford, visiblement troublée.

— J'ai peur que nous soyons en train de l'encourager, et elle risque d'être profondément déçue.

— Il faut que tu arrêtes de t'inquiéter pour des choses sur lesquelles tu n'as aucun pouvoir. Tu devrais même arrêter de penser tout court. Pendant l'heure à venir, ta seule mission sera de profiter de l'instant présent. De cette superbe journée et… d'une compagnie pas si désagréable, termina-t-il avec un sourire.

Elle hésita, et il tira gentiment sur une mèche de ses cheveux.

— Quel est le problème ? Tu n'as toujours pas suffisamment confiance en toi pour rester seule avec moi ?

Il éclata de rire quand, avec une grimace, elle lui avoua que c'était exactement ça le problème.

— Une heure, Tara. C'est tout. Qu'est-ce qui peut arriver en une heure ?

Elle le regarda, ébahie par son culot.

— Tu te moques de moi ?

Ford prit son air le plus innocent. Elle n'y crut pas un instant, mais s'inclina.

— D'accord, dit-elle en lui enfonçant son doigt dans la poitrine. Mais pas de batifolage.

— Tu peux préciser ce que tu entends par « batifolage » ?

— Pas de nudité.

— Ah, mince. Au temps pour le striptease que j'avais en tête.

Il lui fit signe d'avancer vers le poste de pilotage, mais elle hésita en le détaillant rapidement du regard.

— Tu es doué ? demanda-t-elle.

— À la barre ?

— Non, dit-elle en riant. En striptease.

Il sentit un sourire éclairer son propre visage.

— Un vrai pro.

Elle prit un air sceptique, et, à son tour, il éclata de rire.

— Tara Daniels, seriez-vous en train de me faire du gringue ?

— Jamais de la vie ! s'exclama-t-elle, et elle partit s'occuper de la grand-voile. Fais comme si je n'étais pas là.

— Ça, c'est une chose pour laquelle je n'ai jamais été doué.

Chapitre 21

Devenir adulte, c'est avoir appris à rire… de toi-même.
Tara Daniels

Dix minutes plus tard, Ford leur faisait fendre les flots. Le soleil était dans leur dos, le vent leur fouettait le visage, et Tara n'aurait pu réprimer son sourire si elle avait essayé.

—Hum, approuva Ford. La bonne humeur te va à ravir !

Il la fit venir entre lui et la barre, la stabilisant aisément avec son grand corps musclé. Et elle se blottit contre lui.

—D'accord, mais souviens-toi, pas de batifolage, dit-elle. Juste une balade en mer.

—Juste une balade en mer.

Il lui prit les mains et les plaça d'autorité sur la barre, libérant ainsi les siennes qu'il posa sur les hanches de Tara. Il lui caressa la joue avec la sienne, puis l'embrassa dans le cou.

—C'est bon de te voir heureuse. Et j'en suis témoin de plus en plus souvent. Je commence à croire que Lucky Harbor te réussit.

Tara craignait que ce ne soit vrai.

—Admets-le, dit-il en faisant courir ses mains sur le corps de la jeune femme, effleurant les côtés de ses seins.

Éveillant en elle le désir qu'il aille plus loin.

—Admettre quoi ? demanda-t-elle faiblement.

—Que tu es là où tu veux être. (Il la fit pivoter afin qu'ils se retrouvent face à face.) Ici, à Lucky Harbor.

— Je suis restée parce que mes sœurs avaient besoin de moi, se défendit-elle. L'hôtel avait besoin de moi.

— Peut-être, mais nous savons tous les deux que rien de tout ça ne t'aurait retenue autrefois.

Il sous-entendait par là qu'autrefois elle n'aurait pris en considération que ses propres besoins. Tara digéra cette vérité un moment, puis relâcha son souffle. Elle pouvait laisser tomber, ou être honnête.

— J'avais envie de rester, avoua-t-elle.

Ford lui enleva ses lunettes de soleil. Son regard était intense, et elle imagina qu'il en était de même pour elle.

— Pourquoi ? demanda-t-il.

Encore une fois, elle avait le choix entre laisser couler et lui dire la vérité.

— Parce que ma vie n'avait plus de sens, et que rien ne m'attendait ailleurs.

— Et ?

— Et… parce que j'aime faire partie d'une famille. J'adore être avec mes sœurs, y compris quand nous nous chamaillons.

Un petit sourire flottait sur les lèvres de Ford.

— Et ?

Elle le regarda, se sentant légèrement… mise à nue.

— Est-ce que ça ne devient pas un peu trop profond pour toi ?

— Profond ?

— Oui. Tu me pousses à parler de moi, de ma vie. Ce n'est pas ta façon habituelle de procéder quand nous sommes seuls tous les deux.

Ford dévisagea Tara sans rien dire, pendant un très long moment.

— J'aurais besoin que tu fasses quelque chose pour moi, dit-il enfin.

Elle secoua la tête.

— Oh, non ! Je te l'ai déjà dit, pas de batifolage.

Elle s'attendait à un sourire, mais au lieu de ça un éclair de colère traversa les yeux de Ford. Ce qui était particulièrement rare chez lui.

—Ne mets pas tous les hommes dans le même panier que ton ex-mari et ton père, dit-il.

—Ce sont des hommes bien, lui rappela-t-elle.

—Oui, mais aussi, en raison de la vie qu'ils mènent, des hommes égoïstes. Voire négligents.

—C'est à cause de leur travail, les défendit-elle. Tous deux voyagent et sont souvent absents.

—C'est une question de choix. Je suis différent, Tara. Et tu ne dois pas l'oublier. Et peut-être que tu pourrais me faire confiance un de ces jours. Pour de vrai.

Elle avait soudain la gorge nouée.

—Nous avons déjà essayé.

—Nous devrions réessayer.

Oh, mon Dieu! Elle le voulait tellement.

—Tu pourrais ne pas comprendre ce qui t'arrive.

Il esquissa un début de sourire.

—Je ne comprends jamais ce qui m'arrive avec toi.

—Il faut que je rentre.

—Ça ne fait que quinze minutes. Tu m'en dois encore quarante-cinq. J'aurais pensé qu'après avoir travaillé d'arrache-pied tu apprécierais.

Elle le regarda ajuster légèrement leur direction afin que le bateau fende les vagues avec aisance.

—Je suis habituée à travailler dur.

—Mais pas à t'amuser, constata-t-il.

—Non.

Tara contempla l'horizon dégagé, et s'étendant à l'infini. Splendide.

—Mais tu as raison. J'apprécie cette promenade. Ça devrait remplir mon quota de détente pour toute la semaine.

Ford glissa un bras autour d'elle et l'attira à lui, lui effleurant la tempe de ses lèvres.

— Je suis sûr que, pour toi, je pourrais trouver encore mieux.

— Comme au bon vieux temps ?

— Si c'est ce que tu veux.

Elle pencha la tête sur le côté et croisa son regard. Il la taquinait, mais le désir était aussi bien présent, et elle se sentit frémir.

— Je ne suis plus la même, l'avertit-elle. Celle qui vivait pour passer ses journées avec toi et s'amuser toutes les nuits.

— Je sais. Tu as grandi. Tu es devenue une femme intelligente, étonnante. Mais tu continues à subir ta vie sans t'accorder suffisamment de bon temps.

— Pas de batifolage, lui rappela-t-elle d'une voix peu convaincante à ses propres oreilles, sans parler de celles de Ford.

Mince !

Ford se contenta de sourire.

— Et si c'est toi qui commences ?

— Aucune chance, dit-elle avec beaucoup plus d'assurance qu'elle n'en avait en réalité à ce moment-là.

Il affichait toujours une expression amusée, et elle pouvait difficilement lui en vouloir. Elle n'avait aucune volonté quand il était question de lui. Elle était faible. Elle l'observa pendant qu'il manœuvrait le bateau, à l'aise et maître de la situation. Il se tenait les jambes écartées, dans une position stable pour affronter le vent. Le soleil faisait briller des reflets dorés sur sa peau bronzée. Il était vêtu d'un tee-shirt avec le drapeau des États-Unis ainsi que d'un short de bain bleu marine qui lui arrivait juste en dessous des genoux et qui laissait deviner les muscles de ses cuisses à chacun de ses mouvements. Il bougeait avec une telle grâce qu'il était facile d'oublier à quel point il était grand et baraqué.

— Tu t'occupes de la voile ? demanda-t-il.

Elle fut fière de réussir à se pencher en avant pour tirer et tendre la voile. Elle y était presque quand ils prirent une vague de plein fouet et qu'un mur d'eau salée s'abattit sur elle, la laissant trempée de la tête aux pieds et le souffle court.

— Tu étais censée te baisser, lui fit remarquer Ford, amusé.

Tara plissa les yeux.

— As-tu une idée du temps que cela m'a pris ce matin pour me faire une tête convenable ? (Elle s'essora les cheveux, mais il était trop tard. Les frisottis avaient gagné.) C'est facile pour toi, tu n'as qu'à te laver et te secouer pour être parfait. Mais regarde-moi.

Elle joignit le geste à la parole. Sa fine chemise trempée la moulait comme une seconde peau. Ford n'avait cessé de sourire pendant qu'elle débitait sa tirade en agitant les mains. Cependant l'expression de son visage, tandis qu'il se dirigeait vers elle, après avoir réglé la vitesse et la trajectoire du bateau, n'était plus aussi légère mais plutôt emplie de désir.

— Oh, non ! (Elle recula d'un pas en le pointant du doigt.) Tu restes où tu es. Ou…

— Ou quoi ? demanda-t-il en continuant à avancer.

— Il va se passer des choses, dit-elle en lui plaquant une main sur le torse. On va se retrouver nus. Et ça sera génial, mais non.

Sois forte ! s'ordonna-t-elle.

— J'en ai fini avec tout ça, Ford. Et je le pense.

Il tendit la main vers elle. Elle voulut reculer, mais elle n'avait nulle part où aller.

— D'accord, peut-être pas tout à fait, admit-elle. Mais on a ce petit problème d'alchimie. Ce n'est la faute de personne. Il faut juste que nous soyons forts. Ford ! s'exclama-t-elle quand il l'attira contre son corps chaud et ferme.

Son rire déferla sur elle, et ce fut comme s'il la touchait, comme s'il l'embrassait.

— Arrête, dit-elle faiblement. Tu m'énerves.

Il baissa la tête et effleura de sa joue celle de la jeune femme.

— J'aime quand tu t'énerves. Tes yeux lancent des éclairs, et tu dis ce que tu penses vraiment.

— Tu es trempé, maintenant. Tu t'en rends compte ?

— Hum, pas autant que toi ! répondit-il. Dis-moi à quel point tu es mouillée. Lentement. Dans le détail.

— Tu es impossible.

— Incorrigible aussi. Et comme tu l'as fait remarquer, trempé. Peut-être que je devrais me déshabiller.

Oh, oui.

— Non ! s'écria-t-elle en passant cependant les bras autour de son cou. C'est quoi cette obsession pour le striptease ? (Elle se blottit contre lui. Dieu, ce qu'elle était faible.) Il nous reste combien de temps ?

Il jeta sa tête en arrière et partit d'un grand éclat de rire.

— Une demi-heure.

Elle poussa un soupir de soulagement.

— Je n'aurais probablement besoin que de dix à quinze minutes.

— Serait-ce une invitation à batifoler ?

Elle le regarda dans les yeux. Ce que cela lui avait manqué. Le jeu. Les taquineries. Les rigolades. Les discussions…

Lui.

— Si je dis oui, est-ce que tu l'utiliseras contre moi ?

— Oui, lui assura Ford. Jusqu'à la dernière des minutes qu'il nous reste.

Il jeta l'ancre, l'entraîna sous le pont et la poussa en direction du lit.

Comme si Tara avait eu besoin qu'on la pousse. Elle courait presque. Elle tomba sur le matelas et roula sur le dos pour contempler Ford qui faisait passer son tee-shirt par-dessus sa tête avec une lenteur délibérée. Puis il défit le nœud de son short et le laissa glisser à terre, à côté du tee-shirt.

Tara s'entendit gémir malgré elle tandis qu'elle détaillait du regard chaque centimètre carré de son corps d'athlète.

—J'aime tes vêtements guindés, dit-il juste avant de les lui enlever.

Une fois qu'elle ne porta plus que ses dessous de dentelle, il s'agenouilla à côté du lit et lui lança son regard de mauvais garçon. Il lui agrippa les chevilles et se baissa pour lui déposer un baiser sur le mollet avant de recommencer plusieurs fois en remontant lentement le long de sa jambe.

Quand il arriva au niveau de l'intérieur de sa cuisse elle se cambrait de désir.

Il glissa ses pouces sous la dentelle au niveau de ses hanches et fit glisser son string, caressant du pouce ce qu'il venait de dévoiler.

—Joli, commenta-t-il d'une voix douce avant de baisser la tête et d'accomplir sa magie habituelle.

Elle n'eut pas besoin de quinze minutes. Cinq furent suffisantes.

—Viens, ordonna-t-elle quand elle eut recouvré son souffle.

Elle se redressa et tenta de le repousser.

Mais il ne voulut pas bouger.

Ni se presser.

—Chut! dit-il refusant de venir en elle.

Bon sang! Au lieu de cela, il la repoussa sur le lit. Avant qu'elle ait eu le temps de se mettre en colère, la langue de Ford caressait de nouveau sa chair humide.

—Oh, mon Dieu, murmura-t-elle.

Elle lui agrippait les cheveux et s'en moquait. Elle songea à tirer dessus pour qu'ils se retrouvent face à face, mais ce qu'il lui faisait était si époustouflant qu'elle y renonça.

—J'en ai besoin. Mon Dieu. Ford, j'ai besoin de…

—Tout ce que tu veux, promit-il.

Mais il ne le pensait pas, le sadique, car il la maintenait à l'extrême limite, donnant tout ce qu'il avait, puis se reculant, l'excitant jusqu'à ce qu'elle se débatte en haletant, qu'elle le supplie, se retenant seulement de hurler son nom.

—Ford!

Mais cela fut sans effet.

—Il y aura des représailles, l'avertit-elle.

Du fait de la menace, ou juste parce qu'il décida enfin d'avoir pitié, Ford se rendit. Elle monta au septième ciel dans un moment d'intense jouissance et à peine était-elle de retour sur terre qu'il attrapait un préservatif dans le tiroir près du lit. En un clin d'œil, il l'enfila et pénétra Tara d'une seule poussée.

—Bon sang! dit-il d'une voix rauque, la tête toute proche de celle de Tara. Chaque fois. Tu me tues, chaque fois.

Il donna un nouveau coup de reins, puis un autre, et elle s'accrocha à lui en poussant un gémissement.

Il se figea.

—Je te fais mal?

—Non, c'est parfait. (Elle lui planta ses ongles dans les fesses.) Et si tu ne te mets pas à bouger, je vais te tuer pour de bon. Je le jure.

Avec un petit rire, malgré sa respiration haletante, il l'embrassa. Puis il voulut glisser un bras sous son dos pour que l'angle soit meilleur, mais elle en avait assez de le laisser tenir la barre. Assez de le laisser faire ressortir toutes ces émotions brutes, charnelles et terrifiantes. C'était à son tour de mener la danse et, tout en remerciant silencieusement Chloe pour les cours de yoga qui lui avaient permis d'acquérir plus de muscles et de souplesse, elle les fit rouler, Ford et elle, afin de se retrouver au-dessus.

Il grogna quand elle se positionna à califourchon sur lui en le gardant en elle, et gémit quand elle commença à onduler en fermant les yeux afin de mieux profiter du pur plaisir que lui procurait la friction de leurs corps.

—Tara! Mon Dieu, ce que c'est bon!

Tellement bon!

Elle mêla ses doigts à ceux de Ford et lui fit remonter les bras au-dessus de la tête. L'heure des représailles avait sonné. Du bout de la langue elle suivit le tracé de ses lèvres.

Ford émit un son appréciateur et prit le contrôle du baiser, la torturant à chaque mouvement.

Elle répliqua en remuant ses hanches afin qu'il s'enfonce plus profondément, et fut récompensée quand il expira son nom. Elle contra chacun de ses mouvements par un déhanchement, et leur petit jeu se transforma en lutte. Elle sentit son bas-ventre se mettre à palpiter, sentit une vague de chaleur partir de ses orteils et remonter le long de ses membres.

Elle était en train de perdre la tête, ça ne faisait plus aucun doute…

Comme s'il connaissait le corps de Tara mieux qu'elle-même, Ford lui libéra les mains et l'attrapa par les hanches, lui imposant un rythme qui les fit tous deux frissonner. Surprise par le côté primaire – presque animal – et la profonde justesse de ce qu'elle ressentait, elle leva la tête.

Il croisa son regard. En fait, il ne la quitta pas des yeux tandis qu'ils s'entraînaient l'un l'autre vers l'orgasme. Elle explosa la première, puis retomba sur son torse, pantelante, au moment où il jouit à son tour.

— Ouah, marmonna-t-il un peu plus tard, les yeux fermés en reprenant son souffle, le corps complètement détendu, à l'exception d'une main possessive posée sur l'une des fesses de son amante. On va finir par s'achever l'un l'autre.

C'était une possibilité envisageable.

Elle nicha son visage dans le cou de Ford.

— OK, cette fois il faut vraiment que j'y aille, dit-elle.

Sans bouger pour autant. Elle en était incapable.

Il appuya les lèvres contre sa tempe.

— Il nous reste encore quelques minutes…, dit-il en glissant les doigts entre les cuisses de Tara.

Le corps entier de la jeune femme tremblait, mais elle refusa d'un signe de tête.

Il s'assit en soupirant, lui donnant une légère claque sur les fesses avant de sortir du lit et de se rendre dans la minuscule salle de bains.

Elle se surprit à rester assise à le contempler. Au bout d'un petit moment, elle se secoua et se leva, enveloppant le drap autour d'elle, ses vêtements étant éparpillés dans la pièce.

— Que signifie cette pudeur soudaine ?

Elle se tourna à temps pour le voir venir à elle, complètement nu.

— J'ai… froid, répondit-elle.

Il s'esclaffa.

— Tara, j'ai vu chaque parcelle de ton corps. Bon sang ! je les ai toutes embrassées. Tu n'as pas besoin de te cacher.

— Oui, mais on y voit un peu trop bien ici.

Il sourit et tira sur le drap.

— Ça me plaît ainsi.

Elle lutta pour rester couverte.

— Bien sûr que ça te plaît, tu as un corps parfait.

Son regard s'adoucit tandis qu'il remportait la victoire et jetait le drap derrière lui.

— Tout comme toi.

Chapitre 22

La mort est héréditaire.
Alors profite de chaque instant avant qu'elle te rattrape.
Tara Daniels.

Tara revenait de la marina juste au moment où sa plus jeune sœur garait sa Vespa.

— Regarde-toi, dit Chloe en retirant son casque. Tu es rayonnante. Encore.

Tara fit mine de ne pas l'avoir entendue, ouvrit la porte de la maison et se figea.

Maddie était dans le salon, assise sur leur petit canapé, en larmes, et regardait Jax bouche bée.

Ce dernier était agenouillé à ses côtés et lui tenait la main.

— Oh, mon Dieu ! dit Tara en portant la main à sa poitrine. Qu'est-ce qui s'est passé ? Qu'est-ce qui ne va pas ?

Chloe arriva juste derrière, considéra la scène et glissa immédiatement la main dans celle de sa sœur aînée. Tara la serra en un geste qui se voulait rassurant, mais elle avait elle-même le ventre noué d'appréhension. Aucune d'entre elles n'était prête à affronter une autre crise.

Jax posa son front sur le genou de Maddie. Ses épaules étaient secouées de spasmes, et Tara cessa de respirer.

— Dites-nous, chuchota Chloe, en serrant les doigts de Tara à les briser. Peut-être qu'on peut aider…

Le son qu'émit alors Jax n'avait rien à voir avec de la tristesse. Tara s'en aperçut et fronça les sourcils.

Il riait.

Quand il leva la tête et croisa le regard de Maddie, son expression s'adoucit. Il lui caressa alors la joue, en essuyant les larmes.

— J'aurais dû savoir que l'on aurait un public. Doit-on consulter la boule magique ou voter ?

Maddie s'esclaffa tout en continuant à pleurer.

— C'est trop tard pour ça… J'ai déjà dit oui.

Elle leva sa main ornée d'un diamant éblouissant.

— Oh ! s'exclama Chloe en sautant de joie, les larmes aux yeux. Je vote « oui », et on a la majorité. La majorité l'emporte !

— Comme si j'avais pu voter « non », dit Tara en s'avançant avec Chloe pour embrasser Maddie. Désolée pour l'interruption.

— En fait, nous en avions fini avec la demande. Nous étions juste sur le point de… négocier certaines conditions, expliqua Maddie en rougissant.

— Oh, oh ! approuva Chloe avec un grand sourire. Vous alliez le faire, là sur le canapé. (Elle saisit Tara et l'entraîna vers la porte d'entrée.) Continuez. Faites comme si nous n'étions jamais passées.

— On ne peut plus, répliqua Maddie en riant. Vous le saurez maintenant.

— C'est vrai, admit Chloe. Sans parler du fait que jamais plus nous ne poserons nos fesses sur ce canapé, mais ne vous occupez pas de ça, Mademoiselle J'Attaque-Mon-Petit-Ami-Dans-Le-Grenier.

— Eh ! protesta Maddie toujours rouge pivoine. Et tu ne dis rien pour Tara dans le cellier avec ses deux hommes ?

Tara soupira.

— Les faits ont été déformés, dit-elle à l'intention de Jax qui écoutait avec avidité. Logan et moi n'avons pas été ensemble de cette façon depuis plus de deux ans.

Chloe sourit à Maddie.

— Tu remarqueras qu'elle n'a pas nié avoir été avec Ford « de cette façon ». Elle se le tape, c'est sûr. C'est vrai, quoi, regarde-la. Hello ! Elle rayonne encore. Le sexe, c'est génial pour la peau. Si seulement j'arrivais à concocter une crème de soin qui donne un teint aussi lumineux, je ferais fortune.

Maddie étudia le visage de Tara et sourit à son tour.

— Oh, oui. Elle se tape Ford, aucun doute.

Jax afficha un air peiné.

— OK, il faut que vous arrêtiez de dire ça. Sans quoi je n'arriverais pas à me défaire de cette image. Pas bon.

Maddie rit en le prenant dans ses bras.

— Viens ici, mon cœur, laisse-moi t'en donner une autre à la place.

Elle lui susurra quelque chose à l'oreille, puis gentiment, mais fermement, mit ses sœurs à la porte, fermant à clé derrière elles.

Cet après-midi-là, Ford se trouvait au bar pour finir l'inventaire du mois. D'ordinaire, Jax l'aidait, mais cette fois il ne se montra pas avant que ce soit terminé.

— Merci pour le coup de main, grommela Ford avant de noter le sourire idiot sur le visage de son ami. Qu'est-ce qu'il y a ? demanda-t-il.

— Tu verras, répondit Jax avec un air mystérieux avant de disparaître dans le bureau afin de s'occuper de la paperasse.

L'endroit était en train de se remplir peu à peu quand Maddie arriva avec une expression béate identique à celle de Jax.

— À ma connaissance, il n'y a qu'un seul homme capable de te faire sourire ainsi, l'accueillit Ford.

Maddie le gratifia d'un rire, ce qui autrefois n'arrivait que rarement.

— N'oublie pas les chips.

— Qu'est-ce que je vous sers, beauté ?

— Oh, je ne sais pas…

Posant la main sur le bar, elle faillit l'aveugler avec son diamant.

— Bon sang, il faut des lunettes de soleil pour regarder ce truc-là.

Même s'il avait déjà vu la bague, car Jax la lui avait montrée la veille, Ford serra Maddie dans ses bras, puis lui prit la main.

— Difficile de dire non à un diamant pareil.

— Peut-être qu'il est juste difficile de me dire non à moi, intervint Jax en arrivant, un plateau de verres propres entre les mains.

Il jeta un coup d'œil à Maddie qui montrait sa bague, et son visage s'illumina. Sautant par-dessus le bar, après avoir posé le plateau, il prit la jeune femme dans ses bras.

— Bonjour, femme.

— Pas encore, non, dit-elle amusée en se blottissant contre lui. Il va falloir m'épouser d'abord.

— Bientôt.

Jax approcha les lèvres de son oreille, lui murmura quelque chose qui la fit rougir, puis l'embrassa.

Longuement.

— Allez à l'hôtel ! leur dit Ford en les poussant gentiment hors de son chemin sans qu'ils n'interrompent leur baiser.

Ils s'éclipsèrent quelques minutes plus tard, et Ford en déduisit que Jax ne se montrerait probablement pas avant le lendemain. Ce qui ne posait aucun problème, vu que ni l'un ni l'autre n'était censé tenir le bar cette nuit-là. Mais Sawyer avait lui aussi un rendez-vous galant : Ford se retrouvait donc seul sans rien à faire. Dans le passé, il aurait sûrement cherché les embrouilles.

Ou une femme.

Mais aucune de ces deux solutions ne le tentait. Il prit donc sa voiture et conduisit jusqu'à l'hôtel. Carlos était dans le jardin en train d'arroser une marmite cramée.

— Que s'est-il passé ? demanda Ford.

— Tara a brûlé le ragoût.

C'était si étrange qu'il lui fallut un moment pour assimiler l'information.

— Vraiment ?

— Elle a dit qu'elle était distraite. Maintenant, elle a ajouté « énervée » à la liste. (Carlos jeta un coup d'œil alentour afin de s'assurer qu'ils étaient seuls.) Si vous n'avez pas une bonne raison d'y aller, peut-être que vous devriez vous abstenir. Sans vouloir vous vexer, en général vous faites empirer les choses.

Ford avait le sentiment qu'il avait déjà fait des dégâts et que, peut-être, le ragoût avait brûlé pendant qu'ils étaient sur l'eau.

— Elle a besoin de préparer le dîner pour des clients ? Je peux aller acheter quelque chose.

— Non, elle est en train de préparer vite fait des hamburgers « gourmets » avec, en plus de la viande, des épices et du fromage qui pue. Elle m'a dit que si je fronçais le nez une fois de plus, elle allait me le réarranger.

Le jeune homme esquissa l'un de ses rares sourires, car, ils le savaient tous les deux, Tara n'aurait jamais mis sa menace à exécution.

— Mia l'aide, ajouta-t-il.

Quand il prononçait le nom de l'adolescente, Carlos avait dans la voix une intonation particulière que Ford ne connaissait que trop bien. Mia menait le pauvre garçon par le bout du nez.

Ils entrèrent ensemble dans la cuisine. L'odeur de brûlé était perceptible bien avant qu'ils aient franchi le seuil. Un ventilateur tournait, et deux bougies avaient été allumées, mais pour l'instant cela ne changeait pas grand-chose. La pièce en elle-même semblait avoir été victime d'une explosion. Des ustensiles de cuisine et des ingrédients jonchaient le plan de travail, tandis qu'une Tara en colère se tenait aux fourneaux, une spatule à la main. Quand elle aperçut Ford, elle plissa les yeux et resserra sa prise sur la spatule, donnant l'impression qu'elle se retenait de le frapper avec l'ustensile.

— Toi, dit-elle.

— Moi, reconnut-il sur un ton léger.

Quelques heures plus tôt, elle était nue et criait son nom. Et voilà que la Dame de fer était de retour.

— Trésor, dit Tara avec un accent du sud particulièrement prononcé, trahissant son degré d'énervement. Tu ferais mieux de partir loin, très loin.

Quelques semaines plus tôt, il aurait pensé qu'elle ne voulait pas voir son visage dans un rayon de dix kilomètres. À présent il savait la vérité : il la perturbait. Cela, il pouvait s'en accommoder.

— Je suis venu voir si je pouvais aider.

— Je crois que je sais cuisiner des hamburgers, dit-elle sur un ton doucereux. Mais c'est gentil de ta part.

En d'autres mots, « va te faire voir ».

Carlos lança un coup d'œil à Ford d'un air de dire « Je vous avais prévenu. » Puis il se tourna vers Mia et les deux jeunes gens échangèrent un regard facile à interpréter pour quiconque ayant été un jour un adolescent.

— Bon… Je dois aller en ville chercher le courrier et remplir la cuve de propane, informa Carlos sur un ton désinvolte.

— Oh ! Je vais t'aider, proposa promptement Mia.

Bande d'amateurs !

— Non ! s'exclama Ford en même temps que Tara.

Carlos soupira et sortit par la porte de service. Mia, quant à elle, jeta à Tara un regard agacé, typique d'une adolescente, puis attrapa les deux vases remplis de fleurs qu'elle venait de préparer et quitta la cuisine pour aller les disposer dans les pièces de devant.

Quand elle fut partie, Tara secoua la tête.

— Pourquoi personne ne vous dit qu'élever une adolescente revient à essayer de manger de la soupe avec une fourchette ?

Ford laissa échapper un petit rire.

— Sûrement pour éviter l'extinction de l'espèce.

— La façon dont il la regarde, s'inquiéta Tara. Presque tout le temps. Il la regarde comme…

Risquant sa peau, Ford s'approcha par-derrière et l'entoura de ses bras.

— Comme je te regarde, toi ? murmura-t-il à son oreille, en savourant les frissons qui la parcoururent avant qu'elle le repousse.

— Arrête ça, ordonna-t-elle.

— Ce n'est pas ce que tu disais tout à l'heure. C'était plutôt : « Oh : Ford ! Plus fort… »

Sa phrase fut interrompue par un cri étouffé quand elle lui donna un coup de coude dans le ventre.

— J'ai des choses beaucoup plus importantes à faire que de revivre notre petite…

Visiblement elle ne trouva pas de mot satisfaisant pour qualifier ce qu'ils avaient fait, car elle ferma la bouche et prit une grande inspiration par le nez.

— Nous avons un problème autrement plus grave.

— Je ne qualifierais pas ce qui s'est passé entre nous aujourd'hui de « grave », protesta Ford en l'embrassant sur la joue.

Elle le repoussa à nouveau. La conversation au sujet des adolescents avait clairement changé son état d'esprit.

— Nous avons une mission, Ford. Qui consiste à garder notre fille habillée.

Il grimaça.

— Je ne rigole pas. Ce garçon prend son travail ici très au sérieux, et je l'apprécie grandement. Mais il y a autre chose qui accapare son attention, et c'est notre fille. Tu m'entends ?

— Ma chérie, tout le monde t'entend.

— Je ne vais pas les laisser faire, Ford. Pas sous ma supervision. (Elle lui brandit sa spatule sous le nez.) Ni sous la tienne.

Il haussa un sourcil.

— Tu ne vois pas l'ironie de la situation ?

— Bien sûr que si ! Et je m'en tape !

Ford la désarma avec précaution – il posa la spatule – et, une fois de plus, l'entoura de ses bras afin qu'elle ne puisse avoir recours à la violence. Il la serra fort contre lui et enfouit son visage dans ses cheveux. Il ne pouvait pas s'en empêcher.

— Même si quelqu'un avait essayé de nous tenir à l'écart l'un de l'autre, ça n'aurait rien changé. On aurait trouvé un moyen.

— Peut-être pas.

— On aurait trouvé un moyen, répéta-t-il. J'étais très déterminé.

— Petit malin, soupira Tara.

— C'est ce que tu aimes chez moi.

— Oui, admit-elle. C'est vrai, même si ce n'est pas ce que je préfère... Et merde ! (Elle renifla à plusieurs reprises et se tourna vivement vers la cuisinière.) Doux Jésus, pas encore ! J'ai fait brûler un autre plat.

Se libérant des bras de Ford, elle éteignit le gaz et contempla, horrifiée, la viande noircie.

Ils entendirent un bruit de course, puis la porte s'ouvrit à la volée.

— Au feu ! Au feu ! hurla Chloe son inhalateur dans une main et un extincteur dans l'autre.

Quand elle vit le contenu de la poêle, elle s'arrêta, et son corps se détendit.

— Putain ! J'ai cru que l'hôtel avait encore pris feu.

Tara se laissa tomber sur une chaise, sous le choc.

— Je ne brûle jamais rien. Et pourtant j'ai cramé les trois derniers plats que j'ai tenté de cuisiner. (Elle leva vers Ford et Chloe un regard ahuri.) Qu'est-ce qui ne va pas chez moi ?

Aucun des deux ne fut assez stupide pour répondre. Ford versa à Tara un grand verre de vin et se tourna vers le réfrigérateur. En moins de trois minutes, il avait rallumé le gaz et étalé du beurre sur le pain frais de Tara, et coupait des tranches de cheddar pour faire des croques au fromage.

— Je ne peux pas servir de simples croques au fromage, protesta Tara en sifflant son verre de vin.

— Ce ne sont pas de simples croques au fromage, rétorqua-t-il. Ce sont les « croques au fromage relax Max » de Jax. Jusqu'à ses vingt-quatre ans, cette andouille n'a su cuisiner que ça. N'empêche, c'est une super bonne recette.

— Tu es en train de rattraper le coup pour moi, constata-t-elle.

— J'essaie.

— Ça devient une habitude, chez toi.

Il y avait une lueur nouvelle dans les yeux de Tara. Ford n'arrivait pas à déterminer ce que cela signifiait, mais il espérait bien que cela voulait dire qu'elle commençait enfin à le voir tel qu'il était.

Vraiment.

Chapitre 23

L'amour c'est quand une personne te met sur un piédestal,
mais est aussi là pour te retenir le jour où tu en tombes.
Tara Daniels

L'été battait son plein, avec ses hordes de touristes, ses longues journées chaudes et tranquilles qui laissaient la place à des nuits à l'avenant.

Tous les mercredis soir, la ville organisait une soirée musicale sur la jetée, et Ford tenait un stand pour le *Love Shack*. Il avait embauché Carlos pour l'aider à installer et s'attendait à le trouver occupé.

Sauf qu'au lieu d'être occupé à monter le stand il l'était à avaler la langue de Mia.

Aucun des deux jeunes gens ne se rendit compte que Ford était arrivé. Il se racla la gorge.

Aucune réaction. Il recommença, en y ajoutant une bonne dose d'irritation, et les deux adolescents sursautèrent en s'écartant l'un de l'autre.

— Eh ! dit Mia, le souffle court, essuyant d'une main sa bouche humide. Nous étions juste…

Ford haussa un sourcil, curieux de savoir comment elle comptait terminer cette phrase. Mais, elle garda le silence.

— En train de prendre un cours de langue ? demanda-t-il.

Mia grimaça, et Carlos lui prit la main dans un geste de réconfort et de solidarité. Et même s'il rentra légèrement la tête dans les épaules, il ne recula pas. Ford le toisa, et l'adolescent se dandina, mal à l'aise, sans baisser les yeux pour autant.

—C'est ma faute, intervint Mia. Pas la sienne.

—Non, dit Carlos. C'est la mienne, monsieur.

Ford se passa une main sur le visage. « Monsieur » : la vache, ça lui mettait un coup de vieux.

Mia se plaça devant Carlos. Enfin elle essaya, car il ne voulut pas la laisser faire.

—Je peux embrasser qui je veux, affirma-t-elle avec dans la voix une détermination qui n'était pas sans rappeler Tara.

Ford contempla ce doux visage tant aimé. Dix-sept ans... : cet âge ne lui avait jamais paru aussi jeune.

—Mia...

—Je sais que tu es mon père, mais j'ai déjà un papa.

Ses velléités d'intimidation s'envolèrent, tout comme son indignation.

—J'en suis conscient.

Mia le regarda avec ses yeux immenses, ces yeux dont l'image le hantait, le harcelant de « et si ».

—Et Carlos est quelqu'un de bien, dit-elle en jetant un coup d'œil assorti d'un sourire au garçon qui lui tenait toujours la main.

Carlos ne lui retourna pas son sourire, mais ne quitta pas son visage des yeux.

Ford laissa échapper un soupir.

—Je le sais.

—Et moi aussi, ajouta-t-elle. Je suis quelqu'un de bien.

—Mon petit miracle, dit-il avec émotion.

Mia hésita, comme si elle ne s'était pas attendue à ce qu'il soit aimable.

—Alors tu peux me faire confiance pour mener ma vie à ma façon. Tu le sais, ça aussi, n'est-ce pas ? De même qu'il faut me laisser commettre mes propres erreurs.

— Oui, mais cela ne rend pas les choses plus faciles. Mia… (Il marqua une pause, cherchant les mots appropriés.) As-tu une idée du nombre de fois où j'ai espéré avoir l'opportunité de te connaître ?

— Non.

— Tous les jours. Absolument tous les jours.

Le regard de la jeune fille s'adoucit.

— C'est vrai ?

— Oui.

Les yeux de Mia s'embuèrent, et elle lâcha finalement la main de Carlos. Se rapprochant de Ford, elle lui passa les bras autour de la taille et se serra contre lui.

— Alors c'est bon si, après mon retour d'Espagne, je passe encore te voir de temps en temps ?

Ford tira gentiment sur une mèche de sa magnifique chevelure.

— Si tu ne le fais pas je viendrai te chercher.

Le sourire baigné de larmes de Mia réchauffa le cœur de Ford jusque dans les moindres recoins.

— Ça ne change rien au fait que j'ai envie d'embrasser ton employé, dit-elle.

Carlos grimaça. La jeune fille le regarda d'un air triomphant, et les coins de sa bouche se relevèrent comme si le pauvre garçon n'avait aucune prise sur les sentiments qu'il éprouvait pour elle.

Ford connaissait bien ce problème.

— Il faut que j'y aille, dit Mia. J'ai promis à Tara de la retrouver à 17 heures. (Elle se hissa sur la pointe des pieds et déposa un baiser sur la joue de Ford, puis le regarda droit dans les yeux.) Promets-moi que tu ne vas pas céder à ton instinct paternel et faire quelque chose de stupide, d'accord ? chuchota-t-elle. Comme faire peur à mon petit ami.

Carlos grimaça encore : il devait probablement penser à son attitude de dur à cuire, et à la façon dont elle l'avait ruinée.

Cependant, l'adolescent ne pipa mot tandis que Ford et lui regardaient Mia s'éloigner d'un pas léger. Ce n'est qu'une fois qu'elle fut hors de vue que Carlos tourna la tête et regarda Ford avec méfiance.

— Tu as quelque chose à dire ? demanda ce dernier.

— Ça ferait une différence ?

— Non. Au boulot. Il devrait y avoir foule ce soir.

Carlos hésita, s'attendant encore à subir le courroux paternel.

Ford n'était pas vraiment préparé à ça : il aurait dû pourtant. Il était passé de célibataire sans soucis à père d'une adolescente dopée aux hormones, et il avait un peu la sensation d'être à côté de la plaque.

— Pour l'instant j'ai besoin que tu te mettes au travail, mais attends-toi à te faire botter le cul plus tard.

Carlos se mit à l'œuvre si vite que Ford en eut le tournis.

Ce jour-là, les boutiques sur la jetée regorgeaient de clients. Tara se trouvait quelque part dans le coin, avec ses sœurs, faisant la publicité de l'hôtel.

Ford la visualisait avec ses talons, élégante, sophistiquée et distinguée, totalement à l'opposé de la femme avec qui il s'ébattait. Il s'attarda sur cette dernière image et prit conscience qu'il ne valait pas mieux que Carlos.

La fin d'après-midi était torride. L'océan calme et bleu comme l'azur était parsemé de moutons d'écume formés par le vent tandis que le soleil se couchait lentement. Derrière Ford, Carlos continuait à s'activer en jetant de temps en temps un coup d'œil inquiet en direction de son patron.

— Qu'est-ce qu'il y a ?

— Est-ce que vous allez me virer ? Parce que j'aimerais mieux me faire botter les fesses, monsieur.

— Appelle-moi encore une fois « monsieur », et tu seras viré.

— Alors c'est bon ?

— Sûrement pas. Tu avais les mains sur ma fille. Et je peux t'assurer que si jamais je te surprends ne serait-ce qu'à songer à la toucher à nouveau, on ne retrouvera pas ton corps.

Carlos pâlit, et Ford soupira.

— Mais je ne peux pas faire ça non plus.

Le gamin approuva d'un signe de tête. Il était complètement d'accord avec ça.

— Pourquoi ? demanda-t-il malgré tout.

— Parce que Mia serait furieuse contre moi, et elle vient juste d'arriver dans ma vie. Et parce qu'à dix-sept ans j'étais incroyablement stupide et égoïste. Bien plus que toi, en fait. (Ford marqua une pause.) Écoute, je suis bien conscient que pour toi c'est juste une amourette d'été, mais Mia…

— Non.

Ford eut un mouvement de surprise devant le sérieux et la véhémence contenus dans cette unique syllabe.

— Comment ça non ?

— Non, ce n'est pas juste une amourette d'été.

— Et comment crois-tu que ça va évoluer ? Parce qu'à la fin de l'été elle part en Espagne, tu sais ? Pour toute une année. C'est une éternité pour un garçon de ton âge. Et je ne veux pas qu'elle souffre.

— Je n'ai pas l'intention de la blesser. Je l'aime.

Ford plongea son regard dans les yeux de Carlos. On ne sait peut-être pas grand-chose de l'amour à dix-sept ans, mais cela n'empêchait pas Carlos de penser ce qu'il disait. *Et merde !*

— OK, changement de plan. Si jamais tu l'approches…

— On ne retrouvera pas mon corps ?

— Abstiens-toi, c'est tout. Ne t'avise plus de la toucher. Jamais. (Ford soupira.) Un jour tu auras une fille, et tu comprendras.

— En fait, je pense que je comprends déjà. Et qu'en est-il de Madame Daniels ?

— C'est-à-dire ?

— Je n'ai pas quarante ans et des brouettes, dit Carlos. Mais c'est une femme bien. Il ne faudrait pas que quelqu'un la fasse souffrir.

Ford fut si surpris qu'il eut du mal à trouver ses mots.

— Trente-quatre ans. Et je n'ai pas l'intention de faire souffrir Tara. Jamais.

— Et donc…

— Je suis prêt à me jeter à l'eau, dit Ford. Pour de bon.

Carlos le regarda, surpris.

Mais pas autant que Ford, lui-même.

— Heu, je ne l'avais pas vue venir celle-là, dit ce dernier en se grattant la joue.

— Pour être honnête, moi non plus.

Mia avait commencé à distribuer les muffins, mais elle avait voulu aller se promener, alors Tara avait pris le relais.

— Un muffin « double dose de plaisir » à la myrtille, dit-elle en les tendant au passant, sans ralentir pour engager la conversation jusqu'à ce que quelqu'un arrive derrière elle, l'entoure de ses deux bras musclés et prenne deux muffins, un dans chaque main.

Logan.

Il mordit dans l'un des gâteaux.

— Mmm, tu es sacrément douée. Dis, il y a des photographes qui viennent demain pour le magazine *People*. Je fais partie des cent hommes vivants les plus sexy de la planète. Tu y as déjà vu ton barman ?

Elle lui jeta un regard exaspéré qui le fit rire.

— Tu sais, même ta façon de me regarder d'un air de dire « ne m'oblige pas à me fâcher » me manque. Quoi qu'il en soit, pour ma photo, le magazine fait venir quelques mannequins en bikini afin de poser sur une voiture. J'ai pensé que peut-être tu voudrais prendre leur place.

— Oh, je le ferai volontiers, dit Tara avec humour. Quand il gèlera en enfer.

— OK, je vais donc devoir me contenter des mannequins, accepta-t-il, beau joueur.

— Oui, et je parie que ça va être un vrai calvaire.

Il lui passa la main dans les cheveux.

— Je continue de croire qu'il y a un espoir pour moi, Tara. Pour nous.

Mais le « moi » était passé avant le « nous », et il en serait toujours ainsi. Logan était un homme bien, mais pas celui qu'il lui fallait. Elle le savait. Et, quelque part, elle l'avait toujours su.

— Logan…

— Une prochaine fois, chérie. Mon fan-club m'appelle.

Elle le regarda s'éloigner et disparaître parmi un groupe de femmes dont Cindy et Sandy faisaient partie.

Elle ne put retenir un éclat de rire et pivota pour se retrouver face à Chloe.

— Tu veux faire une pause ? demanda Chloe en prenant le panier.

— Oui, répondit Tara. Mais il y a quelque chose qui cloche. Pourquoi me proposes-tu ton aide ?

Chloe fit mine de ne pas avoir entendu et offrit des muffins aux passants avec un sourire avenant que Tara n'aurait pu afficher, même pour sauver sa peau.

Sawyer avançait dans leur direction en traversant la foule.

Le fait qu'il soit en service et au téléphone ne sembla pas déranger Chloe, qui se jeta en travers de sa route.

— Un muffin, monsieur le policier ?

Il s'arrêta pour la regarder, et Tara retint sa respiration. Ces deux-là ne voyaient vraiment pas les choses d'un même œil concernant… tout. Avec son mètre quatre-vingt-dix, Sawyer était intimidant, mais la petite Chloe l'accueillit avec de grands yeux candides. À la voir, on n'aurait jamais cru qu'elle le faisait tourner en bourrique depuis son arrivée en ville.

— Ce sont des muffins « double dose de plaisir » à la myrtille. Prenez-en deux et vous quadruplerez le plaisir, monsieur le policier.

— C'est toi qui les as faits, demanda-t-il sans quitter un instant des yeux le visage de Chloe.

Elle éclata de rire.

— Pourquoi ? Tu as peur ?

— Ça dépend. Réponds à ma question.

— Ah ! comprit Chloe. Tu penses que je les ai empoisonnés.

— Peut-être seulement ceux que tu as gardés pour moi.

Chloe le détailla de la tête aux pieds, avant de croiser de nouveau son regard.

— Ce serait un sacrilège.

Tara manqua de s'étrangler.

La seule réaction de Sawyer fut d'ôter lentement ses lunettes de soleil.

— Qu'est-ce que tu mijotes ?

Elle tendit la main et retira une bouloche imaginaire sur son torse.

— Si je te le disais, murmura-t-elle, ça signifierait que je commence à rouiller.

Sawyer soutint son regard. À plus d'un mètre de là, Tara faillit reculer d'un pas devant l'explosion de chaleur qui se dégageait d'eux. Elle ignorait à quoi jouait Chloe, et encore plus pourquoi Sawyer la laissait faire. Mais il y régnait une tension considérable, qu'elle n'avait jamais remarquée auparavant.

Une tension sexuelle.

La radio de Sawyer émit un son strident. Il resta immobile à dévisager Chloe.

— Il faut que tu y ailles, dit Chloe d'un ton léger comme si de rien n'était. (Elle lui tendit quelques muffins.)

— Fais attention à toi, d'accord ?

Sawyer l'observa encore quelques instants, perplexe et méfiant devant la gentillesse inattendue de la jeune femme.

— Tu es une plaie, dit-il finalement en remettant ses lunettes en place.

Chloe sourit en hochant la tête.

— C'est vrai. Ne l'oublie surtout pas. Bye.

Elle glissa son bras sous celui de Tara, et elles s'éloignèrent.

— Qu'est-ce que c'était que ça ? chuchota Tara.

— Quoi ? J'offre des muffins.

— Je parle de la façon dont tu as perturbé ce pauvre homme.

Chloe haussa une épaule.

— C'est du donnant, donnant.

Tara lui jeta un regard en coin.

— C'est-à-dire ?

— C'est-à-dire que peut-être il n'est pas le seul à être perturbé.

Et, sans expliquer cette mystérieuse déclaration, elle continua à offrir des muffins.

— Chloe…

— Je ne veux pas en parler.

— Dans ce cas pouvons-nous parler de la raison pour laquelle tu es venue m'aider ? demanda Tara.

— Quoi ? Une sœur ne peut pas en aider une autre ?

— Bien sûr, si elle veut quelque chose en échange.

— Eh bien, ce n'est pas mon cas, répliqua Chloe d'une voix peinée.

Mince.

— D'accord, c'était vache, admit Tara. Je suis désolée.

Chloe esquissa un sourire.

— Waouh, Maddie avait raison. Tu t'es ramollie depuis que tu t'envoies en l'air avec Ford. Je n'avais pas remarqué. Et j'ai bien une faveur à te demander. J'aimerais ne pas travailler ce soir pour aller faire de l'escalade, et je voudrais aussi que tu me réveilles demain matin. J'ai une grosse journée de travail au *Four Seasons* de Seattle.

Elle tendit un muffin à Tucker, le frère jumeau de Lance, qui venait de les rejoindre.

—On part dans une demi-heure, dit-il.

—On va encore finir avec les menottes ? demanda Chloe pleine d'espoir.

—Non. Cette fois nous avons vraiment une autorisation, répondit Tucker en riant. Je vais préparer le matériel pendant que Lance tient le stand. Il y aura aussi Jamie et Todd.

Tara se retint d'émettre un commentaire désobligeant. Elle adorait Lance et Tucker, mais n'aimait pas le cousin de Jamie, Todd. Quand il était dans le coin, les choses avaient tendance à tourner au vinaigre.

—Dans ce cas, je ferais mieux de venir t'aider, dit Chloe, que cela ne semblait pas inquiéter.

Elle regarda Tara qui donna son accord d'un signe de tête, lui tendit le panier et partit.

—Sois prudente, lança Tara tout en sachant qu'elle n'en ferait rien.

Elle baissa les yeux sur le panier, et un sentiment de solitude l'envahit. Ses deux sœurs avaient d'autres personnes dans leur vie. Tara avait négligé de s'occuper de cet aspect-là. Elle avait été trop occupée à essayer de faire de l'hôtel une réussite, et à ne pas se perdre une fois encore... Elle n'avait pas pris le temps d'entretenir des amitiés.

D'accord, ce n'était pas tout à fait vrai. Elle avait consacré beaucoup de temps à une personne en particulier... trop de temps.

Ford, bien sûr. On en revenait toujours à Ford.

Elle prit conscience qu'en pensant à lui elle s'était dirigée vers son stand. Elle n'aurait pas dû être surprise, vu qu'apparemment il n'y avait qu'avec lui, et avec personne d'autre, qu'elle savait exactement qui elle était.

Et qui elle n'était pas.

Mais c'était Jax derrière le bar, et non Ford. Bien qu'elle trouve cela stupide, elle ne put s'empêcher d'être déçue.

— Qu'est-ce que je te sers ? demanda Jax.

— Oh, je…

Elle n'était pas venue pour boire un verre, mais pour voir l'homme auquel elle ne cessait de penser. L'air de rien, elle jeta un coup d'œil alentour.

— Tu veux un indice ? proposa Jax.

Tara sentit des frissons sur sa nuque et ferma les yeux.

— Il est juste derrière, c'est ça ?

— Ouais.

Avec un soupir, elle se retourna pour faire face à un Ford décontracté, vêtu d'une casquette de baseball des Mariners, d'un pantalon à poches et d'un tee-shirt sur lequel était écrit : « Vogue vite, vit lentement. »

Il lui adressa un sourire éblouissant qui réchauffa des endroits de son corps qui n'en avaient pas besoin.

— Salut, dit-elle sur le ton de la conversation, impressionnée par sa propre attitude, calme et posée. Eh bien, continua-t-elle en rebroussant chemin, j'espère que vous aurez du monde ce soir.

Sans être dupe, Ford lui emboîta le pas.

— Tu vas quelque part ?

— Je travaille.

— Vraiment ? Parce que j'aurais plutôt cru que tu me cherchais.

Et mince !

— Pourquoi ferais-je ça ?

Il émit un petit rire, celui qui la faisait toujours trembler.

— Parce que tu ferais n'importe quoi pour m'avoir.

Mon Dieu ! Elle jeta un coup d'œil vers Jax pour s'assurer qu'il ne pouvait pas les entendre, mais il leur tournait le dos.

— Je t'ai déjà eu, chuchota-t-elle.

— Oui, approuva Ford. Ce qui explique que tu serais prête à tout pour remettre ça.

Sans attendre qu'elle refuse, il la débarrassa du panier qu'il déposa derrière le comptoir. Puis, posant une main sur ses reins, il la guida à travers la foule, au milieu de la musique et des rires. La grande roue tournait lentement.

Comme la vie de Tara.

— Sais-tu que Carlos pense être amoureux de Mia ?

— Oui. Mais ils sont trop jeunes pour ça.

— Ce genre de remarque t'aurait énervée à dix-sept ans, lui fit-il remarquer avec humour.

Pas faux. Tara se frotta les tempes.

— D'accord, je vais essayer de m'habituer à l'idée qu'ils semblent être plus intelligents que nous ne l'étions à leur âge. Les parents adoptifs de Mia ont fait du bon boulot.

— Ouais.

Ils passèrent devant la grande roue en silence. Tara savait qu'ils étaient tous deux en train de penser à ce qu'avaient accompli les parents de la jeune fille. Tara leur était reconnaissante, bien au-delà de ce qu'elle pouvait exprimer.

— Et toi, sais-tu que Sawyer et Chloe se tournent autour ?

— En fait, c'est Sawyer le lion, Chloe est au centre de l'arène avec un fouet et joue avec lui.

— Désolée.

— Sawyer est un grand garçon, la rassura Ford.

Ils ralentirent devant le glacier où se tenait une dégustation. Lance se tenait derrière le comptoir, offrant des échantillons de tous leurs parfums.

— Que voulez-vous essayer ? leur demanda-t-il.

Tara montra du doigt le double fudge chocolat, qui fondit dans sa bouche.

— Si tu as aimé, tu devrais essayer celui-là. (Lance lui tendit une autre mini-cuillère.) C'est du chocolat noir belge.

— Oh, mon Dieu, gémit-elle en savourant ce goût divin. Et celui-là, c'est quoi ? demanda-t-elle en désignant une autre mixture couleur chocolat.

— Chocolat E. Pour extase. Attention avec ce parfum-là, l'avertit Lance en adressant un clin d'œil à Ford. Il est surnommé « pur pêché ».

Tara le goûta et gémit de nouveau. Elle n'avait jamais rien dégusté d'aussi succulent de toute sa vie.

— Tu veux un cône de ce parfum ? demanda Lance.

Elle n'arrivait pas à se décider tant ces glaces étaient délicieuses.

— Attends, je n'ai pas goûté le chocolat avec du caramel au beurre salé, murmura-t-elle.

Lance, patient, lui offrit un échantillon.

Elle soupirait de plaisir quand elle sentit Ford s'approcher d'elle et lui susurrer à l'oreille d'une voix rauque :

— Gémis encore une fois, et je t'entraîne dans le premier recoin sombre que je trouve. Et Tara ? (Son souffle chaud contre sa peau la fit frissonner.) Une fois que j'en aurai fini avec toi, tu ne te souviendras plus de ton propre nom.

Elle avait déjà oublié comment elle s'appelait.

— C'est plutôt effronté comme menace, réussit-elle à articuler.

— Oui, et si tu as de la chance, j'attendrai que nous soyons seuls pour la mettre à exécution.

Elle se tourna pour lui faire face, juste au moment où il se penchait pour prendre l'échantillon que Lance lui tendait. Son regard dans celui de Tara, il lécha la minuscule cuillère. Lentement.

Les jambes de Tara se mirent à trembler.

— Passe ta commande, lui dit-il avec un autre coup de langue suggestif.

Plus tard, elle fut incapable de se souvenir de ce qu'elle avait commandé. Tout ce dont elle se rappelait, c'était avoir traversé la foule en tenant la main de Ford, la faim et le désir courant dans ses veines.

Sans un mot, ils se mirent d'accord pour regagner la voiture de Ford. Il les conduisit à la marina, puis au bateau. Toujours silencieux, ils montèrent à bord.

La lune n'était qu'un étroit croissant se reflétant sur l'eau qui clapotait paisiblement contre le bateau lorsqu'ils se tournèrent l'un vers l'autre.

Chapitre 24

Pour toute action, il y a une critique négative équivalente. N'en tiens pas compte.
Tara Daniels

Seul un quartier de lune se reflétait faiblement sur l'eau. Les bruits de la nuit semblaient étouffés, à l'exception de la respiration haletante de Tara et de ses gémissements.

Aucun son au monde n'était plus agréable à l'oreille de Ford.

Ils étaient allongés sur son lit. Tara s'agitait sous ses caresses, et il l'emmena lentement aux frontières de la folie. Il la regarda, captivé, tandis qu'elle laissait tomber ses barrières.

Et elle n'était pas la seule.

Chaque fois qu'il était avec elle, il mettait son âme à nu. Du jour où elle était revenue à Lucky Harbor, il avait ressenti exactement la même chose que dans son souvenir, un sentiment que pendant toutes ces années il n'avait pu oublier.

Il contempla le corps magnifique de Tara, élancé avec ce qu'il fallait de rondeurs, allongé sur le lit et offert à son regard. Si beau que cela en devenait douloureux.

Elle ouvrit les yeux.

— Tu me regardes comme…

— Comme tu regardais les glaces tout à l'heure ? demanda-t-il en souriant. En effet. J'ai faim de toi, Tara.

Elle s'étira et tendit les bras au-dessus de sa tête, donnant à Ford la permission silencieuse de goûter tout ce qu'il voulait. Cela faisait des jours qu'il n'attendait que ça, la dévorer de la tête aux pieds jusqu'à ce qu'elle jouisse. Puis renouveler l'opération. Il commença par sa gorge, goûtant chaque centimètre carré de sa peau, mordillant certains endroits stratégiques, s'arrêtant pour l'exciter davantage chaque fois qu'elle avait le souffle coupé ou qu'elle remuait avec impatience.

— Si douce, susurra-t-il contre sa peau. Tu es si douce que ça en est indécent.

Quand il arriva à son nombril, elle empoigna les draps de chaque côté de son corps, murmurant le nom de Ford. Cela débuta par une sorte de mélopée, puis se transforma en prière, pour finir en menace afin qu'il en vienne au fait.

Il s'esclaffa.

— Reste allongée, et accepte ce que je te donne, Tara. *(Accepte-moi…)* Laisse-moi le contrôle, et je t'emmènerai là où tu veux aller, je te le promets.

— Je… Oh, mon Dieu, réussit-elle à dire quand il la prit dans sa bouche et suça avec douceur, en glissant les mains sous ses fesses afin de l'immobiliser.

— Continue, lui intima-t-elle.

Toujours décidée à être à la barre.

— S'il te plaît, corrigea-t-elle. Continue, s'il te plaît…

Elle glissa les doigts dans la chevelure de Ford, s'y accrochant, le maintenant contre elle. Le faisant rire une fois encore.

— Dis-le encore, exigea-t-il.

— Continue, s'il te plaît, répéta-t-elle en l'écrasant contre elle, lui tirant les cheveux sans pitié.

— Tu vois ? murmura-t-il. Aussi douce que le miel.

Et il ne s'arrêta pas. Pas avant qu'elle l'ait supplié.

Poliment.

Tara s'était endormie pelotonnée contre Ford, une main sur son torse, l'autre sous le menton.

Allongé, complètement détendu, il l'écoutait respirer. Il ne voulait pas bouger. Ne voulait pas qu'elle sorte de sa torpeur et se souvienne qu'elle essayait de garder ses distances avec lui. Parce que, à son réveil, elle s'habillerait et partirait.

Elle était douée pour ça.

Tout comme il était doué pour la laisser faire.

Et il ne pouvait s'en prendre qu'à lui-même. Mauvais gènes, enfance malheureuse… : des excuses, et il le savait. Et elles ne lui suffisaient plus à justifier son comportement.

C'étaient les circonstances qui avaient ramené Tara à Lucky Harbor. Et c'était également une question de circonstances si elle était restée. Personne ne pouvait nier que le lien qui les unissait existait toujours, il était d'ailleurs probablement plus fort qu'autrefois, mais elle freinait des quatre fers, et il ne pouvait pas lui en vouloir.

Elle s'était brûlé les ailes.

Il le savait. Il le comprenait. Il avait même été l'un de ceux qui l'avait blessée. Jusqu'à présent il avait été décidé à lui laisser tout le temps dont elle avait besoin, car à la vérité, il lui avait fallu du temps à lui aussi. Du temps pour affronter ses vieux démons. Du temps pour comprendre qu'il était prêt à s'engager pour de bon.

Parce que c'était elle. Elle le faisait rire. Ressentir. Réfléchir. Elle le rendait heureux.

Elle le rendait… tout.

Et, avec ce tout, elle le rendait également vulnérable. Profondément vulnérable, et ça lui foutait une trouille de tous les diables. Au final il avait autant peur qu'elle.

Seigneur, ce qu'il détestait ça !

Avec un soupir ensommeillé, Tara s'étira et se détacha de Ford.

—Non.

Elle leva la tête, surprise.

—Non, quoi ?

Il inspira profondément.

—Ne pars pas. Passe la nuit avec moi.

Elle le regarda avec tendresse, et il sut à la lueur dans ses yeux que ce qu'il venait de dire l'avait touchée, que c'était important. Un pas dans la bonne direction, disait la lueur, et il lui rendit son regard.

Mais elle sortit quand même du lit.

— Je ne peux pas rester cette nuit. Je dois aller jeter un coup d'œil à l'hôtel. (Elle enfila sa robe et se pencha pour l'embrasser.) Bonne nuit, Ford.

Et elle s'en alla, ses talons claquant sur le pont en rythme avec le seul autre son que percevait Ford, les battements affolés de son propre cœur.

OK, elle était partie un peu abruptement, mais elle l'avait d'abord embrassé.

Un pas dans la bonne direction, se dit-il une nouvelle fois.

Et là, seul dans le noir, il sourit.

Le lendemain matin, Tara se leva puis se doucha, déterminée à cuisiner pour leurs clients le meilleur petit déjeuner qu'ils aient jamais eu. Elle ne brûlerait rien. Cependant, elle devait d'abord réveiller Chloe, comme celle-ci le lui avait demandé, mais son lit était vide. Elle ne l'avait pas entendue rentrer après l'escalade, mais elle était probablement déjà dans la cuisine de l'hôtel en train de mettre le bazar.

Résignée, Tara s'y rendit, prête à s'énerver.

Mais la pièce était vide. Tara appela Chloe sur son téléphone portable, mais tomba directement sur la boîte vocale. Elle essaya ensuite Maddie.

— Salut, répondit cette dernière d'une voix endormie. Qui est mort ?

— Chloe est avec toi chez Jax ? demanda Tara.

— On serait un peu serrés dans ce lit si elle était avec nous. Pourquoi ?

— Je crois qu'elle n'est pas rentrée à la maison la nuit dernière.

—Après l'escalade ? Oh, non !

À présent bien réveillée, Maddie posa la question qui taraudait Tara :

—Tu penses qu'elle s'est encore fait arrêter ?

—C'est une possibilité.

—Je serai là dans quinze minutes.

—Non, dit Tara. Tu as fait le dernier service la nuit dernière. Je m'en occupe.

—J'allais de toute façon venir t'aider à servir le petit déjeuner. Donne-moi un quart d'heure.

—D'accord, céda Tara, reconnaissante d'avoir quelqu'un avec qui s'inquiéter. Merci. Tu appelles Sawyer, ou je m'en charge ?

—Appeler Sawyer pour quoi ? demanda l'intéressé en entrant par la porte de service, emplissant la pièce de son imposante stature.

Il alla directement à la machine à café.

Tara lui tendit un gobelet.

—Merci. (Il esquissa un semblant de sourire qui lui donna un air de mauvais garçon et s'appuya au comptoir, la tasse à la main.) Tu vas me dire ce qu'il y a ? demanda-t-il de nouveau.

Tara songea à ne rien lui dire. Après tout, quand Chloe se mettait dans la panade, c'était en général Sawyer qui, par la force des choses, devait s'en occuper.

Mais si Tara ne lui disait rien et qu'un malheur était arrivé à sa sœur... Elle soupira.

—Chloe n'est pas rentrée la nuit dernière.

Il ne cilla pas, mais quelque chose dans son attitude fit penser à Tara qu'il n'était pas heureux d'entendre ça.

—Et elle était censée rentrer ?

—Oui.

—Elle faisait partie du groupe de grimpeurs qui s'est rendu à la Butte ?

—Sûrement, répondit Tara, inquiète. Pourquoi ?

—Parce que j'ai arrêté l'un d'entre eux ce matin.

Oh, mon Dieu.

—Qui ? Et pour quelle raison ?

—Todd Fitzgerald. Ivresse sur la voie publique.

Todd. Bien sûr. Tara soupira, et Sawyer s'écarta du comptoir.

—Je vais passer quelques coups de fil.

Elle savait qu'il parlait du poste de police, de l'hôpital... et de la morgue. Mais avant qu'il ait atteint la porte, Chloe fit son apparition, les cheveux en bataille, le visage rougi, habillée avec les vêtements de la veille, et portant ses chaussures à la main.

Sawyer la regarda, impassible.

—Ne commence pas, dit-elle.

Elle le frôla lorsqu'elle passa devant lui. En boitant.

Il la détailla avec attention.

—Tout va bien ?

Elle se tourna face à lui.

—Je vais toujours bien.

Une gêne passa entre Sawyer et Chloe. Comme toujours. Tara ignorait quelle était la conclusion à tirer de ce malaise ou ce qu'elle aurait pu faire pour aider.

—Tu n'as pas des trucs de shérif qui t'appellent ? demanda Chloe.

Sawyer fit un petit signe de tête qui aurait pu se traduire par « va te faire voir » puis se dirigea vers la sortie. Tara lança à sa petite sœur un regard désapprobateur, et Chloe leva les yeux au ciel.

—Sawyer, appela-t-elle à contrecœur pour s'excuser.

Il ouvrit la porte.

—Je suis heureux que tu sois saine et sauve.

—Nous étions à la Butte, dit Chloe en parlant à son large dos aux muscles contractés. On est tombés en panne d'essence et on a dû attendre qu'il fasse jour avant de trouver quelqu'un pour nous ramener.

Il se tourna vers elle.

— C'est illégal de faire la fête là-bas.

— On est tombés en panne d'essence, répéta-t-elle.

— Et tu as aussi perdu ton téléphone ?

Choe poussa un soupir dramatique.

— Je l'ai oublié à la maison, OK ? Et Lance n'en a pas.

Sawyer la regarda dans les yeux.

— Tu étais avec Todd ?

— Pendant une partie de la nuit.

— Il avait un téléphone, lui.

— Comment le sais-tu ? demanda-t-elle.

— Parce qu'il est dans le sac où sont gardés les objets lui appartenant afin qu'il puisse les récupérer quand il sortira de prison après avoir dessoûlé.

— Tu l'as arrêté ? Sérieux ?

Sawyer n'eut l'air ni contrit ni ému.

— Il est entré en titubant dans un magasin à 5 heures ce matin, a renversé trois rayonnages et uriné sur le présentoir à journaux. (Il secoua la tête, incrédule.) Lance et toi avez d'inquiétantes tendances suicidaires, tu le sais ? Que se serait-il passé s'il avait eu un problème de santé là-haut ?

— Il avait besoin de cette sortie, Sawyer. Mon rôle n'est pas de jouer les baby-sitters, ni de lui dire ce qu'il peut ou ne peut pas faire.

— Bon sang, Chloe ! Sa mucoviscidose n'est pas un putain de rhume des foins !

— Et tu crois qu'il ne le sait pas ?

— Et toi ? demanda-t-il. Est-ce que l'inhalateur est toujours suffisant ? Je ne crois pas. Tu ne vas pas me dire que tu ne t'es jamais retrouvée aux urgences pour une crise d'asthme alors que tu faisais de l'escalade.

— Il n'est rien arrivé ! s'énerva Chloe. Je ne comprends pas pourquoi tu te mets dans tous tes états.

— Je ne suis pas dans tous mes états. (Il affichait un visage impassible : son expression de flic.) Cela impliquerait que nous ayons des sentiments l'un pour l'autre.

Chloe l'observa pendant un long moment.

— Dans ce cas j'ai dû me tromper, dit-elle finalement.

Sawyer soutint son regard, puis jura dans sa barbe et quitta la pièce sans un mot de plus. Quand la porte se referma derrière lui, Chloe relâcha son souffle.

— Eh ben, commenta Tara, brisant le silence, quelle tension.

— Tu ne vas pas t'y mettre, toi aussi.

Chloe alla droit au réfrigérateur et en sortit un reste de « tarte aux pommes de ta mère ».

— Il n'y avait que toi, Tucker, Lance et Todd là-haut ? demanda Tara.

— Non. Lance a ramené une bande de potes, et une chose en entraînant une autre…

Sawyer ne s'était donc pas trompé. Il y avait bien eu une fête.

— Je croyais que tu ne pouvais pas avoir de relations sexuelles sans finir à l'hôpital ?

— Personne n'a couché. En tout cas, pas avec moi, soupira Chloe. Il n'y a qu'une bande de gamins stupides dans cette ville.

— Sawyer n'est pas stupide.

— Et ce n'est pas non plus un gamin.

Tara regarda Chloe dévorer la tarte.

— Qu'est-ce qu'il est alors ?

— Merde, Tara, j'ai vraiment besoin de te sortir le discours sur les fleurs et les abeilles ? Tu ne peux pas trouver les infos sur Internet comme tout le monde ?

Tara se mit à rire, et Chloe se détendit légèrement.

— Je n'ai vraiment pas envie d'en parler, dit-elle.

— Un leitmotiv qui revient souvent entre nous trois, constata Tara.

— Qu'est-ce que j'entends ? demanda Chloe. Des regrets ? De la part de la plus secrète des trois sœurs ?

Sans attendre de réponse, elle déposa son assiette dans l'évier et se dirigea vers la porte.

— Je m'en vais.

Quand Tara fut seule, elle poussa un soupir.

— Oui, c'est bien des regrets.

Elle se secoua pour revenir à la réalité et commença à sortir les ingrédients dont elle allait avoir besoin pour son « gratin du bonheur » qu'elle avait adapté à partir de la recette de Mia. Elle était en train de râper du fromage quand la porte de service et celle qui donnait sur le couloir s'ouvrirent en même temps.

Logan d'un côté, et Ford de l'autre.

Le niveau de testostérone grimpa aussitôt en flèche, passant de zéro à cent en moins d'une seconde quand les deux hommes s'affrontèrent du regard au-dessus de la tête de Tara.

— Tiens, tiens, ce ne seraient pas les camarades de beuverie ? railla Tara sur un ton pince-sans-rire. Est-ce que je dois sortir la vodka, les garçons ?

— Je suis juste venu donner un coup de main, répondit Logan. Vu que tu n'arrêtes pas de brûler tes plats…

— Et tu comptes aider comment ? demanda Ford. Tu sais cuisiner ?

— Non, mais je suis un bon assistant, répliqua Logan avec un sourire charmeur en direction de Tara.

— Moi, je cuisine, rétorqua Ford.

Logan étrécit les yeux, et Tara sentit qu'une autre compétition était sur le point de démarrer. Elle avait entendu parler du concours d'abdos au *Love Shack*. D'un côté elle n'arrivait toujours pas à y croire, et de l'autre elle aurait souhaité y être pour le voir.

— OK, vous savez quoi ?

Elle fourra un sac vide dans les mains de Logan et poussa son corps ferme et élancé vers la porte de service.

— J'ai besoin de pommes. Va m'en chercher, tu veux bien ?

Ford s'appuya au comptoir d'un air arrogant.

— Oh, non ! (Tara le poussa dans la même direction que Logan.) Toi aussi. Et tenez-vous bien.

Elle ferma la porte derrière eux et mit le plat au four. Quand elle se retourna, elle se retrouva face au regard amusé de Mia.

— Je suis venue voir si tout se passait bien, dit l'adolescente.

— Je me suis occupée des fauteurs de troubles. Hormis ça, rien de bien nouveau. Ma vie est assez ennuyeuse, en fait.

— Ouais, c'est ça, approuva Mia en riant. OK, et si on faisait en sorte de ne pas brûler le petit déjeuner, aujourd'hui ?

— Je te jure que je suis une bonne cuisinière, se défendit Tara, désireuse de paraître douée à quelque chose aux yeux de sa fille.

Elle expliqua à Mia comment faire du pain frais.

— Ce ne sera pas long à cuire, après nous pourrons…

Tara s'interrompit en voyant, par la fenêtre, ce qui se passait dehors.

— Oh, pour l'amour de Dieu !

Logan et Ford, l'un avec une échelle et l'autre sans aide extérieure, avaient chacun escaladé un arbre et cueillaient des pommes. Beaucoup de pommes.

Plus que ce dont elle aurait besoin durant le mois à venir.

Et ils ne le faisaient pas pour elle, non. Il s'agissait d'une nouvelle compétition.

Mia rejoignit Tara à la fenêtre et haussa un sourcil – un autre talent qu'elle tenait de son père.

Ensemble, elles regardèrent les deux hommes cueillir des pommes.

— Et tu trouves que ta vie est ennuyeuse ! murmura Mia.

— Tu couches avec elle, répéta Logan, amer, à l'intention de Ford, depuis les branches de son arbre.

Avec son bras blessé, il avait mis plus de temps à grimper.

Ford, ayant ses deux bras libres, n'avait pas eu besoin d'échelle pour monter dans l'arbre voisin.

— Ce n'est pas nouveau, répondit Ford. Tu as été sur Facebook.

— Bon sang. Je devrais te tuer. Ou me tuer, moi. Ce serait moins douloureux d'être mort.

— Tu ne souffres pas vraiment, répliqua Ford dégoûté. C'est juste ton putain d'ego. Tu ne supportes pas l'échec.

— C'est l'hôpital qui se fout de la charité, marmonna Logan.

D'accord, peut-être qu'il n'avait pas complètement tort, mais pour Ford ce n'était pas qu'une question de compétition. Il ne se voyait réellement pas vivre sans Tara. Il se hissa sur la branche suivante et fit tomber trois autres pommes. Il jeta un coup d'œil en bas. Pas de doute, sa pile était plus grosse que celle de Logan, pensa-t-il avec satisfaction. C'est alors qu'une pomme passa à quelques millimètres de son oreille, si près qu'elle le décoiffa.

— Eh !

Logan lui adressa un sourire mesquin et en lança une autre.

Ford la vit arriver, se baissa pour l'éviter et glissa.

— Merde…

C'est tout ce qui sortit de sa bouche avant qu'il lâche prise, perdant dans le même temps son calme et son équilibre.

Il tomba de l'arbre.

Chapitre 25

La famille, c'est comme une pile de crêpes,
il y a toujours quelques ratés.
Tara Daniels

Quand Ford ouvrit les yeux, il était à plat dos, regardant le ciel.

— Nom de Dieu ! s'exclama avec horreur une voix désincarnée dans l'arbre voisin. C'est quoi ce bordel, tu ne sais pas te tenir à une branche ?

— Tu m'as envoyé une pomme en pleine tête, rétorqua Ford.

— Et ça se prend pour un athlète !

Jurant comme un charretier, Logan descendit de son arbre aussi vite que son bras en écharpe le lui permettait.

Ford pria pour qu'il tombe, mais rien ne se produisit. Putain de karma !

— Je ne l'ai même pas lancée fort, marmonna Logan. Tu n'étais pas censé tomber, merde ! J'ignorais que tu étais une mauviette.

— Sympa de m'insulter quand je suis à terre, commenta Ford en faisant bien attention à ne pas bouger.

— Eh, c'est toi qui n'arrêtes pas de répéter que je ne suis pas un sportif !

C'était la vérité. Il n'avait pas d'excuse.

Enfin si, il en avait une.

La jalousie.

— Tout ce que je dis, c'est qu'un pilote de voiture n'a pas besoin d'avoir la forme physique nécessaire à… disons, un marin.

— Bon sang ! Tu veux bien arrêter un peu ? Et pourquoi est-ce que tu restes allongé là ? Dis-moi que tu n'es pas blessé. Tu comptes te servir de ça pour la mettre dans ton lit, c'est ça ? Où as-tu mal ?

Ford souffla un grand coup.

— Je ne veux pas le savoir.

Logan jura et sauta à terre.

— Tu es d'une agilité surprenante, dit Ford, pour quelqu'un qui gagne sa vie le cul rivé derrière un volant.

— Je ne… Mais ferme-la, putain !

Logan s'agenouilla à côté de Ford pour l'examiner et écarquilla les yeux en voyant sa jambe.

— Oh, la vache !

— Non. Ne dis rien.

Il savait déjà. Il sentait la brûlure qui partait des orteils et remontait jusqu'à l'aine. Et pas une petite brûlure, mais plutôt une de celles qui vous donnent envie de hurler. Mais contrairement au dire de Logan, Ford n'était pas une mauviette, il refusa donc d'émettre la moindre plainte. Transpirer, en revanche, était autorisé. Et il ne s'en privait pas. D'ailleurs, il envisageait également de vomir.

Puis il entendit un bourdonnement lui signalant que c'était la fin. Sa vie s'effaçait devant ses yeux…

— Des abeilles ! cria Logan.

Il se mit à courir en cercles, en faisant des bonds et en agitant les bras.

— Elles sont juste attirées par les pommes abîmées, lui expliqua Ford. N'y fais pas attention. À la place tu pourrais, je sais pas moi, aider le type que tu as dégommé.

Mais Logan continua sa petite danse, ce qui était en fait plutôt amusant à regarder.

— Eh mec, il suffirait que tu restes immobile.

— Je suis allergique ! hurla Logan.

— Tu me fais marcher, là ?

— Putain ! Aïe ! (Logan se frappa la clavicule.) Je suis touché ! Je suis touché !

Ford aurait bien demandé à Logan qui était la mauviette maintenant, mais cela n'aurait pas été très sympa. De plus, il se sentait bizarre tout à coup, sa tête commençait à tourner…

Des pieds s'agitèrent autour de lui, martelant le sol. Puis, sous l'effet de la douleur qui lui montait au cerveau, il ferma les yeux.

— Ford ! s'exclama Tara d'une voix étranglée. Oh, mon Dieu, ta jambe !

Elle tomba à genoux, et Ford pensa vaguement qu'il aurait aimé qu'elle prenne cette position pour une tout autre raison.

— Il est mort ? demanda Chloe.

— Pas encore, la rassura Ford en retenant un rire.

Tara sortit son téléphone et composa le 911 en jetant un regard noir à Chloe.

— Ben quoi ? demanda cette dernière, tout innocente. Écoute, il y a des sœurs qui t'aident à déménager, mais une vraie sœur t'aide à planquer les cadavres. (Elle tapota l'épaule de Ford.) Je suis bien contente que ce ne soit pas nécessaire, mon grand.

— Moi aussi, marmonna-t-il.

— À l'aide ! murmura une voix.

Tout le monde se tourna vers Logan. Il était assis sur le sol, les mains autour de la gorge. Le visage rouge comme une pivoine et dégoulinant de sueur.

— Logan, pas maintenant, lui dit Tara. Ford est blessé.

— J'ai été… piqué… par une abeille, expliqua-t-il dans un râle avant de tomber.

Tara, le souffle coupé, abandonna Ford et rejoignit Logan à quatre pattes.

— Il est allergique !

Super, pensa Ford. *Fantastique !* Même dans les pommes, Logan était capable de lui voler la vedette.

L'ambulance arriva. Tara brûla encore une fois le repas. Et dans les trente minutes qui suivirent quelqu'un avait alimenté Facebook avec :

« Tara manque de tuer ses deux prétendants. »

Mia rattrapa le coup avec des crêpes qu'elle avait appris à faire en classe d'économie domestique. Elle servit les clients avec l'aide de Maddie, pendant que Tara montait dans l'ambulance avec Ford et Logan.

Une heure et demie plus tard, Tara était assise dans la salle d'attente de l'hôpital avec Mia d'un côté et Chloe de l'autre. Maddie, elle, s'occupait de l'hôtel.

Elles étaient pour l'instant sans nouvelles des deux hommes, et Tara avait l'impression de perdre la tête.

— Comment ça se fait que ce soit si long ? demanda-t-elle pour la dixième fois.

Chloe lisait calmement *Cosmo*. Elle tournait les pages, admirant tous les beaux mâles à moitié nus en manifestant à voix haute son admiration.

— Peut-être qu'ils sont au bloc en train de les amputer de leur amour pour toi.

Tara fronça les sourcils.

— Et qu'est-ce que ça veut dire ?

— Ça veut dire que je ne comprends toujours pas. Comment ça se fait que ces deux-là soient dingues de toi ? Tu es grincheuse, autoritaire, exigeante et coincée, sans parler de ton petit côté maniaque. (Elle marqua une pause.) Sans vouloir te vexer.

Tara tourna la tête vers Mia, qui n'avait pas perdu son calme.

— Toujours heureuse d'avoir retrouvé tes parents ?

L'adolescente esquissa un sourire.

—Ça dépend des moments.

—Je t'aime vraiment, vraiment beaucoup, s'esclaffa Chloe.

Tara lui donna un coup de coude, puis s'adressa de nouveau à Mia :

—Merci pour ton aide à la cuisine durant ce fiasco.

—Pas de problème. Mais quelque chose m'intrigue.

Oh, mon Dieu. Une autre question, pensa Tara.

—Amy, la serveuse du restaurant, m'a dit que tu n'avais jamais rien brûlé là-bas. Jamais.

—C'est vrai, confirma-t-elle sans tenir compte du bruit moqueur émis par Chloe.

—Alors qu'est-ce qui t'arrive ? demanda Mia.

—Aucune idée.

Un docteur arriva enfin avec des nouvelles. Logan avait reçu un traitement contre sa sévère réaction allergique à la piqûre d'abeille et allait se remettre. Quant à Ford, ils avaient dû l'anesthésier afin de pouvoir réduire sa fracture de la jambe et il était dans les vapes, mais devrait aussi se rétablir sans soucis… en six à huit semaines.

Mia alla voir Ford en premier. Pendant ce temps, Tara appela à l'hôtel pour prendre des nouvelles. D'après Maddie les clients étaient satisfaits et partis pour la journée. Deux nouvelles personnes étaient arrivées, mais tout se passait bien.

Inspirant profondément, Tara remonta le couloir et s'arrêta pour acheter deux ballons. Les deux hommes de sa vie s'étaient comportés comme des gosses, alors autant les traiter comme tels.

La chambre de Logan était la première. Il était assis sur son lit, faisant du charme à une jolie infirmière qui prenait son pouls, trop heureuse de s'occuper de lui.

—J'ai toujours voulu rencontrer un vrai pilote, disait-elle.

Tara leva les yeux au ciel et frappa au chambranle.

—Je ne vous dérange pas ?

L'expression de l'infirmière disait clairement qu'elle dérangeait, mais celle-ci était assez professionnelle pour faire signe que non.

— Il faut juste que je fasse signer ces formulaires au médecin, et il pourra sortir.

Puis, avec un dernier regard concupiscent en direction de Logan, elle sortit.

Logan sourit en voyant les ballons.

— Ils sont pour moi ?

— L'un des deux, précisa Tara en le lui tendant et en l'embrassant sur la joue. Tu es un idiot.

— Oh, merci.

— Mais je t'aime quand même.

— Chouette. (Son sourire s'évanouit.) Mais tu n'es pas amoureuse de moi.

Tara s'assit sur le bord du lit et regarda Logan dans les yeux.

— Et toi, tu l'es, Logan ? Amoureux de moi ? Dis-moi la vérité, reprit-elle en le voyant ouvrir la bouche. Es-tu amoureux de moi, de celle que je suis à présent ?

— Heu, là tout de suite, pas vraiment, répondit-il d'un air boudeur. Là, tu es plutôt méchante.

— Et qu'en est-il de celle qui mène une existence maintenant distincte de la tienne ? Celle qui est à présent impliquée dans la vie de ses sœurs, celle qui ne peut plus tout laisser tomber pour parcourir le monde avec toi afin d'être ta plus grande fan sans se soucier de sa propre vie ? Cette moi-là, Logan. Es-tu amoureux d'elle ?

Logan la contempla un long moment, puis poussa un profond soupir.

— Je ne connais pas cette personne.

— Non, en effet, dit-elle en lui prenant la main. Ce qui veut dire que tu ne peux pas m'aimer.

Il resta silencieux quelques instants.

— Je ne m'attendais pas à ce que ça se passe ainsi entre nous, dit-il enfin. (Il amena leurs mains jointes jusqu'à ses lèvres et effleura les doigts de la jeune femme.) Mais je comprends que tu aimes Lucky Harbor, c'est un endroit très sympa.

Ce n'était pas l'endroit. Tara le savait à présent. C'étaient les personnes qui s'y trouvaient et les liens qu'elle avait créés avec certains d'entre eux. Lucky Harbor était… son foyer.

— Alors, si tu ne repars pas avec moi, dit-il après un moment. Quels sont tes projets ?

— Je tourne la page.

— En restant à Lucky Harbor ?

— Oui, dit-elle, admettant par la même occasion ce dont elle venait de prendre conscience. Je reste.

— Avec Ford ?

— Je ne sais pas, répondit-elle avec honnêteté.

Logan éclata de rire, et elle perçut une mélancolie et une vulnérabilité auxquelles elle n'était pas préparée.

— Moi, je sais, conclut-il doucement.

Chapitre 26

Ne fais jamais rien que tu ne voudrais pas avoir à expliquer aux pompiers.
Tara Daniels

Tara quitta la chambre de Logan et partit à la recherche de son autre problème urgent. Elle ralentit en entendant la voix de Mia. Jetant un coup d'œil par la porte, elle vit sa fille assise sur une chaise à côté du lit de Ford.

En revanche, tout ce qu'elle distinguait de lui, c'était une paire de longues jambes, dont une dans le plâtre. Restant derrière le rideau, hors de leur champ de vision, Tara sourit malgré elle. Ils jouaient aux cartes. Black jack.

—Carte, dit Ford.

Mia lui en donna une.

—Carte, répéta-t-il.

Elle le servit de nouveau.

—Carte.

—Hum, hésita Mia. Tu as trente-six points.

Ford cligna des yeux en louchant sur son jeu.

—Tu en es sûre ?

—Waouh, s'esclaffa Mia. Ils ont dû te donner une sacrée dose, hein, papa ?

Ford se figea et la regarda, surpris.

—Est-ce que tu viens juste de…

—Oui, admit Mia avec une petite voix. Ça t'a fait bizarre ?

— Oui, répondit-il avec un air niais. Très bizarre, mais dans le meilleur sens du terme. Tu devrais profiter de m'avoir attendri et du fait que je plane pour m'extirper tous mes secrets. Je devrais chanter comme un rossignol.

Mia sourit.

— Quel genre de secrets as-tu ?

— De sinistres secrets.

— Par exemple ?

— Par exemple, je regarde *Cauchemar en cuisine*. Mais chut, ajouta-t-il en essayant de poser l'index sur ses lèvres et manquant de peu de s'éborgner. Et je change les serrures du bar rien que pour emmerder Jax. Oh, et je n'arrête pas de provoquer Tara parce que j'adore quand elle s'énerve.

— Tu es vraiment parti. Tu peux m'aider à comprendre pourquoi vous n'êtes pas ensemble, tous les deux ?

— Jax et moi ? Il est fiancé à quelqu'un d'autre maintenant, alors…

— Tu sais très bien que je parle de Tara, dit-elle sans cesser de rire.

Ford regarda ses cartes comme pour y trouver la réponse.

— Allez, ce n'est pas une question si difficile, insista-t-elle.

— Si. Et je ne t'ai pas déjà donné une explication ?

— En fait, non, répliqua Mia. Tu ne l'as jamais fait. Tara, oui. Enfin, en quelque sorte. Mais pas toi.

Toujours dans l'embrasure de la porte, à moitié cachée par le rideau, Tara porta la main à sa bouche pour ne pas les interrompre.

— C'est compliqué, finit par dire Ford. Non, c'est une réponse à la con, et je me suis toujours promis que si j'avais un jour la chance de te rencontrer, je ne te raconterais pas de conneries.

Tara prit conscience qu'il y avait réfléchi. À ce qu'il ferait si Mia revenait dans sa vie. Il y avait réfléchi, et il l'avait souhaité.

Elle avait honte de ne pas avoir fait la même chose, mais si elle s'était laissée aller à y penser, la culpabilité l'aurait tuée depuis longtemps.

—Tant mieux, parce que j'ai un détecteur de connerie particulièrement sensible, approuva Mia.

Ford prit la main de l'adolescente dans un geste plein de tendresse.

—Tu tiens ça de Tara, tu sais ? Tu tiens beaucoup d'elle. Ta force intérieure, ta détermination, ton intelligence. Tout ce qu'il y a de mieux chez toi en fait, ça te vient d'elle, pas de moi.

Tara appuya la main sur son cœur meurtri.

—Alors tu vas finir par me le dire ? insista Mia avec douceur. Tu vas me dire ce qui s'est passé entre vous à l'époque ? J'en profite, vu que tu planes et tout ça…

Ford laissa échapper un profond soupir.

—Je n'étais pas bon pour elle, Mia.

Tara sentit le souffle lui manquer. De toutes les choses qu'elle s'était attendue à entendre, celle-ci ne se trouvait pas sur la liste.

—Elle t'a dit ça ? demanda Mia. Que tu n'étais pas bon pour elle ?

Cela n'avait pas été le cas, pensa Tara, la gorge nouée. Il avait été merveilleux. Exactement ce dont elle avait eu besoin. Il n'avait pas tiré parti de son inexpérience. À la vérité, le désir avait été aussi intense des deux côtés. Quand elle était tombée enceinte, il s'était senti profondément coupable.

Cela n'avait pas été sa faute. Pas entièrement en tout cas. Ils avaient été deux dans ce lit, et une fois qu'il lui avait montré à quel point leurs corps s'accordaient, elle n'avait rien voulu d'autre que d'être avec lui.

—Non, reconnut Ford. Elle ne l'a jamais dit.

—Probablement parce qu'elle ne voyait pas les choses de cette façon, lui suggéra Mia.

Ford émit un grognement, et, une main toujours sur son cœur et l'autre sur sa bouche, Tara secoua la tête. Elle ne l'avait jamais considéré comme quelqu'un de mauvais pour elle. Jamais. Elle avait vu, au-delà de son attitude de dur à cuire, le garçon attentionné et chaleureux qu'il était vraiment.

— Cela n'aurait pas marché, continua Ford. Je n'aurais pas plus pu prendre soin d'elle que de toi, même si je ne souhaitais que ça. La vérité, c'est qu'elle méritait mieux que de se retrouver coincée avec moi dans cette petite ville qu'elle haïssait.

— Et l'amour ? demanda Mia. Si vous étiez amoureux…

— Nous avions dix-sept ans, l'interrompit Ford d'une voix tendre. Nous ne savions pas vraiment ce qu'était l'amour.

Mia exprima son désaccord sans un mot mais avec véhémence. Toujours hors de vue, Tara hocha la tête en signe de compréhension. Peut-être aurait-elle dit qu'ils étaient un peu amoureux, mais elle ne le jugeait pas. Elle était la dernière personne à pouvoir se le permettre.

— OK, dit Mia. Alors Tara est partie, et toi… tu as réagi comment ? Tu l'as laissée faire ?

Elle semblait déçue, et Ford émit un petit rire sans joie.

— Tu tiens vraiment beaucoup d'elle. (Il marqua une pause.) Oui, je l'ai laissée partir. Elle m'en a énormément voulu. Il a fallu presque six mois après son retour à Lucky Harbor avant qu'elle accepte de me reparler.

— Elle était en colère contre toi parce que tu n'as pas essayé de la retenir ?

— Oui. Et je le méritais.

— Mais tu l'as fait par amour ! s'exclama Mia, la romantique. Tu pensais qu'elle méritait mieux.

— Je n'ai pas agi comme ça uniquement par amour, avoua-t-il. J'ai toujours eu tendance à choisir la facilité. Et Tara ne connaît pas la définition du mot « facile ».

Il avait l'air… fier, pensa Tara. Fier d'elle.

— Et qu'en est-il maintenant ? voulut savoir Mia. Maintenant que vous êtes tous les deux plus vieux et au même endroit, ça pourrait se finir différemment, non ?

La douleur s'intensifia, se répandant dans toute la poitrine de Tara au moment où une infirmière la dépassait pour entrer dans la chambre.

— C'est bon, monsieur Walker, dit-elle. Tout est en règle. Vous êtes libre de sortir s'il y a quelqu'un pour vous ramener chez vous.

Tara s'avança dans la pièce et leva la main.

— Je m'en charge.

Ford croisa son regard.

— Sawyer pourrait…

— C'était mon arbre, dit-elle étrangement hostile à l'idée de laisser quelqu'un d'autre s'occuper de lui. C'est la moindre des choses.

Ford occupait toute la banquette arrière de la voiture de Tara avec sa jambe dans le plâtre, laissant le siège passager à l'avant pour Logan, qui s'y assit joyeusement.

Sawyer vint chercher Mia et Chloe. Il proposa de ramener Ford également, mais Tara n'avait pas envie de le quitter et prétexta qu'il était déjà installé dans sa voiture. Elle se mit au volant. Rendue nerveuse par les deux hommes qui l'observaient, elle prit le premier virage un peu abruptement, et Ford manqua de se retrouver sur le plancher.

Logan esquissa un sourire satisfait et jeta un coup d'œil à Ford dans le rétroviseur.

— Il faut se pencher dans les virages, matelot. Apprends à utiliser ton corps.

Ford serra les dents.

— Je sais très bien me servir de mon corps.

— Tout comme moi. Dis-lui, Tara.

Tara lança à Logan un regard assassin.

— Ne m'oblige pas à arrêter cette voiture, parce que je n'hésiterai pas une seconde.

Logan ne montra pas l'ombre d'un remords. Bien que cela l'oblige à un détour, Tara le déposa en premier. Il s'avachit dans son siège quand elle arriva devant sa location.

— Eh, pourquoi c'est moi qui dois descendre le premier ?

— Parce que tu es celui qui est le plus susceptible de finir étranglé, répondit-elle. Par moi.

En entendant cela, Ford se redressa légèrement et arrêta de bouder.

— Très bien, capitula Logan. Mais j'aurais besoin que tu me reconduises à l'intérieur.

— Pourquoi ?

— Parce que j'ai des vertiges à cause des médicaments.

— La cortisone te donne des vertiges ?

— Oui, justement, dit-il en pointant le menton avec défi. Et puis je ne me sens pas très bien. J'ai failli mourir, tu sais.

Tara soupira, gara la voiture et jeta un coup d'œil à Ford dans le rétroviseur.

— Attends-moi ici.

— Bien sûr, marmonna-t-il. Comme si j'allais sauter de la voiture et m'enfuir en courant.

Logan esquissa un sourire mesquin, auquel Ford répondit en lui présentant son majeur.

— Allons-y, intima sèchement Tara à son ex. Et toi, sois sage ! lança-t-elle à l'intention de Ford.

Mais, à voir l'expression du marin, il ne fallait pas trop qu'elle compte là-dessus.

Elle accompagna Logan devant sa porte, où l'attendait Sandy, pomponnée et toute guillerette.

— Oh, pauvre chéri ! s'exclama-t-elle en se levant pour venir se placer à côté de Logan. J'ai appris ce qui s'était passé. Est-ce que ça va ?

Bien entendu, Logan joua le jeu.

— Eh bien, ça a été critique pendant un moment, raconta-t-il en frissonnant. Mais je vais m'en sortir.

Sandy s'affaira autour de lui.

— Laisse-moi te conduire à l'intérieur.

— Bonne idée, approuva Logan en posant la tête sur l'épaule de la jeune femme. Échapper de peu à la mort suite à un choc anaphylactique est épuisant.

Tara roula des yeux, excédée.

Sans lui prêter attention, Sandy passa un bras autour de Logan.

— Tu es sûr que ça va mieux maintenant ? Qu'est-ce que je peux faire pour toi ? Tu n'as qu'à demander.

— Oh, c'est adorable, mais vraiment il ne faut pas t'inquiéter autant juste à cause de moi.

— Ne sois pas idiot, protesta Sandy. Tu as sérieusement besoin que l'on s'occupe de toi.

— Peut-être que tu as raison, murmura Logan avec un soupir de plaisir en s'appuyant contre elle.

— J'en déduis que tu es entre de bonnes mains, constata Tara d'un ton sec.

— Oui, répliqua Sandy. Je m'en charge maintenant, c'est bon.

Tara rejoignit sa voiture.

— Maison ou bateau ? lui demanda-t-elle.

— Maison, répondit-il, morose, les joues assombries par un début de barbe et les yeux cernés. Je ne suis pas assez mobile pour me déplacer sur un bateau.

Un quart d'heure plus tard, grâce aux bons soins de Tara, le patient numéro deux était installé sur son canapé, la jambe en hauteur sur la table basse. Ses béquilles, de l'eau, de la nourriture, et la télécommande à portée de main. Elle lui avait également donné deux comprimés antidouleur.

Il avait l'air en piteux état, et elle se sentit fondre.

— Ça fait vraiment très mal ?

Il ne répondit pas. Se positionnant derrière lui, elle commença à lui masser les épaules.

— C'est mieux comme ça ?

Il émit un petit grognement approbateur, elle continua donc jusqu'à ce que ses muscles noués se relâchent et qu'il soit enfin complètement détendu.

Il la remercia d'une voix bourrue.

Elle aurait voulu garder les mains sur ses épaules, mais il y avait des limites. Et elle les aurait dépassées en lui sautant dessus alors qu'il souffrait et se trouvait sous l'emprise de médicaments.

Quoique…

— Tu t'habitueras aux béquilles, le rassura-t-elle en espérant dire vrai. Mais, en attendant, nous allons nous relayer pour nous assurer que tu as tout ce dont tu as besoin.

— J'ai tout ce dont j'ai besoin. (Il lui saisit la main avant quand elle essaya de s'éloigner.) Mon infirmière personnelle.

Elle éclata de rire.

— Je me suis déguisée en infirmière une fois pour Halloween, mais dans la vraie vie je ne suis pas très douée pour ça.

— Je suis sûr que tu étais super sexy. (Ses yeux se mirent à briller à cette simple évocation.) Toi dans une très, très courte blouse blanche, avec des jarretelles en dentelle et un string minuscule. Ou sans string. Ouais, pas de string du tout.

— On dirait bien que tu y as déjà sérieusement réfléchi, répliqua-t-elle, amusée mais également excitée d'être au centre des fantasmes de Ford.

— J'ai une imagination très prolifique. (Il la regarda, toute trace d'humour ayant à présent déserté ses yeux.) Une chose est devenue claire aujourd'hui quand j'ai cru que j'allais mourir.

— Ford, tu es tombé d'un arbre et tu t'es cassé une jambe. À aucun moment, tu n'as frôlé la mort.

— J'aurais pu, insista-t-il.

— Est-ce que je t'ai donné trop de pilules du bonheur ? demanda-t-elle en vérifiant la bouteille. Il est possible qu'à l'hôpital ils aient oublié de me dire qu'il fallait attendre demain pour te donner une nouvelle dose.

Elle lui vola une longue gorgée de son soda.

— Je t'aime, tu sais. Peut-être que tu devrais tout simplement m'épouser.

Tara recracha son soda par le nez et lutta pour respirer en le regardant avec des yeux comme des soucoupes.

— Ça va ?

— Ça ira, réussit-elle à articuler d'une voix rauque. Quand la douleur à mon bras gauche aura disparu. J'ai bien failli avoir une attaque. (Elle prit une inspiration saccadée.) Tu peux me redire ça ?

— Je veux faire les choses dans les règles cette fois, recommença-t-il. Je veux t'épouser. Plus de stupide Facebook, plus de Logan, plus de conneries du genre « on n'est pas faits l'un pour l'autre », et plus de fin malheureuse. Juste toi, moi et un bout de papier pour que ce soit officiel.

Elle le regarda fixement, puis reprit la boîte de médicaments.

— OK, soyons sérieux. Qu'est-ce que je t'ai donné ?

Avec un flegme trompeur, Ford lui saisit la main et la fit tomber sur lui.

— Attention, s'écria-t-elle. Ta jambe…

— … va très bien. Vu que tu n'es pas d'humeur à discuter mariage, il y a autre chose qui m'aiderait.

— Quoi ?

— Que tu m'embrasses pour que je guérisse plus vite.

Il était dingue. Et elle aussi.

— Ford…

— S'il vous plaît, madame l'infirmière ?

Elle poussa un soupir puis prit le visage de Ford entre ses mains. Il avait les traits tirés à cause de la fatigue et de la douleur. Et pourtant il était superbe. Elle lui déposa un tendre baiser sur une joue, puis entreprit de faire de même sur l'autre, mais il tourna la tête et l'embrassa sur la bouche, avec passion.

—Ça va mieux? demanda-t-elle haletante, un peu plus tard.

—Non, dit-il d'un air solennel. Encore.

—Ford, à propos de…

La demande en mariage. L'avait-il fait consciemment? Est-ce qu'il s'en souvenait? Elle le regarda droit dans les yeux, ne sachant comment relancer le sujet.

—Quand tu…

À l'intérieur de son sac, son téléphone sonna avec insistance.

—Peut-être que Logan s'est encore fait piquer, suggéra Ford, plein d'espoir.

—Salut, lança Chloe quand Tara décrocha. Nos clients demandent s'ils peuvent avoir un panier à emporter. Ils veulent contempler le coucher du soleil quelque part en faisant un pique-nique.

Tara se tenait entre le canapé et la table basse, ses jambes contre la cuisse valide de Ford.

—Heu… (Elle faillit sauter au plafond quand une grande main chaude glissa le long de son mollet.) Bien sûr, mais…

Ford, déterminé, faisait remonter ses doigts, et le cerveau de Tara se mit à tourner à vide.

—Ils voudraient aussi du vin, ajouta Chloe. Nous avons ce qu'il faut?

Ford posa une main sur les fesses de Tara. Et serra.

—Heu…, dit-elle en fermant les yeux quand Ford grogna de plaisir rien qu'à la toucher.

—Je sais que le moment est mal choisi, sympathisa Chloe. Et que tu es déjà bien occupée.

En fait, là c'était plutôt Ford qui était occupé. Il s'immisçait à présent sous ses dessous, et c'est en tremblant qu'elle assena une claque sur la main baladeuse.

Il ne se découragea pas pour autant.

— Raccroche, dit-il.

— Chut !

— Eh, répliqua Chloe, vexée, je ne fais que passer le message !

— Non. Pas toi.

Tara se mordit la lèvre pour retenir son halètement quand Ford glissa sa jambe valide entre les siennes, l'obligeant à les écarter.

— Oh, mon Dieu.

— Qu'est-ce que tu es en train de trafiquer ? demanda Chloe d'une voix suspicieuse. On dirait que tu es en train de courir un marathon.

— Je ferai le dîner, réussit à dire Tara. Autre chose ?

— Oui, beaucoup d'autres choses, chuchota Ford. Mais raccroche d'abord.

— Eh bien, répondit Chloe ignorant ce qui se passait à l'autre bout de la ligne. J'ai l'impression que ça va être un moment spécial pour ce couple, alors j'ai pensé que je pourrais également leur faire un joli panier de mes…

Ford pinça doucement l'arrière de la cuisse de Tara afin d'attirer son attention.

Avec succès.

Elle le repoussa d'une main sur la poitrine pour le ralentir, mais il était décidé. Un petit coup sec et le string de Tara se retrouva au sol.

On pouvait dire qu'il avait de la ressource.

— Ta jambe, siffla-t-elle avant de retenir un gémissement quand il effleura son intimité.

— Je n'ai pas l'intention d'utiliser ma jambe.

Mon Dieu !

— Hé ? appela Chloe. Tu seras de retour quand ? (Cette fois-ci, c'était sûr, elle se doutait de quelque chose, l'amusement dans sa voix était audible.) Quand tu auras fini de t'occuper de Ford ?

— Oui. Non. Je dois y aller, bafouilla Tara. (Il fallait absolument qu'elle raccroche avant que Ford la fasse décoller, et il était déjà bien parti.) Je serai là pour préparer le dîner.

— D'accord, mais je te préviens, Maddie va passer apporter à Ford des choses dont il pourrait avoir besoin pour se débrouiller tout seul. Jax est avec elle.

— OK, j'y vais.

Tara laissa retomber le téléphone et essaya de se souvenir pourquoi c'était une mauvaise idée.

Aucune raison ne lui venait à l'esprit.

— Maddie va venir.

— Non. J'ai appelé Jax quand tu étais dans la cuisine et je lui ai dit que j'allais bien, la rassura Ford d'une voix chargée d'excitation. Mais toi, Tara, tu vas venir. Et pas qu'un peu.

— Ford. On ne peut pas… Tu ne peux pas…

Elle secoua la tête en espérant qu'il comprendrait.

Mais il ne lui fut d'aucune aide. Il sortit un préservatif de nulle part et l'attira à lui de façon qu'elle le chevauche. Il portait le short que Sawyer lui avait apporté à l'hôpital et qui garantissait un accès facile. D'un seul mouvement, il s'enfonça en elle, imposant son rythme afin de la conduire lentement jusqu'à l'extase. Il lui murmura quelques mots à l'oreille, des mots doux et sexy, mais ils furent couverts par les propres battements de son cœur, tandis qu'il l'amenait à l'orgasme.

— Attention à ta jambe, haleta-t-elle.

— Ce n'est pas de ma jambe dont tu devrais t'inquiéter.

Oh, mon Dieu. Il avait raison. Tandis qu'il lui faisait atteindre le septième ciel, elle sentit son cœur et son âme voler en éclats, et s'entendit crier le nom de Ford. Et la jambe de son amant était bien la dernière chose présente à son esprit.

Chapitre 27

Il est frustrant d'avoir toutes les réponses quand personne ne se donne la peine de vous poser les questions.
Tara Daniels

Toucher Tara empêchait la douleur d'arriver au cerveau de Ford. Il n'y avait de la place que pour une sensation à la fois, et son désir pour elle était le plus fort.

Cela lui convenait parfaitement. Elle lui convenait parfaitement. Il n'était jamais rassasié d'elle. Il ne savait absolument pas ce qui lui valait la chance de l'avoir près de lui, mais, comme il n'était pas dans ses habitudes de se poser des questions, il se contenta d'accepter sa bonne fortune. Il accepta le fait qu'une fois encore elle avait trouvé le chemin de son cœur et s'y était installée.

Pour de bon, cette fois.

Ils étaient à présent en train de reprendre leur souffle, enlacés et luisants de sueur. Il lui caressa le dos, et elle se mit quasiment à ronronner. Il entendait son téléphone qui vibrait dans la poche de son short, mais il n'en avait rien à faire, car dans ses bras reposait une femme comblée.

—Ça va ? murmura Tara.

—Je viens juste d'avoir un orgasme si puissant que j'ai cru y laisser ma peau. Pour tout dire, je vais tellement bien que je n'arrive pas à y croire.

—Je parlais de ta jambe. (Elle se glissa hors de ses bras.) Mais je suis heureuse d'apprendre où tu en es.

— Et où j'en suis ?

— Ramolli par une super séance de sexe, dit-elle en jetant un coup d'œil alentour à la recherche de ses vêtements. À moins que ce ne soit les médicaments.

— Non. Je suis certain que c'est toi, affirma-t-il. Et je déteste contredire une femme nue et aussi belle que toi, mais c'était plus que du sexe.

Quelqu'un frappa à la porte. Tara serra sa robe contre sa poitrine et regarda discrètement par la fenêtre.

— Sawyer, siffla-t-elle, en se baissant pour ramasser ses dessous, offrant par-là même à Ford une vue imprenable.

— Donc, reprit-il, de nouveau en érection alors qu'elle reboutonnait sa robe, je suppose que la question est : à quel point c'était plus que du sexe ?

Elle s'interrompit en plein mouvement.

— Quoi ?

— Si tu veux mon avis, je dirais que c'était bien plus que du sexe. Mais « bien » n'est probablement pas l'adjectif adéquat.

Tara le regarda avec de grands yeux.

— Et peut-être que nous n'avons pas la même définition de « bien ».

— En effet, admit-il. Dans ce cas, il vaudrait mieux que tu utilises tes propres mots.

— Maintenant ? Avec Sawyer à la porte ?

— Ce serait génial, dit-il soulagé, en remontant son short et en faisant le nécessaire pour être présentable, vu que le deuxième round n'était apparemment pas au programme. Quel boulet, ce Sawyer !

— J'aurais besoin de plus de temps que celui dont nous disposons, dit-elle.

— Vraiment ? Tu ne pourrais pas juste dire, « c'était bien plus que du sexe, Ford ; merci d'avoir posé la question » ?

Elle enfila ses escarpins.

— Tu ne te serais pas en plus cogné la tête en tombant ?

Il l'attrapa avec une béquille et la fit reculer jusqu'au canapé sans tenir compte de Sawyer qui insistait à la porte.

— Il va falloir que tu arrêtes de t'attendre à ce que je te laisse partir.

Elle lui lança un regard spéculateur.

— À quoi dois-je m'attendre à la place ?

La question était justifiée.

— Que dirais-tu que chacun donne à l'autre tout ce qu'il peut, sans lui en vouloir pour ce dont il n'est pas capable ?

— Cela ne nous a pas réussi autrefois.

— Parce que tu es partie sans te retourner, lui fit-il remarquer.

— J'avais un problème, je te signale. J'étais enceinte.

— Nous avions un problème, la corrigea-t-il.

Sawyer frappa encore une fois, un peu moins poliment.

— Ne t'occupe pas de lui, dit Ford.

— Je ne fuis plus à présent, dit-elle avec calme. Je reste et je me bats.

— C'est très bien. Parce que…

La porte d'entrée s'ouvrit sur Sawyer, qui n'avait pas l'air particulièrement heureux.

— OK, dit-il en s'adressant à Ford. Quand on est vivant, on décroche son putain de téléphone et on répond à la porte !

Il regarda Ford et Tara, tous deux sur le canapé, nez à nez, lui à moitié nu et elle, d'habitude toujours tirée à quatre épingles, chiffonnée et décoiffée.

— Vous avez besoin d'un moment ?

— Non, dit Tara.

— Oui, répondit Ford en tenant fermement la jeune femme pour éviter qu'elle ne s'échappe, car s'il devait lui courir après, il risquait de perdre et de se ridiculiser.

Sans un mot, Sawyer disparut dans la cuisine, et ils l'entendirent fouiller dans les placards sans doute dans l'intention de dévorer tout ce qui se trouvait dans la maison.

Ford regarda Tara.

— Alors, reste et bats-toi. Pour nous.

Elle le regarda avec dans les yeux un mélange de peur et d'espoir.

— En donnant tout ce que je peux, sans t'en vouloir pour ce dont tu n'es pas capable ? demanda-t-elle d'une voix douce.

— Tout à fait.

Il aimait l'expression sur son visage, qui lui laissait penser qu'elle était tentée.

— J'aime analyser les choses, l'avertit-elle. Je porte une attention excessive aux détails.

— Arrête, répliqua-t-il, pince-sans-rire. Je ne te crois pas.

— Je ne plaisante pas.

Il sourit.

— Oui, je sais. Écoute, s'il n'y a que ça, je peux te donner plein de choses à analyser et sur lesquelles focaliser ton attention. Nous pouvons commencer dès maintenant. Certaines parties de mon anatomie auraient besoin d'être analysées, et je ne serais pas contre un peu d'attention.

— Sawyer est dans la cuisine, protesta-t-elle en baissant la voix.

— Il n'écoutera pas. (Ford bâilla, les paupières subitement lourdes.) Ou, en tout cas, il fera comme s'il n'écoutait pas.

— Tes médicaments sont en train de t'assommer, constata-t-elle d'une voix inquiète.

— Mais non.

En fait, si. Mais il s'en moquait. Il la voulait encore. Peut-être qu'elle ferait tout le travail cette fois, juste pour cette fois. Il lui revaudrait ça. Elle ne le regretterait pas.

— Ford, j'ai entendu ce que tu as dit à Mia à l'hôpital.

— Je sais, j'ai vu tes chaussures sous le rideau. Donc tu sais que j'aime changer les serrures derrière le dos de Jax.

— Et que tu crois que tu n'étais pas bon pour moi. Ou que je méritais mieux que d'être coincée avec toi dans une ville que je détestais, dit-elle d'une voix tremblante. Je n'ai jamais pensé ça, Ford. Jamais. Tu étais mon meilleur ami. Seulement, je ne savais pas comment te rendre la pareille. Je ne savais pas comment me donner à quelqu'un. Il m'a fallu longtemps pour apprendre. Quand j'ai épousé Logan, je ne savais toujours pas. Je suis tombée dans l'excès inverse en donnant trop. Je suis enfin en train d'apprendre le juste milieu.

Ford se sentit submergé par une vague de tendresse.

— Je sais, dit-il, ému. Et je ne t'ai jamais vue aussi heureuse que ces derniers temps.

— Oui. Et c'est grâce à toi.

— À moi ?

Tara esquissa un sourire.

— À toi. (Elle l'embrassa, puis se leva, tordant avec dextérité ses cheveux pour en faire un chignon.) Je dois y aller. Nos clients ont besoin que je leur prépare un pique-nique.

Elle lui tourna le dos, de nouveau calme, posée et magnifique.

Sienne.

Du moins, l'espérait-il.

— Ford ?

— Hein ? dit-il, déjà dans le brouillard. (Il la sentit se rapprocher.) J'aime ton odeur.

— Je t'aime, chuchota-t-elle.

Son cœur faillit exploser sous le coup de l'émotion, et il ferma les yeux une seconde pour encaisser le choc. Il entendait Tara se déplacer autour de lui, comme si elle était chez elle, et il aimait ça. Énormément. C'est alors qu'il comprit que ce n'était pas elle qu'il regardait, mais ses propres paupières, closes.

Le temps qu'il réussisse à les ouvrir, elle était partie.

— Tara ?

— Pas vraiment. Mais je peux prendre un accent du sud, monter sur mes grands chevaux et devenir autoritaire, si tu veux.

Sawyer.

Ford regarda autour de lui. Il était toujours allongé sur le canapé. Sawyer, lui, affalé dans un des fauteuils, mangeait des chips et regardait la télévision, les pieds sur le bras du canapé à quelques centimètres du visage de Ford.

Il les repoussa.

—Que s'est-il passé ?

—Tu avais besoin de repos, répondit Sawyer.

—Tara ?

—Partie. (Sawyer pencha la tête sur le côté.) Tous tes circuits ne sont pas connectés.

Sans blague. Tara était partie, et Ford ignorait s'il avait entendu les mots qu'il espérait entendre depuis si longtemps, ou s'il les avait seulement rêvés.

—Est-ce qu'elle a dit… ?

—Dit quoi ?

Je t'aime…

—Non, rien. Oublie.

—Elle t'a roulé un énorme patin pour te dire au revoir. Tu ne t'en souviens pas ?

—Non.

Sawyer haussa les épaules et secoua le sac au-dessus de sa bouche pour y faire tomber les dernières miettes.

—Dommage pour toi. Une femme pareille qui me roule une pelle, je m'en souviens.

Tara retourna à l'hôtel. Elle avait la sensation d'être partie toute la journée, et pourtant il ne s'était écoulé que quatre heures depuis le moment où elle avait regardé par la fenêtre pour voir Ford tomber de l'arbre.

Elle ne voulait plus jamais sentir son cœur se figer ainsi. La course pour le rejoindre avait semblé durer une éternité. Puis, quand elle avait vu sa jambe, sa souffrance, elle avait cru mourir.

Elle pensa à l'état dans lequel elle l'avait laissé : satisfait, détendu et libéré de la douleur, et se sentit un peu mieux. Une fois arrivée à l'hôtel, elle trouva Chloe dans la véranda, appliquant un soin sur le visage de leurs clients. Pendant une minute, Tara resta dans l'embrasure de la porte à regarder sa petite sœur travailler. À son grand étonnement, elle avait l'air à la fois professionnelle et adorable. Chloe avait ce dont de faire rire et sourire les gens, de les mettre complètement à l'aise. Ce qu'elle-même n'aurait jamais pu accomplir. Elle était encore en train de s'en émerveiller quand Chloe leva les yeux et la vit.

— Restez allongés et détendez-vous, dit-elle au couple, puis elle se dirigea vers Tara sur la pointe des pieds et la poussa dans le couloir.

— Eh, dit Tara, ça sent bon là-dedans !

— C'est le miel et l'avoine que j'ai mis dans le soin. Ça sent délicieusement bon quand c'est chaud. Ne panique pas ; je suis consciente que nous n'avons pas les autorisations pour donner des soins, mais je ne facture pas. C'est cadeau. Je m'assurerai que Maddie fasse toutes les démarches nécessaires avant de ne serait-ce que penser à facturer qui que ce soit.

— Je n'allais pas dire ça.

— D'accord, et tu allais dire quoi ? Je t'écoute. Ou tu préfères que je te fasse gagner du temps ? Oui, j'ai volé ta crème épaisse, mais je l'ai remplacée ce matin. Elle m'aide à rendre les soins plus homogènes.

— Ça m'est égal.

Mais Chloe était lancée.

— Et OK, j'ai mangé le reste de la « tarte aux pommes de ta mère », mais… (Elle lui adressa son sourire de joueuse de poker.) Tu as droit à du sexe, toi. Et du sexe de qualité à en juger par ta tête. Donc, en toute justice, tu n'as pas besoin de tarte, n'est-ce pas ? Et puis j'ai fait des brownies pour les remplacer. Tu pourras les ajouter au panier de pique-nique.

Le brusque changement de sujet donna le vertige à Tara, sans parler de cette Chloe. Une Chloe travailleuse et responsable : quelle agréable surprise !

— Tu as fait ça ?

— Bon, d'accord, j'avoue. C'est Mia qui les a faits. C'est certain, cette enfant a hérité des talents culinaires de son père. (Elle attendit juste le temps que Tara fronce les sourcils avant d'émettre un petit rire.) Et des tiens bien sûr. Quoi qu'il en soit, le mari est allergique à la plupart des huiles, tu le savais ? Alors Mia a remplacé celle de la recette par de la compote de pommes, incroyable non ? Et le résultat est juste fantastique. Si je ne l'avais pas vue les faire, j'aurais juré que c'était ton œuvre.

Légèrement sonnée, Tara secoua la tête.

— Chloe…

— Ouais, ouais, tu me crieras dessus plus tard, d'accord ? Je dois y retourner.

— Non, trésor. Tu ne comprends pas. (Elle prit la main de Chloe.) Je ne suis pas du tout en colère. Tu plaisantes ? Tu as fait mon travail sur ton temps libre, et par-dessus le marché tu as fait des soins à nos clients. Tu m'as sauvé la mise.

Chloe la regarda, sceptique.

— Tu t'es enfilé les antidouleur de Ford ou quoi ?

— Quoi ? Non !

— Tu en es sûre ?

— Oui ! Chloe, j'essaie juste de te dire que je suis impressionnée. Et que j'ai peut-être été trop dure avec toi quand j'ai dit que tu ne grandirais jamais. Je n'aurais pas dû.

Chloe la regarda d'un air perplexe.

— Je n'en crois pas mes oreilles ! Est-ce que tu as presque, pas tout à fait mais presque, reconnu que tu avais tort à mon sujet ?

— Écoute, je sais que je n'ai pas été tendre avec toi…

— Tu avais tort, l'interrompit Chloe, catégorique. Dis-le.

Tara soupira.

— D'accord, c'est bon. Tu as raison. J'avais tort.

— Waouh ! Et tu ne t'es même pas étranglée en le disant, admira Chloe, ravie. Maintenant, il ne te reste plus qu'à retirer le balai que tu as dans le cul et à admettre que tu ne sais plus où tu en es sur le plan sentimental, et nous pourrons enfin nous détendre.

— Ma relation avec Mia est en train d'évoluer.

— Je parlais de Ford. (Elle huma le cou de Tara.) Tu portes son odeur, tu sais.

Tara sentit le rouge lui monter aux joues.

— Tu ferais mieux de retourner auprès de nos clients.

Chloe émit un petit rire moqueur et retourna dans la véranda. Tara poussa un profond soupir et se rendit à la cuisine pour préparer le panier de pique-nique. Elle avait prévu de faire des roulés au jambon avec du brie, des herbes et des noisettes, qu'elle appellerait « sandwichs divins à se rouler dedans ».

Mia entra en silence et commença à hacher les herbes et les noisettes. Tara sentit la fierté et l'affection l'envahir. Elles formaient vraiment une bonne équipe en cuisine. Elle esquissa un sourire, puis le sentit se figer en regardant un peu mieux le visage de sa fille.

— Tu as pleuré.

— Non, protesta Mia alors que ses yeux étaient humides. Je ne pleure pas.

Puis elle fondit en larmes.

Merde ! Chiotte ! Avec beaucoup de douceur, Tara prit le couteau des mains de la jeune fille qui vidait son sac en sanglotant. Les seuls mots que Tara parvint à saisir furent « petit con », « croit qu'il sait ce qu'il y a de mieux » et « va pas s'en tirer aussi facilement ».

Tara éloigna encore un peu le couteau et mit en danger son cœur, ainsi que sa robe de soie, en prenant Mia dans ses bras.

La jeune fille se blottit contre elle.

— Il a dit que quand l'été serait fini et que je partirais pour l'Espagne, nous ne nous reverrions plus. Plus jamais.

Ah ! Carlos.

— Il faut bien admettre que l'Espagne c'est loin, et puis le voyage n'est pas donné. Mais je suis sûre que quand tu seras de retour à Seattle, tu…

— Non. Ce n'est pas la distance. Il a dit qu'il ne voulait pas être un obstacle. Que j'avais besoin de vivre cette expérience dans son intégralité. Que ce n'était pas réaliste de s'attendre à ce que… Il dit qu'il vaut mieux rompre maintenant. Comme quand on retire un pansement.

— Et qu'as-tu répondu ?

— Que c'était la chose la plus stupide que j'avais jamais entendue ! Qu'il n'était qu'un dégonflé ! Que s'il m'aimait vraiment, la distance n'aurait pas d'importance, que nous pourrions faire en sorte que ça marche.

Oh, mon Dieu, quelle ironie, pensa Tara.

— Peut-être qu'il essaie de te protéger. Peut-être qu'il veut que tu aies ce que tu mérites dans la vie. Et que, pour lui, la seule façon de s'assurer que tu y parviennes est de te repousser.

— Eh bien, c'est stupide ! pleura Mia. J'obtiendrai ce que je veux de la vie par moi-même. Ce n'est pas à lui de s'en charger pour moi ni de prendre des décisions à ma place.

Tara la serra dans ses bras, et la jeune fille se laissa aller à pleurer avec l'abandon dont seuls sont capables les adolescents en proie au désespoir. Dieu savait que Tara, à son âge, avait versé des torrents de larmes, mais, une fois encore, sa situation était alors bien différente.

Enfin, en quelque sorte.

Elle pensa à Carlos qui essayait de protéger Mia, et elle eut de la peine pour lui. Ce dévouement…

Son cœur faillit s'arrêter de battre, et elle ferma les yeux. Dans la chambre d'hôpital de Ford, quand elle avait écouté la conversation entre Mia et lui, toutes les raisons qu'il avait données à leur fille pour expliquer le fait qu'ils ne soient plus ensemble... : toutes ces raisons pouvaient tenir en un seul mot : Tara.

Son seul objectif avait été de la protéger.

Sa réponse torturait Tara. Il avait fait passer le bien-être de celle qu'il aimait avant le sien. Elle l'avait accusé de l'avoir laissée partir parce qu'il ne tenait pas assez à elle, mais elle s'était trompée sur toute la ligne. Il l'avait laissée partir en pensant qu'elle méritait mieux.

Qu'avait-elle dit déjà à Mia l'autre jour ? Qu'elle ne serait jamais restée dans une petite ville, qu'elle était habituée à plus... Mon Dieu. Toutes les raisons évoquées pour justifier son départ de Lucky Harbor avaient été égoïstes.

« Elle méritait mieux que de se retrouver coincée avec moi dans cette petite ville qu'elle haïssait », avait-il dit.

Carlos agissait à l'identique, il faisait une croix sur ses désirs et sur ses rêves afin de donner à Mia la vie que, selon lui, elle méritait. Parce qu'aux yeux du jeune homme, elle méritait le meilleur. Il ne voyait pas que c'était vrai pour lui aussi.

Elle pensa à Ford et ressentit une douleur physique. Qu'allait-il se passer à présent ? Ils n'avaient plus dix-sept ans, et elle était en mesure de décider ce qu'elle voulait et ce qu'elle méritait.

Ce qu'ils méritaient tous les deux.

Ford avait dit : « Que dirais-tu que chacun donne à l'autre tout ce qu'il peut, sans lui en vouloir pour ce dont il n'est pas capable. ». Elle avait alors cru qu'il parlait de lui, qu'il ne voulait pas qu'elle lui en veuille pour ce qu'il ne serait pas capable de donner.

Mais c'était d'elle qu'il était question. Il ne lui en voudrait pas, à elle, pour ce qu'elle n'était pas capable de donner.

Tara attendit que le gros des sanglots de Mia soit passé et lui tendit un torchon pour s'essuyer le visage.

— Mascara ? demanda Mia en levant des yeux de raton laveur. J'ai l'air pitoyable ?

Tara reprit le torchon et le passa sous les yeux de la jeune fille.

— Tu es magnifique.

On frappa à la porte de service. Carlos se tenait là, en baggy et tee-shirt moulant, ses piercings scintillant, les yeux cernés. Il portait une caisse de jus de canneberge.

— Jax m'a envoyé avec ça. Ils ont reçu une livraison en double au bar. Il a pensé que ça pourrait vous servir. (Il jeta un coup d'œil à Mia, et son visage s'assombrit.) Tu as pleuré ?

— Oui, dit Mia. C'est ce qui arrive quand on se fait plaquer par un idiot.

Toujours avec la caisse dans les bras, il grimaça.

Tara invita Carlos à entrer dans la cuisine.

— Est-ce que tu peux ranger ça dans le cellier ? (Elle se tourna vers Mia.) Il aura besoin de ton aide.

Mia la regarda, surprise.

— Mais l'autre jour tu as dit que, pour être seule avec lui dans le cellier, il faudrait que je te passe sur le corps.

— Vous avez trois minutes, leur dit Tara. Et si vous n'en sortez pas exactement dans le même état que maintenant, quelqu'un se fera marcher sur le corps. Et ce ne sera pas moi. À prendre ou à laisser.

Mia regarda Carlos.

— On prend, accepta-t-elle.

Tara regarda Carlos laisser Mia passer la première avan de se tourner vers elle.

— Il est toujours possible de faire en sorte que ça fonctionne, lui dit-elle calmement. Si c'est vraiment ce que tu veux.

Tara parcourut du regard la cuisine déserte sens dessus dessous et prit conscience que, pour une fois, elle ne sentait pas poindre la panique et l'anxiété qui l'envahissaient d'habitude au moindre signe de désordre. Au lieu de ça, elle se sentait…

Chez elle. Plus que jamais.

Elle mit le nez dehors par la porte de service et inspira profondément l'air marin. Elle se baissa pour ramasser une graine dans l'une des jardinières et consulta sa montre. Leurs trois minutes étaient écoulées. De retour à l'intérieur, elle alla frapper à la porte du cellier.

Aucune réponse. Bon sang ! Donnez la main à des adolescents, et ils vous prendront le bras. Elle aurait dû s'en douter, elle ne s'en était pas privée elle non plus à l'époque. Loin de là.

— Hé ! appela-t-elle en cognant plus fort. Je ne plaisantais pas en parlant de piétiner un corps.

— C'est bon, maman.

Tara se figea, la gorge nouée par le mot « maman ».

Mia et Carlos se tenaient devant elle, main dans la main.

— Oh, dit-elle à peine capable de parler. Tu m'as appelée « maman ».

— Oui. Ça ne te dérange pas ?

— Oh, que non. Pas du tout, réussit à articuler Tara. Vous avez trouvé une solution ?

— Non, répondit la jeune fille en tournant la tête vers Carlos.

Il lui rendit son regard sans sourire, mais avec une tendresse infinie.

— Nous avons décidé de profiter du reste de l'été, poursuivit Mia sans détacher les yeux de l'adolescent. De prendre les choses comme elles viennent. Et après mon séjour en Espagne, quand je reviendrais… nous aviserons.

— Ça me semble être une décision très mature, commenta Tara luttant pour ne rien ajouter en voyant l'expression sur le visage de Carlos.

Il faisait de son mieux pour rester calme et décontracté. Posé. Elle reconnaissait la technique.

Mais il souffrait, et elle avait mal pour lui. Il avait voulu arracher le pansement rapidement, pour Mia et pour lui-même. Mais il avait accepté d'attendre, tout en sachant que le coup viendrait tôt ou tard. C'était pour lui une évidence. Il ne croyait pas que quelque chose de bien puisse lui arriver. Elle comprenait. Cependant elle avait le sentiment que Mia y croyait suffisamment pour eux tous.

— Que diriez-vous de me filer un coup de main ? leur demanda-t-elle.

Ils découpèrent. Firent revenir puis mijoter. Goûtèrent. Quand ils eurent fini avec la cuisine, Tara était en nage et aussi rouge qu'une tomate. Elle le savait parce que Mia l'avait forcée à se regarder dans une cuillère.

La jeune fille souriait.

— Tu as l'air…

— Affreuse, compléta Tara en contemplant son reflet. Vraiment affreuse.

— Je te trouve magnifique, lui dit Mia.

Cet après-midi-là, Tara connut son premier vrai succès dans la cuisine, tant au niveau du repas que du temps passé avec sa fille, et elle comprit que c'était grâce à l'amour.

Si elle cuisinait avec amour, le résultat était excellent.

Alors peut-être que si elle vivait avec amour… la même chose se produirait ? Avec l'amour, peut-être qu'elle pourrait être une vraie cuisinière, une mère, une sœur, et une amante.

Elle pourrait être tout ce qu'elle désirait.

Elle pourrait avoir tout ce qu'elle désirait.

Mon Dieu, c'était réellement possible. Elle se tourna vers Mia.

— Je dois m'absenter quelques minutes. Tu peux t'occuper du téléphone ?

— Bien sûr. Et puis Maddie et Chloe sont là aussi.

Tara attrapa ses clés de voiture et courut dehors. Il fallait qu'elle aille voir Ford, qu'elle lui dise tout ce dont elle avait pris conscience. Mais il était déjà là, luttant pour s'extraire de la camionnette de Sawyer.

Chapitre 28

Qui n'a jamais aimé n'a pas vraiment vécu.
Tara Daniels

Tandis que Ford sortait maladroitement du véhicule, l'inquiétude prit Tara à la gorge, et elle courut vers lui.

Il l'arrêta d'un seul et brusque mouvement de tête.

— Ouais, laisse-le se débrouiller, dit Sawyer par-dessus le capot. Il devient hystérique si on essaie de l'aider.

Tara observa attentivement Ford. Il était pâle, dégoulinant de sueur et instable. Bon sang !

— Il faut que tu rentres. Tu dois soulager ta jambe.

— Dans une minute, répliqua-t-il.

— Ford, je t'en prie, supplia-t-elle. Attends, laisse-moi...

— En fait, j'en ai assez d'attendre. Assez de choisir la facilité et de laisser les choses suivre leur cours.

Elle sentit son cœur manquer un battement.

— Qu'est-ce que ça veut dire ?

— Ça veut dire que c'est trop important pour que je laisse les choses m'échapper une fois encore. Tu es trop importante.

Il s'appuya contre la camionnette avec un grognement d'effort, les yeux assombris par la douleur, les dents serrées.

— Je t'aime aussi, Tara.

Elle s'arrêta de respirer, et il se figea.

— Tu as bien dit que tu m'aimais, n'est-ce pas ? Oh, merde, ne me dis pas que c'étaient les médicaments !

Elle secoua la tête, partagée entre rire et larmes.

Il la regarda.

— OK, pourrais-tu clarifier pour le pauvre homme drogué que je suis ? Non, ce n'étaient pas les drogues, ou non, tu ne l'as pas dit ?

Elle déglutit avec difficulté pour faire passer l'émotion qui lui nouait la gorge et lui offrit les mots qu'elle n'avait que murmurés en pensant qu'il était endormi.

— Je l'ai dit.

— Bien. Parce que je t'aime aussi. Je pense que je t'ai toujours aimée. Et que je t'aimerai toujours.

L'une des béquilles tomba au sol avec fracas. Il commença à se baisser pour la ramasser, mais s'arrêta net et de pâle devint vert.

— Ford !

Tara fut près de lui dans la seconde, passant un bras autour de lui, tandis que Sawyer arrivait de l'autre côté.

— Non, protesta Ford en leur résistant. Donnez-moi juste une minute. Je crois que… Merde ! Je crois que je vais tomber dans les vapes.

— Bon, ça suffit, dit Tara en faisant un signe de tête à Sawyer. À l'intérieur. Maintenant.

— J'aime quand tu es directive, murmura Ford. Surtout au lit. Est-ce qu'on pourra remettre ça prochainement ?

— Tu n'écoutes pas quand je fais preuve d'autorité avec toi, dit-elle en le soutenant.

— Si tu te mets nue, j'essaierai, c'est promis.

— Hé, je suis là ! leur rappela Sawyer, affligé.

Il essaya de traîner Ford en direction de l'hôtel, mais celui-ci enfonça ses talons dans la terre.

Enfin, son talon.

— Non, insista Ford d'une voix cassée. Pas encore, Sawyer…

— Laisse-moi deviner. Tu as besoin d'une minute.

— Ouais.

— Ford, tu as mal, dit Tara.

Puis elle soupira en voyant Sawyer baisser les bras et se diriger vers le porche.

— Mes médicaments contre la douleur ne font plus effet.

— Je sais, c'est pourquoi…

— J'ai besoin de faire ça, Tara. Je suis venu pour ça.

— Tu essaies de me dire quelque chose, comprit-elle.

— Oui. Pour être exact j'essaie de te demander quelque chose. La dernière fois que je l'ai fait, tu ne m'as pas pris au sérieux parce que j'étais complètement à l'ouest. Ce n'est plus le cas cette fois, Tara.

Dans les yeux de Ford, elle lisait sa douleur, mais également l'amour qu'il lui portait.

— Je le sais parce que j'ai attendu en regardant l'heure, ajouta-t-il.

Avant qu'elle ait pu répondre, ses sœurs ainsi que Mia et Carlos sortirent de l'hôtel. Tout comme leurs deux clients munis de leur pique-nique. Tout le monde se retrouva entassé sous le porche en compagnie de Sawyer.

Ford les regarda et jura à voix basse.

— Oh, non ! exigea Tara en l'agrippant par le tee-shirt sans tenir compte de leur public. Hors de question d'attendre. C'est toi qui l'as dit. Alors, fais ta demande, nom d'un chien !

Il sembla surpris qu'elle ait réussi à suivre sa logique chaotique.

— Maintenant ?

— Oui, maintenant !

— Je t'ai demandé de m'épouser quand nous étions seuls, tu as pensé que je racontais n'importe quoi et tu n'as pas répondu. Et maintenant tu veux que je te le demande alors qu'on nous observe ?

Il s'interrompit pour regarder les gens qui se tenaient sous le porche.

Tout le monde lui adressa un petit signe de la main.

Il leur rendit la politesse en secouant la tête, incrédule.

— Il y a même là des personnes que je ne connais pas, mais celles que je connais vont probablement se moquer de moi jusqu'à la fin de mes jours. Et, bon sang! Chloe ne serait pas en train de filmer?

Chloe les visait avec son téléphone.

— Pour Facebook, cria-t-elle.

Tara leur tourna le dos.

— Fais-le!

Il la regarda fixement.

— Tu es vraiment la femme la plus têtue de la planète.

— Oui, oui, j'y travaille. Allez, demande-moi!

— Et impatiente, la taquina-t-il. M'interrompant quand j'essaie de lister toutes les raisons pour lesquelles je t'aime.

Elle cligna des yeux, surprise.

— Tu… tu veux dire que tu aimes que je sois têtue, autoritaire et que je t'interrompe sans cesse?

— Je dirais plutôt que ta rigidité frôle la perversion et que tu es une vraie tête de mule, mais oui. J'aime ton accent de belle du Sud, et la façon dont tu parles toute seule lorsque tu cuisines. Et le fait que tu penses être une dure à cuire, calme et posée, alors qu'en réalité, si on sait ce que l'on cherche, tout est dans tes yeux, et en général tu n'es ni calme ni posée, loin de là.

Le choc lui coupa la respiration.

— Eh oui, reprit-il, je connais tous tes secrets! Et je les aime. (Il posa les lèvres sur sa tempe.) Je t'aime, Tara. Épouse-moi.

Son front contre celui de Ford, Tara sentit toutes les pièces de son cœur s'assembler de nouveau.

— Oui, répondit-elle.

Alors, une explosion de joie jaillit de la foule amassée sous le porche.

— C'est moi qui ai fait ça, dit Mia avec fierté à l'attention de Maddie et de Chloe en montrant Tara et Ford qui s'embrassaient. C'est moi qui les ai réunis.

Ford lui sourit puis baissa les yeux sur Tara.

— J'ai même une bague, lui avoua-t-il. Je l'ai achetée juste après le jour où tu m'as servi ce verre de limonade, pendant la séance de dégustation avec les vieilles du club d'horticulture. (Il haussa une épaule.) C'était un vœu pieux. Elle est sur mon bateau, précisa-t-il en levant un sourcil d'un air coquin.

— Serais-tu en train d'essayer de m'attirer chez toi par la ruse ?

— Oui. Ça fonctionne ?

Elle réfléchit quelques instants.

— Ça va être dur.

Il baissa la voix afin qu'elle soit la seule à entendre.

— Ça, c'est certain.

— Je veux dire que vivre avec moi ne sera pas une promenade de santé, Ford.

— C'est vrai, reconnut-il en fermant les yeux quand elle lui repassa le bras autour de la taille, et en l'embrassant sur la joue. Mais au moins tu as bon goût.

Avec un soupir de satisfaction, la jeune femme tourna la tête et se serra contre la poitrine de Ford. Il enroula ses bras autour d'elle pour l'y garder même si, en toute honnêteté, c'était surtout elle qui les maintenait debout.

— Encore combien de temps à ton avis avant que tu t'écroules ? demanda-t-elle.

— Je dirais dix secondes.

— Sawyer ! cria-t-elle sans quitter des yeux son tout nouveau fiancé.

Ce dernier prit le visage de sa promise entre ses mains et la regarda dans les yeux.

— Pour toujours cette fois, dit-il alors que Sawyer arrivait à grands pas.

Tara soupira de bonheur.

— Tu sais ce que ça signifie, n'est-ce pas ?

— J'en ai marre des suppositions. Dis-le-moi.

— Ça signifie que tu es à moi. Et que je suis à toi. Plus question de prendre la poudre d'escampette. Nous allons faire les choses dans les règles cette fois.

Il esquissa un sourire charmeur, rien que pour elle.

— Eh bien, il était temps.

Recette du « gratin du bonheur »

Dans un plat, disposez :
une couche de *tater tots* ou de beignets de pommes de terre,
une couche de jambon ou de saucisses coupées en rondelles ou de lardons grillés… (ce qui vous fait le plus baver),
une couche de cheddar (ou d'emmental) râpé (Il n'y a jamais trop de fromage au petit déjeuner.)

Réservez.

Mélangez :
6 œufs,
½ cuillère à café de sel (ou plus si personne ne vous regarde),
½ cuillère à café de poivre,
1 cuillère à café de moutarde,
1 oignon haché,
75 cl de lait,
2 cuillères à café de sauce Worcestershire.

Versez sur le dessus du plat.

Pour finir, recouvrez d'une demi-tasse de beurre fondu. (Mais surtout ne le dites à personne.)

Mettez au four une heure à 180°.

EN AVANT-PREMIÈRE

Découvrez la suite des aventures de
Tara, Maddie et Chloe dans :

ÉPERDUMENT
(version non corrigée)

Bientôt disponible chez Milady Romance

Traduit de l'anglais (États-Unis) par Fabienne Vidallet

Chapitre premier

Si tu ne réussis pas du premier coup, débrouille-toi pour que personne ne sache que tu as essayé.
Chloe Traeger

Chloe était rarement la première dans la cuisine pour prendre son petit déjeuner mais, depuis que ses sœurs, Tara et Maddie, couchaient avec deux des hommes les plus sexy de la ville, elle savait que ça devait arriver.

Pour être tout à fait honnête, Chloe ne s'était pas encore couchée, mais c'était un détail. Elle mit en route la cafetière en bâillant, rassembla tous les ingrédients dont elle avait besoin puis s'installa sur le comptoir avec une grimace – ses jambes lui faisaient un mal de chien. Elle mélangea les ingrédients nécessaires à la confection de sa crème antibactérienne en appréciant le silence qui régnait dans la cuisine. Elle le trouvait d'autant plus agréable qu'elle vivait dans une agitation permanente.

C'était une façon plaisante de commencer cette journée qui s'annonçait mouvementée, même si Chloe voyait mal comment elle aurait pu être plus dingue que la nuit précédente. Elle devait donner des soins dans un spa hyper chic de Seattle dans l'après-midi mais, avant ça, il fallait qu'elle règle quelques détails dans l'auberge qu'elle tenait avec ses sœurs à Lucky Harbor.

Dire qu'elle passait le plus clair de ses journées à travailler, constata-t-elle en secouant la tête avec un sourire attristé.

Les choses avaient bien changé. À peine un an plus tôt, elle était libre de fournir ses services aux spas qui le lui demandaient, sans aucune attache. Puis elle avait hérité, avec ses demi-sœurs qu'elle connaissait à peine, d'un hôtel en ruines au bord de la mer, dont elles ne savaient absolument que faire.

Difficile d'imaginer le chemin qu'elles avaient parcouru. Elles avaient rénové la bâtisse, la transformant en une florissante auberge, et s'étaient rapprochées les unes des autres, devenant de véritables sœurs, voire des amies.

Bon, peut-être pas tout à fait des amies, mais elles ne s'étaient pas disputées de toute la semaine, ce qui était un net progrès, même si ça tenait peut-être au fait que Chloe avait passé quatre jours sur sept à travailler dans le spa d'un hôtel de luxe en Arizona.

Le regard de Chloe s'arrêta sur l'huile de lavande bio qu'elle avait « empruntée » à Tara pour sa préparation et elle grimaça.

Elle avait probablement encore des efforts à faire côté amitié.

Tout en mélangeant la cire d'abeille ramollie et la lanoline à l'huile de lavande, Chloe jeta un coup d'œil par la fenêtre : les vagues se fracassaient contre le rivage rocheux sous la lumière rose de l'aube. Elle termina sa préparation et la versa lentement dans une bouteille stérilisée. Puis, toujours assise sur le comptoir, elle releva le bas de son pantalon de jogging jusqu'aux genoux, et appliqua la crème antiseptique sur les deux longues entailles de ses mollets en serrant les dents. Elle retenait toujours son souffle sous l'effet de la douleur quand la porte arrière s'ouvrit.

Sur le shérif Sawyer Thompson.

Il dut quasiment se pencher pour franchir la porte. Il était en uniforme, revolver au côté, mâchoire serrée dans une imitation parfaite de l'inspecteur Harry, et son apparition provoqua chez Chloe un petit frisson d'excitation.

Elle ne semblait pas lui faire le même effet, évidemment. Rien ne pouvait entamer le calme impénétrable et l'apparence coriace de Sawyer. Et quelle apparence ! Un mètre quatre-vingt-dix et le physique d'un joueur de football américain. Mais d'une manière qui défiait toutes les lois de la physique, il bougeait ses muscles appétissants avec une grâce aisée, fluide et virile qui avait de quoi rendre jaloux n'importe quel adepte d'ultimate fighting.

Stupides muscles, songea Chloe, qui éprouvait malgré elle un mélange compliqué d'agacement et de désir involontaire. Aux dernières nouvelles, Sawyer et elle avaient développé une trêve un peu gênée : chacun suivait ses propres règles. Ce qui n'allait pas sans provoquer quelques malentendus.

Comme il était hors de question qu'elle lui fournisse une explication sur ses agissements de la nuit – ce qui aurait sans aucun doute mené à d'autres malentendus –, elle rabattit rapidement son jogging sur ses blessures et lui décocha son sourire le plus professionnel accompagné d'un aimable :

— Bonjour, shérif.

Il jeta un regard alentour, et l'expression circonspecte qui faisait partie de sa panoplie au même titre que son revolver disparut une fraction de seconde.

— Tu es seule, ce matin ?

— Ouais.

Le sourire de Chloe s'élargit : elle l'avait déstabilisé, ce dont personne d'autre ne pouvait se vanter. Il ne s'attendait pas à la trouver là, habitué qu'il était à passer tous les matins prendre une tasse du délicieux café de Tara, ce qui lui évitait de boire le jus de chaussette du poste.

— Tara est toujours dans le lit de Ford, l'informa Chloe.

Il grimaça. Était-ce d'imaginer son meilleur ami au lit avec la sœur de Chloe, ou n'avait-il pas apprécié le franc-parler de la jeune femme ? Quoi qu'il en soit, il se ressaisit et se dirigea vers la cafetière d'une démarche étrangement mesurée, comme s'il était aussi épuisé qu'elle.

Les départements de la police du comté et du shérif jouaient au baseball toutes les semaines contre une équipe de pompiers et d'ambulanciers, et Chloe savait qu'un match s'était déroulé la veille au soir. Peut-être Sawyer avait-il joué trop rudement. Ou peut-être avait-il eu un rendez-vous épuisant après le match. Vu comment les femmes essayaient toutes de se faire arrêter par lui juste pour avoir l'occasion de lui parler, c'était fort possible. Après tout, si on en croyait la page Facebook de la ville, les appels à l'aide de femmes entre vingt-et-un et quarante ans augmentaient considérablement quand Sawyer était de service.

Son ceinturon brillait à la lueur du matin, et Chloe venait juste de remarquer que sa chemise était froissée dans le dos et maculée de sueur quand il se tourna vers elle et désigna la cafetière d'un air interrogateur.

Ce type devait avoir peur de se faire punir s'il gaspillait un seul mot.

— Sers-toi, dit-elle, je viens juste de le faire.

Il suspendit son geste.

— Tu l'as empoisonné ?

Elle sourit du haut de son comptoir.

— Va savoir.

Il secoua la tête et attrapa un des grands gobelets que lui réservait Tara pour qu'il puisse emporter son café.

— On est courageux aujourd'hui, remarqua Chloe.

Il haussa une épaule en continuant à se servir puis montra du doigt le mug fumant à ses côtés.

— Tu en bois et, tu as beau avoir plein de défauts, je ne pense pas que tu sois folle.

Parmi les défauts en question, il devait compter la faculté de la jeune femme à le faire tourner en bourrique.

Sawyer s'adossa au comptoir et la dévisagea en silence, comme s'il attendait quelque chose.

Quand il faisait ça, les gens se dépêchaient de parler, gênés, mais Chloe aimait le silence. Ce qui l'ennuyait vraiment, c'était ce qu'elle ressentait quand il la regardait de cette manière. Il avait des yeux fascinants, de la couleur du chocolat au lait fondant et parfois, comme c'était le cas à présent, pailletés de petites flammes dorées. Ses cheveux, d'un châtain aussi riche que changeant – le genre de couleur que l'on n'obtiendrait jamais dans un salon de coiffure – étaient un peu trop longs, et retombaient en bataille sur son front et dans son cou. Ses traits étaient tirés par la fatigue et Chloe comprit soudain qu'il ne prenait pas son service mais qu'il rentrait chez lui après une nuit passée à combattre le crime comme un super-héros.

Ce qui ne l'empêchait pas de sentir bon. Une délicieuse odeur masculine. Chloe ne comprenait pourquoi tout dans cet homme lui rappelait sans arrêt qu'elle était une femme.

Et qu'elle n'avait pas fait l'amour depuis bien trop longtemps.

—C'est un peu tôt même pour toi, remarqua-t-elle.

—Je te retourne le compliment.

Quelque chose dans le ton de sa voix éveilla les soupçons de la jeune femme.

—J'ai beaucoup de choses à préparer pour la séance de spa de cet après-midi.

—Ou alors? demanda-t-il sans détourner le regard une seule seconde.

Merde. Elle l'avait sous-estimé. Il savait quelque chose et l'anxiété la gagna.

—Ou alors quoi? rétorqua-t-elle sans se démonter en se déplaçant légèrement pour descendre du comptoir malgré la douleur.

Mais Sawyer fut plus rapide: il se glissa entre ses jambes pour l'empêcher de descendre du comptoir, une main sur sa cuisse, l'autre sur la cheville opposée.

—Comme c'est romantique, dit-elle sèchement en tentant d'ignorer les battements sourds de son cœur. Mais je devrais prendre mon petit déjeuner d'abord, non?

—Il y a du sang sur ton jogging.

Il remonta le pantalon de la jeune femme jusqu'aux genoux en prenant garde de ne pas toucher ses blessures. Il serra les dents à la vue des profondes entailles sur les mollets de Chloe.

Celle-ci essaya de se dégager mais Sawyer était deux fois plus fort qu'elle et il resserra son emprise sur sa cuisse.

— Tiens-toi tranquille et explique-toi, ordonna-t-il en examinant ses blessures d'un air grave.

— Euh… je suis tombée du lit ?

Son regard la transperça.

— Tu peux mieux faire. Voyons voir si tu peux éviter la forme interrogative.

— Je suis tombée en faisant de l'escalade.

— Bien sûr. Et j'ai un marécage à te vendre.

— Pourquoi est-ce que je te mentirais ?

— Tu ne fais pas d'escalade, Chloe, ça aggrave ton asthme.

En fait, il devenait évident que vivre aggravait son asthme aussi.

Sawyer se pencha sur son mollet, repoussant la main avec laquelle elle tentait de lui masquer la vue.

— De l'acier, dit-il, probablement un grillage. Certainement rouillé.

Chloe sentit son cœur se figer dans sa poitrine. Il savait. Impossible. Elle avait été ultra prudente. Et pourtant, il savait.

— Tu as besoin d'une piqûre antitétanique, Chloe. (Il se redressa sans faire mine de s'éloigner.) Et de quelqu'un pour te surveiller. Où sont les chiens ?

— Je ne vois absolument pas de quoi tu parles.

Sauf qu'elle savait très exactement de quoi il parlait puisqu'elle avait passé toute la nuit à se procurer, avec son meilleur ami, Lance, les six chiens dont parlait Sawyer.

C'est-à-dire à les voler.

Mais pour sa défense, c'était une question de vie ou de mort. Les jeunes pitt bulls appartenaient à un certain Nick Raybo, qui envisageait les faire combattre pour de l'argent.

Chloe et Lance leur avaient tout bonnement sauvé la vie, mais s'étaient aussi rendus coupables de vol avec effraction, ce qui était évidemment puni par la loi.

Sawyer attendait en silence qu'elle passe aux aveux, et il était très doué pour ça. Il avait beau ressembler à un grand méchant redresseur de torts, il avait une patience d'ange, conséquence de nombreuses années passées à porter la plaque de shérif et à entendre les pires histoires. Comme certainement des milliers avant elle, Chloe finit par se dégonfler comme une vieille baudruche.

— Les chiens sont avec Lance, soupira-t-elle.

Il la regarda, stupéfait.

— Bon sang, Chloe !

— Ils étaient condamnés à mort !

Il arborait toujours son expression de flic mais quelque chose s'adoucit dans le ton de sa voix.

— Tu aurais dû m'appeler, répliqua-t-il.

Peut-être, pensa-t-elle.

— Et qu'est-ce que tu aurais bien pu faire ? Tu n'aurais pas pu saisir les chiens, les combats n'ont pas encore commencé. Le premier devait avoir lieu ce soir. (Cette pensée la rendait malade.) Ils avaient prévu de les pousser à s'affronter l'un contre l'autre. Jusqu'à la mort, précisa-t-elle, la voix altérée.

Il ne répondit pas et examina de plus près les coupures sur ses jambes.

Il avait raison, elle s'était bien blessée en rampant sous le grillage derrière Lance une fois qu'ils avaient libéré les chiens. Elle retint son souffle en se demandant ce que Sawyer allait faire. Il était en droit de l'arrêter mais il n'avait pas sorti ses menottes et ne lui avait pas lu ses droits, ce qu'elle trouvait plutôt bon signe.

— Ces entailles sont profondes, se contenta-t-il de dire.

— Oh, ce n'est pas si grave, répondit-elle, soulagée.

— Tu les as désinfectées ?

Il suivit d'un doigt rugueux une coupure particulièrement vilaine et Chloe frissonna. Mais pas de douleur. Peut-être était-ce à cause de la fatigue, peut-être était-ce juste parce qu'il était trop près d'elle mais le côté flic endurci de Sawyer l'émoustillait follement. Il était un peu nerveux, en nage, furieusement sexy et le cerveau de Chloe se mit à composer à son insu un délicieux fantasme qui aurait pu s'intituler « le flic sévère et la vilaine fille ».

— Chloe ?

— Oui ? répondit-elle en chassant de son esprit l'image de Sawyer se livrant à une fouille en règle de sa personne.

— Tu as désinfecté tes blessures ? demanda-t-il de nouveau en la considérant avec méfiance.

— Oui, chef.

Chloe répondit par un sourire innocent à son regard en coin, tout en se promettant de profiter de sa piqûre antitétanique pour faire un bilan hormonal : elle était bien trop consciente de la chaleur qui émanait du corps puissant de Sawyer, sans parler de celle qui s'était répandue en elle. C'était d'autant plus agaçant qu'elle s'était promis de ne jamais sortir avec des hommes rigides, voire inflexibles, surtout s'ils portaient une plaque.

La porte de derrière s'ouvrit et Chloe sursauta. Pas Sawyer. Rien ne le surprenait jamais. Peut-être faisait-il l'amour sans surprise non plus.

Non, il n'avait sans doute aucun scrupule à être surprenant au lit. À cette idée, Chloe frissonna un peu, au moment même où sa sœur Maddie pénétrait dans la cuisine, son fiancé, Jax, sur les talons.

Encore peu de temps auparavant, Tara et Chloe surnommaient leur sœur « la Souris », mais celle-ci avait rapidement cessé de mériter ce sobriquet après son arrivée à Lucky Harbor. À la vue de Sawyer calé entre les jambes de Chloe, Maddie s'arrêta si brusquement que Jax la percuta.

— Qu'est-ce que vous fabriquez ? demanda-t-elle.

Vu que Chloe et Sawyer avaient tendance à se battre comme des tigres en cage chaque fois qu'ils étaient contraints de se rencontrer, la jeune femme comprenait sans mal le choc ressenti par sa sœur.

— Je ne sais pas ce qu'ils font, mais ça a l'air sympa, dit Jax en découvrant la scène.

Celui-ci se servit un café d'un geste déterminé, se dirigea vers Chloe et tenta d'ouvrir le tiroir coincé par sa cuisse droite.

— Tu peux déplacer sa jambe ? demanda-t-il à Sawyer. J'ai vraiment besoin d'une cuillère.

Toujours bouche bée, Maddie se laissa tomber sur une chaise.

— Vous êtes… ? suggéra-t-elle en les montrant successivement du doigt.

— Non ! s'écria Chloe en tentant vainement de faire bouger Sawyer, qui examinait de nouveau son mollet gauche, où les blessures étaient les plus profondes.

Ses cheveux effleuraient sa cuisse et elle tenta de s'empêcher d'imaginer quelles sensations les mèches soyeuses pourraient provoquer sur son corps nu. Elle n'y parvint pas vraiment et frissonna.

Sawyer leva la tête et elle fit de son mieux pour dissimuler son excitation.

— Je pense qu'il faut te faire des points de suture, dit-il.

Avec un cri d'effroi, Maddie rejoignit Chloe d'un bond. Avant que la jeune femme ait pu réagir, sa sœur, le fiancé de sa sœur et l'homme qu'elle ne savait comment catégoriser étaient tous trois penchés sur ses blessures, l'empêchant de serrer les jambes. Elle leva les mains en désespoir de cause.

— Ce ne sont que des égratignures !

— Oh, Chloe, murmura Maddie en fronçant les sourcils d'inquiétude, tu aurais dû m'appeler ! Qu'est-ce qui s'est passé ? Tu es blessée ailleurs ?

Sawyer la regarda de haut en bas, comme s'il pouvait voir à travers son jogging. Une partie très coquine de son cerveau avait envie de lui dire qu'elle était blessée partout, histoire qu'il se livre à une inspection plus approfondie.

Vilain, vilain cerveau. À cette pensée, son souffle se fit plus court et elle attrapa l'inhalateur qu'elle avait toujours sous la main afin de traiter cet asthme qui l'essoufflait en permanence.

Et l'empêchait d'avoir une vie sexuelle normale.

— Je n'ai rien du tout, d'accord ? Reculez, ordonna-t-elle.

Sawyer repoussa légèrement Jax.

— Chloe et Lance ont sauvé six chiens chez MacCarthy hier soir, révéla-t-il sans scrupules à Maddie.

Maddie secoua la tête, horrifiée.

— Chloe, mais c'est de la folie !

En entendant l'inquiétude dans la voix de sa sœur, Chloe sentit la culpabilité l'assaillir. Elle n'en revenait toujours pas de tenir autant à ses demi-sœurs, ou même à Lucky Harbor et à ses habitants. Jusque-là, elle n'avait jamais baissé suffisamment la garde pour s'attacher à quiconque.

Pendant la plus grande partie de son enfance, Chloe avait vécu seule avec sa mère, qui avait instauré des règles très claires : aucune relation durable avec personne. Il n'y avait que les ringards qui se laissaient enfermer dans des histoires ennuyeuses ou un boulot à plein temps. Les autres devaient vivre leur vie à fond et sans contraintes.

Comme Chloe et Phoebe.

— Raybo est un malade, dit Maddie en se dirigeant vers la cafetière. Les choses auraient pu très mal tourner.

Chloe aurait bien voulu que Sawyer s'éloigne aussi et elle le poussa légèrement du pied. Ou plutôt le frappa. Mais il ne bougea pas d'un pouce.

— Il fait une chaleur infernale ici, remarqua Maddie en ouvrant la fenêtre.

— On appelle ça la tension sexuelle, répondit Jax en montrant Chloe et Sawyer.

C'est l'hôpital qui se moque de la charité.

Sawyer adressa à Jax un regard qui avait fait peur à plus d'un criminel endurci, mais Jax se contenta de sourire.

— Si j'avais ce genre d'intentions envers une femme, j'aurais au moins la décence de lui offrir le petit déjeuner d'abord.

— C'est exactement ce que je lui ai dit, acquiesça Chloe.

— Tu n'as pas exactement commencé par m'apporter le petit déj au lit, remarqua Maddie en se pelotonnant sur les genoux de Jax.

— Je n'ai aucune intention, dit Sawyer.

Maddie et Jax le regardèrent fixement : il n'avait pas bougé d'entre les cuisses de Chloe. Le shérif leva les mains comme s'il s'était brûlé et recula.

— D'accord, je vais me coucher. Tout seul.

— Tu sais quel est ton problème ? demanda Jax. Ça fait trop longtemps que tu ne t'es pas amusé.

— Est-ce que tu appelles ça de l'amusement ? répondit Sawyer en désignant vaguement les jambes de Chloe.

Jax ravala un petit rire et Maddie elle-même se mordit la lèvre pour ne pas sourire.

— Bon sang, rétorqua Sawyer avec un hochement de tête incrédule, vous savez très bien ce que je veux dire.

Ouais, il voulait parler de ses blessures et des risques qu'elle avait pris la nuit précédente mais Chloe n'en protesta pas moins pour la forme. Entre ses jambes se trouvait justement quelque chose qui pouvait être très amusant.

Enfin, si elle s'en servait un jour.

The Fell Types are digitally reproduced by Igino Marini.
www.iginomarini.com

Achevé d'imprimer en mai 2012
Par CPI Brodard & Taupin - La Flèche (France)
N° d'impression : 68904
Dépôt légal : juin 2012
Imprimé en France
81120769-1